Mitos gregos

Charlotte Higgins

Mitos gregos
Nas tramas das deusas

Ilustrações:
Chris Ofili

Tradução:
Denise Bottmann

ZAHAR

Copyright do texto © 2021 by Charlotte Higgins
Copyright das ilustrações © 2021 by Chris Ofili

Publicado originalmente como *Greek Myths: A New Retelling* em 2021 pela Jonathan Cape, um selo da Vintage. Vintage é parte do grupo Penguin Random House.

Desenhos de Chris Ofili, 2021 (lápis sobre papel, 21 x 29,7 cm): *The Weaver* (p. 6); *Birth of Athena* (p. 38); *Athena* (p. 41); *The Riddle of the Sphinx* (p. 82); *Alcithoë* (p. 85); *Narcissus Falls* (p. 126); *Philomela* (p. 129); *The Lovers* (p. 168); *Arachne* (p. 171); *The West Wind* (p. 208); *Andromache* (p. 211); *The Judgement of Paris* (p. 244); *Helen* (p. 247); *The Golden Fleece* (p. 290); *Circe* (p. 293); *Odysseus's Return* (p. 336); *Penelope* (p. 339).

Grafia atualizada segundo o Acordo Ortográfico da Língua Portuguesa de 1990, que entrou em vigor no Brasil em 2009.

Capa
Violaine Cadinot

Ilustração de capa
Detalhe de *The Judgement of Paris*, 2021 © Chris Ofili

Preparação
Juliana Romeiro

Revisão
Jane Pessoa
Adriana Bairrada

Dados Internacionais de Catalogação na Publicação (CIP)
(Câmara Brasileira do Livro, SP, Brasil)

Higgins, Charlotte
    Mitos gregos : Nas tramas das deusas / Charlotte Higgins ; ilustrações Chris Ofili ; tradução Denise Bottmann. — 1ª ed. — Rio de Janeiro : Zahar, 2022.

    Título original: Greek Myths: A New Retelling.
    ISBN 978-65-5979-057-9

    1. Mitologia grega 2. Mitologia na literatura 3. Mulheres – Mitologia – Grécia I. Ofili, Chris. II. Título.

22-98132   CDD: 398.20938

Índice para catálogo sistemático:
1. Mitologia grega : Mulheres : Mitos e lendas   398.20938

Maria Alice Ferreira – Bibliotecária – CRB-8/7964

[2022]
Todos os direitos desta edição reservados à
EDITORA SCHWARCZ S.A.
Praça Floriano, 19, sala 3001 — Cinelândia
20031-050 — Rio de Janeiro — RJ
Telefone: (21) 3993-7510
www.companhiadasletras.com.br
www.blogdacompanhia.com.br
facebook.com/editorazahar
instagram.com/editorazahar
twitter.com/editorazahar

Para James e Emma Higgins,
Tilda e Eleanor Lawrence

Sim! prodígios há muitos,
histórias nascidas de mortais
   convertem verdade em engodo
no hábil tear das mentiras.

PÍNDARO, *Ode olímpica* I, 28-32
(a partir da tradução para o inglês
de Frank J. Nisetich)

Sumário

Nota sobre os nomes 11

Mapas 12

Árvores genealógicas 14

Introdução 19

Invocação 36

Atena 39

Alcitoé 83

Filomela 127

Aracne 169

Andrômaca 209

Helena 245

Circe 291

Penélope 337

Agradecimentos 375

Notas 377

Leituras adicionais 407

Glossário de nomes e lugares 410

Nota sobre os nomes

Os nomes de alguns personagens dos mitos gregos são conhecidos pelos leitores em versões latinizadas ou adaptadas ao idioma local; assim, a transliteração rigorosa do grego poderia soar bastante estranha. Escolhi a forma que parecesse mais natural, o que significa que sacrifiquei a consistência. Quando a fonte primária de uma história é a literatura latina, dei ao deus em questão seu nome grego — Atena em vez de Minerva, Zeus em vez de Júpiter, e assim por diante.

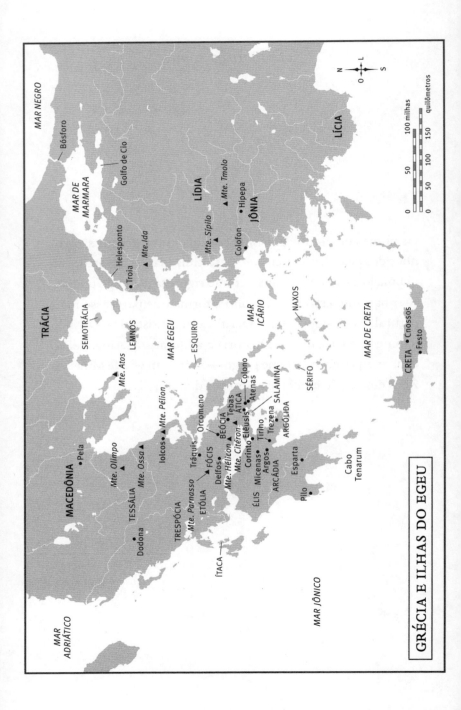

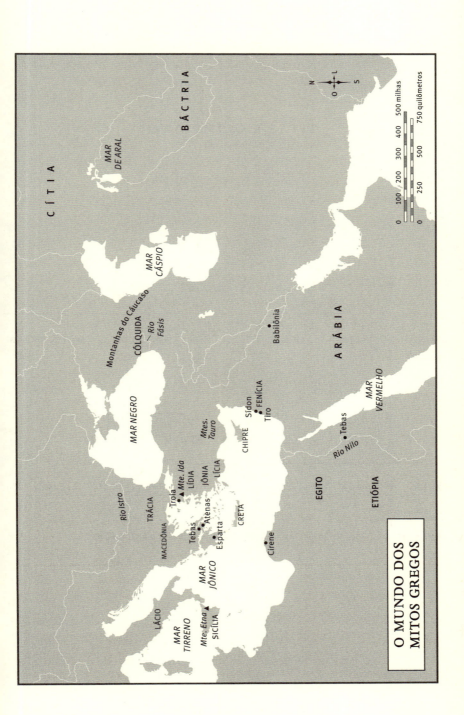

TITÃS E OLIMPIANOS

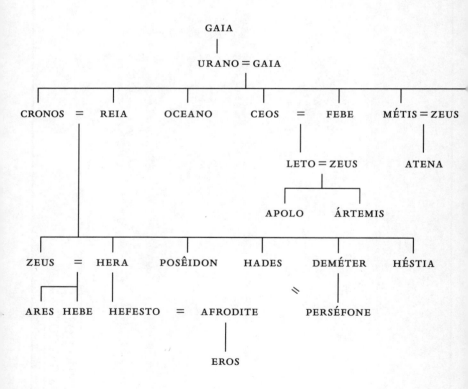

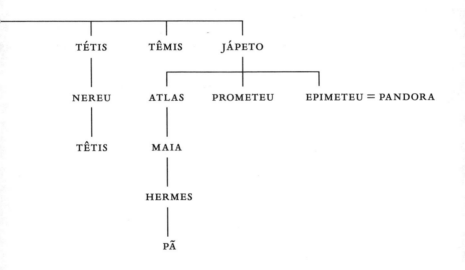

CASA DE CADMO

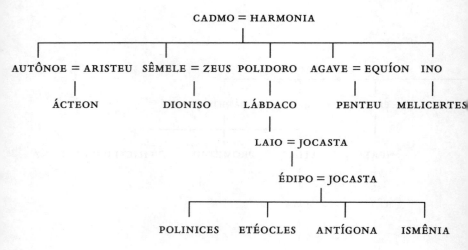

CASA DE TÂNTALO

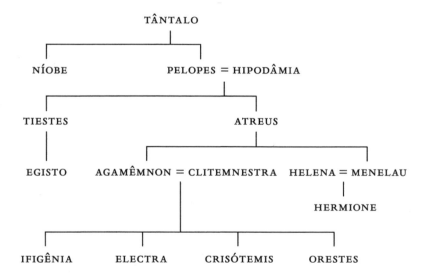

Introdução

QUANDO EU ERA MENINA, um de meus livros favoritos era um volume de mitos gregos. Meu irmão mais velho, que na época fazia residência em medicina e mal dormia, comprou-o para mim numa livraria labiríntica perto de seu apartamento, em Londres. Infelizmente, a livraria fechou faz muito tempo, mas ainda tenho *Children of the Gods* [Filhos dos deuses], de Kenneth McLeish, com ilustrações de Elisabeth Frink. Ele se infiltrou por minha imaginação infantil — foi uma das coisas que me levaram a estudar os clássicos e a me tornar escritora.

O que mais me impressionava eram, talvez, aquelas ilustrações, aqueles vigorosos desenhos a lápis: Ártemis de corpo atlético e esguio; Hades, o inescrutável rei dos mortos, grandioso e assustador em sua carruagem, os olhos sombreados pelo elmo escuro. As histórias, claro, eram maravilhosas também, estranhas e extravagantes, repletas de feiticeiras poderosas, deuses imprevisíveis e matadores brandindo espadas. Também eram radicais: famílias que se chacinavam; tarefas impossíveis impostas por reis cruéis; amores que não davam certo; guerras, longas jornadas e perdas terríveis. Havia magia, havia transmutações, havia monstros, havia descidas à terra dos mortos.

Humanos e imortais habitavam o mesmo mundo, que era às vezes perigoso, às vezes emocionante.

Obviamente, as histórias eram fantasiosas. Mesmo assim, de fato irmãos guerreiam uns contra os outros. E pessoas dizem a verdade, mas ninguém acredita. Guerras exterminam inocentes. Amantes são apartados. Pais se consomem de dor pela perda dos filhos. Mulheres sofrem violência nas mãos de homens. A pessoa mais sagaz do mundo pode não enxergar o que realmente se passa. A lei da terra pode contradizer o que sabemos ser justo. Doenças misteriosas devastam cidades. Incêndios e inundações desgraçam vidas. Para os gregos, a palavra *mûthos* significava apenas um conto tradicional. No século XXI, já faz muito tempo que deixamos para trás a estrutura política e religiosa em que essas histórias circulavam inicialmente — mas o poder delas permanece. Os mitos gregos continuam verdadeiros para nós porque exploram a fundo os extremos da experiência humana: catástrofes súbitas e inexplicáveis; inversões radicais da sorte; eventos aparentemente arbitrários que transformam a existência. Eles lidam, em suma, com a própria essência da condição humana.

Para os gregos e romanos antigos, os mitos estavam por toda parte. As histórias eram pintadas nas cerâmicas que as pessoas usavam para comer e beber; entalhadas nos frontões dos templos diante dos quais elas ofertavam sacrifícios aos deuses; eram a matéria-prima dos hinos que cantavam e dos rituais que realizavam. Os mitos forneciam uma linguagem cultural em comum e uma extensa e ramificada rede de vias para entender a natureza do mundo, da vida humana e divina.

Eles explicavam as estrelas. Narravam a criação das plantas e dos animais, rochas e cursos d'água. Detinham-se sobre locais

Introdução   21

específicos, explicando a origem de cidades, cultos regionais e famílias. Fortaleciam normas e costumes — às vezes oferecendo uma justificação narrativa para hábitos opressores, especialmente em relação a mulheres e estrangeiros. Para um povo que se espalhava profusamente em torno do Mediterrâneo e do mar Negro — a cultura grega ia muito além das fronteiras do Estado grego moderno —, os mitos também proporcionavam um senso de identidade cultural em comum. Os contos presentes neste livro se baseiam em fontes escritas por pessoas não só na Grécia, mas nas áreas que hoje chamamos de Argélia, Líbia, Egito, Turquia e Itália. O mundo que preenchiam com suas histórias se estendia da Grécia à Geórgia, da Espanha à Síria, do Afeganistão ao Sudão.

Os gregos muitas vezes adotavam uma atitude cética em relação a seus mitos. Os primeiros filósofos questionavam se os acontecimentos descritos nas velhas histórias podiam ter realmente acontecido. Mas mesmo Platão, tão energicamente racional, às vezes inventava lendas para reforçar seus argumentos filosóficos. Dele recebemos a ideia da cidade perdida de Atlântida, e é notório que *A república* termina com o "mito de Er", uma estranha e impressionante história sobre a jornada das almas humanas após a morte. Ninguém pode viver sem mitos.

O QUE CHAMAMOS DE "MITOS GREGOS" são as histórias que encontramos na poesia, no teatro e na prosa dos gregos e romanos antigos — um mundo também enriquecido por uma extraordinária cultura visual que sobreviveu ao tempo e que inclui cerâmicas, esculturas e afrescos. Esses mitos tratam de um passado perdido muito antes, quando o mundo dos imortais e o dos humanos se sobrepunham e alguns humanos excepcionais podiam se tornar quase divinos. É desse vasto corpo de literatura, contraditório e extraordinariamente diverso, que provêm os contos aqui presentes.

A literatura grega começa com a *Ilíada* e a *Odisseia*, poemas épicos registrados por escrito em algum momento entre o final do século VIII e o século VI a.C., mas baseados numa tradição oral multissecular. Essas obras, tradicionalmente atribuídas a Homero, narram histórias da Guerra de Troia e de suas consequências — versões, talvez, de conflitos longínquos na memória que ocorreram entre o século XIV e o século XII a.C., mais ou menos. Por volta da mesma época em que os épicos homéricos foram escritos, um autor beócio chamado Hesíodo criou o poema *Teogonia*, que descreve a origem dos deuses e da vida humana.

Homero e Hesíodo forneceram aos gregos um firme alicerce de histórias míticas literárias. Mas isso foi apenas o começo. Os mitos aparecem numa variedade atordoante de obras literárias: os *Hinos homéricos*, por exemplo, cantos dedicados a diversos deuses gregos, tradicionalmente atribuídos a Homero, mas com quase toda a certeza escritos em datas posteriores à sua vida. Em seguida, há as *Odes*, de Píndaro, poemas celebrando os vencedores das competições esportivas religiosas pan-helênicas, compostos no começo do século V a.C. e que se valem da força poética de histórias míticas. Os grandes trágicos da Atenas do século V a.C. — Ésquilo, Sófocles e Eurípides — quase invariavelmente extraíam da mitologia material para suas histórias. Mais tarde, em Alexandria, grande sede da cultura e da erudição, uma das cidades fundadas por Alexandre,

Introdução 23

o Grande, após conquistar o Egito, em 332 a.C., Apolônio de Rodes escreveu o poema épico *Os Argonautas*, sobre Jasão e a busca do Tosão de Ouro, e Calímaco escreveu os *Hinos*, repletos de mitologia.

Os romanos herdaram o universo de histórias formado pelos mitos gregos, absorvendo-o e expandindo-o com suas próprias narrativas. Algumas das tramas aqui presentes são, estritamente falando, mitos romanos. O poema épico *Eneida*, no qual Virgílio ainda estava trabalhando ao morrer, em 19 a.C., estabelecia uma grandiosa origem mitológica para Roma; pretendia homenagear e, ao mesmo tempo, rivalizar com os poemas de Homero. *Metamorfoses*, de Ovídio, contemporâneo bem mais jovem de Virgílio, foi concluído cerca de vinte anos depois. O poema traz uma profusão quase vertiginosa de histórias míticas; é o mais precioso tesouro antigo de mitos clássicos que chegou até nós.

A partir daí, vêm-nos do período greco-romano "manuais" de mitos, volumes em prosa oferecendo ao leitor um guia das histórias mais importantes. O melhor e mais relevante deles, baseado em muitas fontes anteriores hoje perdidas, é *Biblioteca*, do século I ou II de nossa era, de um autor estranhamente conhecido como Pseudo-Apolodoro (a obra fora outrora atribuída a um erudito do século II a.C. chamado Apolodoro de Atenas, mas deixou de sê-lo, e daí o uso do prefixo). Também em grego havia a *Dionisíaca*, que tinha como tema as proezas e jornadas do deus Dioniso. É uma vasta obra barroca e, devo admitir, às vezes cansativa (com a extensão da *Ilíada* e da *Odisseia* somadas), escrita por Nono, que viveu na cidade grega de Panópolis, no Egito, no século V.

Pode parecer paradoxal, mas outra fonte importante são histórias que não existem mais na íntegra. As obras de Homero faziam parte de um "ciclo épico" que também trazia longos poemas sobre eventos da Guerra de Troia não descritos na *Ilíada* e sobre o remoto passado de Tebas, entre outros contos. Eles nos chegaram apenas como resumos, menções em outras obras e breves fragmentos. No caso da tragédia, nos séculos v e iv a.C., cerca de mil peças foram produzidas em Atenas por nada menos que oitenta autores. Apenas 32 delas sobreviveram na íntegra. Os estudiosos, num paciente trabalho de detetive, reconstroem o que podem dessas obras perdidas, baseando--se em fragmentos de papiros antigos encontrados no Egito e juntando resquícios fascinantes de um mundo de histórias desaparecido.

Na Antiguidade não havia nenhuma apresentação canônica, plenamente abalizada, dos "mitos gregos". Havia, sem dúvida, versões dominantes. Por exemplo, a versão de Eurípides para a história de Medeia ganhou enorme popularidade, e vemos sua famosa cena final — a magnífica protagonista em sua carruagem alada — pintada em vasos gregos. Mas as histórias dos gregos variavam e se proliferavam infindavelmente. Seria uma tarefa impossível, digna de Casaubon, reunir todas as suas versões, com todas as incríveis ramificações, num único volume.

A variedade atordoante de histórias reflete a geografia, a política e a cultura do mundo grego — espraiado por um interior montanhoso, um litoral irregular, centenas de ilhas e a costa ocidental da atual Anatólia. Desde o século viii a.C., a expansão das redes comerciais também levou os gregos a se assentarem em torno do mar Negro e nas costas da África setentrional e do sul da França e da Espanha. A mesma deusa

Introdução 25

poderia trazer associações diversas em diferentes cidades-Estados, com histórias de peso variado. (A cidade-Estado, *polis*, era a unidade política característica do mundo grego. Eram cerca de mil *poleis* com as mais variadas diferenças culturais e muitas vezes em conflito feroz umas com outras, tanto no mito quanto na realidade concreta.)

Essa diversidade efervescente e conflituosa está presente em toda a literatura clássica. Eu chegaria a dizer que a discordância nos detalhes é um dos aspectos mais notáveis das histórias gregas sobre deuses e mortais; a mitografia antiga está repleta de ressalvas como "alguns dizem que aconteceu assim, mas outros, em outros lugares, dizem que aconteceu outra coisa".

Para os autores, desde a Antiguidade, esse campo de escolhas múltiplas oferecia uma liberdade revigorante. Podia-se mudar a ênfase de um conto mítico compactando alguns detalhes e ampliando outros. (Um estratagema frequente dos trágicos era utilizar um episódio visivelmente secundário em Homero como semente para criar um enredo inteiro.) Podia-se selecionar um determinado ponto de vista para o relato, como faz Ovídio em suas *Heroides*, uma série de poemas em forma de cartas escritas por personagens femininas para heróis míticos. Podia-se alterar radicalmente as histórias: era plenamente possível que um dramaturgo escrevesse uma peça em que Helena de Troia nunca vai de fato a Troia. (Refiro-me a *Helena*, de Eurípides, em que os gregos e os troianos lutam por uma réplica de Helena feita de nuvens, enquanto a mulher real se mantém longe da guerra, no Egito; o dramaturgo estava tomando de empréstimo a ideia de Estesícoro, poeta do século VI a.C.)

Para as tragédias do século V a.C., o mito também era um meio de abordar a política e a sociedade da época. A trilogia

Oréstia, de Ésquilo, é ambientada após o longínquo desfecho da Guerra de Troia, mas também apresenta um mito de origem — e, assim, uma espécie de legitimação — para uma nova ordem democrática em Atenas. *As troianas* e *Hécuba* também se passam na época da derrota de Troia, mas podemos lê-las como reflexões sobre as falhas morais da própria época do dramaturgo, quando Atenas dissipava recursos e vidas humanas num árduo conflito com Esparta, o qual se arrastava fazia trinta anos. Em parte, é por isso que as peças ainda são encenadas, sem perderem vitalidade e premência. Podemos usar essas histórias de locais remotos e tempos distantes como foram utilizadas por Eurípides — lentes pelas quais enxergamos nosso próprio tempo com maior clareza.

Por todas essas razões, quem reconta essas histórias hoje nunca pode ser fiel criado delas. É impossível. A pessoa é obrigada a assumir a tarefa criativa de rejeitar algumas narrativas em favor de outras, de ressaltar alguns aspectos em detrimento de outros. Precisa escolher para onde e para quem apontará a câmera.

Nos compêndios de histórias míticas produzidos nos séculos XIX e XX, sobretudo os voltados para o público infantojuvenil, a câmera costumava enfocar decididamente a figura do herói. Esses personagens — Héracles, Perseu, Jasão, Teseu — muitas vezes eram usados, com ou sem sutileza, como modelos de virtude viril para os jovens leitores. As personagens femininas eram frequentemente relegadas ao segundo plano, como virgens indefesas, monstros cruéis ou velhas grotescas. O desejo homossexual era, em geral, totalmente banido. Excelentes exemplos dessa tendência são os volumes *Mitos gregos: Histórias extraordinárias de heróis, deuses e monstros para jovens leitores*

Introdução 27

e *Contos da Grécia Antiga*, de Nathaniel Hawthorne: o Teseu de Hawthorne é um camarada muito valente, sem medo de monstros; sua Ariadne é uma donzela virtuosa demais para abandonar a família; sua Medeia é reduzida a uma madrasta ciumenta e vingativa e a uma bruxa malvada.

Um aspecto complicado para o leitor (e para quem reconta as histórias) é que o *"heros"* da literatura grega antiga não era, de forma alguma, o indivíduo hoje designado pela palavra "herói" — o soldado altruísta que sacrifica a si mesmo, que Hawthorne talvez tivesse em mente, ou o profissional de saúde que atua na linha de frente, em que talvez pensemos hoje. O *heros* da literatura grega era uma figura extrema, perturbadora, intimamente ligada aos deuses. Aquiles, pelos critérios modernos, é um criminoso de guerra que viola o cadáver do inimigo; Héracles mata a esposa e os filhos; Teseu é um estuprador. Parte dessa atenuação da violência e da estranheza dos personagens da literatura clássica é, sem dúvida, uma consequência compreensível de renarrar essas histórias pensando num público infantil. Mas os mitos gregos não deveriam ser vistos como — ou apenas como — contos infantis. Em alguns aspectos, são as histórias mais adultas que conheço.

Ultimamente têm surgido vários romances — entre eles *O silêncio das mulheres*, de Pat Barker, *A Thousand Ships* [Mil navios], de Natalie Haynes, e *Circe*, de Madeline Miller — que colocam figuras mitológicas femininas no centro de histórias em que geralmente eram vistas em posição periférica. E autoras, como Kamila Shamsie (no romance *Lar em chamas*), que usam os mitos gregos como moldura para ambientar histórias modernas. O presente livro, porém, está muito mais próximo de um compêndio mitológico antigo do que de um romance.

O que faço aqui não é apresentar uma percepção psicológica sobre um elenco de personagens conforme se desenvolvem ao longo do tempo, como faria um romancista, mas conduzir o leitor por uma paisagem multifacetada, encontrando uma trilha específica por entre uma floresta de contos.

Ressaltar o contraste entre abordagens diferentes não é desvalorizar as renarrações anteriores, como *Tales of the Greek Heroes* [Contos dos heróis gregos], o maravilhoso volume para crianças de Roger Lancelyn Green, ou *Mitos gregos*, belamente escrito por Robert Graves, um fascinante produto dos interesses, dos preconceitos e das teorias do autor. Pelo contrário, é destacar a vigorosa capacidade dos mitos gregos de criar ressonâncias para todos os novos leitores e escritores, e para todas as gerações. Ativadas por uma imaginação fresca, as histórias ganham vida nova. Mais do que atemporais, os mitos gregos são oportunos, seu tempo é hoje e sempre.

MINHA PRIMEIRA PREOCUPAÇÃO, ao conceber o projeto deste livro, foi decidir como organizar as histórias escolhidas. Pensei no maior compêndio mitológico de todos: as *Metamorfoses*, de Ovídio, um poema épico sobre transformações lendárias. Nele, o conteúdo é indissociável da estrutura: o poema se transforma organicamente à medida que avança, cada nova história se desenrolando a partir da anterior. A própria forma é expressiva. Nada é estável, diz ela. Tudo é contingente, a matéria está sempre em movimento.

Claro que não me equiparo a Ovídio, mas percebi que, como ele, eu queria que a própria forma das histórias escolhidas fosse expressiva. Pensei em outros autores antigos que haviam

Introdução 29

criado poemas ou compêndios mitológicos em torno de vários temas. Um texto antigo usara personagens femininas como princípio organizador: o fragmentário *Catálogo de mulheres*, outrora atribuído a Hesíodo. O excerto remanescente é importante e muitas vezes fascinante; mas é uma obra que se dedica em larga medida a estabelecer as genealogias dos heróis, e o principal papel das mulheres é lhes dar nascimento. Havia também a *Ornitogonia*, de Boio, hoje perdida, sobre as origens míticas das aves; o livreto de histórias eróticas *Sofrimentos de amor*, de Partênio de Niceia (tido como professor de grego de Virgílio); e a fragmentária coletânea de mitos sobre as estrelas, *Catasterismos*, atribuída a Eratóstenes, polímata nascido na Líbia.

Decidi estabelecer meus mitos gregos como histórias contadas por personagens femininas. Ou, para ser mais precisa, minhas mulheres não estão *contando* as histórias. Elas, na verdade, teceram seus contos em elaboradas tapeçarias. Boa parte do livro consiste em minhas descrições dessas tapeçarias imaginadas.

Essa ideia tem origem num tema recorrente na literatura clássica: contar histórias descrevendo obras de representação visual, convenção literária conhecida como écfrase. A primeira e mais famosa écfrase é a descrição das cenas que ornam o escudo de Aquiles, na *Ilíada*. Muito mais tarde, no século I a.C., o poeta romano Catulo contou a história inteira de Teseu, Ariadne e o Minotauro fazendo uma longa descrição dos desenhos tecidos numa colcha. Uma característica da écfrase era que a cena descrita às vezes adquiria vida própria como narrativa, escapando da condição de objeto da imaginação.

Especificamente, porém, a ideia se inspira nos momentos da literatura clássica em que as personagens femininas assumem o controle da história. Em várias ocasiões dignas de nota, isso se dá pela ação de tecer.*

Veja-se Helena de Troia. Em nosso primeiro contato com essa mais que célebre figura literária, no canto 3 da *Ilíada*, ela está ao tear, tecendo as histórias das lutas entre os gregos e os troianos. É a única pessoa no poema a quem ocorre a inspiração de se distanciar dos acontecimentos que se desenrolam diante de si, interpretá-los e criar arte a partir deles. Interessante observar que um dos primeiros comentadores da obra, escrevendo na Antiguidade, observou a propósito dessa passagem: "O poeta criou um valioso modelo para seu empreendimento poético". Como notou esse antigo crítico, tanto o escritor quanto a personagem estão criando arte com o mesmo material — o poeta em verso, Helena na tapeçaria.

Na *Odisseia*, Penélope aguarda em casa, na ilha de Ítaca, o retorno do marido, Odisseu. Faz vinte anos que ele se foi, dez dos quais passou sitiando Troia, e outros dez sabe-se lá onde. Provavelmente já morreu. É hora de se casar outra vez. Penélope diz aos pretendentes que a assediam que escolherá o marido quando tiver terminado de fazer a mortalha do sogro. Todos os dias ela tece. Todas as noites ela desfaz o trabalho, protelando a decisão. Ao descrever o artifício, que também é

---

* "Nos mitos antigos, o tecer era a fala das mulheres, a língua das mulheres, a história das mulheres", escreve a crítica Carolyn Heilbrun em seu importante ensaio "What Was Penelope Unweaving?" (1985), incluído em *Hamlet's Mother and Other Women: Feminist Essays on Literature* (The Women's Press, 1991).

Introdução 31

um artifício do enredo, Penélope usa o verbo *tolupeuein*, que significa enrolar a lã em meadas para fiar — ou, metaforicamente, empregar um estratagema.

Nas *Metamorfoses*, de Ovídio, Filomela, uma princesa ateniense, foi aprisionada e violentada. O perpetrador, seu cunhado Tereu, cortou a língua de Filomela para que não pudesse contar a ninguém. Mas ela tece sua história e assim denuncia o crime, levando o enredo a um desfecho terrível.

Em outra passagem das *Metamorfoses*, uma jovem chamada Aracne desafia a deusa Minerva (versão romana de Atena) para uma disputa na confecção de uma tapeçaria. Aracne tece um desenho mostrando os crimes terríveis cometidos pelos deuses; Minerva — que, significativamente, é a deusa da vitória — traça as histórias dos terríveis castigos que aguardam os humanos que desafiam os deuses. Logo Aracne descobrirá as consequências de sua escolha temática.

Essas são algumas das personagens que dominam as várias narrativas presentes neste livro. Ele se inicia pela própria Atena; afinal, foi ela quem inventou o tear e possui o conhecimento cosmológico para descrever o início do mundo. Então Alcítoé, tecelã que aparece nas *Metamorfoses*, narra os contos da mais antiga e celebrada cidade grega, Tebas. Filomela é a seguinte — apresento-a tecendo histórias de amor, numa espécie de realização de seus desejos ou como um sortilégio contra as calamidades. O volume não observa uma cronologia estrita, mas, como em muitos compêndios mitológicos desde Pseudo-Apolodoro, começo com a criação do universo e concluo após o desfecho da Guerra de Troia — num ponto em que o mundo antigo, onde os humanos podiam se consorciar com os deuses imortais, parece se extinguir lentamente.

HOJE, com a produção têxtil mecanizada nas fábricas, é preciso um salto da imaginação para conceber que, até a invenção da lançadeira volante e da máquina de fiação, em meados do século XVIII, a vida da maioria das mulheres e de muitos homens era dominada pelos lentos e trabalhosos processos necessários para fazer tecidos. Apenas recentemente os tecidos passaram a ser objeto de estudos sérios, em parte porque restaram poucos exemplares do mundo clássico, em parte porque foram por muito tempo desconsiderados como mero "trabalho de mulher". Agora, porém, estão sendo examinados sob todos os seus aspectos — sociológicos, econômicos, arqueológicos, literários, metafóricos, matemáticos — e corretamente vistos como uma atividade central da vida no mundo antigo.

É impressionante o dispêndio de tempo e trabalho necessário para fazer tecidos na era pré-industrial. Uma estudiosa[*] calculou que a confecção de uma única toga romana, com cerca de 4,2 por 4,8 metros, exigia aproximadamente 42 quilômetros de fio, inteiramente fiado à mão com um fuso de suspensão (mais tarde, a roca, inventada por volta do ano 1000 no mundo islâmico ou na China, acelerou esse trabalho). A seguir vinha a tecelagem. Sozinha, uma mulher levaria 120 dias para fazer a toga — se trabalhasse dez horas por dia, todos os dias (em termos práticos, provavelmente trabalhava-se em grupo, em especial de escravas, o que agilizava bastante o

---

[*] Dra. Mary Harlow, especialista em têxteis romanos, que gentilmente me permitiu operar sua urdideira e me mostrou como se usa um fuso de suspensão.

Introdução 33

processo). E, claro, todo e qualquer item de tecido — e todas as velas de todas as embarcações — do mundo antigo exigia que a meada fosse fiada e tecida à mão.

O valor atribuído aos têxteis fica especialmente claro nos poemas homéricos, em que os preciosos presentes ofertados pelos hóspedes incluem vestes requintadas, ao lado de cálices de ouro e tripés de bronze. Quase todas as personagens femininas da *Ilíada* e da *Odisseia* fiam ou tecem — mesmo as deusas Calipso e Circe. Helena dá a Telêmaco uma veste feita pessoalmente por ela, e lhe diz que deve ser usada por sua noiva no dia das núpcias (um presente interessante, considerando seu próprio histórico matrimonial). A poderosa rainha Arete dos feácios percebe que algo de estranho está ocorrendo no palácio ao reconhecer a veste de Odisseu — como seria mesmo o caso, visto que foi ela própria que a fez.

Embora os remanescentes têxteis do mundo antigo sejam muito esparsos, existem inúmeras indicações de que se faziam tecidos reais, não mitológicos, com desenhos complexos — com destaque para o tecido ofertado todos os anos à escultura de Atena Polias, em Atenas, o qual, ao que consta, retratava as batalhas dos deuses com os Gigantes. No Museu Cívico de Chiusi, na Toscana, há um belo *skyphos* (uma espécie de cálice), datando de c. 430 a.C., com uma imagem de Penélope e o filho Telêmaco sentados ao lado de um grande tear. Sobre o tear, há um tecido semiacabado com uma borda geométrica ao longo do comprimento e um grupo de cavalos e divindades aladas no sentido da largura. Por muito tempo, os estudiosos acreditaram que teria sido impossível criar esse tipo de padrão complexo com um instrumento tão simples quanto uma urdideira — mas é plenamente possível.*

Outro vaso, cerca de um século anterior, retrata uma cena de fiação de lã aparentemente como uma atividade cotidiana da época. Nesse *lekythos* (um frasco de óleo), parte do acervo do Metropolitan Museum de Nova York, duas mulheres trabalham num tear, uma comprimindo os fios da trama com uma espadilha, a outra usando uma lançadeira que, devido à largura da urdideira, ela talvez precise passar para a colega. Outras figuras pesam a lã, fiam e dobram o tecido pronto. É fácil imaginar grupos de mulheres trabalhando juntas dessa maneira, talvez contando ou ouvindo histórias. (Na peça *Íon*, de Eurípides, que contém muitas referências a tecidos com padrões, o coro de mulheres atenienses reconhece cenas míticas entalhadas nas construções de Delfos a partir das histórias que trocavam durante as sessões de tecelagem.)

Há no pensamento grego e romano uma ligação constante entre a palavra escrita e o fio tecido, entre texto e têxtil. O verbo latino *texere*, de onde derivam as palavras "texto" e "têxtil", significa tecer, compor ou montar uma estrutura complexa. *Textum* significa tecido, armação ou mesmo, em certos ramos da filosofia materialista, estrutura atômica. O próprio universo às vezes é descrito como uma espécie de tecido: Lucrécio, em seu poema científico *Sobre a natureza das coisas*, descreve a Terra, o mar e o céu como três elementos

---

* A dra. Ellen Harlizius-Klück, especialista na matemática, na lógica e nos algoritmos da tecelagem, demonstrou essa possibilidade fazendo-o ela mesma com um tear reconstituído. Enquanto eu escrevia este livro, seu impressionante trabalho esteve exposto no Museu de Moldes de Gesso de Esculturas Clássicas, em Munique.

Introdução 35

distintos que são *texta*, tecidos juntos. *Texere* guarda relação com o verbo grego *tikto*, que significa engendrar, originar, produzir, dar nascimento. Os termos em latim e grego, por sua vez, guardam relação com o sânscrito *takman*, criança, e *taksh*, fazer ou tecer.

A literatura grega e romana está repleta de metáforas que comparam sua própria criação com a fiação e a tecelagem. Ovídio descreve sua obra *Metamorfoses*, por exemplo, como *"deductam carmen"*, canção finamente fiada. Ao contar como venceu os Ciclopes, o Odisseu de Homero diz: "Teci artimanhas e esquemas astuciosos de toda espécie" — o que, aliás, pode ser lido como uma descrição do engenhoso desenho da própria *Odisseia*. Meu livro reafirma a ligação entre tudo isso: texto e têxtil, o universo, a produção de ideias, a narração de histórias e os delicados fios da vida humana. Essas são as vidas manipuladas com tanta destreza e impiedade pelas Moiras, as antigas deusas onipotentes que fiam, tecem e por fim cortam o fio da existência de cada pessoa.

É no mundo delas, no mundo das Moiras, que agora ingressamos. É um lugar cheio de emoções e perigos, onde o estrangeiro encapuzado que bate à nossa porta pode ser o rei dos deuses; onde podemos nos transformar em andorinha, martim-pescador ou cervo; onde a busca pelo marido perdido pode nos levar ao alto do Olimpo para discutir com os próprios deuses. Estão prontos? Então sigam-me.

Invocação

Nós, mortais, nunca as veremos claramente. Para nós, vocês são apenas formas sempre vagas, nunca vindo à claridade, veladas em névoas enquanto dançam, descalças, nas encostas do Hélicon. Às vezes conseguimos ouvi-las: cantam com tanta doçura que um fragmento de suas músicas, uma frase melódica comovente, paira trêmulo no ar por um instante e então desaparece com a mesma rapidez com que surgiu, deixando-nos ansiosos por capturá-lo, trazê-lo à terra e escrevê-lo, tornando-o nosso. Vocês são o impulso do poeta, a centelha de certeza do astrônomo, a dançarina cujo corpo se torna o fiel criado de seu espírito. Vocês são o momento em que o historiador junta os cacos do passado e subitamente percebe um padrão. Vocês vêm apenas aos que penosamente labutam por vocês, e mesmo assim suas visitas são esporádicas. Clio traz a história; Euterpe, o verso lírico; Melpômene, a tragédia; Talia, a comédia. Érato traz canções de amor; Polímnia, canções sagradas; Terpsícore, a dança; Urânia, o conhecimento dos astros. E Calíope, a mais velha e mais forte entre vocês, traz o verso épico.

Ó Musas, cantem as implacáveis Moiras que medem o fio da vida humana: Cloto, que o fia, Láquesis, que o enrola, e Átropos, que o corta. Parecem frágeis, com as costas encurvadas, as faces enrugadas. No corpo idoso trazem togas brancas orladas de púrpura; guirlandas

Invocação 37

róseo-avermelhadas adornam seus cabelos brancos como neve. Mas são mais fortes do que qualquer coisa viva no céu, na terra ou no mar, e quase tão antigas. Seu trabalho nunca termina: veja-se a diligência com que Cloto extrai a lã macia de sua espiral enquanto gira o fuso, com o contrapeso da polia. Essas irmãs são as autoras de toda existência. Elevam os humildes e rebaixam os poderosos. Trazem o poder e a alegria; trazem a calamidade, a doença e o terror. Sabem o que foi, o que é e o que será. Sabem quando nosso mundo acabará, quando o mar, a terra e o céu serão consumidos pelo fogo sulfuroso de polo a polo. Comparadas a essas irmãs, até mesmo os deuses, até mesmo o próprio Zeus, são impotentes como criancinhas. Nada acontece que não tenha sido fiado por elas.

Cantem, então, os fios destinados pelas Moiras. Cantem os deuses e as deusas, cantem os humanos, cantem os espíritos das árvores e dos rios. Cantem histórias que tenham a força da verdade, histórias ornamentadas e intrincadas. Cantem a antiga rede de contos — histórias outrora contadas por deusas, ninfas e mulheres ao som da música ruidosa do tear. Que se teça o fio em formas novas, ousadas, rutilantes.

ATENA

O mundo surge

Gaia e Urano

O nascimento dos deuses Titãs

Cronos, Reia, os Ciclopes

O nascimento e a natureza
dos deuses Olimpianos

Guerra entre Olimpianos e Titãs

Tífon

Guerra entre Olimpianos e Gigantes

A criação dos humanos

Prometeu, Epimeteu e Pandora

Deméter e Perséfone

Faetonte

Pirra e Deucalião

ATENA TINHA SUA OFICINA DE TRABALHO no monte Olimpo, perto das mansões onde os imortais se banqueteiam com néctar e ambrosia e desfrutam a felicidade constante de suas vidas. Nesse amplo aposento de forro alto havia cestos de medas de lã: algumas não lavadas, vindas diretamente dos melhores rebanhos árcades; algumas limpas, aguardando ser cardadas e então reunidas em chumaços de mesmo tamanho para serem fiadas. Sobre uma cadeira estava a espiral, com a lã enrolada; sua mão musculosa fazia girar a peça decorada, puxando o fio com o indicador e o polegar, sempre no mesmo comprimento, e o enrolando em seu fuso dourado. Na sala, porém, destacava-se seu magnífico tear de urdidura, que ela mesma inventara e construíra. Ultrapassava-a em altura e era tão largo que mesmo ela, uma deusa, precisava ir de um lado ao outro ao passar a trama pelos fios da urdidura, pressionando-a no lugar certo com a espadilha, então ajustando a queixada antes de pegar a lançadeira e passar a trama para o outro lado.

Sobre a grande rede, a deusa teceu uma larga borda mostrando a origem do mundo, recuando a um tempo inconcebivelmente remoto, antes que ela própria tivesse nascido. Então só havia o Caos: um abismo, um lamaçal amorfo e indistinto.

Ela o capturou num corrupio abstrato de formas escuras. Naquele tempo, incontáveis anos atrás, o ar, a terra e o mar eram uma coisa só. Não existia Hélio com sua carruagem dourada, trazendo luz ao mundo em seu percurso diário pelo céu. Não existia Selene com seus cornos de marfim, clareando a noite com um brilho leitoso. Não existia Eos para separar delicadamente noite e dia, a cada manhã, com seus dedos róseos. Não existia a fecunda Gaia de membros verdes. Existiam apenas átomos, tão inumeráveis quanto as folhas tremulando ao vento nas densas florestas de uma encosta montanhosa. E estavam sempre se entravando, sempre em guerra. O frio lutava com o calor, o úmido com o seco, o peso com a leveza. O universo iniciou-se em luta, e em luta iria continuar.

Mas nada se mantém sempre igual. Existia também uma força, um agente de mudança. Essa força cessou o conflito entre os elementos e os separou. O Éter, o leve ar superior, brotou de Gaia, a ampla e robusta Terra. Ela esculpiu seu corpo em cordilheiras e amplos vales; alisou suas bordas em desertos e planícies. Então a força desencadeou os grandes mares salgados; as águas correram para os lugares que lhes foram designados, tal como uma onda por um canal traçado por uma criança na areia da praia.

Gaia espontaneamente deu à luz Urano, o vasto Céu. Juntos, então, Gaia e Urano tiveram muitos filhos e muitas filhas, a geração dos imortais chamados Titãs. Entre eles estavam Tétis, que preside às profundezas escuras do mar, mãe de mil ninfas; Oceano, que cerca o mundo com suas águas frescas; os Ciclopes, de um olho só; os gigantes Hecatônquiros, de cem mãos; e Jápeto, Métis, Reia e Cronos. Oceano encheu o mundo de rios: cataratas se precipitaram pela primeira vez sobre rochedos recém-criados; deltas se separaram em canais serpenteantes; pântanos viscosos se espalharam. E, como Gaia fora nutrida

Atena 43

por essas águas, nasceram florestas e planícies verdejantes, com plantas se enraizando, brotando, dispersando-se, florescendo e ofertando de volta ao solo suas sementes cheias de vida. Depois vieram criaturas vivas, em atordoante variedade: todas as que se movem lentamente pela Terra, ou esvoaçam sobre ela, ou sobem alto no espaço; todas as que correm pelas estepes e as que fazem tocas sob o solo; as que se movem ágeis no fundo dos mares ou deslizam e saltitam rápidas pelas águas.

Mas Urano teve ciúme e medo da própria prole. E assim arremessou-os ao Tártaro — uma masmorra muito abaixo da superfície da Terra. Lá os deuses Titãs definharam, cercados por paredes adamantinas que flamejavam na escuridão.

Gaia ficou furiosa ao ver sua prole banida para aquele lugar sinistro. Disse ao filho Cronos:

— Hoje à noite vou resgatá-lo dessa masmorra medonha feita com meus próprios ossos e entranhas. Vou lhe dar uma foice. Use-a como arma contra seu pai, e não hesite.

Naquela noite, quando Urano veio dormir com Gaia, Cronos estava à espera. Tal como o instruíra a mãe, ele brandiu a foice e cortou os órgãos genitais do pai, arremessando-os ao mar. Mais tarde, da espuma em torno das partes decepadas nasceu uma deusa: Afrodite. Atena teceu a deusa no momento em que pisava em Chipre, sorrindo e erguendo seus braços cintilantes para as ninfas que vieram atendê-la. De cada passo de Afrodite na terra nasceram violetas e papoulas; dela emanou uma volúpia deliciosa que transtorna o espírito de divindades e mortais.

Agora reinavam os deuses Titãs Cronos e Reia, e os filhos que tiveram juntos formaram a nova geração de imortais, chamados Olimpianos: Zeus e Hera, Posêidon e Hades, Deméter, deusa das colheitas, e Héstia, deusa do fogo do lar.

A CENA SEGUINTE NA BORDA da tapeçaria de Atena era a história de como Cronos, por sua vez, foi derrubado pela esposa Reia e pelo filho Zeus, instalando-se assim no poder a geração dos deuses Olimpianos.

Cronos, tal como Urano antes dele, ficou apavorado com os filhos fortes e jovens. E por isso, a cada vez que nascia um filho seu, ele o engolia. E também por medo aprisionou os Ciclopes e os Hecatônquiros nas profundezas do Tártaro.

Reia, tal como Gaia antes dela, ficou horrorizada. Quando nasceu o filho mais novo, Zeus, ela enganou o marido: em vez do bebê, deu-lhe uma pedra para engolir, e enviou imediatamente a criança para o monte Dicte, em Creta. Lá, numa clareira nas profundezas impenetráveis da floresta, a cabra Amalteia aleitou secretamente o jovem deus. Para disfarçar sua presença aos curiosos, ela convocou os ruidosos espíritos chamados Curetes, que abafavam o choro de Zeus com o som vibrante de seus címbalos.

Já crescido, Zeus persuadiu Métis, a mais astuciosa dos imortais Titãs, a ajudá-lo. Ela lhe forneceu uma erva.

— Faça Cronos ingerir — disse. — Logo você reverá seus irmãos e irmãs.

Ele pôs a erva de Métis no néctar do pai — néctar era o que os deuses bebiam em vez de vinho. Cronos se engasgou e então regurgitou todos os irmãos e irmãs de Zeus, e por último a pedra.

Com Zeus e seus irmãos e irmãs todos juntos em liberdade, as gerações entraram em guerra. Olimpianos cerraram fileiras contra Titãs, filhas e filhos lutando contra as legiões flamejantes do pai. Esquadrões aguerridos de deuses Titãs ocuparam os céus. Contra eles investiram — implacáveis, furiosas — as

Atena

tropas dos deuses mais jovens e de Titãs mais velhos que haviam sido recrutados como aliados.

Por dez anos as abóbadas celestes retumbaram com as batalhas — embora uma década seja como um piscar de olhos para esses seres, que não têm como combater até a morte. No final, foi Gaia, esgotada pelo conflito, quem rompeu o impasse.

— Zeus vencerá essa guerra — profetizou ela —, mas apenas se libertar as forças do Tártaro.

Assim, ele desceu até as betuminosas profundezas daquela masmorra e negociou com os Hecatônquiros e os Ciclopes. Em troca da liberdade, os Ciclopes ofereceram raios a Zeus — além de sua lealdade.

Zeus arremessou sua nova arma, fulgente e cegante, pelo tecido do céu, rasgando-o de ponta a ponta; então desferiu outro raio, ainda mais forte, contra o pai; o raio caiu como uma espada incandescente lançada com uma força implacável.

Pela primeira vez, Cronos sentiu uma dor lhe percorrer o corpo; em sua agonia, retorcia-se, convulsionava e sangrava — embora os imortais não sangrem como os humanos, pois o que lhes corre nas veias não é sangue vermelho, mas o ícor, que brilha como ouro.

Cronos pediu paz. Zeus aprisionou os inimigos Titãs, inclusive o pai, nas profundezas do Tártaro. Os Hecatônquiros se tornaram os carcereiros.

Quando tudo isso acabou, Zeus se virou para os irmãos mais poderosos, Posêidon e Hades:

— O universo tem três partes — disse ele. — O céu; a terra e o mar; e o subterrâneo Ínfero. Proponho tirarmos à sorte e dividirmos esses reinos entre nós.

Posêidon e Hades concordaram. Posêidon ficou com a terra e o mar: quando as tempestades abalam os oceanos, quando a terra treme e se fende, destruindo cidades, é ele em ação. Hades ficou com o Ínfero, onde se aglomeram os débeis restos espectrais dos mortais, sem matéria e sem pensamento.

Zeus ficou com o céu e se tornou o rei dos deuses, o deus dos reis, o que traz os temporais, garante a justiça e protege o direito do visitante à hospitalidade. Ele reinava a partir de seu palácio no monte Olimpo, sobre o qual pairava sua ave sagrada, a águia. A irmã Hera, protetora dos votos matrimoniais e das famílias, se tornou sua esposa. Como presente de casamento, Gaia ofereceu a ela árvores de pomos dourados. Hera plantou as árvores em seu jardim na terra dos Hiperbóreos, para além do vento Norte. A tapeçaria de Atena mostrava a deusa passeando por seu amado pomar, acompanhada pelas Hespérides, as filhas do entardecer. Ali perto, acocorado, estava Atlas, um dos inimigos Titãs de Zeus. Encurvava-se em agonia, com os membros doendo: fora condenado a carregar sobre os ombros a abóbada celeste, separando Gaia e Urano, para que nunca mais gerassem uma prole poderosa e rebelde.

Com Zeus, Hera teve Hebe, sempre jovem, e Ares, o violento deus da guerra, que se deleita com cadáveres estraçalhados. Mas ela teve um filho, Hefesto, que nasceu sem pai. Artífice dos deuses, forte e rijo, ele trabalhava dia e noite com seus ajudantes, os Ciclopes, numa forja quente e poderosa como um vulcão. Tinha dificuldade em andar: um dia, quando Zeus e Hera discutiam, ele tentara intervir. Zeus o atirou do alto do Olimpo; a queda levou um dia inteiro e, por fim, Hefesto caiu na ilha de Lemnos, ferindo a perna. Ele fazia coisas maravilhosas e letais: um escudo destinado ao maior dos guerreiros, gravado com cenas tão vívidas e detalhadas que quase dava para vê-las e ouvi-las; uma rede de fios de metal tão fina e sedosa quanto a

Atena

teia de uma aranha, mas com força suficiente para aprisionar um imortal. Fez uma rede dessas para prender a esposa, Afrodite, e seu meio-irmão Ares, quando os dois dormiram juntos.

ATENA TECEU UM PAINEL MOSTRANDO a história de seu próprio nascimento. Zeus, com seu fogoso desejo, tentou violentar Métis, a deusa Titânide. Ela usou de toda a sua astúcia para fugir dele, assumindo mil formas diferentes para tentar se libertar do terrível domínio de Zeus, passando em desesperada rapidez de uma forma a outra, como quando folheamos as páginas de um livro.

No final, porém, ela foi vencida pela ameaça do raio de Zeus. Seu punho férreo a prendera; ela engravidou. Gaia profetizou, uma vez mais:

— Se Métis tiver um filho gerado por Zeus, essa criança será mais forte do que ele.

A reação de Zeus foi engolir Métis inteira. Mais tarde, ele mandou que Hefesto lhe extraísse o bebê da cabeça, usando um machado. Atena saiu inteiramente armada, com uma lança e um escudo, e o elmo encimado por uma fileira de plumas. Se o pai não tivesse burlado a profecia de Gaia, talvez Atena o derrotasse e passasse a comandar o Olimpo.

Atena é a deusa da vitória em guerra e costumava entrar em batalha ao lado de seus mortais favoritos, com uma coruja a acompanhá-la. Herdou toda a sagacidade materna: todo mortal aconselhado por ela era estratégico, meticuloso e astuto. Inventiva e pragmática, era também a deusa da tecnologia. Ensinou os humanos a talhar madeira e a construir a primeira nau; a cardar e fiar a lã; a trabalhar com o tear.

48   *Mitos gregos*

Ao lado da imagem de seu nascimento, Atena fez um painel de Apolo e Ártemis, seus luminosos meios-irmãos, erguendo seus arcos mortíferos para abater mortais com flechas certeiras. O pai dos gêmeos era Zeus, e a mãe era Leto, deusa Titânide, que os dera à luz na ilha de Delos. Apolo, o deus do sol, era cegante, distante, vingativo. A virginal e altiva Ártemis, ao mesmo tempo caçadora e protetora dos animais selvagens, ficava nas sombras e nas matas.

Quando um humano morria de repente na flor da idade, era provavelmente porque Ártemis ou Apolo desferira uma flecha contra ele. Apolo usava ainda suas flechas para enviar pestes fatais, embora também trouxesse a cura. Quando o mundo era jovem, Apolo matou uma criatura enorme, chamada Píton, filha de Gaia. Para celebrar o feito, ele criou os Jogos Píticos, em que os mortais disputavam corridas de carruagem, corridas a pé e lutas. E, em Delfos, Apolo também estabeleceu seu oráculo: sussurrava ao ouvido de sua sacerdotisa, a Pítia, que fazia profecias aos visitantes do templo. Mas o oráculo podia confundir os incautos. As declarações da Pítia eram miscelâneas de ambiguidades, das quais os consulentes geralmente extraíam apenas o que queriam ouvir. Na entrada do templo havia a frase "Conhece a ti mesmo", visto que apenas com o autoconhecimento um humano poderia desemaranhar o amontoado confuso das palavras da sacerdotisa.

Atena teceu o outro meio-irmão, o veloz e inconfiável Hermes — mostrou-o correndo pelo céu com sandálias aladas, tendo na mão o caduceu com duas serpentes entrelaçadas. Era filho de Zeus e da ninfa Maia, protetor dos viajantes, mensageiro de Zeus, um brincalhão que só se mostrava solene ao acompanhar as almas dos mortos ao Hades. Um dia, só para criar encrenca, ele roubou um rebanho de gado que estava sob

Atena

os cuidados de Apolo e levou para as montanhas, enquanto o meio-irmão se distraía com um rapaz que era objeto de seus desejos. Depois de esconder o gado, Hermes sacrificou uma das vacas. Então, brincando à toa com as entranhas dela e o casco de uma tartaruga, criou a primeira lira. Quando finalmente Apolo o alcançou, ficou tão embevecido com o som do instrumento que esqueceu sua fúria e trocou o gado pela lira. Apolo trouxe a arte da música aos mortais, com toda a sua precisão matemática e sua ordem harmoniosa.

A CENA SEGUINTE NA BORDA da tapeçaria de Atena mostrava dois jovens deuses Titãs, Prometeu e Epimeteu, passeando pelas matas e pelos vales da Terra, longe do olhar das divindades no Olimpo. Admiravam as novas criaturas — os homens — que Zeus, numa hora ociosa, moldara em barro.

Os deuses, ocupados com seus próprios assuntos, já tinham quase esquecido aqueles seres curiosos, que se pareciam com eles — tanto quanto se pode dizer que um boneco de argila moldado canhestramente pelas mãos desajeitadas de uma criança se assemelha a uma pessoa real. Mas Prometeu ficou fascinado com as criaturinhas tolas e infantis. Iam comendo amoras silvestres e perambulavam num mundo em que não havia casas, nem cidades, nem governos; não havia navios nem comércio; um mundo sem guerra, sem música, sem literatura, sem filosofia, sem conhecimento dos astros.

— Tenho pena deles — disse Prometeu ao irmão. — Todos os animais em torno estão mais preparados para a vida do que eles. Os cervos têm velocidade, os leões têm força, mas esses homens não têm nada de especial que os recomende. São obtusos e indefesos. Não conseguem encontrar padrão em coisa nenhuma.

Parecem aterrorizados a cada vez que o sol se põe à noite e se ergue de manhã. Devem enxergar o mundo como fragmentos de um sonho. Mesmo assim, devo admitir que me intrigam.

— Tem razão — concordou Epimeteu. — É como se Zeus os tivesse deixado inacabados. Os coitados não sabem nem falar; você ouviu como grunhem e uivam uns para os outros? Não vão durar muito. Certamente vão se extinguir e serão esquecidos: mais um exemplo da displicência de Zeus. Que nome ele lhes deu? "Homens"?

— Fico me perguntando — continuou Prometeu — se consigo ensiná-los a ser mais engenhosos. Penso que, se tivessem alguma das coisas que os deuses guardam tão ciosamente para si mesmos, teriam mais chance. Creio que esses mortais poderiam ser... grandiosos, se eu encontrasse uma maneira de ajudá-los.

E Prometeu começou a urdir seus planos.

Subiu aos salões de Zeus no Olimpo e, distraindo a atenção do rei dos deuses com uma enigmática questão da diplomacia entre Titãs e Olimpianos, surripiou uma lasquinha de chama de um raio e a escondeu num talo de funcho. Então foi até os palácios vizinhos de Hefesto e Atena, onde os dois grandes deuses estavam trabalhando — Hefesto em sua forja, criando armas e armaduras para seus colegas imortais, Atena em sua oficina, experimentando alguns refinamentos para a carruagem celeste de Apolo. Prometeu ficou conversando com eles, admirando suas obras, esperou até estarem de costas e então furtou um punhado da habilidade e da inteligência de cada um, escondendo-as sob o manto. Por fim, desceu de volta à Terra.

Prometeu armou uma tenda numa clareira da mata, onde sabia que os homens às vezes colhiam frutas, e lá se instalou para esperar. Depois de vários dias, alguns ousaram se apro-

Atena

ximar dele, embora logo recuassem como carneirinhos, sentindo-se atrevidos demais. Mas Prometeu teve paciência, manteve-se calmo e quieto e, quando os homens se aproximaram o suficiente — atraídos, talvez, pelas gamelas de uvas e mel que ele colocara no chão —, pegou as porções de habilidade e inteligência e lançou-as sobre os humanos. Elas flutuaram pelo ar e se depositaram no corpo dos homens.

No começo, não aconteceu muita coisa, e Prometeu começou a ficar preocupado, mas aos poucos percebeu que algo se passava no rosto dos homens. Primeiro, perplexidade, depois medo e então outra coisa — algo que parecia curiosidade. Prometeu bem que poderia rir de prazer. Mas, em vez disso, com muita calma, com muito vagar, começou a falar, na esperança de que respondessem à sua gentileza, se não ao sentido de suas palavras.

— Fiquem calmos, por favor, não tenham medo. Estou aqui como amigo de vocês e tenho coisas maravilhosas para mostrar: coisas que os tornarão quase tão grandes quanto os deuses que vivem lá no alto do Olimpo. Estou me arriscando muito vindo aqui, então não me decepcionem — disse ele, estendendo as gamelas de uvas e mel, e sorriu.

E assim tudo começou. Prometeu viveu os anos seguintes entre seus amados homens. Ensinou-os a falar. Mostrou como construir abrigos para se protegerem dos rigores do inverno. Ensinou a afiarem estacas e fazerem lanças, a armarem redes para pegar animais e peixes. Guiou as mãos deles para converterem o sílex em ferramentas para esfolar as presas e lhes deu o fogo de Zeus para cozinharem os alimentos e se aquecerem no inverno.

Tudo isso aconteceu sem que Zeus notasse, pois tinha suas guerras, desejos e divertimentos para se ocupar, longe da superfície da Terra. Até que um dia, olhando para o horizonte em seu palácio, ele viu dezenas de pequenos rastros de fumaça subindo sinuosamente dos vales abaixo do Olimpo. E lá — lá embaixo entre as árvores — estava Prometeu, mostrando a um grupo de homens como fazer uma ponta de flecha. Imediatamente, Zeus se deu conta do que acontecera. Furioso, mandou chamar Prometeu.

— O que significa isso? — perguntou ao Titã, com os raios estalejando ameaçadoramente. — Acha que pode me roubar? A mim, o deus que derrotou Cronos? Está louco?

Prometeu abaixou a cabeça, mas, improvisando rapidamente, respondeu:

— Grande senhor das nuvens, aquele que traz a tempestade: perdoe-me. Eu pretendia apenas mostrar como sua criação era brilhante. E aqueles fogos, admito que peguei emprestado um lampejo de seu raio divino. Mas veja como os ensinei a queimarem oferendas de carne em sua homenagem, e a outros deuses. Rogo-lhe que os deixe continuar. Penso que poderá achá-los... divertidos.

Zeus, com um aceno impaciente, fez sinal para Prometeu se retirar. Pensou em erradicar totalmente os homens. Mas então repensou e mandou chamar Hefesto e Atena.

— Aquele espertalhão, Prometeu, me enganou e a vocês também. Olhem lá, bem embaixo nos vales da Terra: aqueles animais fracos e tolos que fiz, aqueles homens, agora estão dotados de inteligência e habilidade, e têm até fogo. Mesmo assim, há espaço para melhorias.

Atena e Hefesto voltaram para suas oficinas e trabalharam juntos num novo projeto. Hefesto pegou terra e argila, que moldou num formato parecido ao de uma deusa. Atena se pôs ao tear e fez um manto maravilhoso, de uma alvura refulgente — mostrou-o em sua tapeçaria, uma tecelagem dentro da te-

Atena 53

celagem, coisa linda de se ver. Também projetou uma coroa, decorada com imagens das criaturas admiráveis que habitam na terra e no mar. Hefesto pegou os desenhos dela e os executou em ouro muito polido e lustroso, os detalhes tão vívidos que davam a impressão de que os golfinhos na coroa estavam realmente saltando, as andorinhas realmente voando. Então vestiram a figura com o manto e a coroa, e a levaram para a Terra.

Todos os deuses se reuniram, e uma multidão de homens também, tendo ao lado os irmãos Prometeu e Epimeteu. Hefesto e Atena sopraram sobre a figura. De início, nada. Então, aos poucos, uma mudança: dava para jurar que os braços de barro eram macios, pareciam de carne, e tinham veias. Uma pálpebra pareceu se mexer. Então a figura sorriu, os olhos se abriram, e ali estava ela: uma mulher, forte e ágil, uma centelha de astúcia e humor no olhar.

— Aqui estão todos vocês — disse ela, mirando em torno, abarcando com o olhar firme a clareira da floresta com sua luz mosqueada de pontos escuros e os deuses em seu esplendor metálico.

Por fim, fitou os homens, jovens e vigorosos, os corpos musculosos e endurecidos pelos labores da vida.

— Que criaturas maravilhosas! — exclamou. — Como são bonitos os homens! Que admirável mundo novo! — E riu.

A mulher recebeu o nome de Pandora — significando "aquela que dá tudo". Casou-se com Epimeteu e tiveram filhas, que se tornaram as companheiras, as irmãs, as amantes dos homens e vieram a ser mães também. Pandora não liberou todo o horror e sofrimento no mundo, como falsamente alegou um poeta — um homem. Com a chegada das mulheres, os homens deixaram de ser como crianças, inocentes e ignorantes. Começaram a conhecer o amor, a alegria, a dor da perda, o aguilhão do desejo (muitas vezes entre eles próprios): tornaram-se, de fato, plenamente humanos, com todo o bem e todo o mal que isso acarreta. Juntos, e guiados por Prometeu, mulheres e homens aprenderam novas habilidades: pegaram e domesticaram os bois selvagens e os jungiram aos arados; aprenderam a guardar sementes e a plantá-las todos os anos, a fazer a colheita e armazená-la em segurança para os períodos de escassez; domaram e atrelaram os cavalos, e Prometeu se divertiu muito com a alegria dos homens diante da força e da velocidade de um cavalo. Ele lhes falou sobre o sol e a lua, sobre a noite e o dia, sobre o ciclo das estações, sobre os arco-íris, os eclipses e as constelações. Hefesto lhes mostrou como transformar o metal em vasilhas, facas e bridões. Atena demonstrou pessoalmente a Pandora como fiar a lã e o linho, como fazer um tear e tecer. Prometeu ensinou a arte de misturar ervas e fazer remédios; apontou os padrões no voo das aves para poderem ver sinais do futuro; guiou-os na construção de templos para honrar os imortais.

Os humanos começaram a observar o mundo que os cercava, apresentando teorias próprias acerca da natureza da Terra e dos mares, da vasta abóbada misteriosa do céu e da ampla circunferência da lua. Contavam histórias em volta das fogueiras; entre eles surgiram poetas e filósofos.

Mas Zeus nunca deixou de lado o rancor contra Prometeu por lhe ter roubado o fogo. Mandou que seu servo Crato levasse o Titã até as montanhas do Cáucaso e o acorrentasse com grilhões relutantemente feitos por Hefesto. Zeus enviou sua águia para o penhasco exposto e desolado em que Prometeu estava preso. A ave cravou as grandes garras no peito de Prometeu e rasgou incansavelmente a carne, até devorar seu

Atena 55

fígado, e então voou sem pressa de volta para o Olimpo. A dor infligida a Prometeu foi incalculável — mas sua carne era imortal e, assim, a ferida se curou totalmente da noite para o dia. A águia voltou na manhã seguinte, na outra e na outra, e o castigo prosseguiu por anos sem conta, até que por fim Héracles libertou Prometeu. O único consolo, a única companhia de Prometeu foram as Oceânides, filhas de Oceano, que iam até ele, reconfortavam-no e lhe contavam histórias do mundo longe daquele áspero penhasco da Cítia.

No centro da tapeçaria, Atena teceu quatro cenas importantes, começando pela história da última grande guerra no céu — a Gigantomaquia, a batalha entre os Olimpianos e os Gigantes. Depois da vitória de Zeus sobre os Titãs, a paz entre as várias gerações dos imortais continuou frágil e incerta. Os Titãs lutavam contra seus grilhões; a própria Gaia se enraivecia perante a humilhação que eles passavam. Ela deu à luz uma nova geração de imortais — criaturas enormes, de tal altura que as cabeças roçavam o transparente Éter. Em vez de pernas, os Gigantes eram sustentados por serpentes gêmeas, com escamas rijas como uma armadura. Eles começaram a atacar o Olimpo, arremessando grandes blocos de pedra e carvalhos em chamas contra a cidadela no alto do monte, atingindo os palácios dos deuses, até que o fogo se espalhou e queimou os salões pintados com afrescos.

Por fim, um oráculo disse aos Olimpianos que eles só venceriam a guerra contra os Gigantes se tivessem a ajuda de um mortal. Assim, Atena foi em busca de Héracles. Filho do próprio Zeus e de uma mãe humana, Alcmena, Héracles era de longe o guerreiro mais brutal e preparado entre os homens.

Ele agora estava ombro a ombro com Atena, despejando uma chuva de flechas sobre os Gigantes, enquanto os Olimpianos usavam todas as suas armas. Hefesto arremessava projéteis de metal incandescente; mesmo as Moiras, as antigas e poderosas deusas que fiam, tecem e cortam o fio das vidas humanas, combateram com clavas de bronze. Atena pegou um bloco de pedra e o arremessou; ele caiu no mar, prendendo sob seu peso o Gigante Encélado, e se tornou a bela e fértil ilha da Sicília. Finalmente, a batalha virou em favor dos Olimpianos. Foi essa a cena que a deusa colocou bem no centro da tapeçaria: ela própria lutando, com Héracles ao seu lado.

Mas, no momento em que os deuses perceberam que estavam em vantagem, Gaia enviou uma última criatura para combatê-los — um filho seu gerado com o negrume ressoante do Tártaro. Tífon era ainda maior do que os Gigantes. Tinha o tronco de um homem enorme, mas cem víboras de tamanho monstruoso ocupavam o lugar das pernas, e ele tinha múltiplas cabeças de serpente. De suas bocas saía um silvo enlouquecedor e os olhos soltavam chamas. Zeus, em seu desespero final, entrou em combate singular com ele, golpeando-o com seu raio, atingindo-o e chamuscando-o com infindáveis cargas elétricas, como um pugilista que, mesmo no fim de suas forças, sangrando e recuando, à beira do colapso, ainda consegue desferir uma chuva de golpes no adversário.

O duelo prosseguia feroz sobre os mares, e Zeus arremessou contra o adversário o monte Etna, que caiu na Sicília, prendendo Tífon debaixo de si. Ainda hoje é possível sentir a fúria da criatura, gemendo e se agitando, enviando seu hálito sulfuroso aos picos nevados; mesmo em nossa época, ele quase conseguiu escapar de sua prisão de pedra para subir furiosamente

Atena

aos céus mais uma vez. Foi essa a última grande batalha dos deuses, quando a generosa Gaia foi derrotada e despojada por seus próprios filhos e netos.

O SEGUNDO PAINEL CENTRAL de Atena mostrava um grupo de deusas passeando por um prado primaveril: a própria Atena, as Oceânides, Ártemis, Perséfone (filha de Deméter) e Hécate, a grande feiticeira entre os imortais, que traz fertilidade aos rebanhos. As deusas colhiam flores: de açafrão, violeta e íris. Atena deu brilho às flores usando fios de um púrpura cintilante.

Depois de algum tempo, elas pararam para descansar às margens de um riacho — exceto Perséfone, que continuou a colher flores, afastando-se cada vez mais das companheiras adormecidas. Um narciso pálido oscilava à brisa, espalhando seu perfume delicado. Inclinando-se para colhê-lo, ela sentiu um súbito calafrio, como se uma nuvem espessa tivesse passado diante do sol trazendo consigo um sobressalto de ansiedade. Foi como quando estamos a sós, andando à noite na rua de uma cidade, e percebemos o som de passos atrás de nós. Apertamos o passo, olhando sempre em frente, ao mesmo tempo sabendo que pode não ser nada, absolutamente nada.

Ao se endireitar, ela viu que uma carruagem negra, puxada por cavalos negros, se detivera silenciosamente a seu lado. Empunhando as rédeas, muito acima dela, estava um deus — um deus que parecia eliminar a alegria do ar primaveril em torno de si e drenar a luz do céu.

— Entre — disse ele, sorrindo. — Uma deusa tão encantadora como você não precisa andar. Levo-a aonde quiser.

— Não — ela respondeu, embora sentisse as entranhas contraídas de medo. — Obrigada. Mas prefiro andar.

Ele riu. Ela largou as flores, virou-se e saiu correndo. Ele puxou violentamente as rédeas dos cavalos, forçando-os a dar a volta, chicoteando-os na perseguição à deusa de pés ligeiros. Num átimo, o único sinal de que alguém estivera ali eram os açafrões espalhados e pisoteados. As outras deusas nada perceberam — exceto uma, que divisou vagamente, pelo canto dos olhos, uma faixa de escuridão na distância, abanou a cabeça e pensou que estava sonhando.

Perséfone era veloz, mas, mesmo assim, não tinha como vencer os cavalos negros: o condutor era Hades, comandante das incontáveis legiões de mortos, um deus mais forte que todos os outros, exceto seus irmãos Zeus e Posêidon. Agora ela chamava por Zeus, seu pai, implorando que viesse salvá-la. Mas o protetor da justiça não a ouviu. Estava muito longe, num de seus templos, recebendo oferendas da humanidade. E, de todo modo, ele próprio planejara tudo aquilo, junto com o irmão.

Logo Hades a alcançou. Segurava as rédeas com a mão esquerda e, abaixando o braço direito, puxou-a para a carruagem, prendendo-a junto ao corpo frio como ferro, apalpando impiedosamente suas coxas, enquanto os cavalos galopavam, distanciando-a cada vez mais das amigas. Ela se debatia e gritava, agora chamando pela mãe, Deméter.

Enquanto galoparam pelas planícies e colinas, enquanto ela viu o sol e o céu, Perséfone teve esperança de que Deméter a ouvisse. Mas então, ao se aproximarem do sopé de uma cordilheira desolada, a terra se abriu e escancarou-se um abismo. Hades conduziu os cavalos diretamente para lá, açulando-os para descerem mais e mais. Ao serem tragados pela terra, Perséfone lançou um último grito desesperado. Então as rochas acima deles gemeram

Atena 59

e se moveram, estreitando o trecho de céu claro e cálido até não restar nada além da escuridão úmida e viscosa.

Foi esse grito final que Deméter ouviu ecoar pelas montanhas. Horrorizada com a angústia na voz de sua querida filha, ela deixou os salões do Olimpo e voou pelos céus como uma águia, escrutinando planícies e montanhas, procurando Perséfone por terra e por mar. Mas não encontrou qualquer vestígio. Nenhum deus ou mortal pôde ou quis lhe dizer coisa alguma; nenhum pássaro de agouro ousou lhe enviar qualquer sinal. Ela desceu à Terra e vagueou durante nove dias, procurando; não comeu nada, não bebeu nada, não parou um instante sequer para dormir ou se banhar. Por fim, encontrou a deusa Hécate e sondou-a.

— Não sei o que vi naquele dia — respondeu Hécate —, mas era *alguma coisa*: uma cavidade na luz, como um furacão escuro. Talvez Hélio saiba lhe dizer mais.

Sem uma palavra, Deméter se virou e, junto com Hécate, voou reta como uma flecha até o refulgente Hélio, o sol, que percorria o céu. As duas se puseram bem diante do caminho de sua carruagem, detendo seus cavalos de brilho ofuscante.

— Respeite-me como sua igual — disse Deméter — e diga a verdade. Onde está Perséfone? Onde está minha filha? Ouvi a voz dela gritando por mim. Você vê tudo e todos, e então me diga: alguém a raptou?

— Respeito-a e me compadeço, e sim, vou lhe dizer a verdade. Foi Hades quem pegou Perséfone. Quer se casar com ela — disse Hélio. — Ela está em segurança, no Ínfero. Vi-a fugindo dele, gritando pelo pai, gritando por você… Mas ouça, não há nada que você possa fazer. Hades planejou isso com o próprio Zeus. E afinal ele não será um marido tão ruim. Veja o poder que tem, quantas almas governa lá embaixo em seu grande reino do Érebo. Ela será uma grande rainha. Vai ser melhor assim.

Com isso, gritou aos cavalos, e eles partiram alegremente pelo céu, voando como pássaros rumo ao horizonte.

Deméter, de início, não se moveu. Mas então foi tomada de fúria, de uma fúria terrível e de uma dor ainda mais brutal do que antes. Disparou para a Terra como um falcão arremetendo contra sua presa. Lá chegando, mudou sua figura, enrugando a pele clara e luminosa, encolhendo-se, encurvando as costas, até ficar com a aparência de uma mulher frágil e idosa. Passou meses alimentando sua angústia, vagueando entre os humanos, mendigando farelos a reis e criadores de porcos, a princesas e campônios; por vezes, regateou a travessia dos mares com pescadores e mercadores. Viu muitas cidades e aprendeu como pensavam muitos dos humanos. Alguns lares a acolhiam com bondade, dando-lhe pão, azeitonas e vinho para se alimentar e só lhe fazendo perguntas depois que ela saciava a sede e a fome; quando tinha sorte, as escravas lhe preparavam uma cama no canto de uma casa, com tapetes e peles de carneiro para aquecê-la. Em outros lugares, era enxotada entre insultos e zombarias, ou pior — atirando-lhe um escabelo ou soltando sobre ela os cães da propriedade.

Um dia, nos arredores de um pequeno povoado, ela parou para descansar junto a um poço. Quando estava ali sentada, à sombra de uma oliveira, cansada e faminta em seu corpo de mortal, o coração doendo pela filha perdida, quatro moças vieram pela trilha, conversando, rindo e brincando entre elas; traziam cântaros que deviam encher de água e levar para a casa dos pais. A mais velha, Calídice, tão logo viu a mendiga, falou:

— Não quero me intrometer, mas você parece estar totalmente sozinha. Podemos ser de algum auxílio? Tenho certeza de que encontraria um leito em nosso povoado.

Atena   61

A deusa sorriu e contou uma história às irmãs.

— Agradeço a bondade de vocês, filhas. Eu me chamo Doso e venho de Creta. Contra minha vontade, vejam. Eu e algumas outras mulheres fomos cercadas e raptadas por um grupo de piratas. Eles nos levaram até o continente. Fiquei com medo de que nos vendessem para comerciantes de escravos e assim, quando estavam assando carne e se embriagando, consegui me esgueirar e fugi. Acabei chegando até essa fonte, mas você tem razão, preciso de um teto sobre minha cabeça. Então me diga: onde estou e a que casa devo ir? Trabalharei de bom grado. Posso cuidar de crianças ou supervisionar moças no tear, o que for necessário.

— Lamento saber o quanto tem sofrido — disse Calídice. — Os imortais deuses enviam a nós, mortais, muitas amarguras que temos de suportar. Mas vou lhe explicar onde estamos: o local mais próximo se chama Elêusis, e há lá duas ou três famílias que certamente lhe dariam abrigo. Mas e se perguntarmos à nossa mãe se ela a receberia? Se esperar aqui, vamos até lá agora mesmo e falamos com ela. Temos um irmãozinho que precisa de uma ama e talvez, se nossos pais concordarem, você poderia morar conosco e ajudar a cuidar dele.

A deusa assentiu com a cabeça; as moças encheram seus cântaros de água e correram de volta para casa. Deméter não esperava muito que voltassem, mas, depois de algum tempo, voltaram: antes mesmo de vê-las, a deusa pôde ouvi-las rindo e conversando e, quando despontaram na curva na trilha do gado, ela pôde ver os cabelos das jovens cintilando à luz do sol. As moças ajudaram a deusa a se levantar e, andando lentamente, voltaram com ela à casa dos pais, Celeu e Metanira; quando chegaram à soleira, correram até a mãe, que estava sentada numa cadeira belamente entalhada, sorrindo e aninhando o bebê junto ao seio.

A velha estava atrás das jovens, e assim elas não a viram entrar na sala, como a mãe viu. Quando a sandália de Deméter ressoou no degrau da porta, Metanira teve certeza de vislumbrar brevemente não a silhueta de uma velhinha encurvada contra a luz da manhã, mas sim uma deusa, alta, forte e esguia. A impressão logo sumiu, no entanto, e havia ali apenas uma mendiga esfarrapada. Mesmo assim, Metanira — temerosa e cheia de reverência — pôs-se de pé num salto e ofereceu sua própria cadeira à visitante. Mas Deméter manteve os olhos modestamente baixos, fitando o chão, e declinou o convite para se sentar até que Iambe, a escrava, tomou a iniciativa de trazer uma banqueta, que forrou com uma pele de carneiro. E a deusa imortal, enquanto observava a mãe mortal aleitando o bebê, cercada pelas filhas tagarelando, envolveu o rosto com o xale a fim de esconder as lágrimas. Sentiu que o coração ia explodir de dor ao relembrar a filha querida.

Deméter ficou um longo tempo ali sentada, mergulhada em pensamentos, sem dizer nada. Metanira, com tato, não a pressionou para falar, e quando Iambe lhe ofereceu uma bebida refrescante de cevada, água e ervas, ela recusou. A isso, Iambe fez um gracejo obsceno para que a visitante risse — e, a despeito de si mesma, a deusa realmente riu. Seu estado de espírito melancólico se dissipara.

— Seja bem-vinda, senhora — disse Metanira. — Posso ver que é uma pessoa de respeito; há graça e bondade em seus olhos. Tem sofrido muito. Perder o lar, ser exilada, ser separada da família... é duro. Mas gostaríamos que adotasse nossa casa como sua, se em troca me ajudar a cuidar de meu filhinho, Demofonte.

Atena 63

— Deixe-me segurá-lo — pediu a deusa, estendendo os braços para a criança. — Realmente cuidarei dele, e prometo que, enquanto eu estiver com ele, estará a salvo de qualquer mal.

Brincou com ele nos joelhos, aninhou-o junto a si, sentiu seu cheirinho delicioso de bebê e sussurrou em seu ouvido:

— Hades não o pegará, não mesmo.

Deméter — ou Doso, como era conhecida na família mortal — se tornou a ama de Demofonte. Cada dia tinha seu ritmo: brincava com ele, acalmava suas lágrimas e, enquanto o menino dormia, varria os salões com Iambe e supervisionava as escravas mais jovens trabalhando na fiação e nos teares. Enquanto isso, todos percebiam como Demofonte crescia depressa, ultrapassando as outras crianças da mesma idade. Sua pele cintilava, os olhos brilhavam, o cabelo crescia basto e lustroso, nunca tinha aquelas doenças infantis que acometiam os amiguinhos.

Metanira tinha mais ou menos apagado a estranha visão que tivera no dia em que Doso chegara à sua porta. Mas, depois de algum tempo, ficou preocupada com a incrível força e vigor de Demofonte. De onde vinham? Logo que Doso começara a cuidar do menino, de repente ele desmamara sozinho. Então Metanira se deu conta: nunca vira a ama alimentá-lo com coisa alguma — nenhum pedacinho de pão embebido em leite, nenhum naco macio de fruta, que as crianças pequenas conseguem comer. Talvez tudo se fizesse discretamente, fora de suas vistas... ainda assim... Mas certamente não havia com o que se preocupar — o filho era feliz e saudável. Por outro lado, não havia algo de misterioso em seu surto de crescimento, em seu florescimento quase luminoso?

Metanira resolveu observar de perto a ama e o bebê. Passou todo o dia seguinte ao lado deles, dando alguma pequena desculpa para deixar o tear e ficar a observá-los enquanto brincavam no pátio sombreado ou examinar o menino enquanto dormitava no berço forrado de pele de carneiro. E, embora não houvesse o que criticar no cuidado paciente e bem-humorado que Doso dedicava ao menino, o mistério permanecia — quando o menino comia? Talvez, pensou Metanira, a ama o alimentasse apenas à noite, por estranho que parecesse. Assim, ela se manteve acordada enquanto toda a casa se recolhia e, quando julgou que todos estavam dormindo, saiu silenciosamente de seu quarto, foi até o quartinho de Doso e abriu suavemente a porta.

Por um instante, ficou imóvel. Então gritou. Tinha visto uma coisa terrível, inimaginável: seu filhinho, seu bebê, no fogo — e Doso ali parada, olhando. Metanira entrou correndo e, mergulhando os braços nus entre as chamas, retirou a criança. Mas Doso rugiu furiosa e tentou arrancar o bebê dos braços de Metanira; enquanto lutavam, Demofonte escorregou das mãos delas e caiu no chão.

Doso se virou para Metanira.

— Sua tola! — exclamou. — Sua mortal estúpida e ignorante! Não tem ideia do que acabou de fazer. Todas as noites ponho Demofonte nesse fogo, e todas as noites faço com que o fogo consuma um pouco mais de sua humanidade fraca e patética. Juro pelo rio Estige, a água implacável que circunda o Ínfero, que teria feito dessa criança um deus, para se sentar a meu lado em meus salões no Olimpo. Agora, por causa de sua inépcia crassa, ele morrerá como todos vocês, mesmo que venha a ser relembrado com honras por ter repousado em meu regaço. Porque eu, Metanira, não sou a velha frágil que você pensa. Sou uma deusa, a imortal Deméter, que traz dádivas a imortais e a humanos.

Atena   65

A isso, suas costas se endireitaram, sua pele rebrilhou. A velhice se dissolveu. Ela adquiriu uma enorme estatura. O cabelo, não mais grisalho e desgrenhado, descia basto e lustroso pelos ombros. Um perfume delicioso — como brisa numa manhã fresca da época de colheita — se espalhou pelo quarto. Dela emanava uma radiação fulgurante. Metanira recuou de espanto e tropeçou, caindo no chão.

— Construa-me um grande templo — ordenou Deméter, a voz feito um trovão de verão. — Determinarei os ritos que você deve oferecer para me satisfazer.

Houve um alvo lampejo luminoso, e ela sumiu. As filhas de Metanira, despertadas pela comoção, entraram correndo. Calídice ergueu o bebê que estava no chão e tentou acalmá-lo e consolá-lo. Mas ele não parava de chorar; queria sua ama divina, não meras irmãs mortais.

Já na manhã seguinte, iniciaram-se as obras para um novo templo dedicado à deusa. Todavia, Deméter continuou na Terra, evitando os salões dos colegas imortais. Agora que perdera Demofonte, as saudades da filha redobraram. Em sua fúria e dor, ela retirou suas dádivas de colheita e fartura, tanto dos humanos quanto dos deuses. A Terra inteira se congelou na dor da deusa. A Natureza se entorpeceu. Dos galhos nus não surgiu nenhum botão, nenhum broto abriu caminho entre o solo primaveril. Tudo se tornou cinzento e desolado. Dia após dia, semana após semana, mês após mês, apenas sopravam ventos gelados e caíam chuvas violentas. Logo os carneiros e as cabras ficaram sem feno para comer; os celeiros e os depósitos estavam vazios. As pessoas passavam fome e emagreciam. Mesmo os deuses ficaram inquietos e descontentes, visto que os mortais não podiam oferecer sacrifícios de carne fumegante nem enviar ricos aromas aos céus para agradá-los.

Por fim, Zeus enviou Íris — a mensageira dos deuses, que viaja na cauda do arco-íris — em busca de Deméter. A emissária a encontrou sentada sozinha, colérica, em seu templo, aquele que Celeu e Metanira tinham erguido em Elêusis, envolta num manto negro como a meia-noite.

— Por favor, grande deusa, volte ao Olimpo — pediu Íris. — É essa a vontade de Zeus: não o contrarie. Essa raiva já se prolongou por tempo suficiente. É hora de amaciar o solo, de instilar vida nas sementes adormecidas. Já basta de sofrimento.

Deméter se virou para ela e respondeu:

— Pode voltar a Zeus e lhe dizer que não retornarei ao Olimpo e nenhuma semente germinará na Terra enquanto eu não puser os olhos em minha filha.

Nada do que Íris disse foi capaz de demovê-la, e assim ela voltou aos salões do Olimpo. Zeus enviou os outros deuses até Elêusis, um a um, levando dádivas e homenagens para oferecer a Deméter para que libertasse a Terra de suas garras invernais, para que deixasse as folhas brotarem, as flores se abrirem, as sementes amadurecerem em suas cascas. Mas ela foi implacável. Mandou todos os deuses de volta para o céu, com a mesma mensagem. Queria ver Perséfone.

Finalmente, o senhor dos raios concordou que Perséfone fosse autorizada a retornar ao ar superior, mas com uma condição — só poderia ficar em caráter permanente na Terra se não tivesse comido nada durante o período que passara nos salões dos mortos. Deméter assentiu, relutante, e o rei dos deuses convocou Hermes e o enviou ao Érebo, o sinistro domínio de

Atena 67

Hades. Lá ele encontrou a bela Perséfone, sentada separada de seu sequestrador numa câmara do palácio úmido e escuro; empalidecera e emagrecera, sua beleza divina perdera o viço. Hermes se curvou diante de ambos e anunciou:

— Grande Hades, venho da parte de Zeus. Sei que o senhor não precisa das dádivas de Deméter aqui, em seu reino da morte, onde nada cresce e nunca crescerá. Mas ela está zangada, e a Terra está morrendo. Chegará um tempo em que os humanos deixarão de se multiplicar, e então não haverá mais almas para povoar seu reino. Deméter não cederá enquanto não vir a filha. Por favor, deixe-me levá-la.

Perséfone se pôs de pé num salto, com o coração cheio de esperança, mal conseguindo acreditar que poderia rever a luz encantadora, o céu estriado de nuvens. Hades, com o rosto imóvel e fechado, pensou por um instante. Então chegou a uma decisão.

— Curvo-me à ordem de Zeus — anunciou. — Hermes, arreie os cavalos negros em minha carruagem e leve Perséfone à mãe dela.

Quando Hermes se virou para obedecer, Hades se dirigiu à deusa:

— Senhora, deixe-me ajudá-la com o manto.

Sem suspeitar de coisa alguma, sentindo apenas enorme surpresa pela súbita libertação, Perséfone avançou até ele. Ao se aproximar, porém, ele pôs a mão — fria e dura como mármore — sobre sua boca. Ela sentiu algo na língua e, involuntariamente, engoliu. Hades retirou a mão. Cambaleando, ela se libertou dele.

— É apenas uma semente de romã — disse ele, sorrindo. — Nada demais. Uma brincadeirinha minha. Esqueça.

Perséfone recuou, trêmula, sem entender o que acabara de acontecer — algum jogo, uma cruel despedida. Então virou-se e saiu correndo do palácio, enquanto Hermes aguardava na carruagem de Hades. Ela subiu e se sentou ao lado dele.

— Leve-me embora daqui, já — pediu. — Vamos.

Hermes fustigou os cavalos e saíram a galope pelas terras áridas e desoladas dos mortos. E logo os cavalos começaram a subida, escalando uma trilha que ascendia sempre, sem parar. Saltaram por sobre o rio Estige, as águas fétidas que cercam o domínio de Hades, e chegaram ao local onde as rochas haviam se fechado sobre Perséfone. Os rochedos rangeram, estremeceram e se abriram; veio um sopro de ar com perfume de pinheiro, surgiu a vista do amplo horizonte e viram-se lá fora. Perséfone ria de alegria.

Continuaram a galopar, os cascos dos cavalos mal tocando o solo, até chegarem ao grande templo onde Deméter aguardava. Ali sentada, ela percebeu que a filha se aproximava; ergueu-se de um salto, desceu correndo os degraus do templo e, enquanto Hermes freava bruscamente os cavalos, Perséfone saltou da carruagem e as duas deusas correram para se abraçar.

A imortal Deméter, que pensara que iria passar toda a eternidade sem rever a filha querida, agarrou-se a Perséfone como se nunca mais fosse soltá-la, beijando-lhe o cabelo macio, os lábios, as faces. E Perséfone, enquanto se afogava naquele abraço forte e protetor, entendeu que o amor de Deméter era único e inesgotável, e que nunca ninguém a amaria como a mãe.

Ficaram um longo tempo assim, e as lágrimas corriam.

Mas, depois, Deméter se apercebeu de algo — algo que não estava inteiramente certo. Desprendendo-se suavemente dos

Atena   69

braços de Perséfone, pegou as mãos da filha entre as suas e perguntou:

— Ele lhe deu algo para comer?

— Não — respondeu Perséfone. — Durante todo o tempo em que estive lá, recusei o néctar e a ambrosia. Não suportaria comer coisa alguma que viesse dele.

— Tem certeza? — insistiu Deméter. — Não comeu absolutamente nada, durante o tempo todo em que esteve lá?

— Absolutamente nada — respondeu a filha. — Só que... só que, quando Hermes foi me buscar, logo antes de sairmos, ele fez uma coisa pavorosa: empurrou a mão sobre minha boca e me fez engolir alguma coisa. Mas não era nada, só uma semente de romã.

Deméter se virou ligeiramente e então olhou de novo a filha, forçando um sorriso, afagando sua longa cabeleira, e as duas, mãe e filha, ficaram conversando e se reconfortando mutuamente; e Hécate também veio, para ver a querida amiga Perséfone e lhe prometer que ficaria sempre a seu lado, acontecesse o que acontecesse. Após algum tempo, chegou Reia, a grande deusa Titânide, mãe de Deméter, trazendo uma proposta de Zeus.

Reia e Deméter se afastaram para negociar, e só depois Deméter chamou a filha para junto de si.

— Perséfone, me escute: Hades ludibriou você. Existe uma lei: se você come alguma coisa, qualquer coisa, no Érebo, mesmo que seja apenas uma semente de romã, precisa voltar para lá para todo o sempre. Mas Reia e eu chegamos a um acordo: durante um terço do ano você ficará lá e reinará como rainha dos mortos. Mas também poderá voltar ao ar superior por dois terços do ano, para ficar comigo e os outros imortais.

Deméter sorriu entre as lágrimas e, nisso, afrouxou seu férreo controle sobre as coisas vivas da Terra. Zéfiro, o suave vento Oeste, começou a aquecer o solo. Não demorou muito, e as quatro deusas — Reia, Deméter, Perséfone e Hécate — puderam ouvir os passarinhos cantando nas árvores. Logo o canto foi abafado pelo grito das cigarras, despertando ao sol. Aos poucos a Terra revivia. Voltava a primavera. Os prados floresciam de novo com açafrões, violetas, íris e narcisos.

UMA DAS OCEÂNIDES QUE ESTIVERA passeando com Perséfone, no dia em que ela fora sequestrada por Hades, era Clímene; foi ela quem Atena teceu a seguir, em seu terceiro grande painel central, mostrando a ninfa chorando sozinha no Norte desolado, derramando lágrimas que se endureciam e se transformavam em âmbar. Clímene criara um filho, Faetonte, em sua pequena ilha rochosa. O pai era Hélio, mas o deus nunca interrompia seu percurso pelo céu para visitar o menino. Faetonte diariamente insistia que a mãe lhe contasse sobre o pai, e cravava os olhos na luz fulgurante do céu, esperando contra todas as esperanças conseguir ver os contornos da carruagem paterna. Ao crescer, o menino se vangloriava de Hélio com os amigos, mas aquilo apenas os entediava e irritava.

— Se ele é mesmo seu pai — disse um deles —, por que nunca esteve aqui? Talvez na verdade nem seja seu pai. Talvez seja apenas uma história que sua mãe lhe contou.

Em casa, Faetonte se zangou com Clímene, culpando-a pelo sentimento de perda que o consumia.

— Por que ele nos deixou? O que você fez a ele? Tem certeza de que ele é meu pai? — perguntava, sem cessar.

Atena

Por fim, ela disse:

— Se você quer mesmo vê-lo, vá. Já tem idade para isso. O palácio dele não é longe daqui: siga para o Leste, e o encontrará logo abaixo do horizonte; é lá que ele passa as noites. Ao conhecê-lo, veja se gosta dele.

Faetonte partiu para o Leste e, depois de vários dias, chegou logo abaixo do horizonte. Os salões do pai se erguiam esplendorosos diante dele, com frontões refulgentes: o garoto se sentiu pequenino. As portas admiráveis, trabalhadas pessoalmente por Hefesto em pura prata, eram entalhadas com imagens de deuses marinhos: o mutante Proteu cuidando das focas de Posêidon, e Tritão, peixe da cintura para baixo e homem da cintura para cima. Hesitante, Faetonte pôs as mãos nos painéis de prata e empurrou.

Viu-se num imenso salão. Tudo em redor fulgurava: os pisos de pórfiro e malaquita, os cálices de ouro cravejados de pedras preciosas, pousados em mesas incrustadas de marfim. As paredes tinham afrescos com cenas da Terra que Hélio observava em seu percurso diário pelos céus: florestas, rios, planícies, montanhas, mares pontilhados de ilhas, tudo disposto em ordem e harmonia, tal como Gaia os criara.

Do fundo do salão vieram um calor e uma luz de tal intensidade que Faetonte recuou. Por entre o clarão ofuscante, conseguiu divisar um trono incrustado com centenas de esmeraldas e, descansando nele, um deus de cabelo e barba flamejantes: Hélio. Estava rodeado pelas Horas, as deusas da passagem do tempo, e pelas Estações: Primavera, usando uma coroa de narcisos; Verão, com uma guirlanda de rosas; Outono, com os braços carregados de uvas; e Inverno, glacial, com sua coroa de gravetos nus.

— Faetonte, meu menino — disse Hélio. — Vi quando você partiu para vir me encontrar aqui, e estou contente em vê--lo, estou mesmo. O que posso lhe oferecer: comida, bebida? Ou um presente? Que tal aqueles cálices ornados de pedras preciosas que o vi admirando? Posso lhe dar um punhado de esmeraldas de meu trono, ou um manto tecido pelas próprias Horas para sua mãe. Diga, e lhe dou.

Faetonte se sentiu mais solitário do que nunca, pois percebeu que nunca poderia se aproximar e tocar o altivo deus, nunca poderia sentir seu abraço.

— Pai — respondeu ele —, não quero presentes. Quero apenas saber se você me ama.

— Ah! Mas claro que amo — disse Hélio. — Todas as manhãs, vejo-o de minha carruagem, verifico que está vivo e tudo o mais. Gosto muito de você e de todos os meus filhos — e fez um gesto vago, indicando o resto do mundo.

— Você provará isso? Realmente me dará qualquer coisa que eu quiser? — perguntou Faetonte.

— O quê? Pois bem, sim, foi o que eu disse — respondeu Hélio, mexendo-se no trono. — O que você quer, então? Infelizmente não tenho muito tempo. Preciso continuar a levar luz ao mundo. As Horas não vão gostar se eu me atrasar.

— Você jura? — perguntou Faetonte. — Faz um juramento solene, selado pela imortal Têmis, protetora das promessas?

— Sim, sim, o que você quiser. Juro — respondeu Hélio, dessa vez com uma clara ponta de impaciência na voz.

— O que eu quero, então, é percorrer os céus em sua carruagem. Fazer seu trabalho, só por um dia. Para me provar como verdadeiro filho seu.

Então um feixe de luz excruciante disparou do olhar de Hélio, a ponto de Faetonte cambalear e quase cair. O deus

Atena 73

parecia incapaz de falar e virou a cabeça de lado. Então voltou a encarar o menino.

— Fui muito imprudente, Faetonte — disse ele. — Nunca deveria ter feito aquela promessa. Faria qualquer coisa, qualquer coisa para desfazê-la. Mas receio ser tarde demais. Têmis, a guardiã dos juramentos, é mais poderosa do que eu e certamente mais poderosa do que você. A única coisa que posso fazer é lhe pedir que retire o pedido. Menino, você é um mortal. Tem poucos anos nesta Terra. Não abrevie ainda mais sua vida. Ouça: você nunca conseguirá controlar meus cavalos. Só eu consigo. E mesmo eu tenho dificuldade: há dias em que quase saio do curso, e Tétis tem medo de que eu me afunde em suas águas. E aquelas constelações que vocês mortais contemplam à noite? Elas atacarão se você não conseguir manter o curso correto entre elas. Escorpião tentará atingi-lo com o ferrão de sua cauda; caso você não tenha muito cuidado, Carcino, o caranguejo, com sua garra irá arrancá-lo da carruagem. Veja, meu filho, meu menino: dou-lhe qualquer outra coisa no mundo. Mas isso não, por favor.

Faetonte pôde notar a aflição — talvez até o amor — na voz paterna, e hesitou. Mas sentia um desejo tão ardente de dirigir a carruagem que se negou a mudar de ideia. Estava secretamente decidido a galopar a baixa altura sobre sua ilha, a fim de mostrar aos amigos e à mãe sua verdadeira natureza.

Hélio, preso ao juramento, cedeu, relutante.

— Preste atenção — disse. — Não use o chicote nos cavalos. O que precisa fazer não é atiçá-los, e sim refreá-los. Você verá minhas trilhas celestes, os sulcos que a carruagem faz diariamente no percurso pelos céus: siga-as. Precisa traçar um arco largo e suave. Evite os polos. Não se aproxime demais da Terra, mas também não voe muito alto.

A essa altura, Selene, a Lua, estava em seu próprio palácio, guardando os pálidos cavalos no extremo ocidental do mundo, pronta para se juntar a seu amante mortal Endimião, que dormita por toda a eternidade na alcova de Selene. Eos ocupou seu posto às portas do palácio de Hélio, começando a derramar seu fluido rosado no horizonte, lavando-o com leves traços de luz da aurora. Os cavalariços de Hélio trouxeram os cavalos de arreios dourados, que davam pinotes e relinchavam impacientes, as espáduas transpirando, as orelhas baixas junto à cabeça, enquanto os cavalariços os atrelaram à carruagem dourada. Hélio fez um último apelo ao filho:

— Meu menino, deixe-me conduzir os animais; você pode ficar assistindo daqui, entretendo-se no palácio. Quando eu voltar à noite, conversaremos e nos banquetearemos juntos.

Mas Faetonte ignorou o pai e saltou para dentro da carruagem, pegando as rédeas. Escavando o ar com os reluzentes cascos dourados, os cavalos dispararam, logo ultrapassando Zéfiro, o cálido vento Oeste. Hélio se tornou um mero pontinho de luz ofuscante na colina, seus gritos de "Puxe as rédeas!" encobertos pelo vento soprando em torno das orelhas de Faetonte e pelo pulsar forte de seu coração. A carruagem, desprendendo-se do solo, levando apenas um menino em vez da pesada carga habitual, adernava de um lado a outro como um barco numa tempestade. Os corcéis de patas fogosas entraram em pânico, o branco dos olhos faiscando. Abandonaram as trilhas usuais.

Faetonte mal conseguia se manter de pé; a ideia de puxar as rédeas e forçar os cavalos a retomarem o caminho certo não passava de fantasia. Não conseguia sequer lembrar os nomes deles. Enquanto arremetiam céu abaixo, mergulhavam e adernavam, o céu parecia mar, o mar parecia céu; então foram envolvidos

Atena 75

por densas nuvens cinzentas que eliminaram qualquer ponto de referência, deixando-os totalmente desorientados.

De súbito, as nuvens se abriram e a carruagem saiu ao ar límpido. Faetonte olhou para baixo. Viu ilhas que pareciam seixos no mar azul, a seguir o contorno dos continentes, e então todo o corpo esférico de Gaia se revelou como um refulgente orbe de azul e verde. Tinham subido a tal altura que alcançaram as estrelas. Faetonte, assustado, soltou as rédeas e os cavalos seguiram ainda mais desenfreados, arremessando-se diretamente contra as constelações ferozes. A Ursa Maior avançou uma enorme pata; Escorpião colocou sua longa cauda encurvada em posição de ataque.

Por milagre, conseguiram escapar dos predadores celestes. Mas a Terra enfrentava problemas. Sem o calor da carruagem de Hélio, começara a nevar fora da estação. Aquele grande manto branco, ofuscante, sufocante, até podia parecer bonito. Mas não por muito tempo. Prosseguindo o frio, a fome se apoderou das crianças; as pessoas de idade começaram a congelar em seus lares. Os rebanhos morriam nos campos, as lavouras congelavam e se perdiam, as aves não encontravam alimento. As árvores se encurvavam e caíam sob o peso dos incessantes flocos de neve. Os peixes ficavam presos e imobilizados nos rios convertidos em gelo; até os oceanos se tornavam lentos ao se encher de geleiras. As cidades ficaram isoladas e todos disputavam os restos de alimentos. As pessoas começaram a morrer de fome.

Nunca passara pela cabeça do menino mortal que sua arrogância iria resultar em tal destruição, em tal miséria, em tal desgraça para a própria Gaia. Mas o pior ainda estava por vir. Agora os cavalos se precipitavam céu abaixo, rumando diretamente para a Terra. Logo Faetonte viu montanhas aproximando-se a uma rapidez assustadora. Agora enxergava as cidades no alto das colinas, os frontões pintados dos templos, as cabanas isoladas, as embarcações no mar. A certo ponto, divisou sua ilha natal, o povoado, a casa materna — e como se arrependeu do desejo pueril de se exibir aos amigos na carruagem do pai! Pois agora estavam muito perto, perto demais.

À passagem da carruagem, os campos ressecaram, a vegetação amarelou, o solo rachou. Os poços secaram, as fontes borbulhantes tornaram-se estagnadas e enlameadas. As ninfas, as delicadas ninfas dos rios e córregos, partiram. Nas lavouras dos mortais, as plantações mirraram e morreram. Os rios se reduziram a filetes e então a nada, deixando a nu seus leitos pedregosos sem vida; o labiríntico delta do grande Nilo se tornou árido e ressequido. As divindades fluviais gemiam e derramavam lágrimas secas. As árvores, que antes ofereciam um abrigo verdejante a pássaros, animais e insetos, perderam as folhas; as florestas viraram cemitérios de ossos. Nas montanhas, os glaciares recuaram e encolheram. Nas terras geladas do Cáucaso, onde Prometeu jazia acorrentado ao rochedo, o gelo que antes se apoderava do solo se derreteu. As planícies férteis se transformaram em desertos. Animais e humanos passavam fome. As doenças grassavam à solta. Nos extremos do mundo, os polos dos quais Hélio recomendara que Faetonte mantivesse distância, o gelo do mar se tornou frágil e fino; começou a jorrar água das calotas geladas. Os oceanos, avolumando-se com o gelo derretido, começaram a devorar as costas baixas, consumindo vilas e cidades. Os ventos, atiçando-se furiosos, se espalhavam turbilhonantes.

Por fim, Gaia não pôde suportar tudo aquilo, e ergueu a cabeça — a cabeça maciça, outrora formada por verdes prados, macia de musgo, mas agora cinzenta, feia, esburacada. Mal

Atena

conseguia respirar, de tão poluído que estava o ar. Tinha a garganta ressequida, os lábios rachados, os olhos — antes profundos lagos espelhados — agora crateras vazias. Angustiada, clamou aos deuses no Olimpo, que se banqueteavam em seus salões, esquecidos de tudo:

— Zeus, rei dos deuses, se é que pode assim se dizer: desperte! Não vê o que está acontecendo? Pensa que está em segurança no alto de seu monte, mas os fogos também o consumirão. Atlas mal consegue sustentar sua carga nos ombros; ele também arderá e, quando arder, Urano descerá nos esmagando, e o Caos primevo voltará a reinar. É isso o que você quer?

Exausta, ela afundou novamente. Zeus saltou do assento, saiu correndo do palácio até a encosta poeirenta do monte e lançou um olhar sobre o mundo. Prontamente disparou um raio flamejante. O raio atravessou o ar como uma flecha e atingiu seu alvo: Faetonte. O menino, aquele menino tolo, foi arremessado aos céus, incandescente, como uma estrela cadente. Já morto, mergulhou no rio Erídano, remotamente situado no ermo ocidental do mundo, perto do jardim das Hespérides.

Os cavalos, esgotados, por fim encontraram o caminho de volta para o palácio de Hélio. O deus se sentia tão culpado e envergonhado que quase se negou a entrar em sua carruagem. Selene precisou ajudá-lo; enquanto o sustinha nos céus, ela ocultava metade de sua luz e assim, durante um dia, o brilho de Hélio diminuiu. Clímene acabou por encontrar o corpo do filho. E lá, à beira do rio, pranteou-o.

Com Prometeu, Clímene teve outro filho, chamado Deucalião, que se casou com Pirra, filha de Epimeteu e Pandora. Foi a história deles que Atena teceu para completar a tapeçaria.

Apesar de toda a sua engenhosidade e iniciativa, a jovem raça de mortais também era venal, violenta e gananciosa. Os astutos e egoístas se apossavam de mais cereais do que precisavam, acumulavam-nos e aumentavam seu poderio. Construíam palácios para si e se intitulavam reis. Escravizavam uns aos outros, os fortes oprimindo os fracos. Travavam guerras entre si, por terras, riquezas e fama. Infligiam grandes feridas nas montanhas, em busca de ferro, ouro, prata e pedras preciosas. Enchiam o ar de fumaça ao fundir minérios para forjar suas armas. Derrubavam florestas inteiras para construir seus navios, enviando as gentis dríades e hamadríades, as semideusas das matas, para o exílio.

Então Zeus — embora talvez se possa argumentar que os vícios dos humanos não eram piores que os dos Olimpianos — resolveu pôr um fim em tudo aquilo. Mandou chamar os Ventos — Bóreas, o vento Norte; Zéfiro, o vento Oeste; Euro, o vento Leste; e Noto, o vento Sul — e ordenou que fossem soprar lá fora, todos ao mesmo tempo, assim instaurando a anarquia nos céus. A chuva passou a cair incessante. Os rios subiram e se encheram, virando torrentes. Romperam suas margens, engolfando vilas, aldeias e áreas rurais, derrubando palácios com a mesma facilidade com que uma criança chutaria um castelo de areia. Os grãos foram assolados e então desapareceram, pomares e vinhedos afundaram sem deixar vestígios, humanos e animais foram levados pela enchente furiosa, as aves pairavam no ar, esgotadas, não encontrando lugar onde pudessem pousar. Mesmo assim, as águas continuaram a subir, submergindo até mesmo as cidadelas mais altas e os templos no cume dos montes. Tal como pretendia Zeus, os humanos estavam morrendo — eram afogados em suas próprias casas ou levados pelas águas mais

Atena

rápidas, enquanto procuravam um terreno mais alto. As ondas batiam nas encostas das montanhas; peixes e focas nadavam entre florestas subaquáticas; Nereidas exploravam o que havia restado das cidades, admirando-se com as ruínas submersas de templos e palácios. Os deuses observavam tudo aquilo das alturas do Olimpo, indiferentes.

No entanto, Prometeu havia previsto muito tempo antes o que estava por vir, e avisara Deucalião e Pirra. Estes, por sua vez, tentaram avisar os outros mortais sobre o dilúvio iminente, rogando reiteradamente que mudassem seus hábitos — ou, se isso fosse impossível, que pelo menos fizessem preparativos para se manter em segurança. Mas ninguém lhes deu ouvidos. Seguindo as instruções de Prometeu, Deucalião e Pirra construíram uma arca, que encheram de provisões. Quando as águas subiram e destruíram o vilarejo, eles entraram na arca e partiram. A embarcação foi se batendo, rodopiando nas águas revoltas, às vezes colidindo perigosamente contra destroços, às vezes avançando numa velocidade assustadora. A arca assim prosseguiu por nove dias, e Deucalião e Pirra jaziam ali dentro, encharcados e amedrontados, mas vivos.

Certa manhã, Deucalião despertou e viu que, em vez de trepidarem e chacoalharem, estavam parados em terra firme. Então abriu cautelosamente a tampa da arca e olhou para fora. Ele não sabia, mas estavam no topo do monte chamado Parnasso, que parecia uma ilha rochosa num mar imensurável.

— Creio que estamos a salvo, pelo menos por ora — disse à esposa, ao saírem para a terra firme. — Mas e o mundo? E se formos apenas nós? Se formos os únicos que sobraram?

Perscrutaram o horizonte com medo e assombro. Não havia nada além de água e céu. Aves e animais haviam acorrido em bando para o topo das montanhas; mas eles eram os únicos humanos. Sentiram-se totalmente sozinhos, como de fato estavam.

Zeus se apiedou do casal inocente e mandou que as chuvas e os ventos cessassem. Saiu o sol. As enchentes recuaram. Parnasso, inicialmente, se tornou parte de um arquipélago, à medida que outros picos emergiam. Depois fizeram-se visíveis as cordilheiras e, por fim, as planícies. Pirra e Deucalião exploraram seus novos domínios e finalmente se depararam com um pequeno templo, semiderruído, tomado de lama e lodo. Aproximaram-se com cuidado e, chegando à escada, inclinaram-se e beijaram os degraus. Pirra falou:

— Deus ou deusa que habita este templo, diga-nos, por favor: somos os últimos mortais vivos?

Nada se mexeu. Então veio uma brisa súbita, uma voz, um som como se fosse o próprio vento sussurrando:

— É Têmis quem fala: para reabastecer a raça dos humanos, joguem atrás de si os ossos da Mãe.

E mais nada. O vento se imobilizou.

Pirra entrou em desespero.

— Ossos da Mãe? Isso não faz nenhum sentido — disse ela.

— E, mesmo que encontrássemos os ossos de nossas mães, o que é impossível, pois não temos a menor ideia de onde estamos, certamente seria um sacrilégio fazer o que a voz disse.

Passaram horas debatendo o que a voz pretendera dizer. Enquanto andavam e falavam, Deucalião tropeçou numa pedra e caiu. Ao se erguer, apoiou-se com a mão na pedra clara e esbranquiçada. Pirra disse:

— Pedras, ossos da Terra... Talvez seja essa a resposta.

— Não custa tentar — respondeu Deucalião.

Atena 81

Cada um deles segurou as pontas de seu manto, formando uma espécie de bolsão, e o encheu de pedras. Foram andando e atirando as pedras para trás, por sobre os ombros. Pirra não se conteve e virou para olhar, e o que viu foi extraordinário: os seixos inchando e crescendo, virando grandes pedaços de matéria. Cada uma dessas massas rudimentares parecia um bloco de mármore que um escultor vai aos poucos, laboriosamente, entalhando — a curva de um braço começando a aparecer aqui, os músculos de uma perna ali — até se revelar a figura inteira. E, conforme formas humanas emergiam daquelas pedras amorfas, sua pele se amaciava e começavam a respirar, a se mover, a sorrir e a rir — eram pessoas novinhas em folha, prontas para imprimir sua marca na Terra.

E assim Atena completou sua tapeçaria. Enquanto retirava do tear a elaborada e cintilante obra, refletiu quão pouco o dilúvio ensinara aos mortais. Eles ainda eram tudo o que os predecessores tinham sido: amorosos e violentos; engenhosos e obtusos; generosos e invejosos; inteligentes e destrutivos. Teve a impressão de que, entre todas as coisas que existiam na superfície da Terra, não havia nada mais maravilhoso e mais terrível do que a espécie humana.

ALCITOÉ

As filhas de Mínias

Dioniso

Europa e o touro

Cadmo e Tífon

Io

Harmonia

Tirésias

Édipo e Jocasta

Etéocles e Polinice

Antígona e Creonte

Níobe

Actéon

Sêmele e o nascimento
de Dioniso

Âmpelo

Dioniso e os piratas tirrenos

Penteu e Agave

Alcitoé e Dioniso

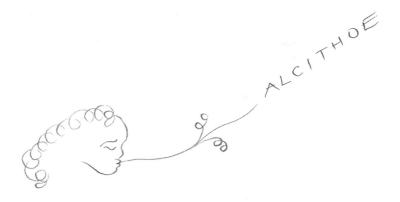

Foi na época em que o jovem deus Dioniso voltou pela primeira vez à Grécia — para a cidade de sua mãe, Tebas, no território da Beócia. As mulheres locais atenderam a seu chamado para cultuá-lo: deixaram rocas e teares, marido e filhos, e correram para as matas do monte Citéron. Lá se somaram às seguidoras do deus, a legião de mulheres que ele trouxera do Leste.

Eram selvagens, essas mênades, essas bacantes, essas seguidoras do deus: embrulhavam-se em peles de corça, usavam talos de funcho como cajados, entrelaçavam heras no cabelo, passavam a noite dançando em frenesi. Em seus arroubos de êxtase, dilaceravam a carne de animais silvestres e então lhes sugavam o sangue, saboreando sua pulsante energia selvagem.

Tudo isso por Dioniso: o deus capaz de enviar frêmitos de medo entre os exércitos; que trazia o consolo da embriaguez aos humanos; que permitia aos mortais serem ao mesmo tempo duas pessoas, ator e personagem. Persuadia os frutos a amadurecerem. Era a força que levava os brotos a desabrochar. Tinha dupla natureza: feroz e gentil; feminina e masculina. Era um deus perigoso, um deus que seria melhor não ignorar.

Apesar disso, Alcitoé, que morava na cidade beócia de Orcomeno, não distante de Tebas, o ignorou, tão concentrada estava em sua arte. O que lhe interessavam noites desregradas nas montanhas, quando havia trabalho a fazer? Com a ajuda das irmãs, ela estava tecendo uma grande tapeçaria, que mostrava uma profusão de cenas das várias histórias de Tebas, desde a época em que Cadmo fundara a cidade.

Alcitoé começou, porém, não por Cadmo e sim por sua irmã, Europa.

EUROPA ERA UMA PRINCESA de Tiro, na Fenícia — terra de arrojados mercadores navais, com montanhas tomadas por florestas de cedro, uma madeira boa de comerciar com os reis egípcios. Um dia, ela brincava na praia com as amigas quando um touro branco veio bamboleando na direção delas. De onde surgira? Ninguém sabia: não estava ali e, de repente, apareceu. Era um touro muito bonito, manso, de pelo reluzente. Deixou que as jovens afagassem seus flancos macios e tecessem coroas de flores em seus chifres. Depois de um tempo, dobrou as pernas dianteiras e, num cambaleio incerto, pousou todo o corpo na areia. Europa se sentou ao lado dele, acariciando suas orelhas e a papada sedosa; então, mais ousada, atreveu-se a montar em seu dorso. O touro não deu mostras de se incomodar. Na verdade, um pouco depois levantou-se outra vez e começou a andar lentamente pela beira d'água. Europa ria de prazer.

Mas, de súbito, o animal se virou de frente para o mar e entrou. Foi avançando entre as ondas, cada vez mais fundo, e então, num arranco, começou a nadar — a nadar diretamente para o horizonte, a uma velocidade inimaginável. Europa gritava, mas

Alcitoé 87

tudo acontecera depressa demais: suas companheiras se tornavam figurinhas cada vez menores numa praia já distante. Das profundezas afloravam criaturas marinhas — tritões e ninfas —, mas apenas riam diante de seus gritos de socorro. Alcitoé teceu a jovem tíria agarrando-se à vida, o touro avançando entre a espuma das águas, o xale rosa da moça ondulando atrás de si.

Depois de muito tempo, chegaram a uma ilha. Mais tarde, Europa soube que se chamava Creta. O touro alcançou com esforço a costa. A jovem, exausta, escorregou das costas do animal para o solo e lá ficou, molhada e suja, semidesfalecida, com a boca cheia de areia. Sabia o que viria a seguir. Conhecia as velhas histórias sobre os deuses e seus desejos monstruosos. O touro montou sobre ela. O touro a violentou. O touro era Zeus.

Em Tiro, a família de Europa estava extremamente preocupada. Seu pai, Agenor, enviou os irmãos dela à sua procura. Um deles era Cadmo. Por anos ele foi de terra em terra, procurando a irmã desaparecida.

Era a época da guerra entre os Olimpianos e os Gigantes, o grande conflito que Atena desenhara no centro de sua tapeçaria. Gaia, a Terra, enviara pouco tempo antes o filho Tífon — a enorme criatura de tronco humano e cabeças e pernas de serpente — para combater os deuses Olimpianos. Tífon levava vantagem: havia roubado os raios de Zeus.

Não havia como recuperá-los à força. Restava a astúcia. Para auxiliá-lo, Zeus designou quem menos se imaginaria: Cadmo, o irmão da jovem que ele violentara.

— Pegue essa flauta de Pã — disse o deus a Cadmo, omitindo qualquer menção a Europa. — Toque para Tífon, do

88   *Mitos gregos*

lado de fora da caverna dele. É preciso distraí-lo. Se você se sair bem, farei de você guardião da harmonia cósmica, e deixarei que despose a bela Harmonia.

Assim dizendo, disfarçou Cadmo como pastor e deu-lhe novas instruções. Chegando ao covil de Tífon, encravado nas montanhas do Tauro, o jovem se recostou numa árvore ali próxima, adotando um ar muito displicente, e começou a tocar. Não demorou muito e a criatura gigantesca, enfeitiçada pela música, veio ondeando para fora da caverna, um imenso tentáculo após o outro, e então as múltiplas cabeças com as bocas arreganhadas e as línguas viscosas. Foi assim que Alcitoé representou a cena, o homem mortal entretendo aquele gigante com serpentes em lugar de pernas.

— Ei, pastor — chamou Tífon, passado algum tempo. — Em vez de ficar me aborrecendo com essa flauta, por que não vai dá-la a Zeus? Sem os raios, ele deve andar sem ter o que fazer. Aliás, tenho uma ideia melhor: que tal fazermos uma competição? Só de brincadeira. Você toca sua flauta e eu faço um pouco de música com o trovão. E, como favor, quando eu for rei dos céus, o que vai acontecer logo logo, deixo você dormir com qualquer deusa que escolher, mesmo Atena, se quiser. Menos Hera, claro. Essa é minha.

O astuto Cadmo então arriscou a sorte. Ele sabia que Tífon tinha pegado não só os raios de Zeus como alguns tendões de seu corpo; esses tendões também estavam escondidos na caverna de Tífon.

— Senhor — disse ele —, eu tocaria uma música ainda melhor se pudesse usar minha lira. Mas justo agora não posso: Zeus destruiu minhas cordas, furioso porque eu tocava melhor do que seu filho Apolo.

Alcitoé 89

Tífon voltou serpenteando animadamente para a caverna e retornou com os tendões de Zeus, estendendo-os a Cadmo para que os usasse como cordas da lira.

— Obrigado — agradeceu o humano, segurando com extremo cuidado os pedaços do corpo do deus. — Com sua licença, vou pegar minha lira.

Cadmo sumiu rápido de vista, fingindo que iria acordoar o instrumento, e então começou a tocar na flauta uma música nova e mais suave, imitando o melodioso dedilhado de uma lira. Tífon soltou um suspiro satisfeito e se acomodou para ouvir. Imaginou que Cadmo lhe tocava uma canção de vitória e começou a divagar. Estava tão distraído, de fato, que não percebeu Zeus se esgueirando para pegar seus tendões onde Cadmo os deixara, com todo o cuidado, e então entrando furtivo na caverna para recuperar seus raios.

Agora se movendo depressa, Zeus envolveu o falso pastor numa nuvem, deixando-o invisível. Cadmo parou de tocar. Tífon, num sobressalto, despertou de seus agradáveis devaneios e então, alarmado, chispou sibilante para dentro da caverna. Viu imediatamente o que havia acontecido e foi tomado de fúria.

— De que valem os raios contra mim? — bradou. — As montanhas me servirão de escudo, as colinas e os oceanos serão minhas espadas, os rios minhas lanças! Libertarei os Titãs de suas prisões! Conquistaremos uma grande vitória! Quando eu derrotar Zeus, ele ficará com a tarefa de Atlas, sustentando o mundo sobre os ombros doloridos. Apolo será meu escravo, tocando a lira para mim enquanto me banqueteio ao lado de Cronos! E em Hera conceberei uma nova raça de deuses de múltiplas cabeças.

Zeus deu risada: tendo os raios de volta, ele era invencível. Tífon, porém, continuava perigoso: arrancou florestas inteiras e arremessou-as contra a fortaleza dos Olimpianos. Zeus revidou com trovões, furacões, temporais fustigantes. Mas foi a última batalha entre eles: Zeus venceu, sepultando Tífon sob o monte Etna, tal como Atena representou em sua tapeçaria.

Zeus não esqueceu o jovem humano.

— Saiu-se bem, Cadmo. Será recompensado: fundará uma grande cidade e governará um grande povo. É hora de parar de procurar o touro branco. Esqueça sua irmã. Ela está em Creta, em segurança, mãe de uma criança. Você deve ir logo a Delfos, para consultar o oráculo sobre o local para sua nova cidade. Mas antes precisa conquistar Harmonia, a mulher que se tornará sua esposa.

Uma brisa forte, lufadas inconstantes. Golfinhos saltando exuberantes entre a espuma, velas batendo, cordas rangendo. Cadmo e seus companheiros tomaram o rumo da ilha de Samotrácia, seguindo as instruções de Zeus. Oficialmente, a ilha era governada por um rei chamado Emation, mas quem realmente exercia o poder era a rainha-mãe Electra, uma das rutilantes Plêiades. Ela era também madrasta de Harmonia, concebida por Afrodite durante seu caso extraconjugal com Ares, deus da guerra.

Depois de atracarem, Peito, deusa da persuasão, se disfarçou como uma mulher local e conduziu Cadmo entre as ruas sinuosas da cidade insular, tornando-o invisível a olhos curiosos. Quando estavam perto do palácio real, ela retomou sua forma divina e partiu como uma flecha para as alturas celestes. O jovem contemplou o requintado edifício: a escada de bronze que levava às portas ladeadas por pilares, o portal de entrada com ricos entalhes, a grande cúpula no centro, os mosaicos de cores vivas nas paredes — obras de Hefesto, reproduzidas com

Alcitoé

igual habilidade por Alcitoé em sua tapeçaria. Atrás havia um arboreto de pereiras, oliveiras, ciprestes, figueiras, romãzeiras e loureiros, com violetas e jacintos florescendo no solo. Havia fontes, também: uma com água de beber, outra para a engenhosa irrigação dos jardins. Na frente do palácio havia filas de cães de prata e de ouro: autômatos que abanavam a cauda em sinal de boas-vindas ou que ladravam intimidantes. A Cadmo, bateram freneticamente as caudas metálicas no solo.

Emation e Electra acolheram o jovem viajante, e um lauto banquete foi servido. Por fim, quando todos haviam se saciado, o salão caiu em silêncio. Electra fez um gesto para que Cadmo se aproximasse, e ele puxou sua banqueta para perto dela.

— Jovem — disse ela —, agora que descansou e se alimentou, conte-nos algo sobre você e sua família.

O rapaz fez uma pausa, tomou um longo gole de vinho e então respondeu à régia dama.

— Meu nome é Cadmo e sou filho de Agenor da Fenícia. Estou em viagem faz muitos anos, procurando minha irmã, Europa, que nos foi tirada por um touro branco — respondeu ele. E prosseguiu: — Mas, se quer saber a respeito de minha família, vou lhe contar a história de minha trisavó, Io, filha de Ínaco.

— Io ERA, outrora, uma sacerdotisa de Hera. Mas Zeus a violentou. Hera ficou furiosa. Não com o marido, o perpetrador do crime, mas com Io, que nada havia feito de errado. Em seu vingativo ciúme, a deusa transformou minha ancestral numa vaca, a qual então ela amarrou a uma oliveira, e colocou Argos, dos cem olhos, como guardião para vigiá-la.

"Zeus, porém, enviou Hermes para libertar Io. O deus mensageiro atirou uma pedra em Argos e o matou, apagando aqueles olhos brilhantes — se bem que Hera prontamente os transformou numa cauda de pavão, onde até hoje, em cor turquesa, fitam sem piscar.

"Io não era mais vigiada, estava livre. Mas como podia existir? Ainda tinha cérebro e coração humanos, porém estava encerrada num corpo estranho. Nenhum parente ou amigo a reconhecia. Ela própria não se reconhecia. Não podia falar, não podia se fazer entender.

"Mesmo assim, tão logo foi libertada de Argos, não teve sossego, sempre em movimento, como folha soprada ao vento. As pessoas diziam que Hera a enlouquecera com ferroadas de moscardo, e ela vagueava pelo mundo tentando escapar da dor aguilhoante. Mas penso que era de outro tipo de dor que estava fugindo.

"Ela seguiu para Oeste e deu seu nome ao mar Jônico. Seguiu para Leste, até as fronteiras dos citas, o povo nômade das estepes. No Cáucaso, encontrou Prometeu, o Titã cujo fígado era diariamente devorado pela águia de Zeus.

"Àquela altura, Io só desejava morrer. Pretendia tirar a própria vida esmagando-se contra as rochas caucasianas. Mas Prometeu insistiu que ela prosseguisse a jornada, para encontrar as Amazonas na Ciméria. Aquelas guerreiras destemidas a conduziriam até um canal do mar, disse-lhe ele, que ela atravessaria a nado, entrando na Ásia. Prometeu lhe disse também que então seguisse pelas terras das Greias, as três irmãs que pareciam cisnes e tinham apenas um olho, o qual dividiam entre si; disse-lhe para procurar a terra dos grifos, que entesouravam ouro na Cítia, e seus predadores, os Arimaspos, de

Alcitoé

um olho só. Disse-lhe, por último, que fosse até a África. Lá, por fim, ela encontraria descanso junto ao Nilo.

"Tudo transcorreu como Prometeu dissera. As Amazonas a conduziram a um estreito canal oceânico, que ela atravessou a nado: desde então, em sua honra, o canal recebeu o nome de 'Passagem da Vaca', ou Bósforo. E quando chegou ao Egito, depois de muitos anos, de fato encontrou relativa paz. Então retomou a forma humana e foi mãe de muitos filhos. Foi a primeira de nossa família a viajar tão longe pelo mundo. Poucos humanos exploraram área tão extensa, poucos viram as admiráveis paisagens que Io conheceu. Penso muito nela enquanto procuro minha irmã."

A HISTÓRIA TERMINOU, o banquete se encerrou. Electra estava para se recolher quando um jovem a chamou de lado. Era o deus Hermes sob disfarce humano. Ele lhe sussurrou ao ouvido: Harmonia, sua enteada, devia ser dada em casamento ao visitante. Era ordem de Zeus.

Electra foi imediatamente até o aposento de Harmonia, que se preparava para deitar, e lhe deu a notícia. A moça ficou apavorada, em lágrimas.

— Por favor, não me obrigue a casar com aquele homem horroroso, maltrapilho, esfalfado — pediu. — Eu não aguentaria deixar vocês por uma vida nas estradas. Aqui é meu lar. Certamente há muitos homens na ilha com quem eu poderia me casar. Por favor, Electra, não me obrigue.

Foi a mãe natural de Harmonia quem, afinal, conseguiu persuadi-la. Disfarçando-se como uma amiga de infância da moça, na manhã seguinte Afrodite se sentou no leito da filha e começou a falar o quanto desejava aquele belo estrangeiro: foi assim que Alcitoé teceu a cena, as duas jovens conversando na intimidade, sendo uma delas, na verdade, uma deusa.

— Eu iria a qualquer lugar com Cadmo — disse Afrodite. — Faria qualquer coisa para estar em seu lugar, Harmonia; trocaria meu pai e minha mãe, nosso palácio, toda a púrpura de Tiro por ele. Imagine só. Viagens pelo mar, liberdade, aventura... Você não anseia ver lugares novos? Não morre de vontade de sair da ilha? E não acha que ele é bonito? Fico pensando como seria tocar seu corpo e ele tocar o meu... Sinceramente acho que morreria feliz se pudesse passar uma noite com ele.

Naquela noite, Harmonia percebeu uma leve mudança em seus sentimentos por Cadmo. E quanto a ele? Bom, ela era filha de Afrodite. Herdara encanto suficiente da mãe para ser irresistível a qualquer humano.

Logo Cadmo voltou a sentir o apelo do mar. O banquete nupcial podia esperar; primeiro ele levaria a noiva a Delfos, para consultar o oráculo, conforme Zeus o instruíra. Instalou Harmonia confortavelmente na popa do navio e então, experiente viajante fenício que era, tomou o leme com destreza e estabeleceu o curso para a Grécia — a Grécia, terra à qual apresentaria a tecnologia da escrita, habilidade que havia aprendido muito tempo antes, com os egípcios.

O GRUPO DE FENÍCIOS VIAJOU por mar e terra, e finalmente alcançou o santuário de Apolo em Delfos, encravado no regaço do monte Parnasso. Depois que fizeram os devidos sacrifícios, depois que Pítia, a grã-sacerdotisa, foi para o recesso mais recôndito do templo de Apolo e se sentou ao tripé, depois que

Alcitoé

entrou no estado de transe em que podia ouvir os sussurros do deus, ela disse:

— Pare de procurar o touro que levou sua irmã. Nunca o encontrará. Aquele animal não faz o trabalho de Deméter: nunca puxou um arado. Ele nunca obedecerá às ordens de um pastor nem responderá a uma vara de tanger gado. O único senhor que ele conhece é Eros. Esqueça também a saudade de casa. Siga a próxima vaca que vir. Ela o levará a seu novo lar. Onde ela se deitar e descansar, é lá que você deve parar. Lá você fundará uma cidade, como um lar, seu e de seus descendentes.

Com efeito, logo na saída do santuário havia uma vaca malhada. Os fenícios a fitaram em expectativa. Ela ergueu os olhos do pasto, mirou-os com um olhar inexpressivo e ficou ruminando. Então levantou-se e começou a andar. Cadmo e os companheiros foram atrás.

A vaca volta e meia parava para pastar. Parecia não ter plano nenhum. Era uma guia exasperante, hesitando, vagueando. Mas não se deitava. E, a despeito de toda a sua lentidão, avançava sempre para o Leste — descendo as montanhas, atravessando as férteis planícies. Finalmente, no terceiro dia, chegaram a uma fonte chamada Dirce, um lugar encantador sobranceado por árvores verdejantes, as pedras formando uma espécie de arquitetura natural ao redor. A vaca suspirou e enfim se acomodou no solo.

Cadmo olhou em torno, satisfeito: ela escolhera um local ótimo para uma cidade, sobre um planalto amplo e imponente. Então ele percebeu a serpente — uma criatura gigantesca, verde, com zigue-zagues escuros nas costas, que surgiu deslizando por detrás de uma rocha. Antes que Cadmo conseguisse sequer gritar, o animal recuou, se ergueu e deu o bote, cravando as presas enormes na coxa de um dos tripulantes fenícios, que caiu no chão. E rapidamente deu mais um bote contra outro, cravando-lhe as presas no braço. Mais um homem caiu, e mais outro, tudo acontecendo com uma rapidez inacreditável, e aí foi a vez de Cadmo, que se viu com os braços presos junto ao corpo, enrodilhado pela serpente, em voltas que pareciam cordas; a língua do monstro vibrava cintilante e seus olhos ardiam de fúria.

Por um instante, Cadmo ficou paralisado de medo — até que Atena, deusa da vitória, instilou confiança em seu coração: o que era uma serpente, sussurrou ela, para um homem que enfrentara e derrotara Tífon? Então, retesando todos os músculos do corpo, ele se libertou da criatura. A seguir, pegando um bloco de pedra, arremessou-o com toda a força contra a cabeça da serpente, esmagando seus miolos na areia. Por fim, com um brado de triunfo, puxou da espada e decapitou o animal, e em seguida ergueu a cabeça esmagada e ensanguentada para todos verem.

No Olimpo, Ares, a quem eram consagradas tanto a fonte quanto a serpente, soltou um brado colérico ensurdecedor: pelo crime de matar o animal sagrado, Cadmo e Harmonia, a própria filha de Ares, estariam destinados a viver como serpentes na velhice.

Mas isso seria no futuro. Cadmo se deu conta do que devia fazer agora — Atena lhe trouxe a inspiração. Com muito cuidado, removeu os dentes da boca da serpente e com eles encheu seu elmo. Então foi andando, espalhando as presas como sementes, até não sobrar nenhuma (embora Atena tenha habilmente pegado um punhado delas sem que ele visse — mais tarde, deu-as a Eetes, rei da Cólquida).

Quase de imediato o solo começou a se agitar. Primeiramente, pontas metálicas agudas começaram a surgir do chão: espigas de um cereal de bronze? Não, pontas de lança. A seguir, afloraram elmos e, sob os elmos, rostos de expressão cruel. Então emergiram peitos cobertos de bronze e depois pernas musculosas com grevas de bronze. Os homens nascidos das presas da serpente se desprenderam do solo, viraram-se uns para os outros, com os rostos contorcidos de ódio. Começaram a lutar, golpeando-se mutuamente até morrerem todos — ou quase todos. Apenas cinco dos homens semeados sobreviveram. Juntaram-se aos fenícios e se tornaram os primeiros cidadãos da nova cidade de Cadmo: Tebas.

UM DOS DESCENDENTES DOS GUERREIROS semeados por Cadmo era Tirésias, um adivinho que viveu até idade muito avançada. Pois bem, Tirésias se tornara profeta da seguinte maneira. Quando jovem, topara com duas serpentes lutando entre si. Ele as golpeou com seu cajado. No que fez isso, ele virou mulher. Sete anos depois, quando a mulher viu novamente as serpentes, não hesitou: golpeou-as com o cajado pela segunda vez. A transformação foi devidamente revertida, e Tirésias pôde voltar a gozar das liberdades concedidas aos homens.

Não muito tempo depois, Hera e Zeus convocaram Tirésias. Queriam que ele decidisse uma disputa.

— Diga-nos, Tirésias — perguntou o rei dos deuses —, quem tem mais prazer no sexo, os homens ou as mulheres? Não conseguimos chegar a um acordo, e você é a única pessoa qualificada para julgar.

Tirésias hesitou. O deus e a deusa o fitavam com expectativa.

— O sexo para mim era mais prazeroso quando eu era mulher — disse, pensando qual dos dois se sentiria mais ofendido.

Com uma única frase, Tirésias traíra um grande segredo: que os desejos sexuais das mulheres são pelo menos tão intensos quanto os dos homens. Isso causou enorme desagrado a Hera, que então, para castigá-lo, cegou-o. Zeus, porém, lhe concedeu outro tipo de percepção: a capacidade de enxergar o futuro. Os governantes de Tebas frequentemente o consultavam. Às vezes acreditavam nele, às vezes não. Tirésias tinha uma filha chamada Manto; seus poderes proféticos, que aprimorou muito mais tarde em Delfos, eram ainda maiores que os do pai, e seus pronunciamentos, tão belos que os poetas os anotavam e os apresentavam como se fossem seus.

No local da futura Tebas, Cadmo e Harmonia enfim celebraram suas bodas. Zeus concordou em se sentar à mesma mesa de Cadmo. Hefesto deu à noiva uma coroa finamente lavrada; Hera lhe ofertou um magnífico trono dourado. Alcitoé teceu o banquete, imortais sentados lado a lado com humanos, praticamente pela última vez. Porém o presente de casamento mais esplendoroso foi o que Afrodite deu à filha Harmonia: um colar de ouro que Hefesto forjara para ela muito tempo antes, quando ela deu à luz seu filho Eros. O colar era belo, muito requintado: tinha a forma de uma serpente de duas cabeças, enrolando-se no pescoço de quem o usasse. No centro, onde as cabeças da serpente se encontravam, havia uma águia. Suas asas eram incrustadas de jaspe, pedra da lua, pérola e ágata, e os olhos, talhados em rubis.

Alcitoé

Da corrente sinuosa pendiam imagens de gaivotas, golfinhos, peixes saltando — quase dava para ouvir as ondas quebrando e os gritos das aves marinhas.

Mas o colar, como tantos presentes dos deuses, trouxe apenas sofrimento aos mortais. Foi transmitido ao longo das gerações da casa real tebana, até que Polinices, tataraneto de Harmonia, o utilizou para subornar uma mulher chamada Erifila. Em troca do colar, Erifila persuadiu o marido Anfiarau, rei de Argos, a combater ao lado de Polinices pelo reinado de Tebas — contra seu próprio irmão, Etéocles.

Como dois irmãos chegaram a se odiar a ponto de guerrear entre si? Para responder a isso, devo deixar Cadmo e Harmonia de lado por algum tempo e saltar por várias gerações, para contar a história de Édipo e Jocasta, os pais dos dois irmãos.

Édipo cresceu em Corinto, filho do rei Pólibo e da rainha Mérope. Tinha uma vida tranquila e feliz até que, logo antes de atingir a idade viril, alguém se embriagou durante um banquete e começou a insistir que ele, Édipo, na verdade não era filho de Pólibo. No dia seguinte, ele interrogou os pais, que descartaram as palavras do bêbado como puros disparates. Mas Édipo não se deu por satisfeito: havia algo em todo aquele estranho episódio que o perturbava e incomodava. Assim, foi até Delfos para consultar o oráculo. Lá recebeu uma profecia preocupante. Estava fadado, disse a Pítia, a matar o pai e desposar a mãe.

Para escapar a esse horrendo destino, ele resolveu não voltar a Corinto enquanto Pólibo e Mérope estivessem vivos.

Tomou a estrada, mal sabendo aonde ia. Estava sozinho e a pé: tinha como companhia apenas seus pensamentos inquietos e um bom e sólido cajado. Não viu ninguém. Até que, quando se aproximava de um cruzamento de três estradas — uma para Delfos, outra para Dáulis e outra para Tebas —, um carro puxado por cavalos veio em sua direção, levantando atrás de si uma nuvem de poeira. À frente cavalgava um arauto, que tentou empurrá-lo para fora da estrada e deixar o caminho desimpedido. Édipo, enfurecido com a arrogância, não arredou pé, mesmo quando o homem que vinha no carro, e que evidentemente era o senhor, brandiu sua vara de tanger gado contra Édipo, gritando e golpeando-o como se fosse um boi ou um jumento teimoso. Édipo, agora realmente enfurecido, revidou o golpe com seu cajado, sentindo um frêmito lhe percorrer o corpo quando esmagou o crânio do idoso. Os guardas do homem afastaram Édipo à força. Édipo enfrentou todos eles. Logo jaziam ali cinco corpos, mortos ou quase mortos — e ele era o único de pé.

Não demorou muito até que a jornada de Édipo o levasse a Tebas, que sempre tivera curiosidade em conhecer. Mas a cidade estava um caos. O governante, Laio, fora assassinado pouco tempo antes. E uma criatura poderosa chamada Esfinge, com cabeça de mulher, corpo de leão e asas de águia, estava perseguindo e matando os cidadãos. Ela dizia que só pararia quando alguém desse a resposta certa a seu enigma.

A pergunta era a seguinte: "O que anda sobre quatro pernas, três pernas e duas pernas?".* Ao ouvir a pergunta, Édipo

---

* A resposta é "o ser humano", que engatinha quando pequeno e usa bengala quando velho.

Alcitoé

apenas riu — era fácil. Ele respondeu, e a Esfinge parou de incomodar os tebanos. O povo aclamou Édipo como salvador e rei. Mais tarde, ele e Jocasta, viúva de Laio, se apaixonaram e se casaram. Combinavam à perfeição, parecia coisa do destino, diziam todos.

Os anos se passaram em paz e prosperidade. O casal teve quatro filhos: dois meninos, Polinices e Etéocles, que viviam brigando entre si, e duas meninas, a ardorosa Antígona, de rigorosos princípios, e a comedida Ismênia, que estava sempre tentando pacificar os irmãos.

Mas, aos poucos, a cidade voltou a ter problemas. As colheitas começaram a escassear. Os rebanhos pararam de produzir. Os tebanos começaram a adoecer. Então passaram a morrer, em número cada vez maior. Tebas se tornou um lugar de sofrimento e morte, de perplexidade e dor. Os cidadãos enviaram uma delegação ao rei, pedindo que encontrasse uma maneira de aliviar a crise e de deter a epidemia. Édipo tomou providências imediatas, confiante em sua capacidade de endireitar as coisas. Em primeiro lugar, mandou Creonte, irmão de Jocasta, a Delfos para obter uma resposta.

— Encontre o assassino de Laio e mande-o para o exílio — proferiu o oráculo. — Só assim os problemas da cidade terminarão.

Então Édipo se pôs a investigar energicamente o crime, repreendendo seus conselheiros por não terem feito isso na época da morte do velho rei. A conselho de Creonte, também mandou chamar o adivinho Tirésias. Mas não deu certo: Édipo e Tirésias brigaram quando o vidente, com suas ambiguidades, pareceu sugerir que o próprio Édipo era a fonte dos problemas da cidade. O rei o mandou embora numa fúria paranoica e acusou Creonte de estar em conluio com ele: era um complô, disse Édipo, para derrubá-lo.

Jocasta tentou aplacar os receios do marido. Contou-lhe uma profecia que recebera anos antes.

— Ouça — disse ela —, há uma coisa que nunca lhe contei antes. Não sei por quê: aconteceu muito tempo atrás e foi muito triste. Laio e eu tivemos um bebê, um menino. Mas um vidente nos disse que Laio seria morto pelo filho. Por causa disso, ele amarrou os tornozelos de nosso bebê e mandou que o abandonassem nas montanhas, para morrer. Assim, é evidente que aquele filho não matou Laio, que foi morto por bandoleiros numa encruzilhada. Está vendo? Isso mostra a confiança que se pode depositar em videntes como Tirésias: absolutamente nenhuma.

Édipo fitou a esposa com atenção e perguntou:

— Onde você disse que mataram Laio?

— Numa encruzilhada. Um lugar onde três estradas se encontram: uma que vem para cá, outra que vai para Delfos e a terceira para Dáulis.

— Por que nunca me contaram isso? Quando ele foi assassinado, Jocasta? Quando, exatamente? É importante…

— Bom, foi poucos dias antes que você chegasse aqui na cidade, creio eu. Estava tudo tão caótico… a Esfinge… E depois então foi um alívio tão grande… e aí pareceu melhor olharmos o futuro, em vez de nos determos na morte de Laio.

— Que aparência tinha Laio? Era idoso?

— Um bom tanto; grisalho. Mais ou menos como você agora, creio eu.

Alcitoé 103

— E estava sozinho? Ou tinha escolta?

— Havia um arauto, alguns guardas, cinco, penso eu. Isso é importante?

— Oh, deuses... sim, pode ser importante. Restou algum sobrevivente?

— Restou, só um.

— O que aconteceu com ele?

— Ele voltou para Tebas. Foi logo após você resolver o enigma da Esfinge. Mas, pouco depois, ele pediu para ser liberado de suas funções e voltar para sua quinta nos montes, e claro que concordei...

— Sabe onde ele está agora? Pode chamá-lo aqui?

— Sim, claro, mas o que há de errado?

— Penso que posso ter sido eu... Penso que posso ter matado Laio.

Jocasta e Édipo encararam essa pavorosa possibilidade: Édipo poderia ter realmente matado sem saber o primeiro marido de Jocasta, seu predecessor no trono de Tebas?

— É preciso enfrentar a verdade — disse Édipo — e assumir as consequências.

E mandou alguns escravos irem buscar o velho pastor e trazê-lo ao palácio.

Naquele momento, porém, chegou um mensageiro de Corinto, a cidade natal de Édipo, trazendo uma notícia inesperada: o rei, seu pai Pólibo, morrera. O choque e a dor de Édipo vieram mescladas com um certo alívio: isso provava definitivamente que a profecia de que ele mataria o pai era falsa. Passara anos sem se aproximar de Corinto e sem ver Pólibo. Era impossível que o tivesse matado, mesmo inadvertidamente. Jocasta, pelo visto, tinha razão: profecias eram mentiras.

— Apesar disso, não devo voltar a Corinto, nem mesmo agora — disse ele. — E se por alguma horrenda e estranha mudança de rumo eu viesse a desposar minha mãe?

O mensageiro coríntio interveio.

— Quanto a isso, não há por que se preocupar, senhor — disse ele. — Talvez eu não devesse lhe contar, realmente não cabe a mim, mas creio que isso pode tranquilizá-lo. Pólibo e Mérope não eram seus pais verdadeiros. Eles o criaram, claro, mas Mérope não era sua mãe natural. Pólibo não era seu pai natural. Eles o adotaram quando bebê.

E prosseguiu:

— Eu mesmo o levei a Corinto, senhor, quando recém-nascido. O rei e a rainha não haviam conseguido ter filhos. Ficaram encantados com o senhor, tomaram-no como uma dádiva dos deuses, decidiram no mesmo instante criá-lo como filho deles. Realmente, o senhor pode voltar a Corinto quando quiser. Está em segurança.

— Eu não era filho deles? O que está dizendo? — indagou Édipo. — Se não eram eles, quem eram meus pais?

O mensageiro respondeu:

— A única coisa que sei, senhor, é que o senhor veio do monte Citéron, bem perto daqui. Seus tornozelos estavam amarrados, e eu mesmo desfiz os nós. Foi outro homem que me deu a criança. Um homem de Tebas, na verdade. Desconfio que o senhor é daqui mesmo, dessas bandas. Ele deve saber mais.

— Bom, quem era esse homem? Como se chamava? — perguntou Édipo.

O mensageiro não soube responder. Então, um dos cidadãos mais idosos — que havia feito parte da delegação pedindo a

Alcitoé 105

Édipo para encontrar uma solução para a peste — interveio, dizendo que achava que era o mesmo homem que já tinham ido buscar, o sobrevivente da cena da morte de Laio. Mas Édipo devia perguntar a Jocasta, disse o cidadão. Édipo se virou impaciente para a esposa e indagou:

— O que você sabe a esse respeito, Jocasta? Sabe de algo sobre um bebê que foi deixado no Citéron para morrer? Sobre mim?

— Édipo, pare com isso. Pare de fazer perguntas. Confie em mim: deixe isso de lado — respondeu Jocasta, que empalidecera subitamente.

— Claro que não vou deixar de lado — replicou ele, incrédulo. — Você não entende? Estou prestes a descobrir quem sou. Quem eram meus pais verdadeiros. Você certamente não tem medo de descobrir que sou filho de alguém de baixa extração ou de algum escravo, ou tem? Eu esperaria mais de sua parte.

Édipo se virou com impaciência e começou a insistir com os escravos, perguntando por que o homem que parecia ter a chave de tudo aquilo ainda não chegara — aquele pastor que, tantos anos antes, havia presenciado o assassinato de Laio e que também o entregara, o bebê Édipo, ao coríntio. Jocasta se afastou sem dizer palavra e foi para seus aposentos.

O pastor chegou. Um ancião, nervoso, evasivo. Trêmulo de velhice e de medo. Édipo o questionou, o interrogou. No final, ele admitiu — sim, dera um bebê para o homem de Corinto. O bebê era daqui, de Tebas. Nascera... nesta casa. Os pais precisavam se livrar da criança por causa de uma profecia. Uma profecia que dizia que o bebê ia matar o pai. Foi Jocasta quem lhe entregou o bebê. Sim, o bebê era filho dela. Dela e de Laio.

— Por que você não seguiu as ordens? Por que deu o bebê a esse homem de Corinto? — perguntou Édipo.

— Não consegui deixar aquela pobre coisinha à morte — respondeu o pastor, agora em lágrimas. — Pensei que, se o bebê crescesse longe daqui, tudo ficaria bem, a profecia nunca se cumpriria. Mas, se o senhor é quem diz ser, lamento... lamento muito.

Todas essas indicações fragmentadas na cabeça de Édipo então se juntaram, encaixando-se para revelar uma imagem aterradora.

Ele, Édipo, era o bebê enjeitado por Jocasta e Laio. Ele era o bebê que fora entregue aos coríntios. Jocasta era sua mãe e sua esposa. Ele era o assassino de Laio, e Laio era seu pai. Seus filhos eram também seus irmãos e irmãs. Ele mesmo era a resposta de todos os enigmas e de todas as profecias.

Édipo entrou no palácio. No quarto de sua querida esposa, encontrou Jocasta pendendo do teto, enforcada no próprio cinto. Chorando, baixou o corpo da esposa, beijou-a, sem saber se as carícias eram para a mãe ou para a amante. Então tirou os broches do vestido dela, um em cada mão, e cravou nos próprios olhos, várias vezes seguidas.

Creonte e os filhos de Édipo, Etéocles e Polinices, baniram-no de Tebas. Os dois jovens combinaram que dividiriam o governo da cidade, alternando-se anualmente no reinado. Mas, após o primeiro ano, Etéocles se recusou a sair. Polinices — usando o colar de Harmonia como suborno — montou um exército, designando sete comandantes para atacar as sete portas de Tebas.

Édipo, agora cego, vagou pela Grécia, tendo as filhas-irmãs Antígona e Ismênia como guias e companheiras. Por fim, che-

Alcitoé 107

garam ao bosque sagrado de Colono, perto de Atenas, onde crescem loureiros e cantam rouxinóis. Ele sabia que iria morrer ali — assim dissera uma profecia. Amaldiçoou seus impiedosos filhos-irmãos, suplicando aos deuses que fizessem os dois matarem um ao outro.

A GUERRA CIVIL ENTRE POLINICES e Etéocles findou tal como Édipo suplicara aos deuses: os irmãos se assassinaram. Creonte, irmão de Jocasta, assumiu o governo de Tebas. Proibiu que sepultassem o corpo de Polinices, o irmão que atacara a cidade. Mas Antígona se negou a obedecer. Não era certo, disse ela. Os deuses exigiam que se realizassem os ritos fúnebres para membros da família, não interessando o que haviam feito. Todas as noites, ela se esgueirava da cidade e espalhava terra sobre o corpo de Polinices, ignorando a lei injusta do tio. Agia sozinha. Não tinha a ajuda de ninguém, nem mesmo da irmã Ismênia.

Ao descobrir o ocorrido, Creonte puniu Antígona emparedando-a numa tumba, deixando-a ali sem comida nem bebida. Estava totalmente obstinado, absolutamente inflexível. Nem mesmo seu filho Hêmon, a quem ela fora prometida em casamento, conseguiu persuadi-lo a ceder — "escravo de uma mulher", foi como Creonte o chamou.

Foi Tirésias quem finalmente convenceu Creonte a mudar de ideia. Mostrou-lhe sua abissal loucura, profetizou que sua intransigência levaria a mais mortes, à morte dos entes queridos do próprio Creonte. Mas quando Creonte chegou à tumba onde aprisionara Antígona, na intenção de libertá-la pessoalmente, viu uma cena pavorosa: a jovem tinha se enforcado, como a mãe antes dela. Hêmon, o filho de Creonte, também se matara, enterrando uma espada no ventre.

TAL ERA O DESTINO que os descendentes de Cadmo e Harmonia iriam sofrer, muitas gerações adiante.

Mas, por ora, a jovem cidade de Tebas era um local bastante feliz, estendendo-se cada vez mais pela planície. Anfíon e Zeto, os filhos de Zeus com a mortal Antíope, construíram seus muros com as sete portas. Cadmo e Harmonia tiveram um filho, chamado Polidoro — que teve o filho Lábdaco, que teve o filho Laio, que teve o filho Édipo, o rei que matou o pai e se casou com a mãe.

Cadmo e Harmonia também tiveram quatro filhas: Autônoe, Ino, Agave e Sêmele. Autônoe foi a primeira a se casar. Para marido escolheu Aristeu, o filho do deus Apolo e de Cirene, mulher guerreira, caçadora de leões. Aristeu criava abelhas, hábil na arte de colher o mel, aquela preciosa dádiva celestial. Juntos tiveram um filho, Actéon, que sofreu castigo sem ter feito nada de errado.

O caso se deu assim. Numa manhã, o jovem partiu numa caçada. Era aquela época do ano em que o verão está prestes a se converter em outono. Ele acordara ao nascer do sol e assobiara, chamando seus amados cães: Pata-Negra, de Esparta. Rastreador, de Creta. Tempestade e Fuga. Floresta, ainda sangrando de uma peleja com um javali. Fúria, Insaciável, Harpia com seus filhotes. Labareda e Juba Negra; Mosqueado e Cipriano. Apanhador, Corredor, Ladrador e Perseguidor. Estavam alertas, obedientes, farejando o ar: um leal séquito do príncipe.

Partiram juntos para o monte Citéron e lá caçaram javalis e as rápidas lebres com orelhas de ponta preta. Ele armou redes para aves canoras e desferiu suas flechas emplumadas em corças de meigos olhos. Depois de passar a manhã matando, era hora de comer e se abrigar do sol a pino.

Ali perto havia um bosque consagrado a Ártemis. Era uma clareira cercada por pinheiros e ciprestes, que tinha ao fundo — num ponto isolado, oculto, recoberto por samambaias — uma caverna fresca e sombreada. Logo à entrada brotava uma fonte, fria e relaxante no calor do meio-dia, que pulsava por sobre a grama e formava uma lagoazinha argêntea e dançante. Ali a deusa gostava de descansar. Ela também estivera caçando naquela manhã. E agora suas companheiras ninfas estavam a despi-la, tirando-lhe o arco e as flechas, removendo sua túnica banhada de suor (se é que se pode dizer que as deusas suam) e as sandálias empoeiradas, escovando seu cabelo emaranhado e retorcendo-o num coque bem-feito. E algumas traziam cântaros com a deliciosa água fria, que lhe derramavam nas pernas musculosas e nos braços fortes — mil vezes mais fortes que os de qualquer homem. Daquela lagoa fria ela se banhava, aquela deusa, aquela altiva e impiedosa deusa que desprezava o sexo. Aquela deusa que derrubava mortais com suas flechas com a mesma facilidade e alegria com que derrubava os gamos velozes.

Nossa vida é cheia de escolhas. Algumas parecem importantes. A maioria é prosaica: ir à caça ou ficar em casa. Ficar na planície ou subir a encosta arborizada. Manter-se na trilha ou desbravar a floresta. Às vezes o momento mais trivial, a decisão mais banal decide nosso destino. Foi o que aconteceu quando Actéon, com a boca seca e os membros doloridos, sentiu uma necessidade desesperada do contato da água fria em seu corpo. Margeando um bosque, percebeu o súbito resfriamento do ar que indica a existência de uma fonte próxima.

Actéon deixou a trilha. Entrou na mata. Foi abrindo caminho entre moitas e espinheiros. Tropeçava em raízes e se desequilibrava em fendas e sulcos no solo seco. O próprio terreno tentava adverti-lo e afastá-lo dali: ele não deu atenção; estava decidido. Por fim, chegou ao extremo da clareira. Os cães hesitaram atrás dele, ganindo, farejando o ar. Actéon prosseguiu a passos largos, num súbito tombo escorregou num barranco, reergueu-se — e então ficou semiparalisado com o choque de se ver entre um grupo de mulheres, os corpos nus cintilando na água fria.

Por um instante, nada: o horror mútuo; e foi esse momento imóvel que Alcitoé escolheu para desenhar em sua obra de arte. Então as mulheres começaram a lhe gritar e rodearam Ártemis para protegê-la da violação. A deusa se virou instintivamente para pegar o arco e as flechas. Estavam fora de alcance, numa pedra musgosa. A única coisa próxima era a água da fonte. Ela se inclinou com a mão em concha, pegou um pouco de água e atirou no rosto de Actéon.

— Agora vá para casa e se vanglorie de ter espreitado uma deusa nua — disse. — Se conseguir.

O jovem começou imediatamente a sentir uma mudança. A cabeça coçava; ele levou as mãos à testa e sentiu brotarem as pontas de uma galhada. Ao mesmo tempo, as mãos não eram mais mãos: os dedos estavam se fechando, endurecendo e, ao se inclinar para a frente, bateram no chão. Ele se virou e fugiu, e ficou assombrado com a nova velocidade; aos saltos atravessou a clareira, o solo cedendo entre — o quê? Seus cascos? Quando passou por um córrego, viu seu reflexo, viu que se transformara num gamo, e tentou gritar, mas não saiu palavra alguma. Enquanto hesitava, pensando se devia se esconder na floresta ou correr até o palácio do avô, ouviu os cães latindo. Queria chamá-los, dizer-lhes "Sou Actéon, o amigo de vocês, o dono de vocês!".

Em vez disso, correu pela floresta e pelos penhascos; fugiu entre ravinas e leitos secos de rios; caçado, tomou as trilhas que tomava outrora como caçador. Por fim os cães o alcançaram e o cercaram numa ravina. Pé-Preto foi o primeiro a atacá-lo, saltando em sua garganta. Cipriano o agarrou pelo flanco esquerdo e Mosqueado, pelo flanco direito. Mantiveram preso o dono que se debatia no chão, enquanto o restante da matilha — rosnando, com as mandíbulas ensanguentadas — se revezava. Vez por outra, enquanto se banqueteavam, olhavam em torno procurando Actéon: não conseguiam entender por que ele não estava ali para se regozijar com a matança.

Autônoe saiu em busca do filho, palmilhando as encostas do Citéron, chamando por ele, sem cessar. Viu a carcaça de um jovem gamo, a carne arrancada dos ossos; até chegou a parar e tocou o couro ainda morno. Não fazia ideia de que a criatura era seu filho.

Um dos primos de Actéon era o deus Dioniso. Sêmele, filha de Cadmo e Harmonia, era a mãe — mas não o dera à luz: morrera antes que ele nascesse.

Eis como aconteceu. Numa certa manhã, quando Eos ainda rosava o céu, Sêmele estava conduzindo sua carruagem, com o chicote prateado na mão, pelas ruas de Tebas. Não plenamente desperta, caiu numa espécie de transe acordado. Entre sonho e imaginação, percebeu-se como uma espécie de planta trepadeira espiralada que nunca vira antes. Tinha bagos; estavam verdes. Veio um temporal, e o relâmpago atingiu a planta, enegrecendo-a e matando-a. Mas as bagas ficaram ilesas, e Zeus, rei dos deuses, as colheu.

Sêmele tentou afastar essa estranha visão, mas era profundamente perturbadora. Seu pai, Cadmo, aconselhou que a filha sacrificasse um touro; ao fazê-lo, o sangue do animal espirrou nela. Sêmele foi lavar-se dele no rio Asopo, onde, vendo os pernilongos subirem e dançarem sobre a superfície da água enquanto nadava, sentiu-se livre e sozinha. Mas nem uma coisa, nem outra. Zeus estava a observá-la por trás de todas as pedras e árvores. Seu olhar lascivo estava nos próprios feixes de luz que incidiam na superfície da água. Pelo visto, um deus pode espreitar uma mulher o quanto quiser, enquanto um homem não pode, nem sequer por engano, vislumbrar uma deusa nua.

Naquela noite, ela acordou e sentiu uma presença, uma invasão. Antes veio-lhe o medo e depois o próprio implacável Zeus. Ele a atacou como touro, então como pantera, então como leão, então como serpente que a imobilizou e aprisionou em suas horrendas voltas. Depois de terminar, Zeus lhe concedeu um favor. Prometeu que faria qualquer coisa que ela quisesse, qualquer uma. Sêmele, em sua ira, respondeu em desafio:

— Mostre-me quem você realmente é, não quem finge ser. Mostre-me sua forma verdadeira. Mostre-me seus raios.

Mais tarde, disseram que foi por orgulho e insensatez que Sêmele fizera tal pedido, ou por alguma coisa que Hera lhe

Alcitoé 113

pôs na cabeça, por ciúme e despeito. Mas não: foi por fúria, pura fúria.

Zeus não queria cumprir sua palavra. Mas era obrigado, devido à promessa que fizera. Meses depois, ele voltou e se apresentou em sua forma verdadeira, selvagem e letal. Seus raios, estralejando de destruição, incendiaram a casa de Sêmele; o fogo consumiu a própria Sêmele. Zeus mergulhou a mão no ventre da mulher em chamas e agarrou o que estava crescendo lá dentro. Então rasgou a própria coxa, enfiou o feto ali e costurou a fenda. Foi assim que, antes de nascer, Dioniso foi carregado dentro do corpo paterno.

DEPOIS QUE O BEBÊ DIONISO forçou caminho para fora da coxa de Zeus, Hermes o entregou a Ino, sua tia, e ao marido Átamas; o plano era proteger o deus pequenino da cólera de Hera, criando-o como menina. Não deu certo. Hera enlouqueceu os pais adotivos. Ino se jogou de um penhasco, com o filho Melicertes. Em vez de morrer, foram transformados em deidades marinhas, Leucótea e Palêmon, que ajudavam os marinheiros em apuros. Dioniso teve de ser rapidamente enviado para Nisa, o remoto topo de uma montanha entre densas florestas no Leste, onde foi criado em segredo pelas ninfas que viviam lá.

Não demorou muito para crescer — afinal, era um deus. Seu primeiro amor foi um jovem chamado Âmpelo. Estavam sempre juntos, em caçadas pelas montanhas ou em competições atléticas. Dioniso não conseguia passar sem seu amado; ficava ansioso quando o perdia de vista, preocupado que algum outro deus viesse e o levasse embora. Sempre providenciava que Âmpelo vencesse as competições com os amigos — corridas, disputas na água. Adorava lutar com seu amigo, atracando-se com ele até que caíam por terra juntos, entrelaçados, aos risos. Um dia, porém, Âmpelo encasquetou que ia pegar e montar um touro como se fosse um cavalo. O animal, ao ser montado, de início pareceu manso — mas então saiu em disparada, como se um deus ciumento o aguilhoasse até a loucura. Âmpelo foi arrojado ao chão e o touro passou por cima dele, quebrou-lhe as costas e o matou.

Um sátiro — criatura silvestre, semelhante a um homem mas com pernas de bode e orelhas e cauda de cavalo — encontrou o corpo e foi correndo buscar Dioniso. O deus, aos prantos, cobriu o cadáver ainda belo com rosas, jacintos, anêmonas, e verteu néctar entre seus lábios macios. Foi tão profunda sua dor que as Moiras desfizeram e retraçaram o destino de Âmpelo. E por isso Dioniso viu, para sua surpresa, que o corpo do jovem se transformava. Os dedos se converteram em talos lenhosos, o cabelo crespo em densos cachos de frutos, o corpo numa massa verdejante de folhas em formato de coração: Alcitoé teceu essa metamorfose milagrosa do homem em vegetação. A nova planta cresceu com um vigor inacreditável, enviando brotos para todos os lados, enrolando-se nas árvores, produzindo quantidades sempre maiores do saboroso fruto roxo que Dioniso agora colhia e espremia na palma da mão, o sumo denso e delicioso lhe escorrendo entre os dedos. Âmpelo se tornara a abundante videira, e Dioniso ensinou os humanos a transformarem seus frutos em vinho — o glorioso e inebriante líquido que é a coisa mais próxima que temos do próprio néctar dos deuses.

Alcitoé

Após a morte do amante, Dioniso percorreu grandes extensões da Ásia — Arábia, Báctria, Índia, Pérsia —, reunindo seguidoras, suas bacantes e mênades, por onde fosse. Um dia ele se encontrava na costa jônia, fitando o mar ao longe, a Oeste. Estava disfarçado como um belo rapaz, o cabelo escuro sobre os ombros. Um bando de piratas — tirrenos dos mares ocidentais — estava naquele instante aprestando o navio e se preparando para partir. O capitão notou o rapaz em suas roupas suntuosas. Imaginando que devia ser o rico filho de algum rei, gritou uma ordem a seus homens:

— Peguem-no! Tragam-no a bordo e o amarrem. Calculo que teremos um bom lucro com isso.

Os piratas se aproximaram do deus, em grupo, rosnando, desembainhando as espadas. Ele apenas sorriu — não ofereceu resistência quando os marinheiros o puseram a bordo. O timoneiro ficou encarregado de amarrá-lo, atando seus pés e suas mãos em nós bem apertados, enquanto os outros o seguravam. Mas as cordas se recusaram a prendê-lo e simplesmente se soltaram, inúteis.

O timoneiro percebeu que havia algo de errado.

— Ei, vocês viram isso? — perguntou aos companheiros de navio. — Esse homem: creio que não é homem, de forma alguma. Deve ser um deus. Vamos soltá-lo. Se não soltarmos, ele pode trazer temporais e matar todos nós.

O capitão não lhe deu ouvidos:

— Cale a boca e cumpra sua tarefa! — berrou. — Se você não é capaz de lidar com ele, nós somos. Já, já ele vai nos dizer onde moram todos os seus amigos ricos.

A tripulação ergueu o mastro e içou a vela. Mas imediatamente começaram a acontecer coisas extraordinárias. Vinho borbulhava do convés do navio, seu delicioso perfume mineral se mesclando ao cheiro do mar. Uma videira subiu serpenteando pelo mastro, crescendo com uma rapidez prodigiosa; espalhou sua folhagem na parte de cima da vela, os cachos pesando com as frutas. Entrelaçada a ela havia uma hera trepadeira, exibindo suas flores com perfume de mel.

Os homens ficaram aterrorizados e gritavam:

— Dê meia-volta! Rápido para a costa!

Mas Dioniso se transformou numa leoa e, com uma graça quase displicente, deu um salto na direção do capitão. Derrubou-o com um leve toque da patorra e cravou as presas em sua garganta. Os outros marinheiros saltaram pela amurada — mas Dioniso os transformou em golfinhos antes mesmo de chegarem à água.

O timoneiro, porém, ele poupou.

— Não tenha medo — disse o imortal, voltando à forma humana. — Gosto de você. Sou Dioniso, o deus que ruge como leão. Minha mãe era Sêmele, filha de Cadmo; meu pai é Zeus. Leve-me para a Grécia, meu amigo. Quero visitar Tebas.

Assombrado, o timoneiro estabeleceu o curso. A grande vela branca se enfunou à brisa. O deus se deitou na popa, contente, o manto lhe envolvendo os membros musculosos: foi assim que Alcítoé o representou, enquanto o navio corria pela água, acompanhado por um cardume de golfinhos aos saltos, o mastro entretecido de videiras.

O REI DE TEBAS NAQUELA ÉPOCA era Penteu, filho de Agave; Cadmo, ao ficar velho e cansado, transmitira o poder para seu amado neto. Penteu tinha ouvido rumores vindos do Leste, sobre um jovem efeminado que corrompia mulheres, instigando-as a deixarem o lar e irem viver nas montanhas como

Alcitoé

animais. Haviam lhe dito que essas mulheres passavam as noites em bebedeiras e orgias, fazendo sexo ao ar livre com qualquer homem que aparecesse e até, muito provavelmente, entre elas mesmas... Era uma praga, pensou ele, essa loucura que se espalhara pela Ásia. Hedionda, repugnante, antinatural.

Agora, pelo visto, a doença estava infectando seu próprio povo. As mulheres tinham partido para as montanhas, para cultuar Dioniso. As casas não eram mais varridas, a lã não era mais fiada, os bebês e as crianças ficaram entregues aos pais, que faziam o que podiam. O jovem que estava orquestrando tudo aquilo dizia ser o deus Dioniso, filho de Sêmele, nascido da coxa de Zeus. Apesar da evidente fraudulência de tudo aquilo, a própria tia de Penteu, Autônoe, e até sua mãe, Agave, haviam se juntado àquela loucura.

Penteu conseguiu deter algumas seguidoras do sujeito, mulheres que tinham vindo da Ásia, e mandou que fossem encarceradas. Mas, para sua imensa frustração, as coisas visivelmente escapavam a seu controle. Mesmo seu avô Cadmo e aquele velho vigarista Tirésias agora usavam uns trajes ridículos de pele de corça e coroas de hera. Estavam fazendo um papelão, manquitolando com seus cajados, dizendo que estavam de partida para o monte Citéron, onde iam dançar e se juntar aos ritos de Dioniso. Naquela idade!

Tirésias tentou mostrar a Penteu que ele estava errado.

— Dioniso logo será cultuado em toda a Grécia; só porque ele é um deus novo e jovem você não deve subestimá-lo. Ele nos deu o vinho, e assim os humanos podem esquecer seus problemas. Ele nos ajuda a entendermos a nós mesmos, a encontrarmos as verdades que não conseguimos ver com o pensamento rígido, apenas com a embriaguez.

E Cadmo acrescentou:

— Mesmo que ele não seja um deus de verdade, o que você tem a perder? Participe. Veja como seu primo Actéon morreu, só porque desonrou uma deusa. Nenhum de nós quer que isso aconteça outra vez.

Tudo isso apenas deixou Penteu mais enfurecido, mais decidido a acabar com o culto. Ele mandou seus guardas encontrarem e prenderem o rapaz. Ia pôr um fim a tudo aquilo, e logo. O jovem seria apedrejado até morrer.

Não demorou muito e os guardas voltaram com o estrangeiro — ele não opusera resistência e viera de boa vontade, disseram ao rei. Calmo, imperturbável, o deus disfarçado não quis comentar muito com Penteu o que as mulheres andavam fazendo — eram ritos religiosos, disse ele, que não eram revelados aos não iniciados. Esquivou-se habilmente de todos os insultos lançados; quando Penteu falou que os estrangeiros eram muito burros por se envolverem em rituais bizarros, ele só sorriu e disse:

— Os estrangeiros não são burros, são apenas diferentes.

Penteu foi ficando cada vez mais irritado.

— Essas mulheres que você trouxe da Ásia, vou fazê-las escravas, pô-las para trabalhar nos teares — disse. — E, quanto a você, vou eu mesmo trancá-lo em meus estábulos.

Mas Dioniso perturbou os sentidos de Penteu. Quando o rei pensou que estava empurrando o pretenso rapaz para a prisão, na verdade estava acorrentando um touro; o deus simplesmente olhou, sorrindo, enquanto o rei forcejava e suava. Depois disso, Dioniso jogou a cabeça para trás e bramiu — um bramido terrível como o de um touro ou de um leão, mas

Alcitoé 119

cem vezes mais alto, abalando toda a cidade feito um terremoto. O som destruiu o edifício onde as mênades estavam encarceradas. As mulheres saíram das ruínas sem um único arranhão. Por fim, Dioniso incendiou a tumba de Sêmele: uma lembrança do fogo que matara sua mãe.

Penteu, com os sentidos transtornados, supôs que o jovem fugira — então ficou muito surpreso ao vê-lo parado com toda a calma na frente do palácio. O rei, agora seriamente irritado, emitiu suas ordens: o exército inteiro devia marchar sobre Citéron e pegar todas as mulheres que estivessem lá. Dioniso riu e disse:

— Tente; minhas mulheres porão o exército para correr. Bronze não é páreo para talos de funcho, você verá. Deixe-me chamá-las aqui. Elas virão de bom grado. Não há necessidade de exércitos.

— O quê? E me tornar escravo de minhas escravas? De jeito nenhum.

E Penteu se virou para seus acompanhantes:

— Tragam armas! Depressa! Estamos partindo. Vamos até a montanha.

Mas então algo se alterou na atmosfera. Difícil dizer o que era. Tudo se imobilizou misteriosamente. Nenhuma ave cantava, nenhum cão ladrava. Era como se o ar tivesse se adensado. O deus falou, calmo:

— Então, você quer *mesmo* ver o que as mulheres estão fazendo?

— Ah, quero, sim — respondeu Penteu. — Daria qualquer coisa para ver. Bom, não é muito decente, mas, se pudesse espiá-las, talvez por trás de um abeto...

— Elas o descobririam — disse o deus. — Não é permitida a presença de homens. Se elas o vissem, iriam matá-lo. Mas você podia pôr um vestido.

— Ah, sentiria vergonha... Um vestido? De que tipo? O que mais seria preciso? Algum acessório?

— Sim, uma peruca comprida, uma faixa no cabelo. Um manto de pele de corça, um talo de funcho — respondeu Dioniso.

— Eu jamais usaria roupa de mulher. Seria repugnante... Vou pensar — falou o rei. — Talvez mande meu exército até a montanha. Talvez não.

Agora Penteu tinha um ar estranho, como se não enxergasse direito, como se estivesse bêbado. Entrou de volta no palácio, mais tropeçando do que andando.

— Se você for até lá — disse Dioniso enquanto ele se afastava —, voltará aos braços de sua querida mãe. Um verdadeiro presente para você. Mais do que merecido.

No alto do monte Citéron, longe da cidade, longe dos homens, a mãe e a tia de Penteu se sentiam livres pela primeira vez na vida. Ali não havia orgias nem bebedeiras: apenas mulheres de toda espécie, ricas e pobres, vivendo juntas, cantando juntas, louvando o deus que lhes devolvera a liberdade. Não precisavam de roupas finas nem de belos xales tecidos à mão: bastavam as peles de animais. E não havia necessidade de fazer qualquer serviço doméstico: o deus prodigalizava milagres. Quando uma mulher batia o talo de funcho numa pedra, brotava uma fonte fresca e cintilante. Outra repetia o gesto, e jorrava leite. Os animais em torno delas eram mansos

Alcitoé

e meigos. As serpentes lhes lambiam o rosto. As mulheres que tinham parido há pouco tempo, os seios fartos de leite, amamentavam filhotes de lobos. Sentiam-se como jovens corças que haviam escapado às redes dos caçadores, capazes de correr com a velocidade de um vendaval. Transbordavam com a alegria dos ermos desabitados, das matas sombreadas. Mas também podiam ser violentas. Quando os aldeões do vale vinham expulsá-las, esse exército de mulheres se erguia contra eles, que fugiam às pressas, voltando para casa. Então as bacantes davam vazão à sua fúria sobre uma manada de gado dos aldeões, dilacerando os animais com as mãos nuas, arrancando suas entranhas...

Quando as sombras se alongaram e se converteram em escuridão, Autônoe, Agave, Ino e as outras mênades se reuniram pacificamente numa clareira da floresta. Algumas enlaçavam seus talos de funcho com hera, outras cantavam em louvor a Dioniso. Então, de repente, ouviram uma voz, um brado grave e trovejante que sabiam que era do deus.

— Mulheres, trouxe-lhes o homem que zombou de mim, que zombou de vocês, que riu de nossos rituais sagrados. Castiguem-no!

Uma centelha se ergueu como uma chama e então desapareceu. As mulheres, ligeiras como pombas, foram atrás do homem que desonrara o deus — escalando rochas, espalhando-se entre as árvores, descendo as ravinas...

Finalmente encontraram-no. Estava encarapitado no alto de um majestoso pinheiro, com roupas de mulher. Sucumbira ao fascínio, à emoção do disfarce e da espreita. O próprio deus ajudara o rei a pôr o vestido e o adorno da cabeça, rindo enquanto ajeitava os trajes. Então o deus e o homem — primos — tinham ido juntos até a montanha. Dioniso abaixara a árvore para Penteu subir, encurvando-a como se fosse um arco, dizendo-lhe que dali ele enxergaria melhor os ritos.

Primeiro, as mulheres galgaram um rochedo e de lá atiraram pedras e lanças feitas de ramos de pinheiro. De nada adiantou: o poleiro de Penteu era alto demais. Então usaram galhos como alavancas, tentando desenraizar o abeto. Nada. Por fim, Agave gritou para as demais:

— Venham, façam um círculo, agarrem o tronco e vamos pegar esse animal selvagem.

Fizeram como ela disse e, com uma força inumana, arrancaram o abeto — ele veio descendo, caindo, com o rei de Tebas junto. Penteu tirou a peruca e o adorno e gritou:

— Mãe, sou eu, seu filho, Penteu! Não me mate, por favor, não me mate, apesar de todos os meus erros.

Era tarde demais. Agave espumava pela boca, os olhos se revirando para trás. Fora enlouquecida pelo deus. Firmou o pé sobre as costelas do filho, agarrou-lhe o braço e então o arrancou da clavícula. Autônoe e as outras mênades se juntaram em círculo e se lançaram sobre ele, gritando. Uma desmembrou um dos pés, ainda calçado. Outras arrancaram a carne dos ossos. Jogaram bola com as partes do corpo.

Agora o corpo de Penteu jazia despedaçado pela floresta — unido à natureza, se não em vida, pelo menos na morte. Mas Agave pegou a cabeça — aquela pobre cabeça — e a fincou no alto de seu bastão, como se fosse uma cabeça de leão, um troféu de caça. Estava tão empolgada com o prêmio que desceu correndo pela montanha, deixando as irmãs e companheiras a cantar e dançar. Chegou a Tebas, ainda fora de si, ainda enlouquecida, coberta de sangue e coágulos, erguendo bem alto a

Alcitoé

cabeça do rei — a cabeça de seu menino. Lá Cadmo trouxe sua pobre filha de volta à razão, conversando gentilmente até que ela entendeu o ato hediondo que o deus a levara a cometer. Foi o que Alcitoé teceu: Agave, manchada de sangue, aos prantos, embalando a cabeça do próprio filho, o inflexível rei de Tebas, que ela assassinara sem saber.

ALCITOÉ ESTAVA TRABALHANDO na tecelagem com suas irmãs quando os sacerdotes determinaram um dia de festas: Dioniso ia ser homenageado oficialmente. Os trabalhos deviam ser postos de lado. Mas Alcitoé estava decidida a terminar a obra-prima.

— Tenho certeza de que Dioniso nos perdoará. Afinal, estamos narrando a história de seu poderio, de sua grandeza — disse ela. — Atena nos protegerá.

As irmãs continuaram tecendo. Podiam ouvir lá fora o retinir dos címbalos, o bater dos tambores, os gritos de êxtase. Os sons do culto se mesclavam à polifonia de suas canções de trabalho, ao baque das espadilhas, ao tinido dos pesos de argila de seus teares.

Então, à soleira da porta aberta assomou uma mulher, lançando uma longa sombra na sala. Era uma mênade, trazendo no cabelo desgrenhado uma tiara trançada de hera. Tinha o rosto afogueado e as roupas desarrumadas. Segurou-se à moldura da porta e retomou o fôlego — era evidente que estivera dançando.

— Meninas, o que estão fazendo? — perguntou às fiandeiras. — Por que não estão lá fora, conosco?

— Estamos ocupadas — foi a breve resposta de Alcitoé. — Cultuarei o deus quando der. Então, por favor, deixe-nos em paz...

A jovem ignorou o pedido. Na verdade, foi até o tear e examinou o trabalho com curiosidade.

— Por que continua a tecer quando sua própria tapeçaria está dizendo para parar? O deus não quer que você trabalhe. O deus quer você lá fora, nas matas, nas montanhas, longe de toda essa vida doméstica. Parece que você não entende mesmo Dioniso. Parece que não entende sua própria arte.

— Melhor você cuidar de sua vida — disse Alcitoé. — Não vou ouvir sermões, seja você quem for.

A mulher sorriu e retomou:

— Pode dizer o que quiser. Mas veja todas essas amarrações, todo esse entrelaçamento, todo esse ajuste firme. É o contrário do que o deus quer. Dioniso quer coisas desfeitas, desfiadas, desmontadas. Ele quer você selvagem, não civilizada; na mata, não na cidade. Quer você livre, não agrilhoada à interminável produção de coisas. O que você está fazendo aqui é para Atena, não para ele. E hoje Dioniso está lhe dizendo que pare.

— Pela última vez — disse Alcitoé —, saia de minha casa.

Foi então que a visita indesejada, a mênade, se transformou. De sua pele luzidia brotou um couro escuro e macio. Da testa surgiram chifres. Caiu de quatro e, em vez de mãos e pés, tinha agora cascos duros. Um enorme touro negro estava ali diante delas, bufando e bramindo. Alcitoé e as outras gritaram e largaram lançadeiras e fusos, espalhando-se por todos os lados. Então, num piscar de olhos, não era mais um touro, mas um leão rugindo, os músculos das espáduas retesados. E então não era mais um leão, mas um leopardo lustroso, com a cauda batendo furiosamente.

A jovem, pelo visto, era o deus, o protetor imortal da pendente videira e da hera asfixiante — que então converteu Alcitoé e as demais mulheres em morcegos. Batendo as asas, guinchando, elas subiram para as vigas.

Mas e a grande tapeçaria, que estava quase terminada? De súbito, a superfície do tecido se encheu de folhas novas de hera, cobrindo os desenhos de Alcitoé, sepultando suas histórias de Tebas sob a ramagem verde. Os fios pendentes da trama e da urdidura se tornaram frondes de vinhas. Os tons roxos do belo tecido cederam suas cores a cachos de uvas redondas e maduras. As traves do tear gotejaram leite e néctar.

O deus mudou mais uma vez de forma, convertendo-se de novo em mênade. Ela parou junto ao tear para admirar seu trabalho, observando satisfeita como conseguira transformar os contos de uma trágica e grandiosa cidade num glorioso e selvagem matagal de vivo verdor. Então saiu da casa de Alcitoé e voltou a dançar.

FILOMELA

Filomela, Procne, Pandíon, Tereu

Ífis e Iante

Narciso, Eco

Pigmalião

Dejanira e Héracles

Atalanta, Meleagro e a
caçada ao javali calidônio

Melânion e os Pomos de Ouro

Píramo e Tisbe

Eros e Psiquê

Ítis

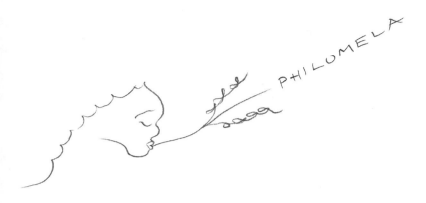

É VERDADE QUE FILOMELA E PROCNE brigavam e se estranhavam como quaisquer outras irmãs. Mas trabalhavam juntas sem problemas no tear, uma intuindo os movimentos da outra, passando as lançadeiras de cá para lá, de lá para cá, cantando para lembrar os padrões complexos que haviam elaborado. Nas noites de verão, montavam o trabalho ao ar livre, no pátio do palácio. Observavam os andorinhões voando feito flechas pelo ar e desejavam que Zeus as transformasse em pássaros, para que assim pudessem conhecer os recônditos secretos dos penhascos e sobrevoar os rios e as costas banhadas pelo mar.

O pai delas, o rei Pandíon, de Atenas, estava em guerra com o rei Lábdaco, de Tebas. Desde os primeiros tempos, as duas cidades se viam com suspeita. A proximidade entre elas — um dia de caminhada — era suficiente para que houvesse uma constante hostilidade latente nas fronteiras entrelaçadas dos territórios. O atual estado de violência vinha se arrastando por anos. A situação só mudou quando Pandíon negociou uma aliança com o rei Tereu, da Trácia — um território distante no Norte, rude e inculto, famoso por seus homens igualmente rudes e incultos. Com a ajuda dos trácios, Pandíon logo derrotou os tebanos. Tereu, afinal, era filho do próprio deus da guerra, Ares.

Os trácios — tinham pele muito clara, eram tatuados, usavam calças — entraram na cidade e foram homenageados como salvadores de Atenas. Para selar a amizade entre o povo de Atenas e o povo da Trácia, Pandíon ofereceu a Tereu a mão de sua filha, Procne. Os sacrifícios que até pouco antes tinham sido ofertados para aplacar os deuses da guerra agora foram oferecidos a Himeneu, deus do banquete nupcial, e a Hera, protetora do casamento. Filomela ajudou a irmã a vestir um magnífico manto cor de açafrão; acenderam-se as tochas nupciais; cantaram-se hinos jubilosos. Pouco depois, Tereu e a noiva partiram para a Trácia.

Sem a irmã, os dias de Filomela se arrastavam longos e solitários. Para preenchê-los, ela recorreu ao tear. Concebeu o projeto de uma majestosa tapeçaria, dizendo a si mesma que, quando terminasse o trabalho, a aguda dor da perda em seu coração teria se amenizado.

Para começar, teceu uma borda elaborada, cheia de histórias de amor e desejo entre os humanos.

INICIOU COM O CONTO de uma mulher grávida, chamada Teletusa, que morava na encantadora cidade de Festo, na ilha de Creta. O marido lhe dissera que, se fosse uma menina, ele seria obrigado, mesmo a contragosto, a pegar o bebê e largá-lo nas montanhas. Apesar das lágrimas da esposa, ele se manteve inabalável, absolutamente convicto de que assim deveria proceder.

Não muito antes de dar à luz, a deusa egípcia Ísis apareceu em sonhos a Teletusa. Estava magnífica: o ornato dourado assentado sobre a fronte, como um quarto crescente, forjava

Filomela

chifres de vaca, e entre os chifres repousava um disco solar refulgente.

— Não se preocupe — disse a imortal. — Seja menino ou menina, crie o bebê como menino. Se algum dia precisar de mim, estarei a seu lado.

Assim, quando Teletusa deu à luz uma menininha, a quem chamou de Ífis, ocultou de todos, principalmente do marido, o sexo da criança.

Ífis, na infância, gostava de brincar com meninos, de lutar com meninos, de montar a cavalo com meninos, de caçar com meninos — e também amava e adorava uma menina chamada Iante. Ao crescerem, as duas se apaixonaram. Por fim, foram até o pai de Ífis e pediram permissão para se casar, a qual ele concedeu de bom grado.

Ao se aproximar o dia do casamento, porém, Ífis ia ficando cada vez mais nervosa e foi se aconselhar com a mãe.

— O que faço? Iante pensa que sou homem. O que vai acontecer na noite de núpcias? Ela vai me odiar? Vai me humilhar? Faz anos que venho enganando Iante, não sobre meu profundo amor, mas sobre meu corpo.

Teletusa estava tão aflita quanto a filha. Inventava desculpas constantes — presságios de mau agouro, problemas de saúde, sonhos inquietantes — para protelar o casamento. Iante, enquanto isso, ansiava por se casar e rogava sem cessar a Himeneu que, como deus do casamento, acelerasse as coisas.

Quando se tornou impossível seguir adiando o casamento — que foi então marcado para o dia seguinte —, Teletusa foi ao templo de Ísis e implorou desesperada à deusa egípcia:

— Ó grande deusa, lembre-se de que a cultuei durante toda a minha vida. Faça dessas bodas um dia de felicidade e não de dor. Ajude-nos, por favor. Arranje uma maneira para que minha filha se case com Iante.

Para seu assombro, o altar pareceu vibrar. A escultura da severa deusa, sentada ereta e rígida em seu trono, pareceu quase sorrir e o disco solar dourado no adereço da cabeça rutilou.

Teletusa agradeceu à deusa, chorando de alívio, e voltou para a filha, aconselhando-a:

— Confie em Ísis.

O casamento foi celebrado conforme previsto, e Iante contemplava amorosamente sua Ífis durante os ritos — foi assim que Filomela representou a cena das duas, em seu mútuo deleite, enquanto Himeneu, que faz arderem as tochas nupciais, sorria para elas.

Depois, o casal foi de mãos dadas para o quarto, e lá se entregou aos prazeres do corpo uma da outra, e de seu próprio corpo. Seja o que for que a deusa tenha tramado, qualquer que seja a forma que a metamorfose amorosa tenha assumido — isso só a elas cabia saber. Talvez Ísis tenha transformado Ífis em homem, como muitas vezes se diz. Talvez tenham vivido juntas como duas mulheres que se adoravam. A única coisa que sabemos é que foram felizes. E Ífis, quer você a esteja imaginando como um homem ou como uma mulher, era deslumbrante.

A SEGUIR, Filomela teceu a história de Narciso, um belo rapaz que se consumiu de amor por si mesmo. Era filho da ninfa Liríope, que fora estuprada pelo lúbrico rio Céfiso quando vadeava suas águas. Liríope adorava seu garotinho e foi consultar o profeta Tirésias sobre o futuro dele.

— Narciso terá uma vida longa e feliz? — perguntou.

Filomela 133

— Só se ele nunca conhecer a si mesmo — foi a resposta obscura.

Narciso se tornou um belíssimo jovem, desejado por moças e rapazes. Mas era imune a todos os encantos. Uma admiradora que ele rejeitou cruelmente foi a ninfa Eco, que fora condenada por Hera a nunca falar suas próprias palavras e sempre apenas repetir as palavras dos outros. Costumava seguir Narciso, que se divertia à custa dela. Se ele dizia: "Por que vou querer um beijo seu?"; ela respondia, melancólica: "Vou querer um beijo seu". Se ele dizia: "Nem remotamente sonho que você toque em mim"; ela repetia: "Sonho que você toque em mim".

Mas Narciso foi longe demais: desdenhou os avanços de outro jovem com tal rudeza e arrogância que o jovem rogou que o próprio Narciso fosse rejeitado com a mesma rispidez. E os deuses anuíram.

Havia uma lagoa límpida na floresta, perto de onde morava Narciso. De águas argênteas e cintilantes, ela era margeada por uma relva macia e sombreada por um círculo de árvores. Nada nem ninguém ia até lá — nem pastores com seus rebanhos, nem sequer aves silvestres. Mesmo assim, movido por um estranho impulso, certo dia Narciso se deparou com esse local secreto. Com sede, inclinou-se sobre a lagoa para tomar água. Nisso, ele viu um belo jovem, como que preso naquela superfície cristalina — e então veio-lhe uma outra espécie de sede.

Narciso estendeu o braço para tocar o rapaz, mas, tão logo a mão atravessou a superfície, o rosto na água pareceu se fragmentar e desaparecer. Ele tentou conversar, mas, embora a figura parecesse estar dizendo alguma coisa, Narciso não conseguia ouvi-la. Ficou agachado ali por muito tempo, sem se mover, e o rapaz calado apenas lhe devolvia o olhar. Filomela teceu Narciso debruçado sobre a lagoa e captou também seu reflexo, com fios da mesma cor.

— Venha, por favor, fale comigo. Não vou lhe fazer mal — dizia Narciso ao rapaz na lagoa.

Eco tentou alertá-lo sobre o engano, sussurrando aflita:

— Mal!

Passou-se muito tempo. O corpo de Eco por fim desapareceu, e dela restou apenas a voz: ainda podemos ouvi-la de vez em quando, tentando se comunicar com os mortais, repetindo nossas palavras. Narciso permaneceu na mesma posição, imobilizado como uma escultura de mármore, até morrer. Naquele mesmo lugar nasceu uma flor de um suave tom dourado e perfume delicado: um narciso.

FILOMELA TECEU ENTÃO A paixão de um artista por sua própria obra. Pigmalião era um escultor que vivia sozinho na ilha de Chipre. Achava que não existia nenhuma mulher com qualidades suficientes para ele. Assim, resolveu fazer uma imagem da mulher perfeita.

Entalhou em mármore branco uma estátua em tamanho natural: uma bela jovem reclinada num canapé, como se despertando de um sono profundo. Tinha um dos seios à mostra, como se a roupa tivesse escorregado enquanto dormia. O restante do corpo estava coberto pelas pregas ondulantes de uma túnica, entalhadas com enorme maestria pelo escultor. Os pés calçavam elegantes sandálias de pedra. Um bracelete de pedra, em forma de serpente, rodeava um dos braços.

À medida que o trabalho avançava, Pigmalião se sentia cada vez mais atraído por sua criação. Beijava os lábios gelados.

Acariciava o seio frio e duro. Corria as mãos pelas panturrilhas firmes.

À noite, ele começou a se deitar com a estátua em seu leito de mármore. No escuro da madrugada, extraía prazer da superfície fria e imóvel da figura. Às vezes, imaginava que a escultura respondia a suas carícias. Nesses momentos, sentia o mármore se aquecer, como se fosse de carne viva. Então, lembrava de súbito que o único calor provinha de seu próprio corpo. De vez em quando Pigmalião se irritava.

— Por que você é tão teimosa, tão indiferente, tão... frígida? — exclamava.

Nessas ocasiões, batia no rosto da estátua. Mas, depois desses conflitos unilaterais, era apenas sua própria carne que sofria. Então ficava contrito, rodeando-a, trazendo-lhe presentes: brincos de pérola, pingentes.

Veio então a grande festa de Afrodite — o dia mais importante do ano em Chipre, visto que a ilha é consagrada à deusa do amor. Pigmalião fez suas oferendas e implorou de coração:

— Ó grande deusa, traga-me uma esposa que seja *exatamente* como minha escultura — pediu ele.

Afrodite entendeu, como entende todos os nossos mais secretos e vergonhosos desejos. As tochas no templo se avivaram em chamas mais fortes. Pigmalião ficou esfuziante de alegria com esse sinal e foi correndo para casa.

Lá, no ateliê, aproximou-se da escultura. Estava nervoso, mas também extremamente excitado. Beijou com delicadeza os lábios da estátua. Era imaginação sua ou, dessa vez, havia realmente uma leve sensação de calor? Havia, sim! A pedra branca estava mudando, assumindo os matizes sutis da pele humana. Onde antes ficavam as saliências inflexíveis da escultura havia agora uma carne macia e um tecido sedoso. Foi isso o que Filomela resolveu mostrar em sua tapeçaria: o instante em que a pedra se tornou humana, em que a estátua se moveu.

E a mulher? Pelo cérebro recém-desperto corria uma infinidade de imagens misturadas. Primeiro veio uma sensação de violência e dor — objetos pontiagudos removendo sua matéria sob uma sucessão de golpes rítmicos, uma abrasão incessante em sua superfície. Uma sensação de estar presa e fechada dentro de uma forma inimaginavelmente pesada — como aquele pesadelo que às vezes temos, em que não conseguimos nos mover, por mais que tentemos.

Ela se sentou. Piscou à luz nova e cintilante. Nada fazia sentido. Não sabia o que fazer com sua capacidade de se mover, mas um instinto lhe disse para pôr os pés no chão. Ela tentou ficar de pé, mas era como um animalzinho recém-nascido. E assim escorregou, caindo no piso. E então tentou se erguer novamente.

— Assim não! — gritou Pigmalião, tomado de súbita fúria. — Volte para o canapé. Deite-se. Por favor. Estava muito bonita do jeito que eu fiz.

Ela não fazia ideia do que ele estava dizendo, mas cada novo instinto que despertava em seu corpo lhe dizia para se afastar dele. Pigmalião tentou agarrá-la, mas, na verdade, estava aterrorizado. Não era isso o que ele pensava ter feito, essa mulher desgrenhada com gotas de suor rebrilhando sobre a clavícula, essa mulher emitindo sons como algo saído do Hades, essa mulher agora cambaleando para a porta e para a liberdade.

Olhando lá do alto do Olimpo, Afrodite sorriu consigo mesma, deu de ombros e começou a pentear a longa cabeleira luzidia.

Filomela 137

AO LADO DESSA CENA, Filomela teceu a história de Dejanira — experiente condutora de carruagens, conhecedora das artes da guerra —, que matou o marido Héracles, o mais selvagem guerreiro a caminhar sobre a Terra.

Na verdade, não era a primeira vez que uma mulher prevalecia sobre ele. Numa ocasião, como castigo por um assassinato, fora obrigado a passar um ano como escravo da rainha Ônfale, da Lídia. Primeiro, ele recebeu ordens de livrar o território de salteadores e invasores. Então a rainha o chamou de volta ao palácio e fez com que vestisse roupas femininas. Enquanto Héracles labutava com as escravas nos barracões de tecelagem, Ônfale andava por todo lado com a pele de leão e a clava dele.

Dejanira, cumpre dizer, não usou de força para matar Héracles. Nenhum mortal conseguiria: era um humano acima de todos os outros. Certa vez, chegou até a lutar com Tânatos, o deus da morte, para trazer de volta à vida Alceste, esposa falecida de Admeto, e devolvê-la ao marido. Combateu ao lado de Atena para matar os Gigantes; numa ocasião, até usou seu arco, seu mortífero arco que lhe fora presenteado por Apolo, para atingir o mutante guerreiro Periclímeno, que se transformara numa abelha.

Não, Dejanira não pretendia matar Héracles. Foi um terrível engano.

Eis como se passou. Muito depois de ter cumprido os Doze Trabalhos que lhe trouxeram tanta fama, Héracles empreendeu guerra contra o povo da Ecália. Ao vencer — como era inevitável —, aprisionou a filha do rei e a levou para sua casa, em Tráquis. O fato era que ele estava apaixonado pela bela jovem, que se chamava Iole. Dejanira não soube o que fazer. Não queria ferir nem punir Iole — na verdade, sentia pena da mulher, que perdera a família e agora era escrava. Mas queria Héracles de volta.

Então ela se lembrou das palavras ditas pelo centauro Nesso antes de morrer.

Muito tempo antes, logo após o casamento de Héracles e Dejanira, Nesso se oferecera para transportar o casal por um rio de águas fundas. Primeiro levou Héracles em sua garupa, então nadou de volta para pegar Dejanira. Mas, no meio da travessia, ela sentiu que Nesso lhe apalpava o corpo... Héracles, observando da outra margem do rio, viu de longe o assédio e atirou no Centauro, que chegou em terra firme cambaleando, já moribundo. Enquanto perdia sangue, murmurou para Dejanira:

— Recolha o sangue de minha ferida. Se algum dia Héracles se afastar de você, o sangue o trará de volta.

Seguindo essa instrução, ela tinha guardado o sangue de Nesso durante todos aqueles anos, escondendo-o num frasco firmemente arrolhado. Agora pegou o frasco e verteu cuidadosamente o sangue — que ainda estava líquido e parecia fresco — sobre uma túnica que ela tecera para Héracles. Então partiu à sua procura. Encontrou-o em seu grande salão do palácio, sentado num banco, a enorme clave apoiada ao lado. Dejanira se sentou perto dele e, com palavras amorosas, lhe ofereceu a túnica — e foi como Filomela mostrou o casal, sentado lado a lado pela última vez.

Héracles, para agradá-la, pegou a peça e a enfiou pela cabeça. Mas na mesma hora a túnica pareceu ficar presa nele, tal como um tecido esculpido em pedra parece preso à superfície da estátua. Ele desandou a suar. Gritava de dor. A pele do rosto e dos braços criou manchas e perdeu a cor. O corpo — aquele corpo que matara milhares — perdeu as forças. Ele caiu.

Filomela 139

Essa foi a vingança de Nesso. Seu sangue estava infectado com o veneno que Héracles usava em suas flechas: a peçonha da Hidra, a serpente de múltiplas cabeças que ele matara num de seus Trabalhos. Talvez se possa dizer que, afinal, não foi Dejanira, nem Nesso quem matou Héracles, e sim a própria Hidra — que outrora habitava os pântanos de Lerna, aterrorizando todos os mortais que se acercavam dela.

Esses Trabalhos resultaram da fúria de Hera, que odiava Héracles por ser filho de seu errante marido Zeus e de uma mortal, Alcmena. Para puni-lo — embora Héracles não tivesse feito nada de errado —, a deusa o amaldiçoou com um acesso de loucura, durante o qual ele assassinou sua primeira esposa, a princesa tebana Mégara, e os três filhos.

Passado o surto de insanidade, percebendo com dor e vergonha o que fizera, Héracles perguntou ao oráculo de Delfos como poderia expiar suas ações. A Pítia, sacerdotisa de Apolo, disse-lhe que se oferecesse como servo ao rei Euristeu, de Tirinto, seu parente. Foi Euristeu quem lhe impôs as tarefas aparentemente impossíveis, os famosos Trabalhos.

Eram cenas desses Trabalhos que decoravam o aposento em que o impotente herói agora se contorcia de dor. Os afrescos mostravam como ele matara o leão de Nemeia, pegando sua pele como troféu. Como, com a ajuda de seu amante Iolau, matara a Hidra, decepando suas cabeças de serpente enquanto o jovem cauterizava os cotos para impedir que, no lugar de cada cabeça cortada, nascessem outras duas. Retratavam como ele havia capturado a bela corça de Cerineia e então o javali de Erimanto — não matou essas criaturas, levou-as vivas para Euristeu. E como usara suas flechas para abater as aves que se aglomeravam em torno do lago Estínfalo. Como limpara os estábulos imundos do rei Áugias. Como capturara um touro bravio a pedido do rei Minos, de Creta, e domara os cavalos de Diomedes, devoradores de homens, na Trácia. Como se apossara do cinto da amazona Hipólita — ela o oferecera espontaneamente a ele, embora fosse um valioso presente de Ares, mas Héracles a matou mesmo assim. E como reunira o gado pertencente a Gérion — aquele de três troncos e três pares de pernas unidos numa só cintura. E como matara o dragão que vigiava as maçãs no jardim das Hespérides. Mostravam, por fim, como descera ao Ínfero para capturar Cérbero. Hades tinha dito que ele podia pegar o feroz cão de três cabeças, sob a condição de não usar nenhuma arma; assim, Héracles, usando apenas a força dos braços, ficou apertando a fera, que, ganindo, acabou por se submeter à sua vontade. Eram aqueles mesmos braços que agora pendiam frouxos e fracos do corpo do moribundo.

Foi assim que a vida mortal de Héracles chegou ao fim. Mas, quando ele jazia na pira funerária, algo mudou. Os deuses o libertaram daquela sórdida morte: alçaram-no ao Olimpo e lhe concederam a imortalidade. Hera deixou de odiá-lo, e agora ele ocupa o segundo lugar em sua afeição, depois apenas de seu marido Zeus. Héracles vive em eterna paz entre as mansões dos deuses, numa outra realidade e com uma outra esposa, Hebe, a deusa da eterna juventude.

A SEGUIR, Filomela teceu a história de Atalanta: embora tenha desprezado o amor por muito tempo, Atalanta por fim encontrou um amante que valesse a pena.

Quando ela nasceu, seu pai, Iásio, que queria um filho menino, ordenou que a levassem para as montanhas árcades e lá

Filomela 141

ficasse entregue à morte. Quando a bebê jazia num penhasco, contorcendo-se, o rostinho arroxeado, vagindo, totalmente indefesa, uma ursa se aproximou, movendo-se com andar pesado, mas gracioso, no terreno pedregoso. Curiosa, cutucou Atalanta de leve com o focinho comprido, deu-lhe uma lambida exploratória, abriu a bocarra assustadora — e a recolheu com toda a delicadeza. Então a ursa levou a pequena Atalanta para seu covil, onde estava criando dois filhotes recém-nascidos. Tratou-a como se fosse filha sua, aleitando-a, depois ensinando-a a comer amoras, peixes, nozes e raízes.

Quando Atalanta estava começando a andar e os ursinhos se preparavam para deixar a mãe e se virar por conta própria, alguns caçadores que moravam na montanha encontraram a menina — uma pequena selvagem imunda, mas em plena saúde — e tiraram-na da mãe ursa adotiva para criá-la pessoalmente. Desde cedo ela se mostrou hábil com a lança e as flechas, forte como um menino, ligeira como uma corça. Sua família adotiva eram homens rudes, mas bondosos, e lhe ensinaram todas as suas habilidades. Ela jurou lealdade a Ártemis, a protetora da caça, a guardiã do celibato, e a deusa a admirava e estimava.

Atalanta queria aventuras, adorava competições e estava decidida a provar seu valor. Quando Jasão estava recrutando companheiros para acompanhá-lo na expedição pelos mares em busca do Tosão de Ouro, ela se apresentou como voluntária, mas ele não aceitou, por julgar que uma mulher prejudicaria a disciplina da tripulação do *Argo*. Mais tarde, porém, depois que os Argonautas voltaram à Grécia, ela desafiou um deles, Peleu, para uma luta corpo a corpo. Peleu achou que era algum tipo de brincadeira e quase recusou, pois que glória haveria em lutar com uma mulher? Mas mudou de ideia ao ver os ombros largos e os braços musculosos de Atalanta. E também ela era bonita, com aqueles traços que, numa menina, parecem de menino e, num menino, parecem de menina. Ela venceu a luta, prendendo Peleu com uma chave de pescoço que o levou, quase sufocado, a pedir misericórdia.

Mais tarde, o guerreiro etólio Meleagro recrutou outro grupo de companheiros para caçar e matar o javali calidônio, animal que estava devastando o reino de seu pai, Eneu. Entre eles estavam ex-Argonautas e outros campeões famosos: Cástor e Pólux, Teseu e seu amigo lápita, Pirítoo, o jovem Nestor de Pilo, Peleu — e Atalanta. A expedição foi um caos. Antes de partir, alguns homens disseram que não caçariam com uma mulher. Meleagro, porém, ameaçou cancelar tudo a menos que eles retirassem suas reclamações. Então, quando por fim partiram para a caçada, dois Centauros, Hileu e Roico, resolveram atacar Atalanta. Tolos, eles: ela ouviu os movimentos desajeitados dos dois entre as árvores atrás de si, gabando-se de como se revezariam para estuprá-la. Então tirou duas flechas da aljava, virou-se e lançou-as. Elas voaram em magníficos arcos, absolutamente precisos — parando um em cada garganta. Atalanta deixou-os na encosta, para sangrarem até a morte.

Finalmente, o javali ficou acuado num vale arborizado, sob uma falésia rochosa que não conseguiria escalar. Era um animal enorme, com presas que pareciam cimitarras; agora, encurralado, era mortífero. Arremeteu contra um dos combatentes mais jovens, Enésimo, e o empalou; também teria alcançado Nestor, se ele não tivesse subido numa árvore. Peleu atirou a lança contra o javali, mas, na confusão, atingiu Eurítion, rei da Ftia, matando-o. Atalanta atirou uma flecha e acertou o javali atrás da orelha: o sangue jorrou da ferida,

Filomela 143

manchando suas cerdas. Anceu ficou tão enfurecido que tivesse sido uma mulher a fazer verter o primeiro sangue que se lançou na frente do javali, brandindo um machado e gritando:

— Minha arma é melhor que a de qualquer mulher: vejam!

Ergueu bem alto o machado, pronto para golpear e esmagar o crânio do animal; mas, antes disso, o javali arremeteu contra ele com suas rutilantes presas de marfim, espalhando suas tripas pelo chão da floresta.

No final, foi o próprio Meleagro quem liquidou o animal com sua espada, e lá ficou ele, arfando, bufando, as magníficas presas manchadas de sangue, a luz nos olhos diminuindo até sumir. Meleagro deu as presas a Atalanta, como prêmio pelo primeiro sangue.

Agora a fama de Atalanta era tão grande que seu pai, Iásio, fez saber que a acolheria de volta à corte. Ela não queria deixar seus velhos companheiros, os destros caçadores das montanhas árcades, mas eles a persuadiram, dizendo que ela logo esqueceria aquela vida rústica — devia ir e gozar o luxo e a fartura da corte, disseram eles.

Iásio festejou a filha por tanto tempo perdida e gracejou dizendo que, se ele não a tivesse deixado à morte anos antes, ela não seria a grande atleta que se tornara. Na verdade, ele queria que Atalanta se casasse. Estava ansioso em arranjar um matrimônio para seus próprios fins políticos e diplomáticos.

Atalanta ficou furiosa.

— Impossível! Jurei lealdade a Ártemis e tomei os votos de celibato — disse ela. — A deusa castiga quem lhe é desleal.

Iásio não se abalou.

— Você sabe tão bem quanto eu que as moças acabam abandonando seus votos a Ártemis — disse ele. — Você já teve tempo mais do que suficiente para se esbaldar nas montanhas.

144 *Mitos gregos*

A discussão prosseguiu, até que Atalanta pensou numa solução.

— Prometo desposar o homem que conseguir me vencer numa corrida — disse ela. — Deixe qualquer um me desafiar. As regras são: se eu ganhar, ele morre; se ele ganhar, caso-me com ele.

Iásio concordou. Atalanta demarcou uma pista de corrida num vale plano e verdejante. No meio do percurso, ela cravou uma estaca no chão. Anunciou que daria a todos os disputantes uma generosa vantagem na linha de partida. Só começaria a correr quando o oponente alcançasse a estaca.

Foi surpreendente a quantidade de rapazes que aceitaram o desafio. E uma das últimas sensações que todos eles tiveram foi a de ouvir o som dos pés de Atalanta, de início vindo num crescendo atrás deles, depois desaparecendo quando ela disparava à frente. Todos foram eliminados na linha de chegada.

Enfim apareceu na corte de Iásio um rapaz chamado Melânion. Atalanta lhe parecia arrebatadora, sua velocidade, gloriosa. Sentia-se maravilhado com a beleza dela — não quando estava vestida como princesa, mas quando seu corpo reluzia de suor e o rosto ficava corado com o exercício. Ele também era atleta, rijo, forte. Adorava a vida nas montanhas — os gaviões pairando no alto, o aroma dos pinheiros nas narinas. Quanto mais Atalanta o contemplava, mais atraída se sentia. Pegou-se sonhando com ele, sentindo desejo por ele. Tinha uma vontade enorme de tocá-lo.

Melânion sabia que nunca conseguiria vencer Atalanta num jogo limpo, e por isso recorreu àquela rainha da trapaça: a deusa do amor. Sempre querendo marcar ponto contra Ártemis, Afrodite ficou feliz em ajudar: deu a Melânion três maçãs douradas, colhidas do jardim das Hespérides. Melânion viu prontamente como poderia usá-las. Então desafiou Atalanta para a corrida.

Tal como ditavam as regras, Atalanta lhe concedeu uma grande vantagem de saída, partindo somente quando ele já tivesse percorrido metade do trajeto. Mas, enquanto corria, Melânion deixou cair uma das maçãs douradas, e lá ficou o pomo na relva, refulgindo irresistivelmente ao sol. Enquanto disparava pela pista, Atalanta viu a maçã. Hesitou, parou — e recolheu o tesouro cintilante. Melânion ainda estava na dianteira. Ela perdera tempo.

Usando sua margem de vantagem, ele acelerou, tomando novo impulso na velocidade, e deixou cair a segunda maçã. Mais uma vez ela parou e se abaixou para pegar o precioso fruto. Mesmo assim estava se aproximando dele — então o rapaz atirou a terceira maçã com toda a sua força, a uma boa distância da pista. Atalanta foi feito um raio até lá, recolheu a maçã rápida como uma Harpia e voltou em disparada para retomar a corrida.

Foi assim que Melânion trapaceou, vencendo Atalanta por um fio, o corpo projetado para frente ao cruzar a linha de chegada. Mas Atalanta, quando cruzou essa linha, deixou cair as maçãs douradas, indiferente a elas, e se encaminhou para ele com um sorriso.

Melânion e Atalanta de fato se casaram, e ela nunca comentou se havia deixado que ele ganhasse. Porém — e em muitos momentos de alegria humana costuma haver um "porém" — Melânion se esqueceu de agradecer Afrodite pela ajuda que ela lhe dera. A deusa decidiu que o casal merecia castigo. Um dia, quando estavam caçando juntos, resolveram se proteger do calor do meio-dia numa caverna. Mas não notaram que o local era consagrado a Zeus. Ao fazer amor ali dentro, estavam conspurcando um santuário. Ali deitados, os corpos entrelaçados, num louco e intenso desejo mútuo, seus dedos começaram a se encurvar e a botar garras. Em torno do pescoço começou a crescer uma juba fulva, na boca irromperam longos dentes aguçados. Quando enfim se desprenderam, arfantes e exaustos, entenderam. Tinham mudado de forma. Eram leões.

Eles riram, se é que se pode dizer que leões riem. A transformação pretendia ser um castigo, mas parecia uma recompensa. Caçar lado a lado, viver juntos em liberdade e igualdade, percorrer num passo quase inaudível os mais solitários picos, trilhar os mais remotos vales — tal era a verdadeira felicidade para Atalanta e Melânion. Foi como leão e leoa que Filomela teceu o casal.

NA PARTE FINAL DA BORDA da tapeçaria, Filomela apresentou Píramo e Tisbe, da Babilônia, os quais, apesar da acirrada inimizade entre suas famílias, amavam-se em segredo. O único meio de se comunicarem era em rápidas conversas por uma pequena fresta no muro que dividia os jardins de suas casas. E assim traçaram um plano arriscado: cada qual se esgueiraria de casa à noite, e se encontrariam fora da cidade. Marcaram o encontro junto à tumba do rei Nino — o mausoléu que a rainha Semíramis, a mais engenhosa dos monarcas, a conquistadora da Etiópia, erguera para o marido.

Tisbe chegou antes de Píramo e aguardou sob uma amoreira, de ramos que pendiam carregados de sumarentas amoras-brancas. Mas, sentada ali no meio da noite, viu se aproximar uma leoa que acabara de matar sua presa, com a boca

Filomela 147

ensanguentada. Tisbe correu para uma caverna próxima e, na pressa, deixou cair o xale — que a leoa farejou com curiosidade, manchando-o com o sangue da presa. Quando enfim Píramo chegou, foi isso o que viu: o xale da amada manchado de sangue e as pegadas de uma leoa no solo. Logo imaginou o pior. Ficou devastado de dor. Puxou da espada e enterrou a lâmina no estômago.

Por fim, Tisbe se atreveu a pensar que a leoa tinha ido embora e saiu do esconderijo.

— Píramo? Píramo, onde você está? — perguntou, suavemente.

Foi então que o viu. Correu para ele, abraçou o corpo ensanguentado, chamando-o de volta à vida — mas ele já estava morto. Ela pegou a espada, tomando-a entre os braços como se fosse seu amado. Fechou os olhos e a cravou em si.

O sangue tingiu as amoras-brancas do arbusto sob o qual os amantes morreram. Desde então, as amoras se tornaram púrpura. O sumo tinge nossas mãos de um persistente escarlate, cor de sangue.

No CENTRO DA TAPEÇARIA, Filomela teceu cenas contando a história de Psiquê e Eros, cujo amor passou por muitas provações.

Psiquê era a caçula das três filhas do rei e da rainha de uma terra distante. E era bela. Mais bela do que as irmãs. Mais bela do que qualquer ser humano. Mais bela, diziam alguns, do que a própria Afrodite. E foi aí que seus problemas começaram. As pessoas passaram a negligenciar seus deveres para com a deusa. Em lugar dela, passaram a cultuar Psiquê. Afrodite, encolerizada, convocou o filho Eros, deus do desejo.

— Essa jovem precisa ser castigada por sua presunção — disse. — Você vai fazer com que ela se apaixone e se case com uma criatura temida e desprezada por todos.

Mas Psiquê não queria que ninguém a cultuasse. Detestava sua beleza — ou melhor, o efeito que ela trazia. Era tratada não como pessoa de carne e osso, com sentimentos reais, mas como se fosse algum tipo de escultura perfeita.

Ficava em casa, não via ninguém, sentia-se cada vez mais infeliz. Seus pais também ficaram preocupados, temendo que ela nunca encontrasse quem a amasse adequadamente. Assim, o pai foi consultar o oráculo de Delfos.

A resposta, como ocorria com tanta frequência, não foi agradável. Trazia a mensagem de que o rei devia deixar a filha, vestida de noiva, no topo desolado de uma montanha fora da cidade. Lá ela se casaria com um marido alado monstruoso, armado com flechas dolorosamente penetrantes, uma criatura que até Zeus considerava assustadora.

O rei e a rainha, relutantes, começaram os preparativos para o sinistro casamento. No dia designado, quando Psiquê estava pronta para encabeçar a procissão montanha acima, seus pais, destroçados de dor e sentimento de culpa, tentaram cancelar a coisa toda: não podiam entregar a filha àquele destino pavoroso. Mas Psiquê lhes disse para se acalmarem e a deixarem ir.

— Não há alternativa: ninguém pode sair impune ao ser comparado a um deus — disse ela.

E assim o triste grupo partiu do palácio, subiu a montanha e cumpriu entre lágrimas os rituais de casamento, embora não houvesse nenhum noivo à vista. Ao final, ali deixaram Psiquê. Sozinha, ela chorava, tremia e queria morrer.

Mas, depois de algum tempo, sentiu um cálido sopro de ar enfunando o vestido, despenteando o cabelo. Então a brisa

Filomela 149

— Zéfiro, o vento Oeste — pareceu envolvê-la. Viu-se alçada e suavemente soprada para um vale oculto no outro lado da montanha, um lugar onde nunca nenhum humano conseguiria chegar a pé.

Zéfiro pousou-a na relva, e Psiquê, embalada pelo suave movimento do voo, adormeceu. Quando abriu os olhos e despertou, viu sobre si o céu azul rendilhado por ramos cobertos de flores. Estava num bosque, e era o local mais agradável que se podia imaginar.

Ela se levantou, começou a explorar o ambiente e viu que, atrás do bosque, havia uma casa espaçosa e bem construída. Bateu à porta; não tendo resposta, abriu e entrou. Enquanto percorria os aposentos vazios, finalmente ouviu uma voz que parecia vir da própria construção.

— Psiquê, não tenha medo — disse a voz. — Todos esses aposentos são seus. Descanse, fique à vontade.

Admirada, Psiquê seguiu o conselho da voz desencarnada, banhou-se e descansou. Quando sentiu fome, uma deliciosa refeição surgiu à sua frente, em pratos dourados trazidos por mãos invisíveis. Mãos também invisíveis dedilhavam harpas, e coros invisíveis lhe entoavam canções. Ao anoitecer, porém, ela ficou com medo: e se essa bela casa e essa legião de escravos invisíveis fossem apenas uma artimanha para acalmá-la, antes que chegasse o horripilante dragão, o marido que acabara de desposar? Psiquê ficou ali deitada, rígida no leito, temendo até mesmo as sombras.

Passado algum tempo, a porta se abriu silenciosamente, e Psiquê ouviu os passos suaves de *alguma coisa* entrando. Seu coração disparou, mas a coisa, fosse lá o que fosse, tinha dois pés e não dava de forma alguma a impressão de ser um dragão. Ela ouviu na escuridão uma voz, uma voz suave e sensual.

— Não tenha medo — disse a voz. — Sou seu marido e amo você. Não posso deixar que você me veja, mas eis aqui minha mão.

Ela sentiu no pulso um leve roçar de dedos (e não de escamas). Sentiu mãos e lábios a acariciá-la. Sentiu-se retribuir o toque. O corpo cálido e deleitável que encontrou ao tato, com faces lisas e cabelo cacheado macio, lhe pareceu ser o de um jovem. Mas não conseguia enxergá-lo. E de manhã ele já se fora.

Na noite seguinte, o marido invisível voltou; na outra noite também, e na outra também. As noites de Psiquê eram repletas de prazer, e os dias transcorriam tranquilamente. Uma noite, porém, quando o marido retornou, tinha na voz um tom sério inédito.

— Suas irmãs estão vindo procurá-la — disse ele. — Estou avisando: por mais nervosas que pareçam, não dê ouvidos a elas.

Psiquê não aceitou bem o aviso: como iria ignorar as irmãs, deixar que pensassem que estava morta, permitir que sofressem sem motivo? E sentia tanta, tanta falta da família... Era solitária.

Ainda estava transtornada quando o marido voltou na noite seguinte.

— Faça como quiser — disse ele, por fim. — Zéfiro pode trazê-las aqui em segurança. Mas as coisas não vão terminar bem. Elas vão querer saber como sou. E isso eu lhe garanto: se você tentar descobrir, coisas ruins acontecerão.

No dia seguinte, Psiquê estava passeando pelo bosque quando ouviu lá do alto um distante som de vozes chamando seu nome. Suas irmãs! Pediu imediatamente a Zéfiro que soprasse e as trouxesse do alto da montanha até onde ela estava. Mostraram enorme prazer em vê-la. Mas começaram a

Filomela

insistir: quem era o marido? Onde ele estava? Como era ele? Agitada, Psiquê inventou uma história, dizendo que era um jovem que passava a maior parte dos dias caçando. E, como que com pressa de se livrar das irmãs, deu uma joia de presente a cada uma e pediu que Zéfiro as levasse de volta para o alto da montanha.

As irmãs tomaram o caminho para a cidade. Mas não haviam andado muito quando a inveja começou a roê-las e ferroá-las.

— Ela ficou com a sorte maior: dinheiro, marido jovem, muitos escravos — comentou uma.

— Como é que nossos pais *me* deram em casamento a um velho feio que é péssimo na cama? — comentou a outra.

A primeira irmã disse:

— Desde o dia em que nasceu, ela é o centro de tudo. Estou farta disso.

A segunda falou:

— Acho que é hora de colocá-la em seu devido lugar, não concorda? Não vamos dizer a ninguém que estivemos com ela.

E começaram a elaborar um plano.

Naquela noite, o marido de Psiquê, ao voltar, disse:

— Você não percebe que está em perigo? Suas irmãs não são boas pessoas. Querem prejudicá-la. Ouça: aconteça o que acontecer, não deixe que elas a convençam a descobrir como sou. Isso é importante, Psiquê. Você vai ter um bebê e, se fizer o que estou dizendo, a criança será uma divindade. Do contrário, será uma simples mortal.

Grávida! Psiquê se encheu de júbilo.

— Mas, se não posso ver você, pelo menos me deixe ver minhas irmãs.

Ele concordou a contragosto. No dia seguinte, as irmãs voltaram, e Psiquê lhes contou enlevada que estava grávida — o que aumentou ainda mais a inveja delas. Começaram a interrogá-la outra vez sobre o marido. Ela se debatia sob aquele interrogatório conjunto. Por fim, disse:

— É um homem bem mais velho. É mercador e está sempre viajando.

Depois que Zéfiro levou as duas de volta ao alto da montanha, a primeira irmã perguntou:

— Quem você acha que é *realmente* o marido dela? O jovem Adônis com seus cães de caça ou o velho rico?

A outra respondeu:

— Sabe de uma coisa? Acho que, na verdade, ela nunca o viu.

A dupla começou a elaborar melhor o plano.

No dia seguinte, foram ao alto da montanha e se lançaram na direção do bosque — e receberam uma aterrissagem um tanto brusca de Zéfiro, que estava ficando cansado de transportá-las de um lado para outro.

— Estamos muito preocupadas com você — disseram a Psiquê. — Descobrimos uma coisa medonha sobre seu marido. Ele é *mesmo* um dragão, como disse o oráculo. Tem sido visto voando, caçando cabras e carneiros: os agricultores aqui em torno estão apavorados com ele. Está só esperando você ter o bebê. Depois vai devorá-la. E provavelmente vai devorar o bebê também.

E prosseguiram:

— Mas ouça: arranjamos um jeito para você se livrar disso. Antes de ir dormir, acenda uma lamparina no quarto e esconda debaixo de uma jarra. Aí, quando o monstro estiver dormindo, pegue esse punhal, destampe a lamparina e, à luz dela, corte a garganta da criatura.

Filomela 153

Nunca passou pela cabeça de Psiquê que fosse uma armação das irmãs. Ela pegou o punhal e naquela noite seguiu as instruções: acendeu e ocultou a lamparina, escondeu o punhal e foi para a cama com o marido, como de costume. Quando ele adormeceu, ela destampou a lamparina e a ergueu com a mão trêmula. Com a outra pegou o punhal.

A luz da lamparina não lhe mostrou nenhum monstro, nenhum dragão diabólico e carnívoro, e sim um belo jovem, os braços e pernas nus sobre o leito com tal elegância como se tivessem sido entalhados por um escultor — o deus Eros. Ela arfou de surpresa e não pôde deixar de tocá-lo, como tantas vezes fizera antes, mas dessa vez o toque se somava à visão e seu prazer foi incomparavelmente maior. Passou as mãos por aquela pele lisa, pelo cabelo luxuriante, pelas alvíssimas plumas das asas dobradas a suas costas e, por fim, pelas setas que estavam numa aljava ao lado dele. E, talvez por estar com as mãos tão trêmulas, ela picou o dedo na ponta de uma flecha, e dali brotou uma gotinha de sangue. Ninguém escapa ao contágio gerado pelas flechas de Eros, e agora o desejo de Psiquê por ele se fez avassalador: começou a beijá-lo sofregamente e, nesse instante, uma gota de óleo fervente da lamparina caiu sobre a pele dele. A isso, Eros despertou de um salto. Viu de imediato o que havia acontecido. Num átimo abriu as asas e, sem dizer uma palavra, alçou voo, saiu do quarto, subiu ao céu e desapareceu.

Mas não sozinho: Psiquê se agarrara ao tornozelo dele no momento em que partia pela janela. Enquanto ele voava, ela seguia agarrada, até que, estando Psiquê prestes a perder as forças, Eros voou em círculos perto do solo para que ela pudesse cair em segurança — então se alçou até o alto de um cipreste ali próximo.

— Avisei que não devia dar ouvidos a suas irmãs — disse ele. — Não devia ter tentado me ver. Elas receberão o que merecem, pode ter certeza disso. Mas receio que você também venha a sofrer.

E então levantou voo, distanciando-se no céu até virar um pontinho ao longe.

Psiquê nunca se sentira tão solitária. Em desespero, tentou se afogar num rio, mas as águas compassivas a devolveram à margem. Foi ali que o deus Pã, com suas pernas de bode, a encontrou e tentou consolá-la.

— O que aconteceu, qual é o problema? — perguntou ele. — Um homem? Ora, ora. Se eu fosse você, faria uma prece ao grande deus Eros.

Psiquê, à sua própria revelia, riu entre as lágrimas. Prestou seus respeitos ao deus imortal, enxugou os olhos, levantou-se e começou a andar com ar resoluto, com um plano se formando na mente. Fez todo o trajeto até a casa da irmã mais velha e bateu com força à porta. Depois de se abraçarem com afeto fingido, Psiquê disse:

— Vim aqui para lhe contar: segui todas as suas sugestões. Mas você estava enganada; o que vi não foi um dragão, mas o homem mais lindo que já existiu nessa terra: o próprio Eros. Ficou tão bravo comigo que me expulsou da casa, dizendo que, como eu tinha quebrado minha promessa, agora ele pretendia se casar com você.

Ela mal acabara de falar e a irmã pôs o manto, empurrou Psiquê para o lado e saiu em disparada para a montanha. Lançou-se do penhasco, imaginando que seria conduzida suavemente até o bosque. Mas Zéfiro estava em outra parte, soprando brisas suaves na Tessália. Assim a irmã se precipitou montanha abaixo, esmagou-se contra as pedras e morreu. Psiquê se dirigiu à casa da outra irmã, onde contou a mesma história. Ela também saiu correndo para a montanha e morreu da mesma maneira.

Psiquê continuou em busca do marido, vagueando de cidade em cidade, perguntando por ele em todos os lugares. Mas Eros estava no Olimpo, abandonado na cama, na casa de Afrodite, queixando-se da queimadura causada pelo óleo fervente que Psiquê derramara. Afrodite não estava: fora se banhar e nadar no mar, o elemento que amava e no qual nascera. Esse duplo descuido dos assuntos humanos trouxe sérias consequências, e, por fim, uma ave marinha tomou a iniciativa de encontrar e avisar a deusa.

— Sua presença é necessária, minha senhora — disse-lhe o pássaro. — O mundo está fora dos eixos. Faz muito tempo que ninguém vê nem a senhora nem Eros. A afeição e a amizade estão se extinguindo. Tudo está se enchendo de raiva e rispidez. Não se tem gerado nenhum bebê, exceto em uniões violentas e sem amor.

— Onde está meu filho? Por que não está cumprindo seus deveres? — perguntou Afrodite.

— Não sei bem. Há rumores de que anda ocupado com uma moça chamada Psiquê...

— O quê?! Aquela mesma Psiquê que se diz melhor do que eu? Vejo muito bem o que anda acontecendo. Meu filho deve achar que sou uma alcoviteira, dando-lhe aquela mulher depois de mandar que ele a castigasse. Ah, quando eu puser as mãos nele...

Magnífica, ela saiu do mar e se ergueu ao céu, com as águas descendo em cascata pelo corpo: as gotículas absorveram a luz, e arcos-íris cintilaram no ar. Num instante chegou ao monte Olimpo, onde encontrou Eros acamado, gemendo de dor.

— Primeiro, você desobedeceu a minhas instruções — disse ela. — Segundo, realmente fez sexo com a moça, a mesmíssima moça que se pôs como minha rival. Terceiro, imagino que você queira que eu a trate como uma espécie de nora. Deve estar louco. Eu devia adotar um de meus escravos e dar suas asas e flechas para ele. Qualquer um daqueles imprestáveis seria um filho melhor do que você.

Afrodite saiu da casa num rompante e deu de frente com Hera e Deméter, Olimpianas como ela, que se solidarizaram com ela — mas insistiram que fosse gentil com Eros. Por quê? Porque a coisa que elas mais temiam, junto com todos os outros deuses, eram as flechas dele.

Enquanto isso, Psiquê revirava selvas e desertos. Vasculhou as profundezas inexploradas das florestas. Andou até os pés se lanharem e se encherem de bolhas, até as pernas não conseguirem mais sustentá-la e, quando sua força cedeu, caiu derreada nos degraus de um antigo santuário na montanha.

Após descansar algum tempo, começou a olhar em torno de si e viu várias oferendas feitas a Deméter, mas tudo numa grande desordem: havia um amontoado de velhas foices empoeiradas, espigas de trigo espalhadas, uma meda de cevada desfeita. Ela arrumou tudo, deixando o piso varrido e as oferendas cuidadosamente organizadas, enquanto suplicava a ajuda de Deméter. Por fim ouviu uma voz que soprava pelo templo como uma cálida brisa outonal.

— Pobre jovem — disse a deusa. — Aqui está você, cuidando de meu templo, enquanto Afrodite decidiu impor-lhe um castigo.

— Querida, bondosa Deméter — pediu Psiquê —, deixe-me ficar aqui por um tempo, pelo menos até a ira de Afrodite diminuir.

Filomela

A deusa se compadeceu, mas não o suficiente para ajudá-la.

— O máximo que posso fazer por você é deixar que parta ilesa — disse. — Afrodite é minha amiga.

Psiquê, abafando os soluços, saiu e retomou a caminhada. Mais adiante, num agradável bosque rodeado de árvores, acabou vendo outro santuário, dessa vez consagrado a Hera. Entrou com passos trôpegos, caiu de joelhos, agarrou-se ao altar e suplicou:

— Grande rainha Hera, protetora das famílias, rogo que me ajude.

Pela entrada do santuário veio uma luz ofuscante — tão intensa que Psiquê não se atreveu a olhar. Ouviu uma voz de trovão:

— Embora minha amiga Afrodite esteja ansiosa em castigá-la, permitirei que você saia de meu templo em segurança. Porém mais do que isso não posso fazer. Você deve encontrar seu próprio caminho.

A luz se dissipou. Psiquê saiu mancando do templo e chorou até não lhe restarem mais lágrimas.

Finalmente, deitada no solo pedregoso, fitando as estrelas no alto, tomou uma decisão. Se não havia como escapar a Afrodite, então que assim fosse. Iria pessoalmente até a deusa. Enfrentaria sua perseguidora. Afinal, o Olimpo era o único lugar onde não procurara por Eros.

Psiquê andou, andou, até chegar ao sopé do monte Olimpo, de rochedos nevados e enevoados, o qual nunca fora escalado por mortal algum. Firmemente decidida, a grávida escalou aquela montanha, escorregando nas pedras soltas, obrigando-se a atravessar a crista dos precipícios, retesando os músculos enquanto tateava em busca de apoio para os pés e as mãos e tomava impulso para chegar aos palácios resplandecentes dos imortais.

Enfim chegou às imponentes portas de bronze do palácio de Afrodite, quase desfalecendo na escada. Duas escravas da deusa a encontraram ali e, entre gritos de surpresa, arrastaram-na para dentro. Afrodite a saudou com desdém.

— Então finalmente veio visitar sua sogra? Você deve ser uma tola, se acha que está casada com meu filho. Esse bebê que traz em si é um bastardo.

Ela agarrou Psiquê pela garganta e a empurrou contra a parede.

— Você é bem feiosinha... Imagino que se faça de serva solícita para arranjar homens com quem dormir. Bom, vamos ver até que ponto você é realmente uma boa escrava.

Afrodite lançou ao chão uma quantidade enorme de sementes: de cânhamo, de girassol, de painço, de lentilha e até minúsculas sementinhas pretas de papoula.

— Separe tudo isso em pilhas. Venho verificar ao cair da noite.

Virou-se nos calcanhares e saiu para participar de uma festa de casamento.

Psiquê olhou desesperançada aquele monte enorme de sementes. Não havia a menor possibilidade de separá-las até o final do dia. Mas as formigas que moravam no palácio de Afrodite ficaram com pena dela: trouxeram todos os seus milhares de irmãos e irmãs, primos e primas, e se puseram a trabalhar. Psiquê observava com assombro e gratidão enquanto as criaturinhas ágeis e organizadas, movendo-se com a destreza e a coordenação de minúsculos soldados, labutavam até formar cinco pilhas bem-ordenadas.

Ao pôr do sol, Afrodite retornou e reprimiu seu espanto ao ver que Psiquê concluíra a tarefa.

— Não acredito nem por um segundo que você fez isso sozinha — disse ela.

Atirou uma casca de pão para Psiquê e saiu. Nesse meio-tempo, pôs uma sentinela para vigiar discretamente Eros, que estava numa outra ala do palácio e não fazia a menor ideia de que Psiquê se encontrava ali.

Na manhã seguinte, Afrodite foi de novo até a jovem.

— Está vendo aquele prado? — perguntou a imortal, apontando pela janela. — Há um rebanho de carneiros pastando ali, carneiros com pelagem de puro ouro. Quero que você me traga um pouco daquela lã dourada. Até o anoitecer.

Psiquê rumou para os prados, duvidando que conseguisse fazer o que a deusa mandara. Mas os juncos que cresciam num rio ali perto aconselharam a jovem, soprando ao vento suas vozes fininhas cheias de piedade.

— Não tente se aproximar do rebanho agora, durante o calor do dia: os carneiros se irritarão, tentarão marrá-la com seus chifres ou mordê-la com seus dentes venenosos. Espere até o entardecer, quando eles ficam mansos e sonolentos, e reviste os arbustos naquele outro campo logo adiante: vai encontrar chumaços de lã que ficaram presos nos ramos e nos espinhos, prontos para você recolher e levar à deusa.

Psiquê agradeceu aos juncos e seguiu fielmente suas recomendações. Mas, quando voltou com a lã rebrilhante, Afrodite apenas fechou a carranca, atirou-lhe uma côdea e saiu do aposento. Na manhã seguinte, a deusa voltou e disse:

— Tenho mais uma tarefa para você, humana. Está vendo lá em cima, o cume daquela montanha distante? Ali há uma fonte que alimenta o Estige e o Cócito, os rios que correm em torno do Érebo. Quero beber daquela água fresca. Pegue esse jarro de cristal e traga para mim ao anoitecer.

Psiquê, desanimada, pôs-se a caminho. Ao se aproximar da fonte, viu que a tarefa era realmente impossível: as águas despenhavam num recesso vertical de um penhasco nu, cercado por incontáveis serpentes que se contorciam. As criaturas escarneciam da jovem, dizendo que ela era imprestável, que a tarefa era inexequível, que sua vida não tinha sentido.

Mas então surgiu uma águia dourada, com as fulvas asas parecendo velas rasgadas, que pousou num rochedo próximo.

— Você nunca vai chegar sozinha até aquela água — disse a ave a Psiquê. — Mas farei por você.

A águia pegou a ânfora entre as garras e, esquivando-se às línguas dardejantes das serpentes, voou até a fonte e encheu o recipiente com o líquido mortal. Psiquê agradeceu e voltou com ele para a casa de Afrodite.

A deusa controlou sua raiva; simplesmente pegou o jarro de Psiquê, atirou-lhe uma crosta e saiu. Na manhã seguinte, voltou mais uma vez.

— Vou lhe dar uma última tarefa — disse. — Leve essa caixa a Perséfone, rainha do Ínfero, e peça para ela colocar aqui dentro um pouco de sua requintada beleza, o suficiente apenas para um dia. Então me traga a caixa de volta. Agora vá. Depressa.

Psiquê percebeu que era o fim. Mesmo os mais famosos guerreiros tinham enfrentado grandes dificuldades para voltar vivos do Ínfero. Héracles conseguira. Teseu conseguira, mas por um triz — quando fora até lá com seu amigo Pirítoo, na intenção de violentar Perséfone, ambos tinham sido ludibria-

Filomela

dos por Hades, que os convencera a se sentarem nos Assentos do Esquecimento. Héracles, no fim, resgatara Teseu — mas Pirítoo ainda estava lá, boquiaberto como um recém-nascido sob o domínio de um presente sem fim. Como ela, Psiquê, grávida, conseguiria ir e voltar de uma jornada ao Ínfero? Como sequer conseguiria encontrar o local?

Pôs-se a caminho, sem saber para onde ia. Havia nas planícies abaixo do Olimpo uma torre muito alta, erguendo-se solitária na paisagem. Ela subiu, na intenção de se jogar lá de cima — a única rota certa para o Hades, refletiu, era a morte. Mas, antes de poder se lançar ao oblívio, ouviu uma voz misteriosa, a voz da própria torre.

— Não, Psiquê, não faça isso. Não é o caminho certo — disse a torre. — Com minha ajuda, você consegue concluir a tarefa. Mas precisa executar fielmente o que eu disser. Vá até o cabo Ténaro, o extremo sul dessa terra, e lá encontrará uma caverna que leva ao Ínfero: ali o caminho, embora escuro e sombreado, é limpo. Mas antes de partir para aquelas melancólicas profundezas, deixando para trás o ar superior, leve dois bolos de cevada, um em cada mão, e ponha duas moedas na boca.

"Quando tiver percorrido um longo trecho desse caminho e estiver perto dos portões de Hades, você passará por um jumento coxo conduzido por um homem coxo. O homem vai lhe pedir que o ajude a recolher alguns gravetos que caíram de sua carga, mas você deve seguir adiante, sem dizer nada. É uma armadilha montada por Afrodite para que você solte um dos bolos de cevada: não caia nela.

"Quando chegar ao rio Estige, o barqueiro Caronte cobrará uma passagem para levá-la até o outro lado: deixe que ele pegue uma das moedas diretamente de sua boca. Quando estiver no meio da travessia, o cadáver de um velho vai implorar que você o ajude a entrar na barca: endureça o coração e não lhe dê atenção. Quando desembarcar, você passará por três mulheres fiando e tecendo lã, que vão lhe pedir ajuda: siga em frente. Será interceptada por Cérbero, um cão feroz de três cabeças: atire-lhe um bolo de cevada. Isso o distrairá e você conseguirá passar. Por fim, Perséfone a acolherá em sua casa e lhe oferecerá um delicioso banquete, mas aceite apenas uma côdea de pão. Quando ela lhe der o que você foi buscar, saia imediatamente. Use o segundo bolo de cevada para distrair Cérbero mais uma vez, e a segunda moeda dê a Caronte, para a travessia de volta.

"Mas a coisa mais importante é a seguinte: nunca, em circunstância alguma, abra a caixa para olhar o que há dentro dela."

De início tudo correu bem: Psiquê ignorou o velho coxo, o cadáver e as fiandeiras. Pagou Caronte, distraiu Cérbero e, quando Perséfone a recebeu, aceitou apenas uma côdea de pão seco.

Contou a Perséfone qual era sua tarefa. A deusa imortal assentiu com ar grave, encheu a caixa e a devolveu em silêncio. Psiquê agradeceu, guardou-a no bolso e começou o regresso. Distraiu Cérbero, pagou Caronte e, no momento em que estava quase de volta à luz e sob o céu, pensou consigo mesma: "Não vejo por que não devo, depois de todos os meus esforços, olhar o que há dentro da caixa". E assim a abriu. Mas Perséfone colocara ali dentro não a beleza, e sim o sono — o sono profundo e sem sonhos do Estige, do Hades. Ali mesmo onde estava, ela cambaleou e adormeceu.

Mas, a essa altura, Eros estava melhor. E menos zangado. E mais sensato. E sentindo uma tremenda falta de Psiquê. Voou até onde ela jazia, espanou suavemente o sono de seu rosto e a despertou com uma pequenina picada de uma de suas flechas.

Filomela 163

Trocaram longos beijos, fizeram planos e, entrelaçados, voaram ao Olimpo com as grandes asas dele. Tal como haviam decidido, ele a deixou na casa de Afrodite e foi pleitear sua causa junto a Zeus.

Zeus ouviu e convocou uma assembleia de todos os deuses. Filomela teceu a cena: os deuses do Olimpo reunidos entre as nuvens, para ouvir as palavras de seu rei.

— Decreto — disse ele — que o casamento de Eros e Psiquê é válido. E, Afrodite, essa jovem que percorreu o mundo para encontrar seu amado, que realizou todas as tarefas impossíveis que você estabeleceu, é digna de seu filho; mais do que digna, a bem da verdade. Vou torná-la imortal.

Com isso, Psiquê foi levada à sua presença. Ele pessoalmente lhe ofereceu ambrosia para comer e néctar para beber — e ela se tornou uma deusa imortal.

Zeus determinou que se realizasse um segundo banquete de casamento: dessa vez, um banquete dos deuses, um banquete cheio de alegria e não de tristeza. Filomela também teceu essa cena: o mais esplêndido casamento jamais visto. Dioniso e Ganimedes, o escanção dos deuses, serviram vinho; as Horas espalharam rosas; as Graças encheram o ar de doces aromas; Apolo e as Musas, Pã e os sátiros cantaram hinos nupciais. Depois de comerem e beberem, Eros e Psiquê foram para o leito e se amaram à refulgente luz do Olimpo, banqueteando os olhos com a visão um do outro. Vários meses depois, quando nasceu a filha deles, deram-lhe o nome de Prazer.

Assim Filomela concluiu sua grande tapeçaria, sozinha em seu aposento, em Atenas. Se tinha esperança de que o tempo

e o trabalho iriam atenuar a dor que sentia pela irmã Procne
— tão abruptamente casada com o rei Tereu, enviada para tão
longe na Trácia —, enganou-se.

Não muito tempo depois, porém, o próprio Tereu chegou à
corte ateniense, trazendo uma mensagem: Filomela iria até a
Trácia? Faria uma visita a Procne e Ítis, o filhinho de sua irmã?

O rei trácio estava apresentando o pedido ao velho rei Pandíon quando a própria Filomela entrou no salão. Tão logo a
viu, Tereu, por razões que não saberia explicar, foi tomado
pelo amargor e pela inveja, pelo desejo de vencer e possuir —
embora ocultasse esses sentimentos sob sua aparência altiva
e cativante.

Filomela, ao saber da sugestão de Tereu, correu até o pai,
rodeou-o com os braços e suplicou que a deixasse ir — um
abraço que Tereu fitou com lascívia, imaginando-se no lugar de
Pandíon. O pai consentiu. Foi servido um grandioso banquete:
um banquete de despedida. Tereu não comeu quase nada, mas
bebeu muito. Estava excitado, a mente cheia de tramas, planos.

Partiram na manhã seguinte, Atenas inteira se despedindo
deles no porto. Filomela ainda contemplava a costa que desa-
parecia no horizonte quando a atmosfera mudou de repente.
Tereu apareceu por trás dela, perto demais, e logo a agarrou...
Arrastou-a para o convés inferior. Ela ficou tão chocada que se
esqueceu de como lutar. Ele a acorrentou. Então a estuprou,
dia após dia. Logo ela passou a ter a sensação de que sua vida
toda sempre se resumira àquilo: a ficar aprisionada, esperando
o marido da irmã vir saciar a odiosa lascívia em seu corpo.

Finalmente desembarcaram na Trácia. Tereu trancafiou a
cunhada numa casa na mata, não muito longe do palácio. Era
um local agradável e bem mobiliado. Nada faltava a Filomela,

Filomela 165

a não ser, claro, a liberdade. E mais uma coisa. No dia em que chegaram, Tereu mandou seus homens segurarem Filomela e sacou de seu punhal. De início, ela se debateu e se contorceu; então ergueu o pescoço e ofereceu a garganta em desafio.

— Venha, me mate. Tanto vale, pois estou mesmo como morta. Mas, pelos deuses, meu fantasma virá assombrá-lo todos os dias de sua vida!

Mas ele não queria matá-la. Em vez disso, abriu a boca de Filomela à força e decepou sua língua.

— Estou farto de sua voz — disse, enquanto ela se engasgava.

Voltando para casa, Tereu disse à esposa Procne que Filomela adoecera e morrera durante a viagem. Procne ficou devastada de dor. Tereu, sem qualquer pejo, visitava periodicamente a casa na mata.

Filomela passou um tempo em completo desespero. Entre todas as histórias que imaginara para si mesma, essa ultrapassava o que havia de pior. Sua situação parecia sem saída: o local era remoto, vigiado, cercado por muros altos. Ela não tinha voz. Não tinha como contar a verdade a ninguém.

Mas aí ela se deu conta de duas coisas: a primeira era que podia ouvir. Começou a recolher todos os tipos de comentários das escravas e dos guardas. Soube, por exemplo, que o palácio não ficava muito longe. E que Procne estava viva, morava lá, de luto por uma irmã. E se deu conta de um frágil laço de solidariedade entre ela e as escravas que cuidavam da casa sob as ordens de Tereu. Compadeciam-se dela — e ela das escravas.

Havia na casa um tear velho e mambembe. Uma das escravas o encontrara por acaso numa despensa e o montara. Filomela passou dias sem lhe dar atenção. Então, de súbito, entendeu. Foi até ele, avaliando-o com olhos experientes. Encontrou algumas meadas de fio branco e outras de fio púrpura. Preparou a urdidura, enrolou a lã em bobinas. Começou o trabalho, as mãos se ajustando à familiar rotina. Concebeu o projeto de um desenho. Cena um: duas jovens, à janela de um palácio, observam andorinhões. Cena dois: uma delas desposa um rei. Cena três: a outra num navio, acorrentada. Cena quatro: uma língua é cortada. Cena cinco: esta casa, aqui e agora. Ela teceu essa parte com a maior precisão possível, examinando os pontos de referência que podia enxergar pela janela.

O trabalhou levou muito tempo para ser executado. Tereu não tinha a menor curiosidade: nunca olhou o tecido. Quando ela terminou, uma das escravas recortou e tirou o tecido do tear, entendendo pelos gestos de Filomela o que devia fazer.

Procne, a rainha, estava sentada a seu próprio tear no palácio quando uma escrava lhe trouxe um presente: um tecido precioso, finamente trabalhado. Ao desdobrá-lo, ela reconheceu imediatamente a lavra, tal como reconhecemos de imediato a letra de nossa irmã. Sozinha, partiu do palácio a cavalo e, usando a tapeçaria como guia, encontrou a prisão da irmã. Mandando os atônitos guardas se afastarem, ela bateu à porta até abrirem. As irmãs se abraçaram com força.

— Ele destruiu a coisa que era mais preciosa para mim — disse Procne. — Então vou destruir a coisa que é mais preciosa para ele: sua virilidade, seu poder sobre o futuro.

As duas montaram o cavalo de Procne e galoparam até o palácio. Procne seguiu diretamente para o quarto de seu filho Ítis. Tomou o bebê nos braços, beijando-o entre lágrimas. Sempre com a mesma ternura, deitou-o no berço e então segurou uma colcha sobre o rosto da criança até asfixiá-la. Foram então à cozinha do palácio. Procne dispensou todos os escravos e

Filomela 167

escravas, dizendo que essa noite iria cozinhar pessoalmente para o marido — um banquete privado, só para os dois.

Mais tarde, o rei jantou lautamente, comendo e bebendo até se saciar.

— Traga meu filho — disse enfim a Procne. — Quero muito vê-lo.

Procne caiu na risada.

— Vê-lo? Você acabou de comê-lo — disse ela.

Abriu a porta: ali estava Filomela, segurando a cabeça decepada do bebê — tudo o que agora restava dele. Tereu, pálido, começou a engasgar. Então sacou da espada e avançou para as duas mulheres, agarrando a esposa pelo cabelo e lhe cortando a garganta, capturando e matando a irmã. Mas aconteceu algo milagroso. Tereu começou a diminuir e encolher. Do manto listrado brotaram penas. Transformou-se, mas conservou a crista orgulhosa e marcial: era uma poupa.

E as mulheres? Não tombaram. Voaram. Partiram com asas novas e esguias, deixando o palácio, rumo à liberdade. Filomela se transformou em rouxinol, com um canto triste e vibrante tão belo quanto as tapeçarias que desenhara no passado. Procne se transformou em andorinha. Na próxima vez em que vocês virem uma andorinha, prestem atenção: o talho de sangue na garganta ainda está lá.

ARACNE

Aracne

Atena, Posêidon e Cécrops

Ixíon

Tântalo

Níobe

Mársias

Dafne

Orítia

Creusa e Íon

Calisto

Leda

Ganimedes

Dânae e Acrísio

Díctis, Perseu e Polidectes

As Greias

As Górgonas

Andrômeda e Ceto

A origem da aranha

ARACNE NÃO DESCENDIA DOS DEUSES; nem sequer era de família real. Seu pai, Ídmon de Colofon, era tintureiro. Seu trabalho consistia em recolher milhares e milhares de caramujos marinhos nas praias da Fócia. Esmagava as conchas espinhosas, deixava de molho em água salgada durante dias e então fervia o líquido. A seguir, mergulhava as pelagens nas tinas. Parecia obra de um feiticeiro: a lã branca e fosca saía daquelas tinas faiscando em tons sutis de púrpura e escarlate.

Embora Aracne não tivesse nada de excepcional em outros aspectos, era famosa como hábil fiandeira e tecelã. À sua oficina em Hipepa, sob o monte Tmolo, acorria gente vinda de quilômetros de distância. Era um prazer ver a destreza com que penteava a lã, formando nuvens fofas; com que prendia punhados de lã na roca e então puxava o fio liso e forte entre o indicador e o polegar, assim pondo a espiral a girar. Mas no que ela realmente se sobressaía era na concepção e na invenção de suas tapeçarias. Suas cenas eram tão vívidas e palpitantes que os personagens pareciam realmente se mover; quase dava para ouvi-los falar.

Era evidente a todos que a própria Atena ensinara Aracne. E não se passava um dia sem que Aracne ouvisse um comentário a esse respeito. Mas ela, segura da excelência de sua arte, negava. Então veio um dia em que ficou tão irritada com os comentários que se flagrou dizendo:

— Já ouvi demais sobre Atena. Ela, se quiser, pode me desafiar para uma competição. Se ganhar, pode escolher o castigo que quiser.

Foi um comentário à toa. E por isso Aracne estava totalmente desarmada quando uma mulher grisalha e encurvada lhe disse:

— Tome cuidado, Aracne. Você pode se gabar que tece melhor do que qualquer outra mortal. Mas nunca, jamais se compare a uma deusa. Se eu fosse você, pediria desculpas imediatamente.

Aracne ficou tão brava que quase bateu na velha.

— Que infâmia! Não vou ouvir conselhos seus. É praticamente senil! Quanto a Atena, se ela estiver mesmo tão incomodada comigo, tenho certeza de que virá aqui pessoalmente.

— Já veio — respondeu a velha.

E, com as mãos trêmulas estriadas de veias azuis, jogou de lado o xale. Então, em vez da figura miúda encurvada sobre um bastão, surgiu uma deusa jovem, ereta, refulgente, magnífica. Na cabeça reluzia um elmo de bronze, feito por Hefesto — sua crista de crina de cavalo roçava as vigas da oficina de Aracne. Tinha na mão uma lança e sobre o peito a Égide, o escudo de couro de cabra, símbolo do poder que compartilha com seu pai, Zeus. Mil serpentes se retorciam nele como tesselas vivas.

As assistentes e escravas de Aracne, todas as ninfas do Tmolo que estavam reunidas na oficina, todas as visitas que tinham vindo admirar seu trabalho, recuaram de pavor e curvaram a cabeça em reverência. Apenas a própria Aracne, levemente enrubescida, se manteve firme.

— Ainda acha que pode competir comigo? — perguntou Atena, sua voz ressoando alta e clara.

Aracne encarou a deusa com ar beligerante e inabalada arrogância. Assentiu com um breve aceno. A competição se iniciou.

A deusa tirou o elmo, pousou a lança e removeu a Égide. Ambas, imortal e mortal, suspenderam um pouco as vestes. Agora lado a lado, trabalhando com uma rapidez e uma destreza extraordinárias, montaram um par de teares altos e robustos. Mediram o tamanho certo dos fios da urdidura, prenderam--nos a distâncias regulares da trave, então amarraram os pesos de argila do tear em grupos ordenados, fixando os fios na liça com nós de lã. Terminadas as preliminares, começou o verdadeiro trabalho: as mulheres começaram a passar as lançadeiras voando pela armação, ao mesmo tempo ajustando os fios com pequenas pancadas firmes de suas espadilhas. Estavam usando um precioso fio púrpura e um fio de ouro verdadeiro, mas também mesclavam muitos outros tons — tudo o que a garança e o açafrão, a ísatis e a casca de carvalho eram capazes de produzir — para criar efeitos de maravilhosa sutileza. Era como se o sol saísse logo após uma pancada de chuva e um arco-íris se desenhasse no céu: é possível ver as cores, distintas e cintilantes, mas nas bordas os tons tendem a se fundir um no outro, e fica difícil saber onde termina uma cor e começa a outra.

As duas tecelãs, a divina e a humana, narraram antigas histórias em suas telas. Atena pôs as mãos imortais a tecerem uma borda de ramos de oliveira — quase dava para sentir as folhas estreitas e friáveis entre os dedos. No centro, havia uma cena em que ela mesma aparecia como vencedora de uma grande competição. A disputa que decidiu representar não era contra uma mera e frágil mortal, mas contra um dos maiores imortais Olimpianos.

ERA A ÉPOCA DO PRIMEIRO rei de Atenas, Cécrops: homem da cintura para cima e serpente da cintura para baixo. Posêidon e Atena estavam disputando entre eles quem se tornaria patrono da cidade, e ambos ofereceram presentes ao rei.

— Eu lhe darei a coisa mais preciosa de todas: a água — disse o deus dos oceanos.

Ele bateu o tridente sobre a rocha da Acrópole e dali jorrou uma fonte. Mas Atena se virou para o rei e disse:

— Aquela fonte, Cécrops, é de água salgada; de nada servirá para seu povo. Eis o que eu lhe dou.

Ela bateu a lança no solo fino e pedregoso, e dali brotou uma oliveira encarquilhada, de folhas prateadas. Posêidon zombou da deusa:

— Que ideia absurda, uma árvore, e nem sequer majestosa como um carvalho ou um pinheiro.

Ele colheu um de seus frutinhos pretos, provou e imediatamente cuspiu fora.

— Horrível — exclamou, franzindo a boca.

— Recomendo que você pense cuidadosamente, Cécrops — disse Atena. — As aparências são enganadoras: a oliveira trará grande riqueza para a Ática. Seu fruto pode ser prensado para extrair óleo, que tem mil utilidades. Vocês nunca passarão fome com essa árvore. Embora pareça frágil, é rija e tem vida longa.

Aracne 175

Cécrops escolheu Atena e deu seu nome à cidade. Até hoje o templo de Atena, o Partenon, coroa a Acrópole.

EM CADA CANTO DE SUA TAPEÇARIA, Atena acrescentou outras histórias de arrogância e impiedade dos humanos. Narrou a história do lápita Ixíon, que antigamente vivera em relações de amizade com os Olimpianos. Mas uma violenta loucura se apoderou dele. Queria se casar com Dia, filha de seu parente Ioneu, e prometeu a ele admiráveis presentes: copos lavrados em ouro e prata. Mas não cumpriu sua palavra e, frustrado, Ioneu pegou seus cavalos como garantia. Nessa altura, Ixíon convidou Ioneu para ir à sua casa, desculpando-se e assegurando que logo entregaria tudo o que havia prometido.

Fez o inverso, porém: atirou Ioneu num poço cheio de carvões em brasa, matando-o. Foi tão sério o crime que nenhum mortal quis purificar Ixíon. No final, foi Zeus quem, num raro momento de leniência, resolveu que ele próprio o purificaria de seus crimes. Mas o rei dos deuses teve como retribuição mais um ato de violência: o mortal tentou violentar a deusa Hera. Zeus, no entanto, descobriu e pôs em lugar de Hera uma imagem, uma simples nuvem, mas tão nítida que Ixíon imaginou que estava engravidando a própria deusa. A nuvem deu à luz o primeiro dos Centauros, que desde então sempre guerrearam os filhos de Dia, os lápitas.

Como castigo pela violência cometida, Zeus prendeu Ixíon a uma roda que pôs a girar por toda a eternidade — foi assim que Atena o teceu, revolvendo-se em tortura.

ATENA MOSTROU TÂNTALO, outro homem que, quando o mundo era jovem, era conviva frequente nos banquetes olímpicos; deuses e deusas retribuíam suas visitas indo a seu palácio no sopé do monte Sípilo, na Lídia. Mas Tântalo tentou roubar néctar e ambrosia dos imortais para dar a seus amigos, que assim poderiam, eles também, se tornar deuses. Além disso, tentou pôr à prova os poderes de percepção dos Olimpianos. Matou seu próprio filho, Pélope, e lhes serviu sua carne num banquete. Todos os convivas perceberam imediatamente o que ele havia feito, exceto Deméter, que comera um bocadinho da hedionda refeição antes de se dar conta. Os imortais horrorizados trouxeram Pélope de volta à vida. Mas faltava-lhe um ombro — o pedaço que Deméter comera por engano — e assim ela confeccionou para ele uma prótese de marfim.

Tântalo foi punido por seus crimes no Ínfero. Foi condenado a permanecer para sempre numa lagoa de água cristalina, sobre a qual se projetava um bosque de belas árvores frutíferas, todas carregadas de frutos maduros: figos, romãs, maçãs. Sempre que se abaixava para beber, a água da lagoa secava. E sempre que estendia o braço para pegar uma fruta, as árvores retraíam os ramos, deixando-os fora de alcance; tão grande era a perícia de Atena que quase dava para saborear a polpa macia e rosada dos figos e sentir as sementes rubras de romã estalando no céu da boca.

NO TERCEIRO CANTO DA TAPEÇARIA, Atena retratou Níobe, filha de Tântalo e esposa de Anfíon, um dos construtores dos muros de Tebas. O casal teve doze filhos, seis meninas e seis meninos. Imprudente, ela se vangloriou de ter mais bebês do

Aracne

que a deusa Leto, mãe de apenas dois, Apolo e Ártemis. Os gêmeos imortais se sentiram ultrajados e desceram à Terra. Atena teceu os filhos e filhas de Níobe correndo, tentando se abrigar e se esconder enquanto o casal de irmãos imortais desferia flechas sobre eles, como se estivesse caçando cervos. Níobe, arrasada de dor, voltou ao monte Sípilo e lá rogou a Zeus que a convertesse em rocha. O deus assentiu: a rocha cobriu seu corpo como se fosse uma hera envolvente. Desde então, o rochedo passou a gotejar pingos de água, como lágrimas.

No QUARTO CANTO DE SUA OBRA, a deusa teceu a morte de Mársias. Era um sátiro da Frígia — uma daquelas criaturas silvestres que habitam as montanhas, igual a um homem, exceto pelas pernas de bode e pela cauda e orelhas de cavalo. Um dia, ele percebeu um objeto estranho — parecia feito de ossos de gamo — no solo da floresta. Mársias ainda não sabia disso, mas era uma flauta dupla, instrumento musical que se chamava aulo. Fora inventado pela própria Atena, mas, quando ela se viu refletida na água de um lago, detestou a aparência que tinha ao tocar, as bochechas infladas e o rosto avermelhado. Então jogou fora a flauta.

Curioso, Mársias recolheu e examinou o objeto. Tentou soprar — e saiu um grasnido medonho. Mas ele persistiu e, por fim, se tornou um prodígio no aulo — de fato, tão confiante que desafiou o próprio Apolo para uma disputa. O deus da música aceitou, e as nove Musas concordaram em arbitrar.

— Vamos combinar que o vencedor pode fazer absolutamente qualquer coisa que quiser com o derrotado — disse Apolo.

Mársias, tola criatura, concordou.

O deus foi o primeiro a tocar. A música saía ondulante da lira, as notas tremulando delicadamente no ar. Ela falava da natureza — o sol roçando a água, o vento farfalhando entre as árvores. Parecia às ouvintes que nada seria capaz de superá-la. Mas então Mársias pegou o aulo. A música, plangente e melancólica, invocava às ouvintes o infindável ciclo mortal de fúria e transgressão, de perda e amor.

As Musas estavam prestes a nomear Mársias como vencedor. Mas Apolo interveio:

— Que tal outra rodada? Como você tem uma flauta dupla, é justo que eu possa usar meu segundo instrumento: a voz.

Sem esperar concordância ou discordância, o deus começou a cantar, acompanhando-se com a lira. A voz imortal era tão rica e suave, as harmonias tão complexas, que as Musas não tiveram outra alternativa senão a de coroá-lo como vencedor.

Era hora de Mársias pagar o preço — deixar que o vencedor fizesse o que quisesse com o derrotado. Apolo, friamente calculista, despiu o sátiro e amarrou seus pulsos e tornozelos. Então se iniciou a sério a operação cruel: o deus usou de suas próprias mãos nuas para rasgar o sátiro, retirando sua pele, esfolando-o vivo — em pouco tempo, Mársias era uma enorme chaga viva. As criaturas da mata choravam de piedade e horror; o próprio céu fitava a cena contrariado. Foi assim que Atena mostrou Apolo e Mársias: o deus radiante e tranquilo, o manto cintilante tecido em fios púrpura, o rosto do sátiro contorcido de dor e terror.

ARACNE, por seu lado, criou um padrão mostrando os crimes dos deuses.

Começou a borda da tapeçaria com a ninfa Dafne, filha do deus rio Peneu, cujo mais caro desejo era a liberdade de vaguear entre as matas e as montanhas. Mas o olhar desapiedado de um deus pode penetrar em qualquer lugar. Tão logo o radiante Apolo a viu, pôs-se a arder de luxúria. Imagine-se um fogo na floresta: animais e humanos fogem em pânico, impotentes contra a devastação. A fumaça sufoca o céu; nenhuma chuva alivia a catástrofe. O horizonte reluz num vermelho doentio. Era com essa intensidade que o desejo do deus flamejava.

Era primavera. Dafne estava passeando em suas amadas colinas tessálias. Sob seus pés a jovem relva verdejava esfuziante, o solo vicejava com íris, eufórbias, asfódelos. A neve ainda se demorava no alto das montanhas, mas Zéfiro, o suave vento Oeste, já atraía o mundo para sua fresquíssima beleza. Mas então ela sentiu algo mudar. Os pássaros pararam de cantar. As abelhas ficaram em silêncio. Devia haver algum deus por ali, percebeu ela. Virou-se, e ali estava ele, sorrindo-lhe, num brilho ofuscante.

— Não tenha medo — disse ele. — Não sou lenhador nem pastor, sou um deus, sou Apolo: senhor de Delfos, protetor de Pátara, na Lícia; senhor de Claros, na Jônia, paladino da ilha de Tênedos. Sou filho de Zeus, o vidente, o arqueiro, o curandeiro, o músico.

Ela entendeu. E todas as fibras e nervos de seu corpo gritaram "Não". Virou-se e correu.

Dafne era ligeira, ligeira feito lebre. Logo sentiu o coração batendo forte, o fôlego começando a faltar — mesmo assim, continuou a correr. Atrás de si ouvia o ritmo dos passos incessantes do deus, cada vez mais altos; então viu a sombra dele avançar sob seus pés. Estaria tentando pegar sua túnica? Agarrá-la, como um cão abocanhando a presa? O terror lhe deu um novo ímpeto. Dafne sentiu os passos se distanciarem. Mas um deus imortal sempre tem forças de reserva e logo ela sentiu que ele se aproximava, sentiu-o antecipando sua vitória como um cão de caça que quase saboreia a carne de sua vítima.

A ninfa começou a rogar a Gaia, cujas juntas são colinas e cujos olhos são lagos. A deusa a ouviu. Dafne sentiu seu passo se imobilizar. Gritou, tentou prosseguir, mas não conseguiu — era como se estivesse presa à Mãe Terra. Sentiu as pernas se fundirem, os pés se enraizarem, os dedos darem brotos, a voz falhar, os sentidos se amortecerem. As mãos de Apolo a alcançaram, mas, em vez de ventre e seios, ele tocou galhos duros e nodosos; em vez de cabelo e mãos, folhas; o tronco da ninfa se tornara… um tronco. Foi assim que Aracne mostrou Dafne, captando em fios verdes luzidios o momento em que se dava sua transmutação de ninfa em loureiro, o deus avançando em vão sobre seu corpo que se convertia em casca.

Dafne não podia mais falar; a única coisa que conseguia fazer era suspirar, quando o vento passava entre suas folhas. Uma consciência mais lenta e mais obscura se apoderou dela. Quando Apolo lhe arrancou um ramo de folhas para fazer uma coroa de louros para si mesmo, ela se sentiu… indiferente.

A SEGUIR, Aracne teceu a história de Orítia, a princesa de Atenas roubada à sua família por Bóreas, o vento Norte. Foi

Aracne

arrebatada num momento em que devia estar em segurança, indo em procissão ao templo de Atena, levando um cesto de cevada para a deusa.

O que ela sentiu foi uma lufada gélida, daquelas que nos tiram o ar do pulmão e nos derrubam ao chão. O cesto lhe foi arrancado das mãos, e Orítia foi brutalmente erguida, com braços gelados que lhe cercavam a cintura como um torniquete. Viu de relance as amigas, o pai Erecteu, a mãe Praxiteia, diminuindo à distância — tentou gritar a eles, mas a ventania lhe roubou as palavras. Logo voavam alto, cada vez mais alto, as asas de Bóreas fustigando os mares e açoitando as ondas que iam se quebrar enfurecidas na linha costeira: foi assim que Aracne mostrou a jovem, raptada por um temporal.

Bóreas levou Orítia para sua fortaleza, na Trácia, soltou-a na margem do rio Erígono e, envolvendo-se numa nuvem negra, estuprou-a ali onde jazia.

ARACNE TECEU A IRMÃ DE ORÍTIA, a jovem Creusa, vagueando pelas vertentes da Acrópole — estava no lado norte do monte, onde fica a parte mais íngreme do rochedo. Lá, Pã tem seu santuário: uma caverna simples aninhada entre as pedras, com nichos para oferendas talhados nas paredes úmidas.

Creusa estava colhendo açafrões amarelos, juntando-os numa dobra da túnica; as flores delicadas irradiavam sua própria luz dourada. De súbito, Apolo surgiu sobre ela, o cabelo loiro faiscando com o brilho do sol. Arrastou Creusa, que gritava pela mãe, para o santuário de Pã. Lá a violentou — dizendo-lhe que era um ato sagrado em homenagem a Afrodite e avisando que não contasse nada a ninguém. Ela suportou o estupro, fitando o tempo todo as flores de açafrão, caídas e pisoteadas no solo. Depois ele deixou que a jovem voltasse trôpega para a casa dos pais.

Envergonhada, ela ocultou a gravidez. Mas, nos meses subsequentes, seus inexperientes dedos de menina fizeram uma manta para o bebê, tecendo no centro o padrão tradicional usado por sua família: a imagem de uma Górgona rodeada de serpentes. Quando deu à luz um menino, em segredo, sozinha e assustada, ainda não terminara o trabalho, mas o retirou mesmo assim do tear e nele envolveu o bebezinho. Pôs-lhe também um colarzinho: uma corrente de serpentes entrelaçadas que todos os atenienses da realeza ganham ao nascer. Por fim, coroou a cabeça do menino com uma pequena guirlanda de jovens folhas de oliveira, colhidas da árvore sagrada que a deusa fizera brotar do solo da Acrópole. Então esgueirou-se na noite, voltou à encosta íngreme no lado norte da montanha e, chorando, colocou o bebê na caverna de Pã, no mesmo lugar onde fora violentada. Certamente o deus sentiria a consciência aguilhoar e encontraria uma maneira de cuidar do próprio filho, não? Mas, quando retornou mais tarde, ficou aturdida ao ver que o bebê não estava mais ali — fora apanhado por cães selvagens, receava ela, ou pelos lobos furtivos e famintos que rondavam as encostas montanhosas.

Mais tarde, Creusa se casou com um nobre chamado Xuto — não era ateniense, mas fora aliado de seu pai na guerra contra os eubeus. Não tiveram filhos, e a raiva secreta de Creusa contra Apolo aumentou. Por fim, Xuto decidiu que deviam ir a Delfos, perguntar ao oráculo como poderiam ter filhos. Lá, no santuário da deusa, a Pítia lhe disse:

Aracne 183

— A primeira pessoa que você vir ao deixar esse templo será seu filho.

Perplexo, ele deixou o local. Logo na saída havia um rapazinho — um servente, ao que parecia, que estava varrendo a escada. Xuto se acercou num salto e o abraçou, exclamando:

— Meu filho!

O rapazote achou que o homem devia ser louco e ficou ouvindo admirado, enquanto o estrangeiro luxuosamente vestido lhe dizia que se preparasse para ir a Atenas, onde se tornaria herdeiro do rei. Íon — assim se chamava o jovem — não sabia nada a respeito de seus pais verdadeiros. A única coisa que conhecera durante toda a vida era esse templo, essa íngreme encosta da montanha: fora criado ali como filho do santuário, e a Pítia era o que de mais próximo ele tinha como parente. Agora encontrara um pai — mas queria desesperadamente saber quem era sua mãe verdadeira, e Xuto não sabia.

— Deve ter sido antes de me casar — disse ele. — Talvez alguma mulher que encontrei cultuando Dioniso à noite nas montanhas. Desculpe, não consigo lembrar.

Creusa tinha vindo ao templo de Apolo — ao santuário do deus que ela odiava, do deus que a estuprara —, e agora o marido recebera um filho, mas um filho que decididamente não era dela. Sentiu-se destroçada pela injustiça. Pela primeira vez revelou o que lhe acontecera quando era moça — confiou tudo a uma leal escrava que a conhecia desde que nascera. Em sua fúria contra o deus, ela resolveu que o rapaz, esse intruso, devia morrer: a mera ideia de um estrangeiro se tornar rei de Atenas era inconcebível. A escrava concordou em envenenar o vinho do jovem, e teriam conseguido matá-lo se não fosse pelo próprio Íon: no instante em que estava prestes a tomar o vinho, ouviu um dos serviçais dizer uma palavra de mau agouro e mandou retirarem a bebida. Então apareceu uma pomba: ela sorveu o líquido da taça rejeitada e, numa convulsão de dor, morreu. Íon correu em busca de Creusa, decidido a castigá-la por tentar matá-lo.

Quando Creusa e Íon se confrontaram, a Pítia interveio. Disse que tinha alguns pertences de Íon, que guardara e escondera dele durante toda a sua vida — os objetos com que Íon chegara, bebezinho, e com os quais Hermes o depusera nos braços dela. Esses objetos eram uma manta tecida por mãos inexperientes, decorada com uma cabeça de Górgona, um colar no formato de serpentes entrelaçadas e uma coroazinha de folhas de oliveira. E assim, com esses sinais de identificação, mãe e filho se viram novamente unidos. Atena veio pessoalmente até eles, explicando que Apolo dera ordens a Hermes para recolher seu filho recém-nascido na caverna de Pã e levá-lo a Delfos. Mas Apolo? Este se manteve longe.

A SEGUIR, Aracne teceu Calisto, filha de Licáon, rei dos árcades. Ela era ardorosa seguidora de Ártemis e, como a deusa e todas as suas discípulas, jurara manter o celibato. Era caçadora, e a favorita da deusa.

Um dia, após uma manhã solitária, quando o sol ia alto e tórrido, Calisto encontrou um bosque sombreado para repousar. Desprendeu o arco, tirou a aljava e fez dos braços um travesseiro e da relva primaveril, sua cama. Logo adormeceu.

Despertou com uma sombra escura incidindo no rosto. Era Ártemis, sorridente.

Aracne

— Onde você esteve? — perguntou a deusa. — Encontrou uma boa área de caça? Senti sua falta.

Calisto se soergueu num dos cotovelos e sorriu.

— Grande Ártemis, para mim a senhora é maior do que o próprio Zeus, se ele me perdoar por dizer isso...

Estava prestes a continuar, a contar como passara a manhã nas montanhas, quando Ártemis, para seu espanto, sentou-se no chão junto dela. E uma mão cintilante acariciou sua coxa, uma boca divina e perfeita afundou em seus lábios. Calisto ficou paralisada de assombro: o que estava acontecendo, o que a deusa *estava fazendo*?

Então o disfarce caiu. Em vez de uma deusa, era um deus enorme, barbado, assomando sobre ela: era Zeus que agora a segurava contra o solo, apalpando seus seios. Calisto se debatia e esperneava, tentando escapar, se libertar daquela garra terrível.

Teria vencido qualquer homem ou mulher, mas, com o rei dos deuses, era uma batalha perdida. Ao se saciar, ele partiu, um clarão luminoso subindo ao Olimpo. Ela ficou largada ali, sozinha. Depois de algum tempo, viu Ártemis se aproximar. Calisto se ergueu penosamente, preparando-se para correr, pensando que era Zeus de volta, querendo mais. Então viu as companheiras da deusa que vinham atrás, correndo para conseguir acompanhar suas passadas largas: era Ártemis, de fato. Automaticamente virou-se e se juntou a elas, mas nada mais era como antes. Encolheu-se em si mesma, mal falou, ficando na retaguarda.

Se Ártemis percebeu alguma mudança em sua antiga favorita, não deu a notar. Os meses se passaram. Calisto se recusava a reconhecer os sinais do corpo que se avolumava. Num dia quente, todas percorriam juntas as colinas quando Ártemis determinou uma parada. O sol acabava de passar o zênite, era hora de descansarem e se banharem no rio de águas límpidas e frias.

— Aqui estamos a sós, sem olhos a espreitar — disse a deusa. — Vamos nadar.

As outras se despiram, mergulharam, fazendo caretas ao sentir a água fria, dando risadas. Apenas Calisto hesitou, permanecendo à beira da água.

— Venha, a água está uma delícia — chamaram as outras.

Ela não tinha escolha. Tirou a túnica, desnudando o corpo. As companheiras viram sua gravidez — houve um instante de silêncio e então vieram cercá-la, gritando, segurando-a, chamando a deusa para vir ver. A qual disse, sem emoção, sem clemência:

— Não polua essas águas puras com sua vergonha. Saia já daqui e não volte nunca mais.

Foi o que Aracne teceu: a deusa implacável mandando embora a inocente Calisto.

Calisto não se sentiu capaz de voltar para a casa paterna. Ficou nas matas e nas montanhas. Evitava os humanos. Logo se tornou... bicho. Descobriu que era mais fácil andar de quatro. As mãos se endureceram e viraram patas, as unhas cresceram e viraram garras, os ombros se tornaram montanhas de músculos. Os braços, o peito, as costas se cobriram de pelos. Não tinha palavras, não lhe restara voz humana. Calisto virou uma ursa — a mudança se dera por obra talvez de Ártemis, talvez de Zeus ou talvez de Hera.

Logo deu à luz seu filho, o filho de Zeus, e o amamentou em sua toca forrada de folhagens nas matas. Mas, num dia de

Aracne 187

primavera, alguns pastores de cabras que cuidavam de seus rebanhos nas montanhas viram o menino e o roubaram da mãe.

A dor de Calisto, sua fúria animal, foi em vão. Perdera o filho. Os pastores o deram ao rei Licáon. Arcas, como foi chamado, cresceu na casa do avô em total ignorância de seus genitores, de suas origens ursinas.

Enquanto isso, Calisto se entregou à sua nova existência selvagem. Às vezes, ia ao rio e cerrava as mandíbulas letais nos peixes, que se contorciam; às vezes, despia as amoreiras de seus frutos ou enfrentava as abelhas enfurecidas para lhes roubar o mel.

Muitos anos se passaram. Um dia, Arcas, agora um jovem rapaz, estava caçando. Cruzou por acaso com uma velha ursa, enrugada. Ela se pôs de pé nas patas traseiras, rugiu e mostrou os dentes. Arcas, apavorado, empunhou a lança.

No entanto, algo mudou. Ela voltou a ficar sobre as quatro patas, farejando o ar e se movendo devagar na direção do jovem. Sentia uma lembrança se agitar dentro de si. Estava tentando — embora sua cara de ursa continuasse inescrutável — mostrar ao jovem que não queria lhe fazer mal algum.

Arcas, porém, não reconheceu a mãe. Como poderia? Estava com medo das presas vorazes, das garras destruidoras. Ela não conseguiu se fazer entender. A voz soltava apenas grunhidos, não conseguia proferir as palavras que queria. Seu filho ergueu a lança, mirou...

Mas Zeus deteve a mão do rapaz, a mão de seu filho, e transformou ambos, mãe e filho, em constelações. Ela é a Ursa Maior, ele a Ursa Menor. Ainda brilham no céu sobre nós.

ALÉM DE CALISTO, Aracne teceu Leda, esposa do rei Tíndaro, de Esparta. Também ela foi estuprada por Zeus, dessa vez disfarçado de cisne. Leda teve consciência apenas de uma nevasca alva e sufocante, garras palmadas rasgando suas coxas, o bico agudo e penetrante, o pescoço convulsivo e serpenteante. Não havia fuga possível daquelas asas pesadas, que pareciam velas de navio — foi como Aracne a mostrou, lutando para respirar, presa por uma falsa e cruel ave. Mais tarde, Leda pariu não bebês e sim ovos: de um nasceram os Dióscuros, os futuros Argonautas Cástor e Pólux; do outro nasceram Helena e Clitemnestra.

A CENA FINAL DA BORDA da tapeçaria de Aracne mostrava o belo Ganimedes. Era dia pleno e o pastor troiano descansava num platô da montanha. Com a cabeça nas mãos em concha, semidesperto, em parte sonhava, em parte observava a sombra distante de uma águia que vinha se projetando sobre as rochas, os rios e as ravinas.

O pássaro se acercou no ar. O rapaz agora ouvia seu grito indolente, mas não fazia ideia do que estava acontecendo — nem mesmo quando viu a sombra escura se arremessar em sua direção, nem mesmo quando enxergou claramente os olhos indiferentes da ave, o bico estriado de amarelo, as garras pendentes como feixes de lâminas. Então um amplo movimento das asas fulvas obscureceu o sol, e Ganimedes gritou de dor e susto quando as garras se cravaram em sua carne. Ele foi arrebatado ao ar como um peixe num anzol.

Zeus — que adotara o disfarce de sua própria ave sagrada — transportou Ganimedes até o alto do Olimpo. O jovem se tornou o escanção dos imortais, servindo-os durante os banquetes. Seu pai, Tros, ficou arrasado. O rei dos deuses lhe deu um par de cavalos velozes, numa pretensa compensação pela perda do filho.

No centro da tapeçaria, Aracne mostrou mais uma mortal violentada pelo rei dos deuses: Dânae. Era filha de Acrísio, rei de Argos, que, no entanto, queria vivamente um herdeiro masculino, e consultou o oráculo. Veio a resposta:

— Sua filha dará à luz um filho que o matará.

Em reação à profecia, Acrísio construiu uma prisão para a filha sob o palácio. Tinha paredes de bronze e era inexpugnável. Nenhum homem, a não ser ele mesmo, tinha autorização sequer de se aproximar dali. Assegurou que ela fosse alimentada e tivesse a companhia de uma escrava, sua antiga ama. Mas essa vida de confinamento sombrio era uma tortura.

Zeus enxerga tudo — mesmo os bastiões subterrâneos construídos por reis loucos. Em sua infindável cobiça, decidiu que teria a jovem mortal. Criou para si a transformação mais estranha até então: converteu-se numa névoa de ouro, como partículas de poeira quando são iluminadas por um raio de sol. Sob essa forma, o pai dos deuses penetrou por uma minúscula fresta nas paredes da prisão de Dânae e a engravidou enquanto ela dormia. Assim Aracne teceu a cena, sentindo o coração tomado de uma sombria fúria.

Conforme passava o tempo, Dânae viu os sinais de seu corpo: estava grávida. Mas como? Sentiu-se totalmente perdida. Horrendas hipóteses lhe passaram pela cabeça. Sua escrava estava tão desconcertada quanto ela. Então, hesitante, a velha ama lhe contou o estranho fenômeno que tinha visto semanas antes: um feixe que parecia ser de luz do sol, um brilho dourado que se movera pelo aposento, então pairara sobre o corpo de Dânae e pousara em seu... colo. Foi essa a palavra que ela usou. Tinha achado que seus olhos estavam a enganá-la. Mas talvez não.

Por fim, Dânae não conseguiu encontrar nenhuma outra explicação plausível. O ouro que a escrava vira devia ser um deus disfarçado. Fora estuprada.

Era uma calamidade, claro. Como poderia manter um bebê em segredo? Não era possível. Logo depois que o bebê nasceu, Acrísio ouviu seus vagidos. Desceu correndo ao subsolo da casa, até a cela de bronze, fora de si, tomado de fúria e medo.

— Como você fez isso? Vendeu o corpo a um de meus soldados? Ou uma escrava trouxe alguém de fora?

— Pai, por favor, ninguém esteve aqui, juro — disse ela. — Não pus meus olhos num único homem, a não ser você. Mas ouça: minha ama disse que viu algo que devia vir de um deus, enquanto eu dormia. Uma espécie de aparição de ouro.

Acrísio cortou-a:

— Claro que você fez por ouro! Eu devia saber. Vocês, mulheres, são todas iguais. Todas têm seu preço.

Dânae rogou ao pai:

— Mande-me embora daqui, Pai, e prometo que nunca voltarei, nem eu, nem o bebê.

Nem mesmo Acrísio foi capaz de assassinar uma filha e um neto. Mas planejou a alternativa mais próxima, uma espécie de assassinato indireto. Ordenou que seus escravos construíssem

Aracne

uma grande arca de madeira. Seus serviçais se entregaram à tarefa, sem saber a finalidade, e fizeram uma bela peça de marcenaria: os pés da arca tinham o formato de patas de leão e seus acessórios eram de bronze. Quando ela ficou pronta, Acrísio voltou à prisão de Dânae.

— Estive pensando na situação — disse. — Já que é isso o que você quer, vou mandá-la embora. Venha comigo.

Ele saiu da prisão com Dânae e o bebê, levando-os ao mundo: ela ficou deslumbrada com o esplendor do dia, comovida com o espaço que parecia infinito. Enfim, quando chegaram ao mar, ela esperava ver um navio em preparativos para uma viagem. Mas não: havia apenas uma grande arca de madeira com os pés como patas de leão.

— Onde está o navio, Pai? — indagou ela.

— Seu navio *é* essa arca — respondeu Acrísio.

A um sinal dele, os guardas avançaram, pegaram a jovem e a obrigaram a entrar. A criança foi como que atirada ali dentro, e a tampa de carvalho se fechou num estrondo. Então veio uma sucessão de pancadas, fixando os pregos para lacrar a arca, e depois uma série de balanços desajeitados enquanto os homens arrastavam a arca mar adentro. Dânae percebeu que estavam sendo lançados ao mar aberto; gritou por socorro, mas ninguém atendeu. Por fim, as vozes dos homens sumiram. Estavam à deriva. Dânae entendeu que o pai pretendia que os dois, ela e o bebê, morressem. E evidentemente logo morreriam. Não havia água nem alimento. A arca, mais que uma embarcação, era um caixão. Dânae, já começando a submergir, com a água salgada lhe batendo nas coxas, erguia o bebê, que chorava e se contorcia, tentando mantê-lo à tona.

Conseguiu amamentá-lo por algum tempo e então, como se nada estivesse acontecendo, ele adormeceu. Dânae começou a chorar, lembrando que um dia fora benquista e feliz, sem motivos para derramar lágrimas. Então se pôs a falar, numa voz que cantarolava suavemente:

— Estou com tanto medo, mas você nem liga, pequeno Perseu, você está dormindo, com muito leite, nessa medonha prisão de madeira. Não se incomoda com as ondas quebrando acima de sua cabeça, não se incomoda com o vento uivante, aquecido em sua manta púrpura. Graças aos deuses, você não entende o que estou dizendo, nem o desespero de tudo isso. Durma, bebezinho. Durma, oceano terrível. Durma, sofrimento infindável. Zeus Pai, suplico que nos ajude, suplico que mude de ideia quanto a nós.

Por fim, exausta e congelada, ela sentiu que começava a perder a consciência. Ainda assim manteve a criança abraçada junto a si, dando-lhe todo o calor que podia.

NA MANHÃ SEGUINTE, algum tempo antes do nascer do sol, um pescador da ilha de Sérifo estava estabelecendo seu curso de volta para casa quando percebeu que, além dos peixes, apanhara outra coisa mais. Um objeto volumoso oscilava, preso em suas redes. Estava coberto de algas; impossível saber o que era. Quando o sol nasceu, o pescador, remando para a costa, viu um amigo andando pela praia.

— Ei, Díctis, pode me dar uma ajuda? — gritou o pescador, apontando na direção daquela estranha presa.

— O que é isso? — gritou Díctis de volta. — Um tubarão? Algum monstro marinho?

Aracne

— Não faço ideia — respondeu o pescador. — Mas pode ser algo de valor. Um presente enviado por Posêidon, talvez.

O pescador saltou do barco, Díctis entrou na água e os dois conseguiram arrastar o objeto misterioso até a praia. Viram que era uma arca primorosamente construída.

— É um peso morto, seja lá o que há dentro dela — comentou o pescador. — O que acha? O tesouro de um rei, caído pela amurada?

Uma multidão de homens e mulheres da aldeia veio ver o que se passava. Um deles saiu correndo e voltou com uma alavanca. Finalmente conseguiram abrir a tampa.

Nada de tesouro. Nada de cálices de ouro, nem de armaduras ou espadas preciosas. Apenas uma moça morta, pálida e encharcada. Alguns aldeões notaram em silêncio seus finos brincos de ouro, as belas contas do colar no pescoço, o tecido refinado — embora ensopado — de suas roupas. Então Díctis disse:

— Bons deuses, acho que tem um bebê aqui dentro.

Estendeu o braço até o fundo da arca e retirou algo de uma prega no xale da jovem. Aninhado no tecido púrpura cintilante havia um ser humano pequeno e frágil.

— Pelo amor dos deuses, me deem algo enxuto — disse Díctis. — Pode estar vivo.

Alguém lhe estendeu um manto de lã áspera. Díctis tentou aquecer a criaturinha.

— Vamos, vamos, vamos — murmurava ele, querendo reviver o bebê.

E então: um gemido fraco, um débil vagido, uma mãozinha se fechando num punho minúsculo.

— Pena que a mãe se foi — murmurou o pescador.

— Tem certeza? — disse Díctis. — Vamos tirá-la da arca.

Várias mãos afundaram na arca, ergueram o corpo sem muita delicadeza e o colocaram na areia. Ali Dânae abriu imediatamente os olhos, gemeu e vomitou.

O gentil e bondoso Díctis levou a jovem mãe e o bebê para sua própria casa. De início, ela sentia medo e ficava em silêncio. Mas, aos poucos, Dânae e Perseu se integraram à vida na ilha e as pessoas quase esqueceram como haviam estranhamente chegado àquela costa. Perseu brincava com os meninos da aldeia e aprendeu a nadar no mar. Era forte — Díctis gracejava, dizendo que ficara robusto graças à sua precoce aventura na arca. Mas claro que era forte. Era filho de Zeus.

DÂNAE NUNCA DEIXOU DE se preocupar, pensando que o pai poderia de alguma maneira ouvir falar sobre o pescador que recolhera uma mulher e um bebê. Mas muitos anos transcorreram sem problemas. A única razão para se inquietar, e cada vez mais, era Perseu — e, embora ela tenha levado algum tempo para entender, Polidectes, irmão de Díctis e rei de Sérifo.

O problema de Perseu era que estava ficando grande demais para a ilha. Era mais alto, mais rijo, mais rápido do que os outros garotos. Polidectes o levara para sua casa, para que ele treinasse e se exercitasse com a nata dos rapazes da ilha. Mas, com o passar dos anos, o rei foi invejando cada vez mais o garoto. Perseu estava se tornando uma ameaça.

Apesar de todos os seus esforços para se manter apagada num segundo plano, Dânae também atraíra a atenção de Polidectes. Queria-a em seu leito. Mas não como esposa. Não; quanto a seu casamento, ele tinha planos muito mais grandiosos.

Aracne

No interior do continente, na cidade de Pisa, na Élis, morava uma princesa chamada Hipodâmia. Seu pai, Enomau, ficara obcecado pela filha e queria fazer sexo com ela. E assim disse a seus pretendentes que, para conquistá-la, deviam vencê-lo numa corrida de carruagem; se falhassem, ele os executaria. Muitos homens haviam aceitado o desafio, mas os cavalos de Enomau eram um presente do deus Ares e sempre venciam. De modo que havia um número crescente de cabeças de rapazes expostas em estacas do lado de fora do palácio.

Apesar disso, Polidectes estava decidido a disputar a mão de Hipodâmia; reuniu todos os seus jovens guerreiros, exigindo que cada um contribuísse com seu melhor cavalo. Polidectes também sabia que Perseu não tinha um cavalo em seu nome. Quando chegou sua vez, o rapazote disse:

— Como o senhor sabe, posso lhe trazer um cavalo tanto quanto a cabeça de uma Górgona.

Era uma resposta ainda melhor do que Polidectes havia esperado. Sem perder um instante, ele disse:

— Então vá, garoto; traga-me a cabeça de uma Górgona. É um bom substituto.

Perseu olhou para ele e riu. Polidectes não o acompanhou na risada.

— É uma ordem — disse ele. — Vá embora, saia daqui.

Perseu, perplexo, pôs-se de pé e saiu. Polidectes se rejubilou intimamente. Ali estava um rapaz que nunca mais iria rever. Estando ele fora do caminho, era apenas uma questão de tempo até se apossar da mãe.

Perseu voltou para a casa de Díctis totalmente abatido. Como ia matar e trazer a cabeça de uma Górgona? Sobre as Górgonas, só sabia que eram três irmãs, que moravam a uma enorme distância, mas ninguém sabia direito onde, e elas podiam transformar a pessoa em pedra num simples olhar.

Sua mãe e Díctis tentaram acalmá-lo. Aquilo tinha mesmo alguma importância? Não podia simplesmente continuar como antes? Cuidar do próprio jardim, colher suas olivas e podar suas vinhas era, sem dúvida, uma vida muito melhor do que seguir a perigosa trilha de um guerreiro.

Naquela noite, Perseu estava desperto na cama quando se aproximou dele o deus que cuida em especial dos garotos prestes a atingir a virilidade.

— Ouça-me — disse ele. — Sou Hermes. Seu pai é o rei dos deuses, Zeus. Com isso, você é meu meio-irmão. Vamos garantir, Atena e eu, que você consiga cumprir a tarefa que Polidectes lhe impôs. Antes de encontrar as Górgonas, você precisa encontrar as irmãs delas, as Greias. E, depois de encontrar as Greias, precisa encontrar as ninfas.

Perseu ficou desnorteado.

— Obrigado, grande Hermes — disse ele. — Mas quem são as Greias? Por que preciso encontrar as ninfas? E a que ninfas o senhor se refere?

— Não se preocupe — respondeu Hermes. — Vou ajudá-lo. Primeiro, as Greias. Venha comigo.

Hermes tomou Perseu pela mão e, num átimo, estavam no ar: as sandálias aladas do deus tinham força suficiente para dois. Como um par de aves migratórias, tomaram o Leste até alcançar as fronteiras da Cítia, onde, ao nascer da aurora, pousaram numa encosta rochosa.

— As Greias vivem no interior dessa montanha — disse Hermes. — Só elas podem lhe dizer como encontrar as nin-

Aracne

fas: e você precisa das ninfas, porque elas vão lhe dar o que é necessário para matar uma Górgona. Mas as Greias não vão querer ajudá-lo; então ouça com atenção.

O deus prosseguiu:

— As três têm apenas um olho, que serve a todas, e o usam uma por vez. É quando uma passa o olho para a outra, quando nenhuma delas enxerga, que ficam vulneráveis. É aí que você precisa pegar o olho. Então poderá forçá-las a fazer o que você quer. Ah, aliás, quando for até as Górgonas, provavelmente vai precisar disto.

Pondo na mão de Perseu uma espada curta e encurvada, Hermes retomou, apontando uma fenda estreita na rocha:

— Ali está a entrada da caverna.

— O senhor não vem comigo? — perguntou Perseu.

Mas as sandálias do deus já o haviam alçado a grande altura no ar, e logo não passava de um pontinho no horizonte. Perseu estava sozinho.

Não havia o que fazer. Enfiou-se pela fenda. Quando os olhos se adaptaram, percebeu que estava num túnel estreito, que logo se abriu numa ampla caverna, parcamente iluminada por um raio de sol vindo lá de fora. Ali havia três mulheres sentadas em círculo. Tinham as faces lisas e brilhantes, mas o cabelo grisalho. Perseu teve a sensação de estar na presença de uma velhice quase insondável. Notou que uma delas usava uma veste cor de açafrão. Porém o mais impressionante era que não tinham olhos — apenas órbitas vazias.

Estavam murmurando baixo entre si, e de início nem notaram Perseu. Então ficaram imóveis.

— Você não ouviu algo, Pefredó? — perguntou a mulher de veste açafrão, com voz clara e vibrante.

— Acho que sim, Enió — respondeu a outra. — Você dá uma olhada, Dinó?

A terceira mulher, que estava de costas para Perseu, se virou. Um único olho cintilante brilhava em seu rosto. Perseu o sentiu penetrando profundamente dentro de si.

— Vejo um menino — disse Dinó —, um menino que é filho de Zeus. Um menino que gostaria de ser homem, guerreiro e matador de monstros.

— É isso que ele pensa sobre criaturas como nós? Que somos monstros? — perguntou Pefredó.

— Deixe-me ver — disse Enió, e estendeu a mão.

Para o horror de Perseu, Dinó pôs a mão no rosto, tirou fora o olho e o soltou na palma estendida da irmã, que o empurrou numa de suas órbitas vazias.

— Ah, sim, estou vendo. Forte, ambicioso — disse Enió. — Ele quer matar uma de nossas irmãs. Uma Górgona.

Ela tirou o olho da órbita e o estendeu para Pefredó. Foi aí que Perseu avançou rápido e agarrou o olho antes que Pefredó conseguisse alcançá-lo. Ele tentou não pensar na textura úmida e delicada que sentia na mão.

— Onde está nosso olho, Enió? — perguntou Pefredó.

— Acabei de estendê-lo para você, irmã. Você não pegou? Ou foi o filho daquele deus cobiçoso que o roubou?

— Descuidada — disse Dinó. — Agora ele vai querer nos fazer uma pergunta.

— Quero saber onde vivem as ninfas — disse Perseu, numa voz que soou muito mais aguda e trêmula do que gostaria. — Digam-me como encontro as ninfas, ou vou jogar o olho lá fora na montanha.

Aracne

Dinó suspirou.

— Siga para o Norte, garoto — disse ela. — Agora pode devolver nosso olho, obrigada.

Ela estendeu a mão, mas Perseu deixou o olho cair no chão, e, assim, as mulheres tiveram de ficar apalpando o solo da caverna para encontrá-lo. Enquanto elas o maldiziam, ele saiu correndo — túnel abaixo, caverna afora, até chegar ao ar livre.

E AGORA? Perseu estava sozinho, sem qualquer sinal de vida humana naquela aridez. Só lhe restava rumar para o Norte, como as Greias tinham dito. Ele começou a andar. Andou o dia inteiro. Veio o entardecer: ainda nada de ninfas. Estava começando a se desesperar. Fora ludibriado pelas Greias? O que significava "Norte"? Quanto tempo ia durar aquela jornada? Dias? Meses? Quando o sol se pôs, Perseu viu que não conseguia ir adiante. Cansado e faminto, deitou-se numa clareira da floresta e adormeceu.

Ainda estava escuro quando despertou — ao som de risos. Sonho? Não. Abriu os olhos e viu três lindas jovens de pé acima dele.

— Somos as ninfas, Perseu — disse uma delas. — Não faça esse ar tão assustado: você não queria nos encontrar?

Tentando afastar o aturdimento, Perseu se pôs sentado.

— Por favor, preciso da ajuda de vocês para matar uma Górgona — pediu ele.

— Ah, sim, sabemos disso — falou a segunda ninfa, em tom displicente.

— Temos aqui suas coisas — disse a terceira.

Ele viu os braços dela carregados de objetos.

— Um par de sandálias aladas, assim você pode voar como Hermes. Uma capa da invisibilidade: ponha e ninguém conseguirá vê-lo. Uma sacola para colocar a cabeça da pobre Medusa — disse a ninfa, e largou tudo no solo da floresta.

— Quem é Medusa? — perguntou Perseu.

— Você não sabe? — respondeu a segunda ninfa. — Uma das Górgonas. São três. Só uma é mortal: Medusa. É ela que você terá de matar. Se decidir realmente fazer isso, claro.

As jovens se viraram e se afastaram, de braços dados.

— Adeus, Perseu — entoaram em coro.

— Esperem — chamou ele. — Como vou encontrar as Górgonas?

— Peça às sandálias — gritou uma delas por sobre o ombro. — Elas o levarão.

As ninfas sumiram nas árvores. Perseu deu um salto e saiu correndo atrás delas, mas não restara nenhum vestígio.

Ele voltou atrás e examinou os objetos que tinham deixado. A título de experiência, pôs o manto e viu seu corpo ficar transparente e sumir — desconcertado, tirou a capa e guardou dentro da sacola, que pendurou no ombro. Então descalçou suas sandálias gastas e pôs as sandálias aladas. Tão logo amarrou as tiras, sentiu que elas davam uns trancos, como um cavalo arisco repuxando o bridão.

— Levem-me até as Górgonas! — ordenou, tentando parecer mais senhor da situação do que realmente se sentia.

Prontamente se viu subindo pelo frio céu noturno, e então correndo muito acima da floresta, sempre para o Oeste, rumo à terra das Hespérides.

Aracne 201

Já era de manhã quando Perseu sentiu que perdia altura. Voava cada vez mais baixo, até que os dedos dos pés roçaram a relva, e agora voltara a andar normalmente, num prado exuberante e viçoso.

Logo se apercebeu de alguém ou de alguma coisa a seu lado. Virou-se e, para seu assombro, ali estava a figura imensa de — certamente — uma deusa, com o elmo de bronze faiscando ao sol, uma lança na mão, um escudo de bronze preso às costas. Ela sorriu e falou:

— Perseu, vou ajudá-lo a matar uma Górgona. Venha comigo.

— Grande Atena — disse ele, curvando-se. — Obrigado. Mas como vou conseguir matar uma Górgona, se ela é capaz de transformar em pedra qualquer coisa que vê?

— Confie em mim, Perseu — respondeu ela. — Vou lhe mostrar. Você não pode fitá-la diretamente: olhará seu reflexo em meu escudo.

Continuaram a andar, Perseu quase trotando para acompanhar as largas passadas da deusa. Logo ele começou a notar uma coisa surpreendente: a paisagem estava pontilhada de esculturas incrivelmente naturais. Havia uma raposa de pedra, espreitando junto a uma sebe; uma lebre de pedra, imobilizada em fuga; um homem também de pedra, parado no meio de um campo. A deusa riu e disse:

— Não são estátuas, Perseu. Não propriamente. Eram criaturas vivas, antes de serem vistas pelas Górgonas.

Por fim, Atena pôs um dedo nos lábios e apontou. À sombra de uma árvore havia três figuras deitadas, adormecidas, respirando compassadamente. Duas eram tremendas, impressionantes: tinham enormes asas douradas, braços de bronze, presas como de um javali e serpentes à guisa de cabelo. A terceira parecia uma mulher humana normal — exceto pelo fato de que também tinha esplêndidas asas douradas.

— Aquela — disse Atena, apontando a terceira. — Aquela é Medusa. É mortal. É ela que você precisa matar. Pegue meu escudo. Tenha à mão a capa da invisibilidade. As asas das Górgonas são mais rápidas do que as sandálias que você está usando.

Perseu inspirou fundo e desembainhou a espada. Então, da maneira mais silenciosa que podia, como se estivesse seguindo uma corça, começou a se aproximar. Foi essa cena que Aracne mostrou em sua tapeçaria: Medusa adormecida, as asas dobradas, o rosto pacífico, logo antes que Atena e Perseu a matassem.

Medusa suspirou e se mexeu. Perseu desviou depressa o rosto, usando a superfície do escudo, que parecia um espelho, para olhá-la. Segurou a espada com mais força e chegou bem perto. A jovem bateu as pálpebras, abrindo os olhos.

— Não, por favor — pediu ela, suavemente, sem se mover. — Não foi culpa minha. Ela me odeia, mas não foi culpa minha.

— Como assim? — perguntou Perseu. — Do que está falando?

— Fui estuprada. Posêidon me estuprou no santuário de Atena. Ela disse que conspurquei seu templo, mas não foi culpa minha. Ele me pegou quando eu caminhava numa campina. Não havia nada que eu pudesse fazer...

Naquele instante, várias coisas aconteceram ao mesmo tempo. Perseu ouviu gemidos e fungadelas: as outras irmãs começavam a acordar, e algo veio até ele como um redemoinho de vento. Era Atena, furiosa, a voz em gritos agudos de guerra. Agora ela lhe agarrava o braço com a espada, e ele sentiu seu braço descer com toda a violência, impulsionado pela força inumana de uma deusa. Pelo espelho do escudo, viu a espada cortar num instante a garganta de Medusa. A cabeça rolou pela relva.

— Pegue! — gritou Atena. — Ponha a capa. Voe!

Silencioso, Perseu enfiou a cabeça na sacola que trazia aos ombros, pôs a capa e então deu impulso nas sandálias aladas para levantar voo, enquanto as outras Górgonas — Euríale e Esteno — choravam de dor e de fúria. Embalavam nos braços o corpo decapitado da irmã, olhando em torno, procurando em vão o assassino.

Atena desapareceu. Perseu impulsionava as sandálias. Pouco importava a direção. O que ele não viu, enquanto voava para o Sul, foi o que aconteceu a seguir. Enquanto Euríale e Esteno olhavam estupefatas, um esplendoroso cavalo alado se ergueu milagrosamente do sangue da irmã delas: era Pégaso, filho de Medusa e Posêidon.

As sandálias mágicas levaram Perseu até a costa da Etiópia. Lá, enquanto sobrevoava a costa, divisou a estátua de uma mulher no extremo de um promontório rochoso. Mais atrás havia um pequeno grupo de pessoas, que pareciam chorar. Curioso, ele reduziu a velocidade, desceu mais e percebeu que a estátua não era estátua e sim uma jovem, acorrentada ao rochedo. Perseu pousou a seu lado.

— Quem é você? Por que está acorrentada assim? — perguntou, quase hipnotizado por sua beleza.

— Meu nome é Andrômeda — respondeu ela. — Minha mãe se gabou de ser mais bonita do que as Nereidas. Então Posêidon enviou Ceto para nos castigar. Agora um sacerdote disse a meus pais que a única maneira de se livrarem dele era deixar que me levasse.

— Quem é Ceto? — perguntou Perseu.

Andrômeda se retraiu e disse:

— Ele está vindo.

O rapaz seguiu o olhar de Andrômeda. Logo abaixo da superfície do mar vinha deslizando uma grande forma escura — maior que um navio, a maior coisa que ele já vira na vida. O corpo da criatura emergiu, cintilando ao sol, então tornou a mergulhar, encurvando-se sobre si mesmo até que o gigantesco estandarte de sua cauda se ergueu no ar, vertendo riachos de água. Então afundou nas profundezas pesado como uma torre, deixando uma onda espumejante atrás de si.

Ceto subiu novamente à superfície e foi então que Perseu atacou. Voou em disparada pelo ar, na horizontal, com a lâmina de Hermes na mão, e desferiu golpes e mais golpes nos flancos negros e luzidios, até que as águas do mar purpurejaram de sangue. A criatura marinha enfim estava morta, o corpo à deriva como um gigantesco navio destroçado. Perseu ouviu as aclamações das pessoas na costa.

Ele se casou com a princesa. Cefeu e Cassiopeia, pais de Andrômeda, deram seus votos de felicidade à união. No banquete nupcial, os aedos cantaram as proezas de Perseu: como enganara as Greias, encontrara as ninfas, derrotara as Górgonas selvagens e matara o monstro assassino, Ceto.

Aracne

Passou-se algum tempo, e então Perseu e Andrômeda voltaram a Sérifo. A velha casa na costa estava vazia, os móveis revirados, as despensas saqueadas, os escravos desaparecidos. Os aldeões se mantiveram calados e retraídos. Por fim, foi o velho pescador quem contou a Perseu o que havia acontecido. Sua mãe e Díctis tinham fugido, desaparecido. Ninguém sabia se estavam vivos ou mortos. Polidectes viera procurá-los — diziam os rumores que queria matar o próprio irmão e tomar Dânae como escrava.

Perseu foi imediatamente à casa de Polidectes. O rei estava no grande salão, rodeado por seus homens, banqueteando-se e bebendo. Quando Perseu entrou a passos largos, com a espada na mão, o silêncio tomou conta do salão. Ele avançou diretamente até o rei.

— Trouxe-lhe a cabeça da Górgona — anunciou Perseu —, tal como me pediu.

Pôs a mão dentro da sacola que trazia aos ombros. Pegou a cabeça de Medusa pelos cabelos e segurou-a bem alto, triunfante, e os olhos sem visão converteram todos os presentes em pedra.

Díctis e Dânae foram encontrados: tinham se escondido num santuário distante, confiando que os deuses os protegeriam. Finalmente se casaram, e Díctis se tornou o governante de Sérifo. Perseu devolveu aos deuses os objetos mágicos — a capa da invisibilidade, as sandálias aladas —, e desde então Atena passou a usar a cabeça de Medusa em seu escudo. Perseu de fato acabou matando Acrísio, como previra o oráculo — um acidente, ao atingir o velho com seu disco durante uma competição de atletismo. E nenhum dos dois percebera de antemão quem era o outro. Perseu não suportaria se tornar o soberano de Argos, a cidade de seu avô, então fez uma troca com o primo, Megapente, e se tornou o rei de Tirinto.

ARACNE HAVIA TERMINADO a tapeçaria. As duas artífices recuaram alguns passos e inspecionaram mutuamente suas obras. Atena observou o padrão da rival, examinou a borda que mostrava os atos de violência dos deuses, as cenas centrais de Dânae violentada e de Medusa prestes a ser morta — por ela. Atena entendeu as acusações da mulher: mesmo tecidas em lã, falavam com eloquência.

— Como os deuses podem se dizer deuses quando se comportam dessa maneira? — indagou Aracne, abarcando num gesto as figuras em sua peça de tecido. — Explique-me: os deuses fazem leis para os humanos e então se negam a seguir essas mesmas leis. E temos de chamar isso de justiça? Olhe sua tapeçaria; sim, você mostrou os pecados dos humanos. Mas, quando os humanos são cruéis ou violentos, estão apenas seguindo o exemplo dos deuses. Admita: minha tapeçaria não tem uma única falha que se possa apontar. Não há nela nenhuma inverdade. Você sabe que mereço vencer.

— Sua tonta — disse Atena —, não consegue enxergar o que está diante de seus olhos? O tema de minha tapeçaria não é a maldade humana. O tema é que ninguém, nem mesmo o próprio Posêidon, é capaz de me derrotar em qualquer disputa. Ela lhe está dizendo que você não pode vencer. Jamais.

Atena agarrou a tapeçaria de Aracne, arrancou-a do tear e rasgou-a em pedaços. Então, com sua lançadeira, feita em

Aracne

madeira de buxo, bateu três, quatro vezes, na cabeça da jovem, derrubando-a no chão. Aracne encolheu, reduzindo-se quase a nada. Seu pai e seus amigos pensaram que ela tinha desaparecido. Mas não: Atena a transformara numa aranha, num aracnídeo. Um castigo, mas também poderíamos considerar que foi um prêmio. Até hoje ela estira seus fios cintilantes — não de um fuso, mas do próprio corpo. E tece sua teia habilidosa e resistente.

ANDRÔMACA

Andrômaca em Troia

Alcíone e Céix

Báucis e Filêmon

Ícaro

Apolo e Jacinto

Afrodite e Adônis

Afrodite, Anquises e Eneias

Orfeu

Ciparisso

A origem do sapo

Pico e Circe

A origem da pega

Eurídice no Ínfero

O Ramo de Ouro, Hidra,
Quimera, Belerofonte, Pégaso, Harpias

Caronte e Cérbero

Cênis, as Fúrias, Sísifo

Orfeu no Ínfero

A morte de Heitor

O PALÁCIO FICAVA NO PONTO mais alto da cidade de Troia, sombreado por uma aleia de pinheiros. O rei e a rainha, Príamo e Hécuba, tinham seus aposentos no centro do palácio, ladeados pelos aposentos dos filhos mais velhos, Heitor e Páris. Era ali, na ala de Heitor, que sua esposa Andrômaca passava os dias, num cômodo na face norte refrescado pelos incessantes ventos que sopravam na cidade.

Abaixo estendiam-se a planície, o mar e o rio de águas férteis, Escamandro. Mas fazia anos que ela estava confinada — a esse quarto, a essa casa, a esse pátio, a esses templos, a essas ruas, tudo encerrado dentro dos muros da cidade, cujos grandes blocos tinham sido erguidos pelos próprios deuses Apolo e Posêidon, nos tempos do rei Laomedonte. Dentro dessas poderosas defesas, ela se sentia presa, mas também protegida: Troia estava sitiada pelos gregos, os mesmos gregos que haviam chacinado seus pais e irmãos quando saquearam sua cidade natal, a Tebas da Mísia.

Os invasores tinham vindo buscar Helena, a bela e arrogante filha de Zeus, que deixara o marido, Menelau de Esparta, pois preferira ficar aqui em Troia com o amante, Páris. Quando os troianos se negaram a entregá-la, os gregos construíram seus acampamentos na praia e a guerra se arrastava, mortífera e esgotante, por nove anos. Helena, enquanto isso, passeava esvoaçante pela cidade, despreocupada, envolta em perfumes e véus cintilantes, adorada por Páris, amada como filha por Príamo e até respeitada por Heitor.

Andrômaca sempre rogava a Heitor que não fosse para o campo de batalha, que ficasse e defendesse a cidade de dentro dos muros. Mas ele nunca lhe dava ouvidos. O apelo da glória e da honra era poderoso demais. Em seu íntimo, Andrômaca sabia o que ia acontecer. Heitor ia morrer. O guerreiro grego Aquiles o mataria: era melhor combatente, filho de uma deusa. Troia cairia. O filhinho deles, Astíanax, não seria poupado: o inimigo jamais deixaria que o herdeiro de Heitor alcançasse a idade adulta. Depois do massacre, dos incêndios e dos saques, iriam levá-la, para trabalhar como escrava na casa de alguma grega.

O amor que Andrômaca sentira outrora pelos pais e irmãos, ela agora devotava a Heitor — fora para se casar com ele que viera para cá naquele tempo, o tempo antes da guerra, num navio carregado de cálices de prata e marfim, com braceletes, colares e tecidos púrpura. Naquele dia, todos os moradores de Troia haviam se aglomerado na Porta Ceia para saudá-la, entupindo as ruas com suas carruagens e carroças. O ar estava denso com os vapores de mirra, cássia e olíbano, e os cantores entoavam suas preces.

Era como se isso tivesse acontecido em outro mundo. Agora, apenas o tear lhe acalmava o espírito inquieto e ocupava seus dias. Se na vida real não podia passear pelo mundo, passeava em sua obra, tecendo bosques, montanhas e criaturas silvestres, cercando a tapeçaria com uma elaborada borda de flores entrelaçadas.

ANDRÔMACA TECEU A ORIGEM do encantador alcião, de plumagem com brilho turquesa — as gerações posteriores lhe dão o nome de martim-pescador, embora sejam aves de hábitos muito diferentes. O alcião recebeu seu nome a partir de Alcíone. Ela era casada com Céix, filho de Fósforo, a estrela matutina. A felicidade do casal era sublime — tão sublime quanto a de Báucis e Filêmon, que, embora velhos, frágeis e pobres como eram, certa vez ofereceram hospitalidade a Zeus, que estava andando pela Terra em forma humana. Na humilde mesa da casa, Báucis e Filêmon serviram ao estranho tudo o que tinham: queijo e azeitonas, maçãs e ameixas silvestres. Ao partir, Zeus transformou a cabana num templo, do qual os idosos cuidaram, como sacerdote e sacerdotisa, durante os anos que lhes restavam. Quando a longa vida de ambos chegou ao fim, os dois germinaram e soltaram folhas, as peles enrugadas se enrijeceram em casca, e eles se transformaram em duas árvores crescendo do mesmo tronco. Mas, enquanto Báucis e Filêmon eram humildes e despretensiosos, Céix e Alcíone ousaram se comparar aos deuses. Uma noite, Alcíone sussurrou ao marido:

— Você acha que algum casal no mundo tem a sorte que temos? Duvido que mesmo Zeus e Hera sejam tão apaixonados.

Como castigo pela presunção, Zeus reservou todo um estoque de problemas para eles, atormentando Céix com uma inquietação insuportável. Por fim, ele concluiu que a única coisa que aliviaria sua sensação de inquietude seria uma visita ao oráculo de Delfos, atravessando o mar. Alcíone suplicou que não fosse:

— Céix, por favor, me escute. Foi um erro as pessoas deixarem que Atena lhes ensinasse a construir barcos e tecer velas... O mar é perigoso. Há monstros, rochedos e penhascos fatais. Todos os dias os barcos perdem o rumo, encalham, são atingidos por tempestades: o leito do mar deve estar forrado de destroços. Tenho certeza de que não era intenção dos deuses que os mortais construíssem essas embarcações inseguras de madeira, que partissem nessas jornadas arriscadas. Você não sabe o que aconteceu com Ícaro, quando o pai dele tentou dominar os céus? Com penas e cera, Dédalo fez asas para si e para o filho, a fim de deixarem Creta e a corte do rei Minos, mas Ícaro, a despeito das recomendações do pai, se aproximou demais do sol e a cera derreteu. Ele despencou no mar e se afogou. Céix, por favor, fique em casa. Ou, se precisa mesmo ir, leve-me junto.

Mas Céix fez o que pretendera. Para acalmar as apreensões de Alcíone, prometeu que voltaria para ela dali a dois meses.

Quando o navio estava aprovisionado e pronto para partir, Alcíone foi ao porto para se despedir, embora a mera visão dos marinheiros ocupados no convés fosse quase insuportável para ela. Naquele mesmo instante, Céix também sentiu que devia ter arranjado algum pretexto para adiar a viagem. Mas o capitão estava impaciente para se lançar ao mar e deu as ordens: soltaram as cordas e os tripulantes tomaram dos remos. Alcíone ficou ali no porto durante muito tempo, acenando em despedida para o marido; quando a figura dele se afastou e se tornou um pontinho que nem se enxergava mais, ela acompanhou as velas brancas desfraldadas até também se perderem de vista. Só então ela retornou à sua alcova, atirando-se ao leito; mas os ecos no aposento e o espaço vazio a seu lado apenas lhe relembravam ainda mais aquela sua querida metade que não estava mais ali.

Uma brisa forte soprou durante todo o dia, fazendo o navio avançar com presteza; o sol brilhava num céu límpido. Mas, no final da tarde, o ar esfriou abruptamente. No céu, adensaram-se nuvens altas e escuras. Um vento mais forte e mais agressivo começou a soprar, ameaçador. A uma ordem do capitão, os tripulantes se apressaram em recolher a vela, fechar as escotilhas, fazer rápido tudo o que se podia fazer rápido. Mas logo as ordens dele foram engolidas pelo vento que uivava, pela chuva que martelava. Parecia ter eclodido uma guerra entre o mar e o céu; as águas furiosas rugiam. Andrômaca teceu a cena.

O navio oscilava perigosamente, ora subindo as ondas, ora mergulhando. Reinava o caos: os homens gritavam, prendiam os remos, tiravam a água com baldes; as vagas se arrojavam contra o convés, arremetendo como um aríete contra os portões de uma cidade sitiada. De repente, uma onda estourou uma das escotilhas, entrando por ela como um soldado que, escalando os muros de uma cidade, finalmente alcança as ameias, embora a maioria dos companheiros tivesse sido repelida, rechaçada pelas flechas atiradas pelos defensores da cidadela. Ele hesita, triunfante, antes de forçar a entrada na fortaleza e abrir caminho para que centenas de camaradas seus entrem aos enxames — matarão os homens e os meninos, pegarão as mulheres e as meninas. Foi essa a impressão quando as ondas inundaram o navio.

Como os cidadãos aterrorizados de uma cidade vencida, os marinheiros suplicaram aos deuses que se apiedassem deles.

Mas, ao ver que não recebiam qualquer ajuda, que tinham sido abandonados, pensaram nas esposas e nos filhos, e a única coisa que vinha à mente de cada um, enquanto pendia entre a vida e a morte, era a lembrança das coisas simples e usuais: a sensação do cabelo macio de uma criança em suas mãos calosas, o rápido sorriso da esposa quando se virava do tear para saudá-lo.

O mesmo se deu com Céix. Enquanto a vela mestra se esfrangalhava, enquanto o navio era destroçado, todos os seus pensamentos se dirigiam a Alcíone e, por mais que ansiasse rever seu rosto, ele agradecia aos deuses por ela estar segura em terra, por ser ele, não ela, prestes a morrer. Pouco depois, o último vagalhão arremeteu contra o convés da nau, sugando-a, apoderando-se dela como se fosse um despojo de guerra. Todos a bordo foram despedaçados; pereceram, pobres almas. Ao findar a noite, as águas do mar foram se acalmando gradualmente, e Fósforo surgiu, envolvendo-se em nuvens de dor ao ver que o filho morrera.

Em casa, Alcíone, que não fazia ideia do que acontecera ao marido, estava ocupada em seu trabalho, contando os dias, antecipando como passeariam juntos pelos jardins quando ele voltasse, como se sentariam juntos no banco na frente da casa, olhando as mudanças na luz que incidia sobre a encosta da montanha à distância, tomando juntos um cálice de vinho. Todos os dias, ela ia ao santuário de Hera para rogar à deusa que mantivesse o marido a salvo. De início, Hera olhava ao longe, simplesmente ignorando-a. Depois, irritada, a deusa convocou Íris, a mensageira dos imortais.

— Quero que você envie um sonho a Alcíone — disse. — Ela está conspurcando diariamente meu altar, rogando por um homem que não recebeu nenhum rito fúnebre.

Andrômaca

Íris disparou para a Terra por sua opalescente cauda de arco-íris, até a remota região dos cimérios, no extremo do Oceano, nos confins do mundo. É um lugar onde Hélio nunca brilha, onde os habitantes mortais precisam estar sempre tateando na obscuridade. Ali perto há uma caverna, num bosque afastado e silencioso. Isto é, silencioso exceto pelo gemido das pombas, o murmúrio das abelhas e o deslizar imemorial do rio Letes, cujas águas embalam todos ao sono. Andrômaca teceu as papoulas, a valeriana silvestre e a macia camomila que lá crescem em profusão; no ar orvalhado do perpétuo anoitecer, seus perfumes se elevam como um encantamento. Lá, naquela caverna, estava Hipno, cabeceando e dormitando em seu canapé; mas, quando Íris entrou, a túnica cintilando com radiantes gotículas de água, ele teve um brusco sobressalto e despertou, incomodado pela luz.

— Grande Hipno, que traz paz e serenidade aos mortais, saúdo-o e lhe rendo homenagem. Hera lhe pede que envie um sonho a Alcíone, contando a ela que seu marido morreu.

Íris não conseguiu dizer mais do que isso; sentia-se tomada de enorme cansaço, não parava de bocejar, e assim saiu correndo e subiu em seu arco, alçando-se para longe dos vapores narcotizantes do bosque de Hipno e sorvendo o fresco ar superior.

Hipno então deu ordens a seu filho Morfeu, que pode se disfarçar como qualquer homem ou mulher num sonho. Morfeu voou com suas asas escuras e silenciosas até a casa de Alcíone. Encontrou-a dormindo um sono tranquilo, com um dos braços estendidos como que ao marido — o marido cujo cadáver agora era jogado de um lado a outro no ritmo incessante das correntes de Tétis.

Morfeu apagou os traços de sua fisionomia e adotou a aparência de Céix. Não o Céix que a esposa conhecia, belo, risonho, forte, mas o Céix nos estertores da morte, gotejando, a túnica rasgada, a carne ferida e ensanguentada.

— Querida — disse a imagem do sonho —, você tinha razão: eu nunca devia ter ido para o mar. Veio um temporal. Nosso navio foi destroçado. Todos morreram. Eu morri. Continuo a amá-la, mais do que nunca. Mas agora você deve deixar de suplicar a Hera, passe a oferecer preces pelos mortos.

Alcíone, sonhando, gritava de desespero. Tentou por três vezes enlaçar com os braços o pescoço de Céix; por três vezes seus braços encontraram não a pele cálida de seu amado, mas apenas o ar vazio.

Despertando, ela se sentiu tomada de pavor. Saiu correndo do quarto, da casa, e foi até a costa. Chorava, fora de si. Entrou no mar, vadeando as águas, agora acalmadas. No alto, Fósforo luzia palidamente; o dia estava prestes a romper. Ela continuou avançando nas águas, rogando que o mar também a levasse, querendo apenas se incorporar ao elemento em que jazia o amado.

Deslizou para baixo das ondas e iria se afogar, mas os deuses a ergueram das águas. Ela encolheu de tamanho e, nisso, de sua pele começaram a despontar plumas de um iridescente turquesa e de um ofuscante laranja, com listras brancas no pescoço. Do rosto saltou um bico longo e afilado; das omoplatas cresceram asas. Ao mesmo tempo, duas Nereidas encontraram o cadáver de Céix. Batendo na água suas caudas de peixe, elas o trouxeram à tona. Zeus soprou vida no corpo gelado: as Moiras consentiram que ele revivesse. Mais um instante, e ele também encolheu, criou plumagem e ganhou asas com faixas água-marinha. Voou

Andrômaca 219

reto como uma flecha até Alcíone. Como dois alciões, voltaram a se unir: foi assim que Andrômaca teceu o casal. Todos
os invernos, faziam seus ninhos sobre as águas do mar. Todos os invernos, os mares serenavam durante uma semana de
dias alciôneos, tranquilos, enquanto cuidavam dos ovos.

AO LADO, Andrômaca teceu um conjunto de perfumadas flores
de jacinto, que haviam brotado milagrosamente do sangue de
um mortal de mesmo nome. Jacinto era um jovem de Amiclas,
perto de Esparta, a quem Apolo amava e era correspondido.
Apolo o levou a todas as suas terras favoritas, conduzindo-o em
sua carruagem puxada por cisnes. Um dia, resolveram descansar numa campina isolada. Lá se despiram para se exercitar, e
Apolo regalou a vista com o belo jovem que, embora mortal,
era forte e ligeiro, com cabelos densamente cacheados; o deus
queria torná-lo imortal para poderem ficar juntos por toda a
eternidade.

Naquele dia, disputaram corridas, lançaram dardos, combateram corpo a corpo, rindo enquanto simulavam a luta; Apolo
deixou Jacinto vencer, enfraquecendo seus imortais braços e
pernas, amortecendo sua prodigiosa força olímpica. Em seguida, resolveram competir no lançamento de discos. Apolo
começou. O disco de bronze quase flutuava em sua mão. O
corpo parecia se espiralar, enquanto os dedos, destros como os
de uma fiandeira, arremessavam o disco rodopiando. O disco
voou longe.

Jacinto correu afoito para o local onde achava que o disco
chegaria, pronto para pegá-lo e ser sua vez de lançá-lo. Mas o
ciumento Zéfiro estava a espioná-los fazia algum tempo. Ele

queria o mortal para si — e, como Jacinto só tinha olhos para Apolo, Zéfiro decidiu castigar os dois. Soprou uma súbita lufada de sua brisa ocidental, alterando o curso do disco.

Impulsionado por uma força imortal, o disco atingiu a cabeça de Jacinto. Ele soltou um grito e caiu. Apolo percorreu a distância entre eles num átimo de divina velocidade — nenhuma falsa lentidão humana agora. Recorrendo a todas as suas artes médicas, fez de tudo para curar o mortal, lavando-o em néctar, tentando fazê-lo ingerir ambrosia. Mas a vida do rapaz estava se extinguindo. Apolo chorou, repetindo seu nome sem cessar, insistindo com ele, ordenando que continuasse vivo. Nos braços do deus, Jacinto desvaneceu-se como uma violeta pisoteada, como uma papoula arrancada que perde suas pétalas escarlates. De seu sangue brotou o jacinto, trazendo em cada pétala a inscrição "AI", lembrança dos gemidos de dor de Apolo enquanto seu amado morria. As flores, arranjadas num denso e perfumado conjunto, são uma eterna recordação dos belos cachos de Jacinto.

EM OUTRA PARTE DA TAPEÇARIA, Andrômaca teceu outra história sobre uma deidade imortal e um mortal: Afrodite e Adônis. Este era um belo rapaz também amado por Perséfone. As deusas acabaram por combinar que Adônis passaria um terço do ano com Perséfone, fazendo-lhe companhia na fria solidão do Érebo, e dois terços do ano com Afrodite, que ele, como todos os homens, considerava irresistível.

Claro que Afrodite acabaria enjoando de Adônis — tal como enjoara de Anquises, outro de seus amantes mortais. Anquises era um jovem dardânio, belo como um deus, que ela viu certa vez enquanto ele pastoreava o rebanho no monte Ida, não longe de Troia, com seus camaradas. Dia após dia, ela o observava quando o rapaz seguia com seus rebanhos para as colinas e então se instalava sob uma árvore, para passar a tarde dormitando, ou tocava melodiosamente sua lira.

Quando foi sua vez de ficar longe dos pastos e cuidar dos currais, Afrodite aproveitou a oportunidade. Transformou-se numa bela jovem, com um manto fulgente como fogo e cintilando com sofisticados bordados. Timidamente, aproximou-se dele. Anquises parou de tocar e a música se interrompeu no meio de uma frase.

— Senhora — disse ele —, diga-me, por favor, qual das imortais é? Ártemis? Ou Leto? Ou Afrodite, ou Têmis, ou Atena dos olhos cinzentos? Hei de construir-lhe um altar e fazer sacrifícios durante todos os meus dias, e rogarei que me conceda filhos fortes e permita que eu tenha uma velhice feliz.

Afrodite riu e respondeu:

— Por que acha que sou uma deusa? Sou apenas uma mortal: filha do rei dos frígios. Venho de muito longe, mas sei falar sua língua, pois fui criada por uma escrava troiana. Eu estava nas campinas com minhas amigas quando Hermes me pegou e subiu ao céu. Fiquei aterrorizada, mas ele me segurava firme e fomos voando alto durante dias, passando por cidades, campos, planícies, montanhas e regiões que pareciam totalmente intocadas por mão humana. Voamos tão longe que pensei que nunca mais voltaria a pôr os pés no chão. No fim, ele desceu aqui perto — disse Afrodite acenando vagamente para trás — e me falou que o plano dos deuses era que eu encontrasse um certo Anquises e me casasse com ele. Estava a ponto de perder todas as esperanças de ver outra vida humana, quando ouvi sua bela música. Você não conhece ninguém chamado Anquises, conhece?

Anquises quase se engasgou, mas conseguiu dizer:

— Senhora, sou Anquises, príncipe dos dardânios.

Ela sorriu e retomou:

— Bem, Anquises, se quiser, creio que devemos ir imediatamente procurar seus pais e preparar nosso casamento, pois tal é a vontade dos deuses. E, se você enviar um mensageiro pelas montanhas até a Frígia, tenho certeza de que meu pai lhe remeterá um magnífico dote de ouro e belas coisas tecidas.

Ela o fitou, e seu olhar enviou ao corpo do jovem um dardo de suave desejo.

— Venha — disse Afrodite, estendendo-lhe a mão.

Ele tomou a mão, e então ela tocou levemente suas costas fortes, a nuca, o cabelo, inspirando o aroma excitante e efêmero de humanidade. Os dois se beijaram.

— Juro-lhe — sussurrou ela — que nenhum deus ou humano me deterá enquanto eu não dormir com você. Pouco me importa se o próprio Apolo vier atrás de mim com suas flechas: morrerei feliz se você me levar para a cama, agora mesmo.

Sem dizer uma palavra, ele a levou até sua cabana e sua cama; lá, com cuidado e delicadeza, tirou-lhe as encantadoras joias e a preciosa veste, enquanto ela, rindo, despia-o da túnica rústica, com menos cuidado e menos delicadeza, e então se deleitaram fazendo amor, e depois Anquises caiu num sono profundo.

Afrodite dormitou também por algum tempo. Então despertou, pensando numa forma gentil de abandonar o rapaz.

Por fim, Anquises se mexeu; tinha a sensação de que o sol brilhava diretamente sobre seus olhos — o que seria um tanto

Andrômaca

estranho, em sua cabaninha escura. Então percebeu que o aposento inteiro estava banhado de fulgor não do sol, mas da imensa figura avultando sobre o pé da cama, cuja cabeça chegava ao teto.

— Não me reconhece agora? — perguntou ela. — Não sou uma princesa frígia... Sou Afrodite. Não fique com medo, por favor. Agora vou deixá-lo. Mas ouça: vou ter um filho, um filho nosso. Vou chamá-lo de Eneias e, quando ele estiver com cinco anos de idade, eu o trarei para você criá-lo. Será um guerreiro, um defensor de Troia, homem com um grande destino. Só uma coisa, porém: não se vanglorie de ter dormido com uma deusa. Quando eu lhe trouxer nosso filho, invente alguma história sobre a mãe dele. Pode dizer que era uma das ninfas da montanha.

Anquises parecia perplexo. Apoiando-se no cotovelo, pôs a mão em sombra sobre os olhos.

— Está indo embora? — perguntou.

— Estou, sim — respondeu ela. — Você precisa entender como são as coisas, Anquises. Sua vida é curta demais para uma deusa como eu. Não podemos ficar juntos. Você envelheceria num piscar de olhos. Mortais e imortais podem ficar juntos por um breve tempo, mas não existimos da mesma maneira no tempo. Imagine um falcão, Anquises, pense como ele passa pela vida, tão rápido quanto percorre os céus. É assim que você é para mim. É melhor que eu vá embora.

— No instante em que a vi pela primeira vez, logo pensei que não era uma simples mortal — disse Anquises. — Por que mentiu para mim?

Afrodite sorriu, mas já começava a se impacientar por sua casa, os altares fumegantes em Chipre.

— Adeus, Anquises — disse ela.

E então desapareceu numa faixa de névoa dourada.

Um dia, muito mais tarde, quando banqueteava com os amigos, Anquises não resistiu a se vangloriar do que aos poucos foi vendo como ter seduzido uma deusa. Em sua versão da história, depois registrada por escrito por um poeta, ele se mostrara muito mais arrojado do que realmente fora. Zeus se enfureceu tanto com a bazófia do mortal que lançou um raio para eliminá-lo. Afrodite desviou a potência do raio, salvando Anquises da aniquilação instantânea, mas desde então ele passou a coxear. Ele era um velho de Troia e seu filho Eneias era camarada de Heitor quando Andrômaca estava tecendo em seu tear. Mas Anquises ainda sonhava com a noite que passara com a deusa Afrodite.

AFRODITE, por outro lado, apenas de vez em quando lembrava de Anquises. Era, porém, admiravelmente devotada a Adônis, nos meses do ano em que ele deixava Perséfone para ir viver com ela. O belo rapaz era fanático por caçadas; o que mais amava era percorrer as matas e montanhas em busca de animais para perseguir e matar. Muitas vezes a deusa ia com ele, mas ficava preocupada com a mortalidade do jovem. Temia que ele se extraviasse e entrasse em bosques proibidos, consagrados a outros deuses — não queria que fosse morto por seus próprios cães de caça, como acontecera com Actéon. Ou pelos animais ferozes das florestas.

— Fico preocupada. Você é tão delicado, tão frágil, tão... humano — dizia ela.

Adônis se irritava com sua solicitude. Era jovem: sentia-se forte, cheio de vitalidade, invencível.

Andrômaca

— Você não é minha mãe — respondia. — Realmente não precisa me tratar assim.

Afrodite não dizia nada. Sentia subir dentro de si uma tristeza suave: compadecia-se do humano que achava que era o centro do mundo, que não conseguia ver que era apenas um fiozinho insignificante entre bilhões de fios no grande tecido do universo.

Certa manhã, acordando logo ao romper da aurora, Adônis decidiu sair sem a amante, deixando-a adormecida num bosque sombreado. Pôs a túnica e as botas; pendurou a trompa de caça ao ombro, pegou a lança e chamou brandamente seus três cães prediletos. A isso a deusa despertou e lançou os belos braços imortais em torno dele, suplicando que não fosse. Foi assim que Andrômaca os mostrou: a deusa tentando inutilmente manter o amante longe do perigo.

Ele não lhe deu atenção. Mais tarde, topou com uma família de javalis selvagens que grunhiam e rinchavam, escavando o solo em busca de alimento. Ele se acercou furtivamente, aproximando-se cada vez mais, com a lança em posição. Arremessou-a contra a grande javali-fêmea, de pelos eriçados nas costas, a mãe da prole — mas errou o alvo. Ao mesmo tempo, ela farejou-o e, numa prodigiosa velocidade, guinchando de fúria, arremeteu, mas era um drible, e então arremeteu outra vez. Confuso, Adônis não sabia se firmava posição ou se fugia. Sua hesitação lhe custou a vida: a javali-fêmea atingiu o alvo, as presas lhe rasgaram a carne da coxa, ela perfurou a artéria vital e ali o deixou, esvaindo-se em sangue.

Afrodite estava em sua carruagem puxada por cisnes, a caminho de Chipre, quando ouviu os gritos de dor de Adônis. Mas, quando o encontrou, já era tarde demais. Manteve-o nos braços enquanto sua vida se extinguia, beijando-lhe os olhos e os lábios. E, enquanto chorava, o sangue se transformou em flores: efêmeras e delicadas anêmonas escarlates, que se estendiam parecendo um lago. Até hoje elas se espalham pelas campinas no começo da primavera; agitam-se incessantemente à brisa, como se quisessem se desprender de seus adoráveis leitos relvados e percorrer as colinas.

ANDRÔMACA, a seguir, retratou Orfeu tocando a lira, com uma raposa enrodilhada aos pés. O músico era filho de Apolo e da Musa Calíope. Era capaz de encantar a tudo e a todos com sua maestria. Na tapeçaria, aparecia cercado pelas aves e outros animais que se reuniam para ouvir sua gloriosa execução. Mesmo as árvores — o azevinho e o medronheiro, o pinheiro e a faia — erguiam as raízes e lentamente se aproximavam dele. Entre elas havia um cipreste, outrora um jovem chamado Ciparisso, que fora amado pelo deus Apolo. Ciparisso encantara-se por um cervo manso e gentil — todos gostavam da criatura, que ia ousadamente às residências dos mortais para receber alimento. Certa manhã, porém, quando estava caçando, Ciparisso arremessara sua lança contra o animal confiante e inofensivo, sem perceber que era *seu* cervo. Quando notou o erro, ficou tão devastado que quis morrer; nem mesmo Apolo conseguiu consolá-lo. O deus, por fim, transformou o jovem num cipreste, para que pranteasse seu adorado animal para sempre. Até hoje ele se mantém como solene sentinela nos cemitérios.

PRÓXIMO HAVIA TAMBÉM UM SAPO: fora humano, antes que a deusa Leto o castigasse. Na época, Leto estava fugindo de

Andrômaca

Hera, que se encolerizara porque Zeus engravidara a deusa (seus filhos viriam a ser as deidades gêmeas, Apolo e Ártemis). Com aparência humana, cansada e com sede, Leto tentara beber água numa lagoa refrescante, mas os moradores locais, habitantes da Lícia, maldosamente lhe disseram que não podia e agitaram a água para ficar lamacenta. Por essa ofensa contra a hospitalidade, a deusa grávida os transformou em sapos.

As aves vinham em revoada pelos céus para ouvir o músico que as superava no canto: entre elas, um pica-pau verde vivo, que fora outrora Pico, rei do Lácio. A feiticeira imortal Circe o vira enquanto ela colhia ervas numa encosta solitária. Era belo, uma esplêndida figura a cavalo, com sua túnica de um verde brilhante e o manto escarlate, empunhando a lança ao alto. Ela ficou tão enfeitiçada pela beleza dele que deixou cair as ervas ali onde estava, fitando-o como que magnetizada. Circe conjurou um javali mágico como caça para Pico, usando o animal ilusório para trazê-lo até ela. Mas, quando ficaram frente a frente, quando Circe falou, Pico a repeliu cruelmente, insultando, zombando, escarnecendo, até que, enraivecida, ela o transformou num pica-pau — sua túnica se tornou plumagem, seu manto se tornou uma faixa vermelha de plumas na cabeça. Seu piado penetrante ainda é estridente e desdenhoso.

As pegas entusiásticas e palradoras também vieram, num bando turbulento: tinham sido irmãs, nove, filhas de Píero, que governava Pela, na Macedônia. E tinham se atrevido a competir no canto com as nove Musas, ofendendo as deusas com suas histórias ousadas e profanas: diziam, por exemplo, que os deuses Olimpianos tinham fugido ignominiosamente do aterrorizante filho de Gaia, Tífon. Por expressarem opiniões tão heterodoxas, as Musas iradas converteram as nove irmãs em pegas.

ENTRE A MULTIDÃO DE OUVINTES estava também Eurídice, uma dríade, ninfa da floresta. Ela amava Orfeu. Ele era um rapaz tímido, levemente desajeitado. Mas, quando tocava, era outro. Tornava-se como que um deus. Suas melodias instilavam desespero, alegria, paixão, euforia nos ouvintes. Fazia a lira vibrar com novos sons. Orfeu correspondia ao amor de Eurídice e logo se casaram.

Num dia de primavera, logo após o casamento, Eurídice caminhava à margem de um rio. Libélulas ziguezagueavam pelo ar. Pico, o rei transformado em pica-pau, estridulava num riso zombeteiro. Vagueando num sonho feliz, ela não percebeu o homem apoiado num salgueiro, mascando um fiapo de relva.

— Belo dia — disse ele.

Eurídice assentiu e se afastou.

— Vamos, dê um sorriso — ele insistiu.

Ela apertou o passo. Ele a alcançou. Ela sentiu o pavor na boca do estômago.

— Pode me deixar em paz, por favor? — pediu. — Sou casada. Meu marido é Orfeu.

— *Orfeu*. Então você deve estar precisando de um homem de verdade.

— Você não sabe nada a respeito dele.

— Sei tudo a respeito dele. Sou Aristeu. Somos irmãos.

Andrômaca 229

Meios-irmãos. Meu pai é Apolo, o pai dele é Apolo — disse, num sorriso afetado, e estendeu a mão, como para lhe agarrar o braço.

Ela saiu correndo.

Eurídice era rápida, como todas as dríades. Tocava levemente no solo, erguendo alto os pés atrás de si. Aristeu tentou acompanhar seus passos, mas não era páreo para sua velocidade. Ela ouviu os passos dele se distanciarem.

Mas, em seu alívio, em sua euforia, Eurídice não percebeu a víbora lagarteando ao sol logo à frente, o dorso com um desenho coruscante de diamantes, a língua com uma elegante cintilação. E a serpente tampouco percebeu Eurídice, até que o pé da dríade pousou diretamente entre suas curvas enrodilhadas. Assustada, a víbora avançou a cabeça, a boca aberta. Deu o bote.

Uma ferroada, um choque, uma acutilada aguda no tornozelo, a dor se irradiando pelo corpo. Eurídice deu um salto, gritando. Aristeu presenciou tudo; envergonhado, correu em busca de ajuda. Eurídice se sentiu mal. A garganta parecia se fechar, sem ar... não conseguia respirar. O coração batia disparado. Depois de alguns instantes, ouviu vagamente a voz de Orfeu, dizendo-lhe que a amava, que não o abandonasse. A escuridão se alastrou, apagando o mundo e reduzindo os sons a nada.

Ou talvez houvesse... *alguma coisa*. Após algum tempo, um tempo vago e confuso de estranhas impressões como que oníricas — labaredas, prantos, o som da lira mais plangente do que ela jamais ouvira antes —, Eurídice sentiu que se reconstituía de alguma maneira. O tornozelo doía, uma dor surda. No entanto, não havia carne, não havia corpo. Levantou o braço e examinou a mão: estava e não estava ali, como se existisse apenas como contorno, como figura pintada numa ânfora. Abanou a cabeça diante daquelas contradições. Em torno de si, via apenas sombras, tudo era indistinto. Árvores, talvez? Um rio? Resolveu segui-lo. Depois de um tempo, percebeu que alguém andava a seu lado, acompanhando seus passos.

— Por favor — disse ela. — Você não pode me deixar em paz?

A figura inclinou a cabeça. Vestia um manto, um chapéu de viajante e portava um bastão.

— Não é o que você pensa, Eurídice. Sou Hermes. Não lhe vou fazer mal. Você está além do mal. Estou aqui para guiá-la.

— Então estou morta — apercebeu-se ela.

— Está, sim.

Andaram juntos em silêncio, ao longo da margem do rio; parecia-lhe familiar.

— Uma ilusão dos sentidos — disse Hermes, embora ela não tivesse falado nada. — Até onde ainda lhe restam. Não é o rio do qual você se lembra. É o Cócito. Um dos rios que circundam o Hades. Um entre muitos. Há o Aqueronte, há o Flegetonte, que corre no Tártaro e é de fogo, não de água. E há o maior deles, o Estige. Essa região é enorme. Pantanosa. Você se perderia aqui para todo o sempre. Minha tarefa é levá-la ao rei Hades. Concessão especial. Geralmente, levo as almas apenas até as margens do Estige e deixo lá para se virarem sozinhas.

Andavam por uma trilha elevada, que parecia fazer parte de uma complexa e labiríntica rede de caminhos. Hermes a conduzia com pleno conhecimento da rota — embora todas as

Andrômaca 231

junções parecessem idênticas —, virando às vezes à esquerda, às vezes à direita, às vezes seguindo em frente. Abaixo das trilhas, corria um emaranhado de rios, lamacentos e pouco convidativos. Nas margens pantanosas e mal definidas cresciam juncos. Ela tinha a impressão de ser um grande espaço aberto, embora não fosse possível ter certeza devido ao nevoeiro. A luz nunca mudava. Eurídice sentia como se estivessem encerrados numa perpétua penumbra.

Por fim, a paisagem mudou um pouco. Começaram a aparecer pequenas árvores atrofiadas. Então se adensaram; estavam numa mata. Não as matas verdejantes que ela conhecia em vida, fervilhantes de insetos, pássaros e plantas, mas uma mata mirrada, mesquinha, sem cor, de árvores devastadas e inclinadas como se tivessem suportado anos e anos de vendavais. Depois de algum tempo, Eurídice pensou ver algo brilhando à distância, um cálido fulgor entre a gélida obscuridade.

— O Ramo de Ouro — disse Hermes. — Qualquer ser vivo, antes de entrar nos salões dos mortos, deve arrancá-lo. Um presente para Perséfone. Disso você não vai precisar.

Ao se aproximarem, Eurídice divisou uma árvore — não uma árvore pálida e acinzentada como as outras da mata, mas um magnífico olmo de folhas verdes eriçadas, com um único ramo dourado. De início, ela pensou que devia ter sido feito por um humano ou algum imortal. Mas não: o Ramo de Ouro fazia parte da matéria viva do olmo. Examinou-o, maravilhando-se com os suaves brotos dourados que nasciam dos flexíveis raminhos dourados.

A árvore, notou Eurídice, crescia na frente de uma guarita, ocultando-a parcialmente.

— Não se assuste com o que verá a seguir — disse Hermes. — Nenhuma das criaturas pode feri-la. São meros fantasmas. Como você.

Ele espalmou as mãos nas portas da guarita — um local descuidado, semidestruído, com as portas parecendo precisar de reparos. Mas elas se abriram suavemente ao toque do deus. Eurídice viu que o edifício estava lotado de seres; tal como ela, não estavam plenamente presentes, não tinham propriamente substância. Alguns ela reconheceu: havia Centauros, havia uma serpente enorme, com escamas reluzentes e dezenas de cabeças que silvavam, dardejavam e arremetiam — Eurídice recuou e precisou lembrar a si mesma que nenhuma das duas tinha carne, que a criatura não podia picá-la nem a ferir.

— A Hidra — disse Hermes. — Ela vivia junto ao lago de Lerna. Héracles e seu amante Iolau a mataram.

Ao lado da Hidra havia uma leoa, maior do que as que se veem normalmente — mas não era bem uma leoa, pois do dorso nascia uma cabeça de bode e a cauda, balançando como a de um gato, era na verdade o corpo escamoso de uma serpente. Soltava chamas, ou fantasmas de chamas, pelas duas bocas.

— Quimera — disse Hermes. — Vivia na Lícia, terra do reiIóbates. Estava aterrorizando o povo local, e por isso ele mandou que Belerofonte se livrasse dela; na verdade, sua esperança era que Belerofonte morresse na tentativa.

E passou a contar a história:

— Belerofonte sabia que não conseguiria sozinho: teria de domar Pégaso, o cavalo alado, a criatura nascida das gotas de sangue que verteram quando Perseu matou Medusa. Mas o cavalo era forte, indômito, um homem mortal não conseguiria dobrá-lo.

Andrômaca

"Um vidente recomendou a Belerofonte que dormisse uma noite no templo de Atena. Ele sonhou que a deusa lhe dava um bridão e lhe dizia para sacrificar um touro a Posêidon. Quando acordou, ele ficou assombrado: a seu lado havia precisamente aquele bridão, um objeto precioso com a cabeçada em ouro. Imediatamente sacrificou o touro conforme instruído no sonho e, como precaução, dedicou um altar a Atena.

"Depois disso, Pégaso deixou que o humano lhe pusesse o bridão e o montasse. Foi assim que Belerofonte conseguiu escapar ao hálito de fogo de Quimera e pôde desferir suas flechas contra ela até matá-la."

Adiante dessas criaturas havia um grupo de jovens altas e semblante severo, todas com espáduas musculosas de onde nasciam amplas e magníficas asas. Eurídice parou, intrigada.

— Harpias. São demônias. Ladras — disse Hermes. — Uma vez, receberam ordem dos deuses para punir Fineu, rei da Trácia. Ele era cego, mas tinha o dom da profecia. Era minucioso demais para o gosto de Zeus: revelava aos humanos mais do que Zeus achava que eles deveriam saber. Assim, o rei dos deuses mandou as Harpias roubarem a comida de Fineu, atormentando-o, fazendo-o passar fome. Isso prosseguiu até a chegada dos Argonautas, a tripulação de Jasão, os famosos aventureiros que estavam a caminho da Cólquida para tentar pegar o Tosão de Ouro. Fineu já sabia de antemão que eles seriam sua salvação; aguardava-os. Entre os Argonautas estavam Calais e Zeto, os filhos do vento Norte, os únicos seres com rapidez suficiente para perseguir as Harpias e fazê-las voltarem para sua casa, no monte Ida, em Creta. Mas não conseguiram alcançá-las, apenas de vez em quando se aproximando o suficiente para roçar suas vestes com a ponta dos dedos.

Da guarita, Eurídice pôde ver uma trilha íngreme que descia até a margem de outro rio — largo, turvo, de correnteza forte. Na margem estava ancorado um barco de aspecto frágil. Na proa postava-se um indivíduo de aparência grosseira. Parecia velho — mas, ao mesmo tempo, emanava um vigor jovem e viçoso. Um deus, então. Eurídice pôde divisar uma multidão de sombras como ela própria, acotovelando-se, até onde se pode dizer que fantasmas se acotovelam, para entrar no barco, enquanto o deus gritava as instruções, afastando com o remo a maioria deles. Para seu espanto, Eurídice então notou que a multidão se estendia a perder de vista: eram centenas, milhares, talvez milhões de espectros, como folhas de relva numa campina.

— Caronte. O barqueiro do rio Estige. Só os que receberam os devidos ritos fúnebres podem embarcar — disse Hermes. — Os outros têm de ficar aqui. Para sempre. Venha.

Ele desceu pela trilha a passos largos, Eurídice a segui-lo, e a multidão de almas abriu passagem. O barqueiro resmungou de mau humor quando Hermes subiu no barco, que oscilou de forma perigosa ao tremendo peso do deus e depois se estabilizou a um nível alarmantemente baixo na água. Hermes estendeu a mão para Eurídice e a ajudou a embarcar. Caronte partiu de imediato. Ela se virou de costas e fitou os mortos se aglomerando na margem.

— Ei, você! Espere sua vez! — gritou um deles. — O que acha que tem de tão especial?

Logo as almas pareciam uma turba raivosa, tentando se agarrar ao barco na água lamacenta, gritando com suas vozes fantasmagóricas, finas e agudas.

Caronte as ignorou. Eurídice apenas olhava atrás de si, com horror e piedade, enquanto o barco rangia e oscilava no trajeto

Andrômaca 235

até a margem oposta. Ali estava uma criatura enorme — como um cão, mas maior, com três cabeças. Três pares de mandíbulas espumavam saliva, três focinhos farejavam o ar. Parecendo dar-se por satisfeita, a criatura recuou, ganindo baixinho.

— Cérbero — disse Hermes. — Nem sempre tão manso.

Chegando à margem oposta, os passageiros colegas de Hermes e Eurídice se juntaram submissamente a uma longa fila de outros espectros que pareciam aguardar a vez de entrar numa espécie de fortaleza.

— O tribunal — disse Hermes. — Lá o rei Minos, que outrora governou Creta, julga os mortos e lhes designa castigos ou recompensas; ou, na maioria dos casos, simplesmente nada. Você não vai passar por ele. Instruções especiais. Bem-vinda ao Érebo.

Seguiram em frente, passando pelos Campos Plangentes, como disse Hermes: uma ampla encosta, densamente coberta por moitas de murta, onde Eurídice viu várias figuras caminhando entre os arbustos.

— A maioria das almas dos mortos vem parar aqui. Os que viveram e amaram, tiveram o que consideramos vidas humanas comuns. Ali está Ceneu — disse Hermes, apontando. — Ele começou a vida como Cênis, uma mulher. Foi estuprada por Posêidon. Depois persuadiu o deus a transformá-la em homem. Tornou-se um grande guerreiro, mas morreu combatendo Centauros.

E prosseguiu, apontando para outra encosta:

— Lá em cima há mais almas de guerreiros. É lá que ficam os melhores combatentes.

Mas os olhos de Eurídice haviam se detido num bastião de três muralhas, uma alta torre atrás erguendo-se sombria e pressaga. Na frente, um rio de águas volumosas e turbulentas. Acima dos pesados portões estava uma mulher de aparência impressionante: cabelo e braços entremeados de serpentes, levantando a túnica manchada de sangue, com grandes asas nas espáduas, um açoite na mão.

— Tisífone — disse Hermes. — Uma das Fúrias. Guardando os portões do Tártaro. Ela e as irmãs também castigam as pessoas que cometeram assassinato dentro da própria família. Perseguem o culpado como cães de caça, até os confins da Terra. Os humanos são punidos nos níveis superiores do Tártaro. Mas suas câmaras descem sob a montanha a uma profundidade de incontáveis quilômetros. Na parte de baixo estão agrilhoados os Titãs, guardados por Ciclopes e Hecatônquiros.

Hermes estremeceu e falou:

— Vamos, temos de passar por aqui para chegar ao palácio de Hades.

Atravessaram uma ponte estreita de pedra sobre a correnteza flamejante. Tisífone, com ar ameaçador, desceu voando numa forte rajada de vento, com as penas das asas se enfunando, e lhes abriu em silêncio os portões, que rangeram. Uma paisagem sombria e desolada se estendia a uma longa distância. Mesmo aos sentidos exauridos de Eurídice, o ar era fétido. Viu ao longe uma figura pelejando para empurrar um grande bloco de pedra encosta acima, uma encosta íngreme e árida. Ela ficou observando, paralisada — mas, bem no momento em que a figura estava quase conseguindo chegar ao topo, o bloco de pedra rolou encosta abaixo. Uma Fúria, pairando no alto, chicoteou a pobre alma com seu açoite, enquanto ela descia aos tropeções atrás da pedra e retomava o torturante e inútil processo de empurrá-la mais uma vez encosta acima.

— Sísifo — disse Hermes. — Quando a ninfa Egina foi raptada por Zeus, o pai dela, o deus do rio Asopo, tentou encontrá-la. Em troca de lhe dizer onde ela estava, Asopo deu a Sísifo uma fonte chamada Pirene. Mas Zeus o castigou por ter a língua solta e o condenou a esse trabalho infindável.

Hermes parecia estar com pressa, talvez lembrando-se dos Titãs encarcerados quilômetros abaixo de seus pés, pensamento inquietante para um deus Olimpiano. De fato, de tempos em tempos o chão parecia tremer e vibrar, como se uma criatura imensa se debatesse incessantemente. Em todo caso, percorreu em passos rápidos a paisagem desolada até chegar ao que parecia uma encosta nua. Ao se aproximarem, Eurídice ficou surpresa ao ver uma portinhola de madeira na rocha que parecia sólida. Outra Fúria de ar irascível apareceu como que do nada, com um molho de chaves tilintando na cintura. Em silêncio, pegou uma das chaves do molho, destrancou a porta, manteve-a aberta enquanto o deus se encurvava para entrar. Seguindo-o, Eurídice captou o olhar da Fúria e algo pareceu passar rapidamente pelo rosto da mulher alada — exaustão? inveja? —, e então nada mais, a não ser o som da porta sendo trancada atrás deles.

Uma cena totalmente diferente surgia aos olhos de Eurídice: uma planície extensa, coberta de pálidas flores de asfódelos. O ar era uma névoa cinza-dourada, mas não havia qualquer sensação de um amplo céu acima daquela névoa.

— Os campos dos bem-aventurados — disse Hermes. — É seu lar, Eurídice, por toda a eternidade. Uma recompensa pela virtude. Mas, primeiro, preciso levá-la à casa de Hades.

Eurídice pôde apenas vislumbrar entre as brumas o contorno de um edifício. Ao se aproximarem, viu que era de fato um palácio amplo e baixo, com pórticos por toda a volta. Entrou seguindo Hermes e se viu num salão triste e sombrio, com dois tronos ao fundo. Num deles estava sentado um deus que parecia sugar a luz do salão, os olhos amortalhados nas pregas de um manto púrpura escuro: Hades. No outro estava uma deusa de rosto pálido, esbelta e delicada, o rosto cansado: Perséfone.

— Bem-vinda, Eurídice — disse ela. — Você foi escolhida, como poucos o são, para viver aqui, entre os bem-aventurados.

Enquanto a deusa falava, Eurídice sentiu uma grande onda de melancolia a envolvê-la e um forte e sôfrego anseio pelo ar superior, pela melodia dos pássaros e pela brisa no rosto. E entendeu que aquele anseio era da própria Perséfone.

Era uma existência estranha, ali no palácio do rei e da rainha dos mortos. Ela passava a maioria dos dias sentada ao lado de Perséfone, que fiava e tecia em seu grande tear. A deusa se mostrava sedenta por ouvir histórias do vasto mundo acima. Eurídice lhe contou tudo sobre sua vida, sobre Orfeu, sobre sua música. Quando não era requisitada pela rainha, ela passeava pelos intermináveis campos de asfódelos. Os outros espectros que encontrava eram benévolos, mas vagos. Não tinham histórias. Alguns mal sabiam o próprio nome. Hades ela raramente via, ainda bem; se passava por ele num corredor do palácio, encolhia-se diante da escuridão quase refulgente que emanava dele. Se ao menos pudesse reviver! Um único dia na Terra — como escrava, qualquer coisa! — compensaria uma eternidade dessas. O tempo passava lento, vazio, monótono.

Um dia, sentada com Perséfone em seus aposentos, Eurídice ouviu algo que a fez se calar no meio de uma frase, algo que redespertou vigorosamente todos os seus sentidos quase exauridos. Perséfone também se imobilizou, a lançadeira dourada a meio caminho na trama; então a deusa correu para a porta.

— É Orfeu — disse ela. — E está vivo. Venha ver.

Eurídice foi ver. De fato era ele, Orfeu, com a lira inclinada sob o braço, uma multidão de espectros ondulando atrás dele enquanto tocava: cantou sua travessia pelo Ínfero, como entrara e arrancara o Ramo de Ouro; como encantara Caronte, fizera Cérbero dormir e persuadira as Fúrias a lhe permitirem passar, enquanto Sísifo descansava por um instante em seu penedo e Tântalo deixava de estender o braço para alcançar o fruto impossível. Ao subir a escada do palácio, mudou a canção: cantou como Hades combatera ao lado dos irmãos Zeus e Posêidon contra Titãs e Gigantes, como haviam sorteado entre eles o céu, o mar e o subterrâneo; cantou Hades como o maior dos deuses, pois à morte não é possível resistir, pois as almas que governa são em número incontável e sempre crescente.

A isso, o próprio deus, com seu capuz preto, entrou no salão e se sentou no grande trono; Perséfone tomou seu lugar ao lado dele. Era como se os próprios imortais não pudessem resistir às frementes e suaves frases melódicas. Eurídice ficou de pé ao lado de Perséfone, e chorava enquanto o marido cantava, embora um espectro não possa realmente chorar, não possa derramar as lágrimas quentes dos vivos. Ela chorava por seu corpo, pelas doces sensações que perdera. Chorava pela recordação do toque de Orfeu. Então ele cantou a morte da esposa, sua própria dor, profunda, e a desolação dos amigos dela. Cantou Aristeu: como, após a morte de Eurídice, suas amadas abelhas o haviam abandonado, suas colmeias, ido ao chão. Como o jovem pedira ajuda à mãe, a ninfa Cirene, que combatia os leões, e ela o instruíra a procurar Proteu, o deus marinho que adquiria mil formas, e segurá-lo com toda a força enquanto ele se metamorfoseava de fogo em rio, de rio em animal, numa rápida sucessão. Como Aristeu seguira suas instruções e não soltara o deus antes que ele concordasse em lhe falar, e como Proteu lhe dissera que suas abelhas tinham fugido para castigá-lo, pois fora ele que causara a morte de Eurídice.

Então o canto de Orfeu mudou de tom e passou de tristonho e pesaroso a urgente e persuasivo. Cantou o amor, que nem mesmo a morte é capaz de destruir. Cantou a antiga solidão do próprio Hades no Érebo, como sentira uma solidão tão profunda que obrigara Perséfone a vir com ele e a reinar a seu lado como rainha — mesmo Hades, cantou ele, é governado pelo doce desejo. Cantou como seu amor por Eurídice fora cortado ao brotar, nunca chegando a florescer. Suplicou ao rei e à rainha dos mortos:

— Por favor, desfaçam o destino de Eurídice, teçam novamente sua história. Deixem-na voltar comigo à superfície da Terra, deixem-nos viver juntos por um breve tempo: breve para vocês, deuses, mas uma vida inteira para nós. E então, num piscar de olhos, ela voltará a vocês, como todos.

Perséfone se inclinou para o marido. Trocaram sussurros. Eurídice viu o gesto de assentimento de Hades. Perséfone ergueu a mão. Orfeu silenciou a lira e seu olhar se fixou em Eurídice. Ela lhe devolveu o olhar, sorvendo a visão de sua carne sólida e invejável. A rainha falou:

— Estamos de acordo. Pode voltar ao ar superior, Orfeu, e pode levar Eurídice. Ela será revestida com seu corpo, viverá a vida uma vez mais. Mas você precisa andar à frente dela, não pode se virar, e vocês dois não podem se falar enquanto não estiverem ambos na Terra. Se você se virar, ela terá de retornar

Andrômaca

ao Érebo, e você nunca mais a verá de novo enquanto estiver vivo. Agora vá: tome o caminho que está à sua frente.

Orfeu agradeceu, inclinando a cabeça, e então, sem dizer uma palavra, sem lançar um olhar a Eurídice, virou-se e saiu do palácio. Entre os asfódelos abrira-se uma trilha, levando para a névoa. Orfeu foi por ela. Eurídice seguia logo atrás, cuidando para que sua presença atrás dele fosse absolutamente silenciosa — não respirava e nenhuma flor ou folha de relva se dobrava sob seus passos.

Andaram horas entre a névoa. Orfeu não desviava os olhos da trilha. Por fim, a campina se tornou uma colina, que se tornou uma montanha, e a trilha subia, agora mais íngreme. Orfeu atou a lira às costas, para poder usar as mãos para se equilibrar, mas em momento algum se virou. Finalmente, depois de um longo caminho, Eurídice teve certeza de ver uma luz diferente da pálida e doentia luminosidade do Ínfero; e o que era aquilo que ondulava em seus espectrais braços e pernas — uma brisa? Teve de tampar a boca com a mão para refrear um grito de alegria ao ver que entravam numa caverna larga como um túnel, ainda numa subida íngreme e perigosa, e, no final dele, sim, havia um trecho ensolarado. Podia ouvir o canto dos pássaros, o grito das cigarras, podia sentir o calor em sua pele — era pele? Estava voltando a ser humana? Orfeu, a respiração humana arfando, escalou com dificuldade até a saída da caverna. Agora estava de pé na superfície da ampla e generosa Terra.

Foi quando ele se virou. Quis, pobre tolo, firmar Eurídice quando ela galgava o solo de traiçoeiros pedregulhos. Deveria ter deixado que ela chegasse por si só à superfície. Eurídice viu o rosto dele pela última vez; viu o júbilo, o triunfo e o amor se transformarem em desespero. Sentiu-se sugada, por uma força inexorável, da mão que a firmava, sentiu-se mergulhando fundo, cada vez mais fundo, cada vez mais longe da luz, mais longe do ar, mais longe da carne de seu corpo, de volta aos campos de asfódelos e ao reino sombrio do Hades.

Essa foi a tapeçaria que Andrômaca teceu, trabalhando incessantemente até que Aquiles matou Heitor, seu marido. Aquiles estava vingando a morte de seu amado companheiro Pátroclo, que, por sua vez, fora morto por Heitor.

Naquele dia, Aquiles perseguiu Heitor três vezes em volta dos muros da cidade — passando três vezes pela velha figueira, três vezes pelas fontes onde, antes que a guerra mudasse tudo, as mulheres troianas se reuniam para lavar a roupa e trocar mexericos. Talvez Heitor tivesse sobrevivido se Atena não o ludibriasse. Ela se disfarçou como Deífobo, irmão dele; fez Heitor pensar que deviam voltar e combater o grego juntos, dois contra um. Mas, logo que ele tomou posição, a deusa desapareceu, deixando-o sozinho para enfrentar Aquiles. Lutaram frente a frente, até que Aquiles atingiu e atravessou a garganta de Heitor com sua lança — a garganta tenra, macia, vulnerável, sem proteção de elmo ou peitoral.

Sufocando no próprio sangue, Heitor rogou ao oponente que entregasse seu cadáver à família. Aquiles apenas riu.

— Nada de funeral para você. Vou dá-lo para os cães comerem — disse ele. — Se estivesse com fome, eu mesmo o cortaria e o comeria cru.

Outros combatentes gregos acorreram e cercaram o moribundo. Cada qual cravou sua espada na carne de Heitor, tro-

Andrômaca

çando e zombando, por muito tempo depois que sua sombra já fugira, entre agudos gritos, para o Hades.

Tudo isso sua mãe presenciou das torres de Troia, e seu pai também. Naquele momento, entenderam que tinham perdido não só o filho, mas todo o seu povo: sem Heitor, jamais venceriam a guerra. Príamo correu às Portas Dardânias — queria pedir que Aquiles entregasse o corpo de seu filho querido. Mas o povo o reteve; sabiam que, em sua fúria e angústia, Aquiles, se pudesse, mataria o rei. Quando a notícia da morte de Heitor se espalhou pelas ruas, um enorme lamento soou. O pânico e o terror se apoderaram da cidade, como se já estivesse sendo saqueada e incendiada.

Andrômaca ainda não sabia de nada disso. Naquela manhã, o forte Heitor a abraçara e então se inclinara para beijar o bebê, Astíanax, que começou a chorar, assustado com o elmo emplumado do pai. Agora ela esperava o marido retornar do campo de batalha, e trabalhava para passar o tempo. Ia e vinha de um lado e outro com sua lançadeira, parando apenas para mandar que as escravas preparassem o banho de Heitor, para que ele se lavasse e descansasse. Nem sonhava que jazia morto, com o rosto na poeira, morto por Atena e Aquiles — até que ouviu o alarido lá fora, a voz da sogra se erguendo em desespero, e entendeu. Largou a lançadeira. Abandonou o tear.

HELENA

Helena e Príamo

A fúria de Aquiles

Menelau e Páris em duelo

A morte de Pátroclo

Luto por Heitor

Proteu

Helena e Menelau voltam a Esparta

O casamento de Peleu e Tétis

O julgamento de Páris

Helena e Páris

A relutância de Odisseu e de Aquiles

Ifigênia em Áulis

Protesilau e Polidora

Pentesileia

Mêmnon

A morte de Aquiles

As ilusões de Ájax

A morte de Páris

Helena e Odisseu

O cavalo de madeira

Sínon e Laocoonte

A queda de Troia

As troianas

Tempos antes, Helena às vezes deixava o amante Páris adormecido, esgueirava-se de casa e caminhava no escuro até os bastiões da cidade. Do alto dos muros de Troia, ela olhava as fogueiras do acampamento dos soldados fulgindo na planície como estrelas brilhantes — mil fogueiras ou mais espalhadas entre os muros e o rio Escamandro. Com mais frequência, porém, ia até lá durante o dia, e ficava entre os homens velhos demais para combater, observando os guerreiros em suas lutas sangrentas. Então, fitando sempre em frente, voltava para seus aposentos no palácio, ignorando os apupos insultuosos, os murmúrios desdenhosos que subiam das portas e das esquinas. Em casa, trabalhava em seu tear, fazendo tapeçarias que mostravam gregos e troianos lutando, diziam eles, em defesa da honra dela.

Muitas vezes assistia aos combates com o velho rei Príamo a seu lado. De início, ela apontava os guerreiros gregos que conhecera em Esparta — o grande Ájax, o sanguinário Aquiles, o astucioso Odisseu, o velho Nestor e o comandante de todos eles, Agamêmnon, casado com Clitemnestra, irmã de Helena.

248 *Mitos gregos*

A seguir, ela e Príamo se esforçavam para enxergar o filho de Príamo, seu amante Páris — o homem por quem deixara o marido, Menelau de Esparta; o estopim, dizia o povo, da guerra. Também olhava Menelau, o véu ocultando a expressão de seu rosto. E examinava silenciosamente as fileiras, tentando divisar seus meios-irmãos, os gêmeos Cástor e Pólux. Nunca conseguia vê-los. Imaginava que não tinham vindo por se envergonharem dela. Mas já estavam mortos, sob o solo de Esparta.

Príamo, apesar de tudo o que perdera na guerra, era sempre gentil com Helena, sempre tentava protegê-la do ódio daqueles que achavam que, se ela nunca tivesse vindo para Troia, os gregos não teriam enviado um exército para recuperá-la e os homens que estavam sendo pranteados ainda estariam vivos. Mas Príamo — bem como seu primogênito Heitor, irmão de Páris — sabia que Helena era apenas um pretexto. Sempre havia uma desculpa para a guerra, algum símbolo ou efígie. Muitas vezes era uma mulher; dessa vez era Helena. O que os gregos realmente queriam, o tempo todo, eram as riquezas de Troia. Queriam esvaziar e se apoderar dos tesouros de seus templos, pôr suas mulheres em fila e distribuí-las entre eles — corpos macios em que descarregariam sua fúria e cupidez. Para Helena, essa guerra tinha um ar de irrealidade, apesar do odor fétido da morte nas piras funerárias, todos os dias, apesar dos homens trazidos de volta do campo rogando aos gritos algum alívio para seus ferimentos. Às vezes, tinha a impressão de que ela própria não passava de um fantasma que os deuses tinham criado em sonhos para ser disputado pelos homens, enquanto seu verdadeiro ser estava em outro lugar, vivendo outra vida.

Helena

EM TROIA, ela teceu o grande guerreiro Aquiles sozinho em sua tenda, consumindo-se de fúria, recusando-se a lutar. Tudo isso por causa de outra disputa por uma mulher — ou, mais precisamente, por duas mulheres, Criseida e Briseida. O comandante em chefe dos gregos, Agamêmnon, capturara Criseida ao saquear sua cidade, a Tebas na Mísia. Seu pai, Crises, sacerdote de Apolo, viera ao acampamento grego a fim de implorar perante todo o exército a devolução da filha.

— Que os deuses lhe concedam sucesso no saque a Troia e que você volte para casa são e salvo — disse a Agamêmnon. — Mas, por favor, liberte minha filha. Aceite esse resgate. Honre e respeite Apolo.

O exército inteiro rugiu de aprovação, insistindo que o rei atendesse ao sacerdote, que aceitasse o ouro que ele trouxera — mas Agamêmnon, em sua arrogância, recusou.

— Não vou lhe devolver sua filha. Ela morrerá de velhice em minha casa, trabalhando nos teares de minha esposa. Saia daqui antes que eu me irrite! Se quer continuar vivo, não me apareça mais zanzando entre nossos navios.

Amedrontado, Crises se afastou em silêncio pela praia. Mas, chegando a uma distância segura, ele se virou, ergueu os braços e falou ao deus:

— Grande Apolo, se recebeu os sacrifícios que lhe ofereci, ouça-me agora. Castigue os gregos! Envie-lhe suas flechas para pagarem por minhas lágrimas!

Apolo o ouviu e, num salto, desceu do Olimpo como a noite, as flechas mortíferas tinindo em sua aljava. Sem ser visto, percorreu o acampamento dos gregos, mirando primeiro as mulas e os cães e depois os humanos, infectando todos com uma peste fatal. Parecia não haver maneira de deter a doença, que se alastrou como um fogo incontrolável de tenda em tenda, consumindo soldados, animais, prisioneiros, capitães. Os que moravam em locais apinhados, os soldados rasos, os escravos — eram eles os mais suscetíveis a adoecer e morrer. As piras funerárias ardiam ininterruptamente.

Depois de dez dias, Aquiles convocou uma assembleia dos chefes e pediu a Calcas, o vidente grego, que expusesse sua opinião sobre a causa da epidemia.

— Somente se você me prometer proteção, Aquiles — respondeu ele. — Nem todos vão gostar do que tenho a dizer.

Aquiles prometeu, e Calcas falou aos chefes gregos que a única maneira de deter a peste era devolver Criseida a seu pai.

— Agora não há resgate! — disse ele. — O momento para isso já passou. A única coisa que você pode fazer é levá-la de volta para casa e sacrificar cem touros a Apolo.

Agamêmnon foi tomado de cólera com a sugestão. Ele e Aquiles discutiram, teriam combatido se não fosse por Atena, que veio em disparada para a Terra e agarrou Aquiles pelo cabelo, a fim de refreá-lo. Agamêmnon, por fim, concordou em devolver Criseida à sua família, mas, como compensação, exigiu de Aquiles uma prisioneira sua, Briseida. Aquiles a desprendera dos cadáveres do marido e de três irmãos quando saqueara sua cidade natal, Lirnesso — ela os vira jazendo ali, os corpos mutilados e ensanguentados.

Depois que os homens de Agamêmnon retiraram Briseida, trêmula e angustiada, de sua tenda, Aquiles se negou a combater e pediu à sua mãe, a deusa marinha Têtis, que persuadisse Zeus a favorecer os troianos — seus inimigos — no campo de

Helena 251

batalha. Mas Briseida, tal como Helena, era apenas mais um pretexto. Na verdade, era uma história antiga, uma das mais antigas de todas: homens lutando por poder e prestígio.

Helena também teceu Menelau e Páris enquanto travavam combate singular: o marido e o amante lutando até a morte — ou, pelo menos, assim parecia no momento. Menelau quase matou o mais jovem, e já o arrastava para as linhas gregas pela tira do elmo sob o queixo quando, de repente, Afrodite ergueu o troiano numa névoa turbilhonante e o reenviou ao leito perfumado de Helena. Então ela foi até Helena, que estava com os troianos nos bastiões da cidade, escrutando entre a névoa, perguntando-se o que teria acontecido com seu amante. A deusa tomou o disfarce de uma escrava idosa, que anos antes trabalhara nos teares com Helena, em Esparta. Puxando-lhe a manga, ela disse:

— Ele está na alcova, à sua espera; você nem imaginaria que esteve em batalha: parece pronto para um banquete, prestes a sair dançando.

Helena, ao perceber os seios adoráveis e os olhos coruscantes sob o disfarce, ficou furiosa com a deusa.

— O que quer comigo agora? — perguntou, em voz sibilante. — Quer me arrastar para ser amante de algum outro favorito seu, algum senhor da Meônia ou da Frígia? Por que você mesma, se o ama tanto, não se torna amante ou mesmo escrava de Páris?

Afrodite respondeu:

— Helena, Helena, se não quer ser odiada por todos os gregos e por todos os troianos, tenha muito cuidado para que eu não perca minha boa vontade com você.

Helena então se envolveu em seu manto cintilante e seguiu a deusa em silêncio, escapando à atenção das troianas. Quando chegou à alcova, repreendeu o amante, zombando dele por ser um guerreiro menos vigoroso do que Menelau. Mas ele apenas riu.

— Pare, Helena. Hoje Atena ajudou Menelau. Em outra ocasião ele não terá tanta sorte. Como você é linda! Desejo-a tanto: mais ainda do que no dia em que você deixou seu marido por mim. Venha para a cama.

E ela foi.

HELENA TECEU HEITOR APROVEITANDO a oportunidade enquanto Aquiles estava longe do combate, rompendo os bastiões construídos pelos gregos, levando a batalha até os navios, quase expulsando os invasores. Teceu Pátroclo enquanto ele pedia a seu amado Aquiles que lhe permitisse conduzir seu grupo de mirmidões à batalha e salvar os gregos da derrota. Pátroclo chorou, frustrado, até abrandar Aquiles, que o consolou com a ternura de uma mãe com seu menino, deixando que usasse sua armadura e comandasse suas tropas — os dois se amavam desde a meninice, quando Pátroclo viera morar com o pai de Aquiles, tendo sido exilado de sua terra por ter matado outro garoto numa briga por causa de um jogo de ossinhos. A seguir, Helena teceu os gregos e os troianos disputando o cadáver de Pátroclo, morto por Heitor. Pátroclo: mesmo Briseida o pranteou. Embora guerreiro, podia ser o mais meigo dos homens.

Aquiles ficou desvairado de dor com a morte de Pátroclo: foi então que finalmente retornou ao campo de batalha, ma-

Helena   253

tando centenas na selvagem e desmedida fúria que o cegava. Lotou o rio Escamandro de cadáveres antes de lutar corpo a corpo com Heitor. Naquele dia, Aquiles estava com uma armadura nova, que lhe fora forjada por Hefesto. O escudo era ornado com o mundo inteiro: o deus representara as Plêiades e as Híades brilhando no céu noturno; músicos tocando num banquete nupcial; o conselho de anciões julgando um caso de assassinato; um exército saqueador acampado fora de uma cidade; bois revolvendo a terra negra enquanto puxavam um arado; camponeses fazendo a colheita num campo de cereais; um vinhedo repleto de uvas maduras; leões saltando para matar um touro; uma multidão de gente dançando, rodopiando veloz como o torno de um oleiro, veloz como a espiral de uma fiandeira. Helena teceu o escudo — uma obra de arte dentro de uma obra de arte — tal como reluzia no braço de Aquiles ao desferir o golpe mortal em Heitor.

Por fim, ela mostrou Príamo trazendo o cadáver de Heitor do acampamento grego para a cidade. Em sua paixão, em sua fúria, Aquiles reteve o corpo do troiano, negando-se a liberá-lo para o devido sepultamento. Todos os dias, ele o amarrava à sua carruagem e o arrastava em volta dos muros da cidade, humilhando Heitor mesmo após a morte. Enfim o velho rei ousou se aventurar pessoalmente no acampamento, sob o manto da escuridão, indo até a tenda de Aquiles com sua carroça puxada por um burro. Aquiles poderia tê-lo matado ali mesmo, naquele momento, mas não: ele se lembrou por um breve e frágil momento de seu próprio pai, bem-amado, na encantadora Ftia, e ambos choraram, um pelo filho, o outro pelo pai. Foi Cassandra, irmã de Heitor, quem, olhando do alto dos muros da cidade ao alvorecer, viu a carroça de Príamo se dirigindo lenta e pesada à Porta Ceia, com o corpo de Heitor estendido nela — ainda fresco, ainda encantador, apesar das tentativas de Aquiles de conspurcá-lo. Cassandra e Andrômaca desceram correndo para prenteá-lo. Hécuba e Helena também lhe entoaram cânticos. Hécuba carpia seu filho mais forte; Helena, seu único amigo.

Tudo isso se passara tempos antes. Agora as coisas eram diferentes. Aquiles, Páris, Príamo, Hécuba, Agamêmnon, Cassandra, Clitemnestra — todos estavam mortos.

Mas não Menelau. Ele estava vivo. Levara dez anos e custara milhares de cadáveres, mas ele recuperara a esposa e recebera também uma generosa parcela das riquezas de Troia. Após o saque, ele e Helena foram a Chipre, à Fenícia, ao Egito, à Etiópia, à Líbia, e Menelau, enquanto isso, ia acumulando mais riquezas. Mas os deuses o retinham, impediam-no de voltar ao lar. Ele não sabia a razão, até que uma deusa se apiedou dele: Idoteia, uma das filhas do deus marinho Proteu. Ela lhe disse que seu pai poderia explicar como voltar a Esparta.

— Mas ele não vai querer dizer. Terá de pegá-lo de surpresa — disse ela. — No calor do dia, ele vai tirar um cochilo entre seu bando de focas. Agarre-o nesse momento. Não o deixe escapar, seja lá qual for a forma que ele assumir.

Menelau fez como a deusa recomendou, agarrando Proteu e se aferrando a ele, que se transformou em leão, serpente, leopardo, javali, água, árvore — até que, por fim, o deus se cansou de suas proteiformes mudanças e disse a Menelau o

Helena 255

que ele precisava saber. Menelau devia sacrificar cem cabeças de gado aos imortais, disse o deus, para que ele e seus navios pudessem transitar a salvo.

Agora estavam de volta a Esparta. Helena passava os dias trabalhando entre os perfumes de incenso em seu aposento. Ali, com as escravas Filo, Adraste e Alcipo atarefadas a seu lado, ela girava seu fuso dourado, puxando longas extensões do fio, de mesmo tamanho; guardava a meada fiada numa bela caixa de prata sobre rodas, ornada de ouro. O fuso e o cesto preciosos eram presentes de Alcandre, a esposa de Pólibo, da Tebas egípcia, cidade de inimaginável riqueza.

HELENA CONTINUAVA A TECER a guerra, obsessivamente, como se, após transformá-la em imagens feitas de fios, fosse revelar seus brutais mistérios. Ela teceu como tudo se iniciara — com a luxúria e a cupidez de dois deuses e sua briga pelo corpo de uma deusa.

Tanto Posêidon quanto Zeus desejavam ter na cama a altiva deusa marinha Têtis. Brigavam obstinadamente por ela, até que uma profecia anunciou que Têtis estava fadada a ter um filho que seria maior do que o pai. Os dois deuses, então, ficaram com medo. Decidiram que ela devia se casar com um mortal. Para tal honra escolheram Peleu, rei da Ftia, na Tessália.

Têtis e suas companheiras Nereidas estavam brincando juntas no mar, saltando nuas entre as ondas, como golfinhos, quando viram uma coisa estranha cortando as águas na direção delas. Parecia feita de madeira entrecruzada, e dela emergiam braços de madeira, com mãos de madeira que açoitavam as ondas. Acima se erguia a asa de uma grande ave, mas não,

não tinha plumas, era uma grande peça de tecido. As imortais se aproximaram nadando, curiosas para ver mais de perto — era o primeiro navio que existiu, o *Argo*. Têtis viu um homem olhando para elas, para ela, parecendo hipnotizado. Era Peleu. Têtis logo soube que devia sofrer a indignidade de desposá-lo, ainda que fosse um mero humano.

Helena teceu o grandioso casamento no palácio de Peleu, na Tessália: todos os mortais acorreram de muitos quilômetros ao redor, deixando seus arados, largando a poda de suas vinhas. Dentro do palácio, reluziam tronos de marfim e cintilavam cálices de ouro. Bem no centro, no próprio coração da casa, ficava o quarto da deusa, com seu leito incrustado de marfim, inteiramente coberto por uma colcha púrpura, tecida com cenas de velhas histórias: como Dédalo construíra na ilha de Creta o Labirinto, intrincado e desnorteante, para abrigar o Minotauro, metade homem, metade touro, filho de Pasífae; como meninas e meninos atenienses, escolhidos por sorteio, tinham sido trancados lá dentro para alimentar a criatura; como, num certo ano, o ateniense Teseu havia se oferecido para acompanhar o grupo sacrificial; como a princesa Ariadne lhe dera uma espada e um fio vermelho, que lhe serviriam para matar o Minotauro e encontrar a saída do Labirinto; como Teseu prometera que a levaria para Atenas, mas depois a abandonou no litoral da ilha de Naxos, partindo em seu veleiro enquanto ela dormia.

Os deuses do Olimpo também vieram ao casamento, depois que os mortais, tendo saciado o desejo de contemplar os tesouros e admirar as histórias narradas em tapeçarias, tinham

Helena

partido. Quíron, o Centauro, trouxe guirlandas de flores do monte Pélion; Peneu, o deus fluvial, pai de Dafne, apareceu carregado de ramos de árvores — de faia e loureiro, de plátano, choupo e cipreste, que, unidos, formavam um caramanchão de vários tons verdes para a entrada do palácio. Prometeu veio, finalmente libertado da tortura diária que sofrera acorrentado ao rochedo cítio. Zeus e Hera vieram. E também as três Moiras, as antigas e encanecidas deusas a quem o próprio Zeus devia obedecer: elas puxam de suas espirais o fio de nossas vidas, enrolam-no em seus fusos e então — simples assim — cortam-no. As Moiras cantaram o hino nupcial, prenunciando o nascimento do filho do casal, Aquiles, o homem que traria dor e luto a inúmeros pais, o homem que, com sangue troiano, tingiria de vermelho as águas do Escamandro.

Havia apenas uma presença que não fora convidada: Éris. A deusa da discórdia, a deusa das brigas, dissensões e discussões acirradas, não teria lugar em tal banquete, mas mesmo assim ela veio. Talvez, na verdade, Éris sempre compareça aos casamentos, espiando por trás das colunas ornamentadas, agachando-se, ressentida, sob as mesas de pródigas jarras de vinho. Nessa ocasião, ela fez algo de insuperável perfídia. Fez rolar, ecoando pelo salão, uma maçã dourada — pomo do jardim das Hespérides —, que parou exatamente entre Hera, Atena e Afrodite, que por acaso estavam ali juntas, conversando. O fruto trazia as palavras: "Para a mais bela". Três braços cintilantes se inclinaram para pegá-lo, cada qual supondo, em sua imortal vaidade, que se destinava a si. Enquanto as deusas tentavam pegar a maçã, brigando pelo belo prêmio como crianças malcomportadas, estourou entre elas uma briga descomunal.

258   *Mitos gregos*

A alegria do casamento cedeu lugar à acrimônia. Éris, maldosamente satisfeita, esgueirou-se e foi embora; mas ela estava apenas cumprindo a vontade de Zeus, e ele, por sua vez, estava preso à férrea resolução das Moiras.

Zeus interveio.

— Hermes — disse ao filho, o deus mensageiro —, você conhece Páris, filho do rei Príamo, por ora pastor no monte Ida? Leve as deusas e a maçã até ele. Diga-lhe para decidir qual delas é "a mais bela".

Hermes se inclinou e pegou a maçã. As deusas, indignadas, ainda em atrito, atrelaram os cavalos alados a suas carruagens e voaram até as encostas da montanha. Lá estava Páris, dormitando num outeiro de relva macia.

O belo mortal não tinha ideia de que era realmente um príncipe de Troia. Depois que Hécuba o dera à luz, como seu segundo filho, ela sonhou que trouxera ao mundo não um alegre bebê mas sim um dos Hecatônquiros, aquelas assustadoras deidades primevas que montam guarda aos Titãs nas profundezas do Tártaro. No sonho de Hécuba, a criatura subira rastejando das profundezas até Troia e destruíra as torres, devastando toda a cidade. O significado parecia claro: aquela encantadora criança levaria à queda da cidade. E assim Príamo ordenou que o filho fosse largado à morte nas encostas do monte Ida.

O escravo que recebera as ordens de abandonar o bebê, porém, voltou ao local cinco dias depois para examinar o corpinho e o encontrou ainda miraculosamente vivo. Apiedando-se dele, levou-o para sua própria casa e o criou como filho seu. E agora, enquanto Páris estava languidamente deitado na relva, despertou de súbito com três fulgurantes figuras avultando sobre ele: quatro, na verdade, incluindo Hermes, que estava

Helena

atrás com a maçã nas mãos. O jovem ouviu a pergunta das deusas, ouviu suas propostas persuasivas. Atena, a pele luzindo com azeite de oliva, lhe ofereceu sabedoria. A imponente Hera lhe ofereceu enorme poder e amplo domínio. Por fim, a perfumada Afrodite, recendendo a mirra, irresistivelmente sedutora, lhe ofereceu como noiva a mais bela mulher existente: Helena. Páris, claro, deu a maçã a Afrodite. Ele sentiu um frêmito ao depor a maçã de ouro sobre seus dedos estendidos, sua mão tisnada de sol buscando a palma fresca da deusa. Foi o que Helena teceu: o momento em que seu corpo foi usado como suborno.

ENTÃO HELENA TECEU COMO PÁRIS, após descobrir seu real parentesco, aprestou velas e foi com seus nove navios encontrá-la em Esparta, onde ela vivia com o marido, Menelau. A essa altura, já fazia muito tempo que Helena sabia do desejo dos homens por ela, ansiando sôfregos pelo divino perfume que pairava em torno de si. Quando era apenas uma menina, Teseu tentara estuprá-la — e teria conseguido, se não fosse por Cástor e Pólux, os meios-irmãos de Helena. Mais tarde, quando chegou a época de se casar, viera todo um bando de pretendentes se acotovelando ao palácio de seu padrasto, Tindareu. Quase se engalfinharam, aqueles rivais — Diomedes, Ájax, Filoctetes, Pátroclo, Odisseu e os demais —, todos os paladinos gregos que, mais tarde, do alto dos bastiões de Troia, ela veria em combate.

No fim, Odisseu tinha chamado Tindareu de lado e lhe dissera:

— Posso ajudá-lo a encontrar uma forma de escolher um marido para Helena de um modo que todos os outros pretendentes respeitem sua escolha; se seguir meu conselho, a questão vai se encerrar pacificamente. Mas meu preço é o seguinte: não quero me casar com Helena. Quero a prima dela. Penélope. Convença Icário a me dar sua filha. Sei que ele reluta em deixar que ela se case.

Tindareu ficara muito surpreso:

— Minha sobrinha? Mas você está aqui disputando Helena. Por que há de querer Penélope, entre todas as mulheres? Ela é tão... difícil de entender. Nem dá para dizer que é bonita, não em comparação a Helena.

Odisseu, esboçando um sorriso, apenas dera de ombros e respondera:

— Tenho minhas razões.

Então, depois que o velho havia concordado com seus termos, Odisseu tinha dito:

— Faça os homens jurarem que prestarão ajuda ao marido de Helena se em algum momento ele tiver problemas por causa do casamento. Todos eles vão prometer sem pensar duas vezes, mas aí não poderão brigar entre si quando você lhes anunciar o escolhido.

O plano havia funcionado. Tindareu escolhera Menelau, o sóbrio, o imperturbável, o poderoso Menelau.

Agora Menelau, sem suspeitar da barganha entre Afrodite e Páris, acolheu o príncipe troiano em sua casa como hóspede de honra, vindo da travessia desde a Trôade até o Peloponeso. Helena gostara dele imediatamente: era tão diferente dos homens que conhecera antes, homens suados, de hálito cheirando a carne, de conversas sobre armas e cavalos. Em vez de ir caçar ou praticar exercícios com os outros homens, Páris vinha e vagueava pelo aposento onde ela e suas escravas trabalhavam

Helena

na tecelagem. Sentava-se e polia o arco e o peitoral, mas na verdade estava ali pela companhia: mexericava com as mulheres, lisonjeava acima de tudo Helena, trocavam brincadeiras. Ele era adorável, emanava encanto. Quando Menelau foi chamado subitamente para o funeral do avô, em Creta, insistiu com Páris que continuasse no palácio enquanto ele estivesse fora, e recomendou a Helena que cuidasse do hóspede. Claro que se tornaram amantes e claro que, quando ele pediu, ela foi embora com ele. Helena, a sobrenaturalmente bela Helena, partiu sem pensar no marido, no filho, nos pais amorosos, porque Páris, o inebriante Páris, se tornara a única coisa que ela queria. Exércitos, carruagens e navios — tudo o que ela poderia prever que, mais cedo ou mais tarde, sobreviria — não significava nada, absolutamente nada.

No tumulto que se seguiu à descoberta do desaparecimento de Helena, Agamêmnon, irmão de Menelau, rei de Micenas, enviou seus homens aos reis gregos, exigindo que cumprissem a promessa de ajudar o marido de Helena em caso de necessidade. Odisseu se arrependeu do conselho que dera a Tindareu, do juramento que fizera a Menelau. Não queria deixar Penélope e o filho recém-nascido, Telêmaco; não queria deixar sua querida ilha de Ítaca.

Quando o representante de Agamêmnon, o sagaz Palamedes, chegou à ilha, Penélope lhe falou, simulando angústia, que o marido estava doente — da cabeça. Enquanto isso, Odisseu jungiu um boi e um cavalo juntos e tentou arar um campo com a parelha incompatível, como se tivesse perdido a razão. A reação de Palamedes foi tirar Telêmaco dos braços da mãe e jogar o bebê chorando diante do arado. Claro que Odisseu parou com a encenação. Lançou-se na frente dos animais e pegou a criança, acalmando seus gritos — foi o que Helena teceu, o pai embalando o filho ao lado do arado. A Odisseu não restou senão se juntar ao exército, mas revolveu na mente um plano para se vingar. Mais tarde, em Troia, fez uma armação contra Palamedes, como espião, forjando uma carta de Príamo para ele e escondendo ouro em seu acampamento. Agamêmnon ordenou que Palamedes fosse apedrejado até a morte.

TAMPOUCO AQUILES QUISERA ir para Troia. Peleu, seu pai, tinha ouvido uma profecia de que o filho morreria lá, e por isso o transferira do monte Pélion, onde estava sendo educado por Quíron, o Centauro, para a ilha de Ciros, longe da atenção dos chefes gregos — ou assim ele esperava. Dessa vez foi Odisseu a desmascarar um soldado relutante. Foi até a ilha e interrogou o rei, Licomedes. O rei deu risada, abanou a cabeça e negou tudo. Mas o filho de Ítaca desconfiou. Havia algo estranho, algo que não sabia o que era, no numeroso grupo de filhas de Licomedes, que pareciam sempre correr em bando, indiscerníveis em seus longos vestidos de cauda esvoaçante. Resolveu testá-las. Espalhou alguns objetos na frente das portas que davam para o salão e então, escondendo-se atrás de uma coluna, aguardou para ver o que aconteceria. Quando as jovens se aproximaram, tagarelando, ele viu que se inclinavam para pegar os fusos e espadilhas que havia deixado ali, examinavam-nos e comentavam as peças como conhecedoras. Apenas uma pegou a espada — não uma espadilha de tecelagem, e sim uma

Helena 263

arma refulgente. Odisseu viu que a figura de vestes requintadas desembainhava a lâmina num movimento experiente, e
o tecido finamente pregueado do vestido dela — ou melhor,
dele — recuou, revelando um musculoso braço marcado de
cicatrizes. Foi o que Helena teceu: Aquiles se denunciando por
não conseguir resistir ao brilho do metal letalmente afiado.

HELENA ENTÃO TECEU A HISTÓRIA de Ifigênia, filha de Clitemnestra e sobrinha sua, no momento em que a frota grega
estava reunida no porto de Áulis, pronta para navegar até Troia
— mas parada, sem vento que a impelisse. Passaram-se dias
e ainda não havia o mais leve sopro de uma brisa. O exército
começou a ficar inquieto e impaciente sob o sol monótono e
ardente. Apenas Palamedes e seu amigo Protesilau passavam
bem o tempo, sentados à sombra, jogando damas, jogo que
fora inventado por Palamedes. Mas nem isso poderia entretê-
-los por tempo indeterminado.

Frustrados, Agamêmnon, Menelau e Odisseu consultaram
Calcas, o vidente. O velho disse aos capitães que fora Ártemis
que tornara o mar tão liso e vítreo, o ar tão pesado e sufocante.
Ela traria um vento na direção de Troia sob uma condição:
teriam de sacrificar Ifigênia, a primogênita de Agamêmnon,
em seu altar.

O primeiro impulso de Agamêmnon foi mandar chamar
o arauto Taltíbio e emitir uma proclama dissolvendo o exército — claro que não mandaria matar a filha. Era indizível,
impensável. Mas seu irmão Menelau argumentou com ele,
pressionando-o até que, por fim, viu-se escrevendo uma carta
para a esposa, dizendo-lhe para enviar a filha a Áulis. Deu

como pretexto que ela iria se casar lá, no acampamento dos gregos.

Para Agamêmnon era um tormento. A coisa toda era errada, claro que era errada. Quase escreveu imediatamente uma segunda carta para Clitemnestra, dizendo que o casamento fora cancelado e que Ifigênia devia ficar em casa. Menelau ficou uma fera.

— Você estava muito contente em ser amigo de todos quando percorria a Grécia, recrutando soldados — disse ele. — Mas enxergue-se agora: onde está sua lealdade para comigo? Que espécie de comandante é? Precisa ser mais forte. Mais coerente. Acha que problemas pessoais podem ficar interferindo nos assuntos de guerra? Não se trata mais de sua filha. Se você recuar agora, os gregos serão motivo de chacota no mundo. Não é só a vida de Ifigênia que está em jogo.

Enquanto Agamêmnon se angustiava, veio a notícia de que ela já tinha chegado — e não só ela, Ifigênia, mas também a mãe e o irmãozinho Orestes. Estavam se banhando numa fonte depois da longa viagem, disse-lhes o mensageiro. E que dia jubiloso ia ser! Um casamento! Depois que o mensageiro transmitiu suas congratulações e partiu, Menelau viu o irmão se encolher de desespero. E, naquele instante, ele enxergou claramente a realidade de matar Ifigênia, de matar a própria sobrinha.

— Não podemos fazer isso — disse Menelau. — Você tem razão. Matar sua filha para recuperar minha esposa… é impossível. Faremos o que você disse. Vamos chamar Taltíbio. Nada de expedição. Nada de guerra. É intolerável.

Mas Agamêmnon se virou para ele e respondeu:

Helena 265

— Não é tão simples assim. As coisas estão além de nosso controle. Você pensou no fato de que Odisseu sabe da profecia de Calcas? Sei exatamente o que ele vai fazer. Vai reunir os soldados e informá-los pessoalmente sobre a exigência de Ártemis. Vai atiçá-los e deixá-los frenéticos: estão ansiosos pela batalha, ávidos por guerra e mortes. Vão querer, sei que vão querer o sangue de minha filha. E, se não conseguirem, vão se rebelar e nos matar, matar todos os seus chefes.

Enquanto isso, Clitemnestra e Ifigênia se sentiam inundadas de emoção e felicidade. Ifigênia correu ao encontro do pai e o abraçou. Então se afastou um pouco e o examinou com atenção:

— Está nervoso, pai? — perguntou. — Parece... transtornado.

Ele se esforçou em responder:

— É porque vamos ficar separados por muito e muito tempo.

— Então por que não vem para casa? Sentimos muito sua falta.

— É a coisa que mais quero no mundo. Se eu pudesse escolher... Se as coisas fossem tão simples... Querida, é difícil de explicar: há coisas que não quero fazer. Mas mesmo assim tenho de fazer.

O resto é medonho de contar. Agamêmnon informou à esposa que Ifigênia se casaria com Aquiles, um digno partido. Tentou enviá-la de volta para Micenas, dizendo:

— Electra e Crisótemis vão precisar de você em casa, e esse acampamento não é lugar para um bebê.

Mas Clitemnestra insistiu em ficar.

— As meninas estão muito bem em casa — disse ela. — Claro que preciso ficar aqui. É o dia das núpcias de minha filha. Deixo a você a política e a guerra, Agamêmnon. Mas a família... é domínio meu.

As escravas de Ifigênia a prepararam com um vestido de noiva cor de açafrão. Clitemnestra portava a tocha flamejante. Foram em procissão ao santuário de Ártemis, onde Agamêmnon lhes dissera que fariam um sacrifício. Estavam cercadas por homens pesadamente armados — normal, sendo um acampamento militar. Mas, depois de algum tempo, Clitemnestra sentiu o frêmito de algo não inteiramente certo, algo estranho e selvagem no ar que estava sendo deliberadamente abafado. De repente, não conseguiu mais ver a filha por sobre os ombros dos homens que lhe obstruíam a passagem, por sobre seus elmos emplumados fazendo um sinal de assentimento a alguma coisa.

— Deixem-me passar — ordenou ela. — Preciso ficar com minha filha.

Mas mãos vigorosas a detiveram e vários homens se postaram ao seu redor. Ela ouviu um grito, "Papai!", viu um lampejo açafrão e o corpo da filha alçado por mãos rudes de soldados — como quando se ergue um bode bem alto, sobre um altar, antes de sacrificá-lo a algum imortal. Agora Clitemnestra gritava, esperneava e se contorcia desesperada, tentando romper a muralha de corpos para chegar à filha querida; agora Clitemnestra estava por terra, imobilizada, e por entre uma moldura de grevas de bronze, como uma pintura, viu sua filha. Ifigênia estava ajoelhada, gritando ao pai, a voz delicada que outrora cantava para ele distorcida pelo pânico.

— Papai, o que você está fazendo? Não, não, por favor, não quero morrer!

Helena 267

Mãos rudes lhe tamparam a boca, obrigando-a agora a silenciar. Ela ainda tentou estender o corpo, esforçando-se para tocar a barba do pai em súplica, mas agora lhe puxavam o cabelo por trás e sua garganta se arqueava ao céu — foi o que Helena teceu —, e então veio um fulgor de metal e o vestido açafrão se tingiu de escarlate. Um vendaval arrancou os gritos da garganta de Clitemnestra.

HELENA TECEU POLIDORA, que era casada com o primeiro grego que morreu quando os navios aproaram na costa de Troia. O guerreiro, acutilado por Heitor quando saltava para a terra firme, era Protesilau: conduzira quarenta navios cheios de soldados da Filácia; do Píraso, onde Deméter tem seu santuário; da Itônia, rica de rebanhos; de Ántron, cidade que abraça a linha costeira; e de Pteleu, com seus prados de relva à altura dos joelhos. Polidora estava em casa quando soube da morte do marido. A construção ainda não fora concluída — não fazia muito tempo que tinham se casado. No salão de vigas ainda claras e com aroma de floresta, ela se arrojara ao chão, rasgando o rosto com as unhas. Mais tarde, em sua dor, ela forjou uma estátua de bronze à imagem do marido morto, a qual abraçava como se fosse ele, como se pudesse trazê-lo de volta à vida; às vezes, via-o em sonhos. Mas não: a terra escura o retinha com firmeza.

HELENA PENSOU EM TECER todas elas, uma viúva de guerra por vez, milhares delas, até lhe sangrarem os dedos, mas não conseguiu se lançar à tarefa. Em vez disso, teceu os guerreiros que chegaram após a morte de Heitor, decididos a combater ao lado de Príamo, que acreditava em vão que poderiam salvar a cidade da destruição e conquistar glória para si mesmos.

Então veio uma Amazona, Pentesileia, filha de Ares. Ela matara a irmã Hipólita — tinha sido um terrível engano, um acidente de caça, quando mirava um cervo como alvo. Ela veio a Príamo para se purificar e esquecer a dor e a vergonha em batalha. Em seu orgulho, prometeu a Príamo que mataria Aquiles, embora não fizesse ideia a que ponto ele era brutal, a que ponto era semelhante aos deuses. Ela chegou com seu grupo de mulheres — cuja maior felicidade consistia em galoparem pelas planícies cítias, praticamente passavam a vida montadas, eram mulheres duras e altivas, e o palácio luxuoso de Príamo lhes era estranho. Andrômaca, viúva de Heitor, desdenhara delas ao chegarem, recebidas por Príamo com um grande banquete. Enquanto observava as Amazonas entornando os cálices de vinho e se jogando nas travessas de carne e pão que os escravos lhes haviam trazido, ela murmurou baixinho para Helena:

— Se Heitor não conseguiu matar Aquiles, o que essas mulheres pensam que conseguirão fazer?

Mas os troianos se reuniram ao brado feroz de Pentesileia na manhã seguinte e ela os liderou em batalha, montada no cavalo que Orítia, esposa de Bóreas, lhe dera na Trácia. Os gregos foram apanhados de surpresa, não esperavam que os troianos se movessem tão cedo após a morte de Heitor: naquele dia, Pentesileia parecia a própria guerreira Atena, ou Éris, quando percorre ligeira as fileiras de um exército, instigando os combatentes e levando-os ao frenesi com seu grito de guerra. Ela matou muitos gregos — entre eles Podarces, que assumira o comando das tropas da Filácia após a morte de seu irmão mais competente, Protesilau, dez anos antes. Pentesileia atravessou

Helena 269

o braço de Podarces com a lança, e ele saiu trôpego do campo de batalha, sangrando até a morte entre seus amigos.

As troianas acorreram em bando e olharam com assombro as belicosas Amazonas.

— Por que estamos sentadas em casa, fiando e tecendo? — indagou uma delas, Hipodâmia, a meia-irmã de Eneias. — Por que não estamos combatendo? Somos tão fortes e valorosas quanto os homens. Comemos a mesma comida, respiramos o mesmo ar. Vejam como aquelas mulheres estão obrigando o inimigo a recuar. Prefiro ser morta em batalha, lá na planície, a ser estuprada e escravizada. Muitos homens nossos já morreram. Meu marido morreu. Não tenho nada a perder. Vamos descer, vamos nos juntar a elas: coloquemos a armadura e vamos lutar.

— Talvez conseguíssemos se tivéssemos treinado a vida toda, como essas Amazonas — disse Teano, sacerdotisa de Atena. — Mas não temos a menor ideia do que fazer no campo de batalha. Se tecer ganhasse guerras, teríamos triunfado anos atrás. Além disso, do jeito que elas estão indo, não precisaremos lutar. Olhem: elas vão forçar a retirada daqueles gregos até seus navios.

Enganou-se. Os melhores guerreiros dos gregos, Aquiles e Ájax, não estavam combatendo naquela manhã: estavam na tumba de Pátroclo, pranteando o amado de Aquiles, que chorava lembrando como o fantasma de Pátroclo lhe aparecera, logo antes de queimarem seu corpo na grande pira, e pedira que seus ossos fossem enterrados junto com os dele. Aquiles tentara abraçá-lo. Por três vezes estendera os braços ansiando por ele, e a cada vez o fantasma escapara como fumaça. Mas Aquiles sabia que não demoraria muito até morrer também, até suas ossadas jazerem juntas, como pedira o fantasma de Pátroclo.

Agora Aquiles e Ájax se somaram à batalha, e foi o fim para Pentesileia. Perseguiram-na como caçadores atrás de um leopardo. Ela está — ou pensa que está — pronta para eles, os olhos amarelos fixos, sem piscar, o elegante passo firme e imóvel: está prestes a se projetar num grande salto, aprestando garras e mandíbulas. Assim estava Pentesileia quando arremessou a lança — mas a lança ricocheteou impotente no escudo de Aquiles, incapaz de se igualar à lavra de Hefesto.

Enquanto Ájax saltava de lado para se defender da investida de um grupo de troianos, Aquiles e Pentesileia se enfrentavam. Ela lançou novamente seu grito de guerra:

— Sou filha de Ares! Fuja de mim, Aquiles, sou melhor guerreira do que você!

Mas Ares virou o rosto.

Aquiles ergueu a lança de madeira de freixo: Quíron a fizera para ele, muito antes da guerra, na época em que o Centauro criava o menino, educando-o nas artes da cura, ensinando-o a tocar a lira, nos estreitos e encantadores vales da Tessália. A lança era a única arma que Pátroclo não pegara no dia em que tomou de empréstimo a armadura e as armas do amante: somente Aquiles, mais ninguém, conseguia erguê-la. Ele usara aquela mesma lança para matar Heitor, perfurando a suada garganta do troiano; agora, Aquiles a arremessou com letal precisão no peito de Pentesileia. O sangue inundou sua couraça e ela escorregou do cavalo, deixando cair da mão a machadinha de guerra. Caída por terra, Aquiles lhe arrancou o elmo. Ela arfava, buscando respirar, sufocando ao tentar invocar pela última vez o auxílio do pai negligente — e então sua vida se

Helena 271

extinguiu. Foi como Helena os mostrou, a guerreira e o guerreiro se encarando, enquanto um enviava ao Hades a sombra gemente da outra.

DEPOIS DISSO MÊMNON, o paladino etíope, veio em auxílio de Troia: era filho de Éos, a deusa da aurora, e de um humano chamado Títono. Quando engravidou, Éos pediu a Zeus que concedesse vida eterna a seu amante. O rei dos deuses concordou — mas ela se esquecera de pedir que concedesse também a juventude eterna. Títono vivera com a deusa em seu palácio nas margens do Oceano. Mas, quando ele começou a ficar grisalho, ela o expulsou de seu leito, embora continuasse a cuidar dele, alimentando-o com ambrosia e néctar e vestindo-o com ricos trajes. Mas depois, quando ele não conseguia mais erguer os membros mirrados, quando se tornou uma coisinha de nada, uma mera voz fraca e balbuciante, ela o pôs deitado num quarto e o deixou lá, fechando as portas brilhantes atrás de si.

Imagine um rio na cheia: há dias chove sem parar, as águas se avolumam e o rio sobe, correndo cada vez mais rápido, espumando furiosamente — então, de súbito, ele estoura as margens, a correnteza é incontrolável e inunda tudo pelo caminho. Assim parecia Mêmnon ao forçar entrada entre as linhas gregas. Na planície troiana, desferia golpes contra o veterano combatente grego Nestor — o rei da arenosa Pilo, que na juventude perseguira o javali calidônio, que conhecera nos tempos em que os guerreiros eram mais fortes e melhores do que agora. Seu filho Antíloco se postou rapidamente diante dele, tentando proteger o velho, atirando sua lança em Mêmnon — que se esquivou, desviando-se para a esquerda, embora ela tenha atingido e matado seu amigo Etope. Antíloco então ergueu e arremessou uma enorme pedra, atingindo Mêmnon com um golpe que fez retinir seu elmo de bronze. Mas o etíope se recobrou e avançou de um salto, apunhalando a clavícula do filho de Nestor. Nenhum deus o protegeu, nenhum imortal desviou a lâmina mortífera. O filho pagou a segurança do pai com a própria vida.

Antíloco: era jovem quando chegou a Troia, o mais veloz dos velozes corredores. No dia em que Pátroclo morrera, estivera combatendo ferrenhamente, lutando em campo durante horas após o último alento do amigo, sem saber. Ao ouvir a notícia, parara ali mesmo, enquanto a batalha grassava a seu redor, e chorou, chorou de dor e raiva. Então largara as armas e correra até o acampamento, até Aquiles. Encontrara-o pensativo entre os navios, perguntando-se por que Pátroclo não voltara — tinha lhe dito para voltar tão logo afastasse os troianos dos navios: então por que ainda não estava ali?

— Ele foi morto, Aquiles — dissera Antíloco. — Morto e despido, e Heitor está com sua armadura. Estão disputando o cadáver dele.

Aquiles então caíra de joelhos e cravara as mãos no solo, enlameando o rosto com terra e poeira. Antíloco chorara a seu lado, agarrando e segurando com força seus pulsos, no receio de que Aquiles matasse o homem que tinha trazido a notícia tão arrasadora.

Nestor agora se lançava contra o assassino de seu filho. Mêmnon, porém, se negou a lutar.

— Poupe-se para ser pai de seus outros filhos — disse ele. — Não vou combater um velho.

Helena 273

Mas então Aquiles, tomado de cólera com a morte de Antíloco, se atirou sobre Mêmnon e os dois homens se atracaram, lutando em pé de igualdade...

Do Olimpo, Zeus e os outros deuses observavam os paladinos. Têtis e Éos estavam ambas angustiadas, cada qual com seu filho, cada qual rogando a Zeus que o salvasse; os outros deuses também tomavam partido, e discussões estouraram por todo o resplandecente palácio de Zeus.

— Zeus, por favor, se algum dia fiz algo por você, deixe-o viver, só mais um dia — pediu Têtis. — Sei que a morte dele está próxima, sei que ele nunca voltará para a casa paterna. Meu frágil filho mortal! Cresceu tão rápido, como uma muda num pomar, tão mais forte, tão mais belo do que qualquer outro humano, e, no entanto, com uma vida tão curta...

Éos interveio:

— Poucos dias atrás, você estava se banqueteando à mesa de Mêmnon, apreciando sua companhia, confiando nele como raramente confia em outros mortais. Ele devia ter ficado em casa, em vez de vir aqui em busca de glória. Essa guerra não tem nada a ver com ele. Zeus Pai, deixe-o viver, deixe-o retornar para viver pacificamente até o final de seus dias nas margens do Oceano e se banquetear mais uma vez com você.

Lá na planície, Mêmnon espicaçava Aquiles.

— Não adianta se vangloriar de sua mãe agora — disse ele. — Sou também filho de uma deusa, e minha mãe é mais poderosa do que a sua: ela traz o dia ao mundo.

Aquiles riu.

— Mesmo Heitor morreu, e ele era homem melhor do que você. Matei Heitor, porque ele matou Pátroclo. Matarei você,

274 *Mitos gregos*

porque você matou Antíloco. É assim, Mêmnon. Você pode ser forte, filho de uma deusa, mas vai morrer hoje. Também vou morrer logo; meu destino se aproxima. Alguma lança ou flecha me matará, bem aqui no campo, em Troia.

No Olimpo, Zeus não respondeu nada às deusas. Em lugar disso, pegou sua balança de ouro e nos pratos colocou os destinos de Mêmnon e Aquiles — então ergueu bem alto a balança, para todos os deuses verem. O prato com o destino de Mêmnon abaixou na direção do Érebo e o prato com o destino de Aquiles se ergueu na direção do céu límpido. Naquele instante, Aquiles atravessou o corpo de Mêmnon com a espada que lhe fora forjada por Hefesto.

Éos, em sua dor, enviou ventos gelados que desceram rugindo para a planície troiana: a chuva fustigava as areias, agitava o mar, encurvava as árvores, como se as próprias florestas se dobrassem de dor. Com suas amplas e robustas asas, ela voou até o campo de batalha e recolheu o corpo de Mêmnon, levando-o até as margens do Asopo, na Etiópia, onde se sentou em prantos, embalando em seus braços o cadáver frio e mutilado do filho. Foi o que Helena teceu.

QUANTO AO SELVAGEM E GENTIL Aquiles, semelhante aos deuses, veria somente mais uma vez Éos tingir o céu de escarlate. Já no dia seguinte, ele morreu. Com Apolo guiando a flecha, Páris o atingiu no pé. O rápido Aquiles parou de correr; fincado na terra, soltou seu último alento. Zeus enviou uma ventania tremenda para deter a luta. Entre a poeira turbilhonante, os homens de Aquiles levaram seu cadáver até a frota e o depuseram num esquife. Enquanto os mirmidões, entre lamentos,

Helena 275

lavavam ternamente o corpo, ouviram um penetrante grito sobrenatural vindo do mar — teriam fugido se Nestor não lhes dissesse para permanecerem ali. Era a deusa Têtis, pranteando o filho amado — o filho que um dia ela tentara em vão tornar imortal para proteger a si mesma da dor da perda. Têtis e suas irmãs, as Nereidas, afastaram de lado os homens mortais; alisaram o cabelo de Aquiles, ungiram-lhe a pele, vestiram-no com roupas dignas de um deus. As Musas cantaram seu lamento; ninguém que ouvisse aquela música conseguiria conter as lágrimas. Quando, enfim, a pira ardeu por completo, quando seus ossos foram retirados das cinzas, seus amigos depuseram os restos de Aquiles ao lado dos de Pátroclo, numa bela caixa trazida por Têtis — fora feita por Hefesto, disse ela, e lhe fora dada por Dioniso. Colocaram esses restos ao lado dos restos de Antíloco e ergueram uma grande campa fúnebre sobre os três, num promontório do Helesponto, e por muitos anos os marinheiros de passagem se perguntavam quais antigos guerreiros, quais reis olvidados teriam morrido ali.

A SEGUIR, Helena teceu Ájax, o grande guerreiro defensor grego, que estava ansiosíssimo por herdar a miraculosa armadura de Aquiles, forjada por Hefesto. Mas o astucioso Odisseu também a cobiçava, e cada qual foi pleitear sua causa perante os chefes militares. Ájax, embora fosse um combatente muitíssimo melhor, não tinha a menor chance contra a língua habilidosa de Odisseu. Ájax falou aos presentes sobre sua amizade com Aquiles, a frequência com que banqueteavam juntos, com que jogavam damas juntos. Fora ele a retirar o corpo de Aquiles do campo, no dia de sua morte. Relembrou aos homens suas façanhas, e como apenas Aquiles o superava nas proezas militares. Quando Heitor desafiara qualquer grego a enfrentá-lo em duelo, fora ele, Ájax, quem vestira a armadura e enfrentara o famoso troiano: ferira Heitor na garganta, esmagara seu escudo com uma grande pedra, tivera o guerreiro de joelhos diante de si e poderia tê-lo matado, se Apolo não tivesse reerguido o troiano... E também combatera uma segunda vez com ele: derrubara-o novamente arremessando melhor outra grande pedra, que pusera o homem a girar feito um pião. E, quando os troianos abriram caminho até os navios gregos, fora ele que ficara no alto da amurada, brandindo sua lança, encorajando os homens: naquele dia, empalara doze troianos, um após o outro.

Odisseu, porém, bocejava, calculadamente:

— Tantas falhas por um triz, Ájax. Tantas oportunidades de matar Heitor, e tantas desperdiçadas. O fato é que não se vencerá essa guerra com a força bruta. Só se vencerá com boa tática, planejamento... e fria astúcia. É aí que eu entro. Sem mim, Aquiles nem teria vindo a Troia: fui eu que, com uma artimanha, fiz com que ele revelasse a si mesmo quando estava disfarçado de mocinha em Ciros. Ou lembre quando Diomedes me escolheu como parceiro para as manobras noturnas: lá na planície divisei o batedor troiano, Dólon. Graças a Atena, pegamos o homem numa armadilha e o interrogamos. Extraímos informações. Então o matamos. Utilizamos o que descobrimos para matar um grupo inteiro de trácios, recém-chegados como aliados dos troianos. Ainda tenho os cavalos deles como prova. Mas, em todo caso, não sei se Ájax aqui presente é capaz de apreciar a qualidade artística do escudo de Aquiles. Não tem

Helena 277

inteligência suficiente. Sou eu quem merece as armas. Sou eu quem realmente pode fazer jus a elas.

Depois que os outros capitães gregos, encabeçados por Agamêmnon, concederam as armas a Odisseu, Ájax ficou ensandecido de raiva. Sabia que era mais forte, melhor em combate. Era ele que devia estar levando as armas para casa, na ilha de Salamina, troféu para impressionar Télamon, seu exigente pai. Resolveu matar todos eles, seus ditos camaradas. À noite, quando o exército dormia, ele saiu com a espada na mão e desejos assassinos no coração. Mas, em vez de chacinar seus companheiros gregos, matou apenas carneiros e bodes — obra de Atena. Depois disso, em sua vergonha e humilhação, Ájax se suicidou, empalando-se na própria espada: foi como Helena o mostrou, o matador morto por sua própria mão. Deixou entregues a si mesmos Tecmessa, a cativa frígia que ele amava, e o filhinho que nascera no acampamento na planície troiana: Eurísaces.

ODISSEU TINHA RAZÃO. Foi sua astúcia que, ao final, destruiu Troia. Uma profecia disse aos gregos que eles só conseguiriam tomar a cidade sob duas condições: teriam de trazer o arco de Héracles e teriam de roubar o Paládio, a antiga estátua de madeira de Atena.

O arco de Héracles agora pertencia a Filoctetes, arqueiro que os gregos tinham abandonado na ilha de Lemnos no começo da guerra, por causa de um ferimento na perna que não se curara e emanava um fedor medonho de putrefação, repugnante e aterrorizante para seus camaradas. Fazia dez longos anos que ele morava lá, sozinho. Mas Odisseu velejou até a

278   *Mitos gregos*

ilha, e adulou, lisonjeou e ameaçou o homem até persuadi-lo
a vir para Troia, onde Macaonte, o filho de Asclépio, o deus
da cura, tratou de sua perna e o libertou da excruciante dor
que ele sofria. Filoctetes enfrentou Páris em batalha, alvejou-o
e o matou. Mas isso Helena não pôde tecer: a morte de seu
lânguido e belo homem era algo que não suportaria contar.

HELENA, porém, teceu a noite em que estivera andando incóg-
nita pelas ruas de Troia e vira dois mendigos se esgueirando
de porta em porta. Ela se recolheu à sombra e os seguiu, silenciosa e discreta. Reconhecera ambos, apesar do disfarce: Odisseu e Diomedes, infiltrados em território inimigo. Agilmente
tomara a dianteira e surgira diante deles, surpreendendo-os
e erguendo o véu. Secretamente, na profunda escuridão de
uma viela, os três tinham conversado: há muito tempo ela
conhecia Odisseu, homem que não merecia confiança, homem
cujas palavras caíam como flocos de neve numa nevasca de
inverno, suaves mas letais. Ela, porém, também era esperta,
sabia negociar, sabia valorizar as informações que tinha. Tinham conversado por longo tempo, testando-se mutuamente,
por fim chegando a um acordo. Então ela conduzira os homens
em silêncio ao templo de Atena e lhes mostrara a porta, sem
tranca nem vigia, que dava para os recessos mais recônditos
do santuário.

Lá dentro estava o Paládio, imagem que era símbolo da cidade e tão antiga quanto ela: quando Ílus, gerações antes, havia
fundado Troia, rogara a Zeus que lhe enviasse um sinal, e do
lado de fora de sua tenda, enquanto ele dormia, aparecera a
estátua com uma espada numa das mãos, roca e fuso na outra.

Helena 279

Na manhã seguinte, o assombro e a desolação de Helena diante do sumiço da estátua e seus lamentos pela trilha de cadáveres encontrados nas ruas pareciam inteiramente genuínos.

HELENA TECEU TAMBÉM O CAVALO de madeira que fora concebido pela mente astuciosa de Odisseu. Certa manhã, os troianos acordaram e viram o acampamento grego deserto, um mar de tendas abandonadas batendo ao vento, fogueiras apagadas e as piras ainda fumegantes onde haviam queimado seus mortos. Todos tinham partido, havendo apenas um grande cavalo de madeira, bem diante da Porta Ceia. Os troianos tinham acorrido em massa para vê-lo, e logo estouraram as discussões: alguns diziam que deviam puxá-lo para dentro da cidade, outros estavam convictos de que se tratava de alguma artimanha. Laocoonte, o sacerdote de Posêidon, afirmou que deviam queimá-lo imediatamente. Cassandra, filha de Príamo e Hécuba, concordou: dentro do corpo oco certamente havia soldados escondidos, disse ela.

— Não aprendemos nada nos últimos dez anos? Nunca confiar nos gregos nem em seus presentes.

Mas sabia que não adiantava falar. Sacerdotisa de Apolo, anos antes ele quisera se deitar com ela. Cassandra se negara, e ele a castigara: a partir daquele momento, ninguém acreditaria em suas profecias, muito embora sempre viessem a se demonstrar verdadeiras. Sua angústia diária, seu fardo intolerável, era saber que a calamidade se aproximava e ser totalmente impotente diante dela... Sabia que, agora, não demoraria muito e Troia estaria em chamas; sabia que Ájax Menor iria violentá-la no templo de Atena. O filho de Oileu a forçaria sob a ponta de uma lâmina, enquanto ela se agarrava ao altar da deusa.

Laocoonte chegou a atirar uma lança no cavalo de madeira e, quando ela estremeceu cravando-se na madeira, alguns dos circunstantes garantiram ouvir a criatura suspirando ou gemendo. Então a própria Helena contornara o cavalo, e fizera um teste, imitando exatamente as vozes das esposas dos capitães gregos e chamando por eles; o truque teria funcionado se Odisseu, escondido no interior daquela estrutura, não tivesse calado os camaradas... era quase como se ele esperasse por aquilo.

NAQUELE MOMENTO ERGUEU-SE um alvoroço, uma comoção — alguns pastores troianos haviam encontrado um homem espreitando entre os juncos, um grego, que agora traziam arrastado à presença de Príamo. O rei o interrogou.

— Sou Sínon — disse ele. — Sou grego, sim, admito, vim com o exército deles, mas creia em mim quando digo que não tenho para onde ir, não me resta nenhum amigo... Talvez tenha ouvido falar de Palamedes. Eu era seu camarada, parente dele. Odisseu o acusou de traição, mas as provas eram forjadas. Houve um julgamento, se é que assim se pode chamar, e então ele foi apedrejado. Príamo, sabe melhor do que ninguém que Palamedes nunca conspirou com você contra seus companheiros gregos. Mas desde então Odisseu me detesta por causa disso. Quando os gregos resolveram desistir do cerco e voltar para casa, o vidente Calcas lhes falou que precisavam realizar um sacrifício, tal como em Áulis, e a vítima escolhida fui eu. Ideia de Odisseu, claro. Eles me capturaram, me amarraram.

Helena 281

Prepararam os ritos, espalharam a cevada... Mas consegui me livrar. Corri, passei a noite escondido entre os juncos daquele lago até que seus homens aqui presentes me descobriram. Sei que é o fim para mim. Nunca reverei o lar. Os gregos me odeiam, os troianos me odeiam.

Príamo se compadeceu dele.

— Grego você pode ser, mas não sem amigos. A partir de agora, considere-se um de nós — disse o rei.

Fez sinal aos guardas para soltarem o homem.

— Agora nos diga, Sínon. Para que é esse cavalo? O que os gregos tinham em mente quando o deixaram aqui?

A isso, o grego ergueu os olhos ao céu e, com lágrimas correndo pelo rosto, disse:

— Perdoem-me, deuses, por romper meu juramento de silêncio! Não tenho escolha!

Então virou-se para o rei e disse:

— Fizeram como oferenda a Atena. É uma expiação pelo roubo do Paládio. Esperam que não o levem para dentro da cidade. Se levarem, diz uma profecia que vocês invadirão a Grécia e conquistarão grandes vitórias. Derrubarão as portas da cidade de Agamêmnon.

Bem nesse instante, porém, uma onda de pânico percorreu a multidão. As pessoas apontavam para o mar: duas enormes serpentes, com olhos de fogo e sangue, avançavam, nadando para a costa, deixando atrás de si uma esteira de espuma. Agora deslizavam pela praia, na direção de Laocoonte, que se preparava para sacrificar um touro a Posêidon. Todos se dispersaram — mas não com rapidez suficiente; elas enlaçaram em suas curvas coleantes um dos jovens filhos de Laocoonte e depois o outro, e estavam retorcendo, apertando, as presas prontas para o bote...

Laocoonte, de espada na mão, correu para ajudar os meninos, mas as serpentes o prenderam em suas espirais mortíferas, o rosto do sacerdote se contorcendo de agonia, bramindo como um touro, forçando os braços para se livrar daqueles grilhões vivos. Em poucos segundos havia três cadáveres ao pé do altar e as serpentes deslizavam pelas ruas da cidade, enquanto o povo gritava e se dispersava. Chegando ao templo de Atena, elas colearam para dentro e então desapareceram de vista, esgueirando-se por uma fenda no chão.

Agora não havia o que detivesse o povo: a mensagem dos deuses parecia muito clara. Laocoonte certamente fora castigado por defender que se queimasse o cavalo. A história tortuosa de Sínon devia ser verdade. Puxaram o cavalo para dentro da cidade. A despeito do terrível fim do sacerdote de Posêidon e de seus filhos, um ardoroso desejo de celebrar apoderou-se da cidade; a atmosfera era febril.

Helena, nas horas mortas da noite, teceu Sínon abrindo a porta oculta no corpo oco do cavalo, por onde saíram as forças de combate dos capitães gregos: entre eles Odisseu, Menelau e o jovem Neoptólemo, filho de Aquiles, o menino que tivera quando estava escondido em Ciros, todos aqueles anos atrás. Encontraram a cidade entorpecida pelo vinho e pelos banquetes. Foi fácil massacrar os que ainda seguiam bêbados e trôpegos para casa; foi fácil matar os guerreiros em seus leitos; foi fácil cortar a garganta das poucas sentinelas que cochilavam junto às portas da cidade — as quais então forçaram e abriram, para a entrada em massa do exército grego, que retornara à costa ao sinal de Sínon.

Logo a cidade estava em chamas. Os troianos punham as armaduras, formavam às pressas grupos de combates, mas rei-

Helena 283

nava o caos. Pelos portões enxameavam números crescentes de gregos, espalhando-se pelas ruas, irrompendo portas adentro, matando homens e meninos em suas camas, arrastando meninas e mulheres. Ébrios de violência, matavam indiscriminadamente, ávidos por corpos, ávidos por riquezas.

ENEIAS E SEUS HOMENS TINHAM subido no telhado do palácio de Príamo e Hécuba — a construção era encimada por uma torre, e o plano deles era desprender toda a estrutura com alavancas, para que despencasse sobre a massa de gregos que atacava as enormes portas de carvalho do palácio. Deu certo — ela desmoronou numa torrente letal de destroços sobre os soldados inimigos —, mas não por muito tempo. Outros logo vieram substituí-los.

Dentro do palácio, Helena agora ouvia o martelar rítmico de um machado contra aquelas portas de carvalho, e então veio o som de madeira se partindo, um brado de triunfo, e um bando de gregos adentrou o pátio. Mulheres e crianças se espalharam por entre as colunadas, aos gritos, mas Helena se fundiu às sombras e ficou observando. Ali estavam Neoptólemo — ela reconheceu nele os traços de Aquiles —, Agamêmnon, Menelau. Os gregos lançaram de lado os guardas do palácio, como destroços num mar tempestuoso, e as labaredas foram se alastrando, a fumaça se adensando asfixiante nos corredores — e os gregos continuavam a afluir, como alcateias de lobos esfaimados.

Bem no centro do pátio havia um altar sombreado por um loureiro, dedicado a Zeus, protetor dos reis. Foi para lá que Hécuba acorreu com suas filhas, como pombas se abrigando de um

284 *Mitos gregos*

temporal, agarrando-se às estátuas — como se os deuses agora fossem ajudá-las. O rei, velho como era, atava a armadura com seus braços trêmulos, pronto para lutar, mas Hécuba gritou:

— Príamo! O que você está fazendo? Ficou louco? Nem Heitor, se ainda estivesse vivo, conseguiria nos salvar. Venha, querido, venha aqui comigo, na esperança de que o altar nos proteja, ou pelo menos aqui morreremos juntos.

Nesse instante, Polites se aproximou correndo: era filho de Príamo e Hécuba, jovem e veloz, de olhos argutos, que vigiara os gregos para o pai, salvara certa vez Deífobo, seu irmão mais velho, que recebera um golpe de lança no ombro durante a batalha. Polites já estava gravemente ferido, sangrando em profusão — e Neoptólemo vinha logo atrás dele, mirando a lança para o golpe final. O jovem ferido caiu na frente dos pais e das irmãs, vomitando sangue. Príamo, ultrajado, furioso, gritou para Neoptólemo:

— Monstro! Animal! E se diz filho de Aquiles? Não acredito. Até ele devolveu o corpo de Heitor, até ele mostrou algum respeito pelos deuses.

Agora chorando, o velho arremessou a lança, mas sem força, e ela foi facilmente desviada pelo bronze ressonante do escudo de Neoptólemo. O rapaz riu e disse:

— Tudo bem, Príamo, você pode dizer a meu pai, quando o encontrar no Érebo, como eu o desgracei. Agora morra!

Então agarrou o velho pelo cabelo e o carregou até o altar, arrastando-o sobre o sangue do próprio filho. Ergueu a espada — e foi o que Helena teceu, o instante anterior à morte do rei e ao fim de Troia, enquanto esposa e filhas se abraçavam com força, uma enterrando o rosto no regaço da outra, para não verem a cena.

Helena

Mas Helena, escondida atrás da coluna, viu tudo. Por entre o caos, vislumbrou rapidamente Eneias, que fugia daquela última e vã batalha — outro sobrevivente culpado. Mais tarde, naquela noite, ele pôs nos ombros o pai idoso, Anquises, e correu com a esposa Creusa e o filho Ascânio pelas ruas de Troia tomadas pelas chamas, tentando sair e rumar para o monte Ida, a fim de reunir um grupo de refugiados e escapar pelo mar. Mas, naquela terrível confusão, no labirinto das estreitas ruas troianas, soltou a mão da esposa. Ela se viu sozinha, apartada da família. E morreu na cidade, entre as chamas vorazes.

POR FIM HELENA TECEU as mulheres da realeza troiana amontoadas sob a guarda de soldados gregos, tendo acima as torres de Troia — despidas de toda a dignidade, despojadas de sua liberdade, de sua humanidade, aguardando ser entregues aos vencedores. Teceu Hécuba devastada de dor pela filha Polixena, vergonhosamente morta junto ao altar para aplacar o espectro vingador de Aquiles — a jovem, apesar do medo terrível, afinal partira de bom grado, sabendo que uma morte rápida seria melhor do que uma vida de escravidão. Teceu Cassandra, ali de pé, pálida e murmurante, ignorada. Andrômaca também estava lá, vivendo todos os seus pesadelos ao mesmo tempo: seu filho Astíanax, como ela sempre temera, estava morto; fora-lhe tirado dos braços, enquanto ela aspirava um último sorvo de seu cheirinho doce de bebê, e arremessado do alto dos bastiões de Troia.

Agora mãos rudes separavam as mulheres, dando-lhes pontapés e algemando seus pulsos, conduzindo-as como animais.

Andrômaca foi designada para Neoptólemo, o assassino de seu sogro; Cassandra, para Agamêmnon, tal como previra. Hécuba, que iria com Odisseu, agora estava tomada de violenta fúria, já não parecendo rainha, já não parecendo humana; rolava na terra, uivava como um animal, como um cão... e então chegou Menelau, procurando Helena, decidido a vê-la morta, e Hécuba lhe gritou:

— Sim, mate-a, Menelau, mas não olhe para ela. Helena o prenderá numa armadilha com aqueles olhos dela! Os olhos dela destroem cidades!

Foi o que Helena teceu — as troianas sendo separadas umas das outras pela última vez, e ela própria de pé, à parte, esforçando-se em sorrir para Menelau, esforçando-se em manter a altivez, esperando ter algum rubor nas faces e, apesar das contusões e das roupas sujas e rasgadas, ainda guardar algum vestígio de beleza que a ajudasse, agora, a pleitear por sua vida, convertendo o que desse em vantagem própria.

— Pense bem, Menelau — disse ela com toda a calma possível. — Se Páris tivesse dado a maçã de ouro para Hera, agora ele seria o senhor de um império; se a tivesse dado para Atena, seria um rei poderoso e astucioso, impossível de vencer. De uma ou de outra maneira, não teria sido bom para os gregos: você não seria o senhor de Troia, como é agora. Reconheço que houve perdas, perdas terríveis. Mas você derrotou Páris, e ele está morto. Você venceu. Quanto a ter deixado Esparta: em vez de culpar a mim, culpe Afrodite. Nada disso estava em minhas mãos. Foram os deuses, foram as Moiras que me fizeram deixá-lo. Páris me persuadiu, sim, é verdade: mas eu estava impotente contra a força de suas palavras, impotente contra a força dos deuses.

Helena 287

— Ela veio por vontade própria! Abandonou você para ficar com meu filho! Não lhe dê ouvidos, Menelau! — gritou Hécuba. — Ela não foi vítima. Ninguém a raptou. Não verteu uma única lágrima por você. Eu lhe dizia para partir, para ir embora, não a queria aqui, meus filhos estavam morrendo por causa dela; mas não, ela ficou, não consegui me livrar dela, ela amava sua vida troiana de luxo e amava meu filho. Ela traiu você, Menelau. Mate-a!

Mas Helena continuava fitando Menelau com olhar firme e constante, embora as mãos tremessem, os joelhos quase cedendo. Por fim, ele olhou ao longe e disse:

— Vou levá-la comigo. Vou matá-la quando chegar em casa.

Então Helena respirou aliviada, sabendo que ele não faria isso, ela ganhara tempo, iria persuadi-lo.

ERA ESSA A TAPEÇARIA que Helena de Esparta estava terminando em seu grande aposento de teto alto. O palácio acabara de celebrar o casamento de sua filha Hermione com Neoptólemo — embora ele continuasse obcecado por sua escrava, Andrômaca, que sobrevivera e tivera forças para suportar todos os seus sofrimentos. Então Helena ouviu vozes no aposento contíguo: a voz do marido, alta e vigorosa, e as de outros também, que ela não identificou.

Escutando à porta, aguardou uma pausa na conversa, escolhendo o momento certo. Então abriu a porta e entrou, seguida por suas escravas, que traziam sua cadeira, o cesto de trabalho e o escabelo. Num rápido relance, fitou os hóspedes: um rapazinho que era a exata cópia, mais jovem, de um homem que ela bem conhecia, e outro rapaz.

— Menelau — disse ela —, já perguntou a nossos visitantes como eles se chamam? Este certamente é Telêmaco, filho de Odisseu: apenas um bebê quando o pai o deixou para combater na guerra que consideram culpa minha.

— Eu tinha notado a semelhança — disse Menelau. — Puxou ao pai, sem dúvida: as mãos, o cabelo, os olhos, tudo me faz lembrar meu velho amigo. Ele não conseguiu disfarçar as lágrimas enquanto falávamos de Odisseu, agora há pouco.

O outro rapaz então disse:

— Tem razão. Este é Telêmaco, filho de Odisseu. Perdoe meu amigo se ele se mostra reticente. É tímido, e você é como um deus para ele. Sou Pisístrato, filho de Nestor. Estamos aqui porque Telêmaco quer saber se você tem notícias do pai dele.

— Então o filho de meu caro amigo está realmente aqui — disse Menelau. — Eu amava tanto aquele homem que, se ele tivesse sobrevivido, eu lhe teria dado uma cidade, para sermos vizinhos. Teríamos sido inseparáveis.

Agora todos tinham lágrimas nos olhos. Pisístrato chorava pelo irmão Antíloco, morto em Troia. Menelau chorava por Odisseu — onde quer que estivesse. Chorava também pelo irmão Agamêmnon — o rei que derrotara Troia, mas mesmo assim morrera, assassinado tão logo chegara ao lar em Micenas. Helena chorava suas próprias lágrimas secretas e silenciosas. Então, quando os escravos trouxeram a comida à mesa, ela se levantou e misturou o vinho. Espargiu algumas drogas na bebida — ervas mágicas e poderosas que a rainha Polidamna lhe dera no Egito. Quem provasse dessas drogas não choraria mais naquele dia — nem mesmo se a mãe ou o pai morresse, nem mesmo se visse o irmão ou o filho querido assassinado. Depois

Helena

de preparar o vinho, Helena mandou o escravo servi-lo. Todos derramaram as primeiras gotas do cálice em libação e então tomaram grandes goles do delicioso líquido vermelho-escuro; assim também fizeram o rei e a rainha de Esparta. Helena se reclinou em seu assento dourado. E então começou a contar histórias sobre Odisseu.

CIRCE

Homens viram porcos

Jasão reúne os Argonautas

As mulheres de Lemnos

Héracles e Hilas

Os Argonautas na Cólquida

Medeia e Jasão

Dédalo, Pasífae e o touro

Ariadne, o Minotauro e Teseu

Procrusto

Touros de bronze e o Tosão de Ouro

Apsirto persegue os Argonautas

Cila, Caribde, Sereias

Arete, Alcínoo e os Feácios

Talos de Creta

Éson e as filhas de Pélion

Creonte e Glauce

A carruagem de Hélio

A ilha de Eeia tem bosques e um interior montanhoso no mar Tirreno. Se você se deparasse com ela — coisa que dificilmente aconteceria com algum marinheiro —, iria encontrar um porto acolhedor e muita água doce, porém o mais sensato seria sair dali bem depressa. A ilha é o lar da feiticeira Circe, a filha de Hélio, o deus do sol, e Perseide, uma Oceânide. Ela gosta de ficar sozinha. A única companhia que tolera por bastante tempo é a de seus leões e lobos mansos e de suas escravas, as ninfas de rios, fontes e arvoredos. Sua casa é uma sólida construção de pedra e madeira, cercada por carvalhos da Turquia, medronheiros e pinheiros. Se você se aproximasse dali, atraída ou atraído pela aconchegante voluta de fumaça subindo entre as árvores, poderia ouvi-la — ela tem uma voz tão clara e forte que, ao cantar, a própria casa parece vibrar. Mas, se você realmente estivesse tão perto assim, já estaria em perigo.

Certa tarde, estava ela cantando junto ao tear quando um grupo de marinheiros tisnados de sol, subnutridos e esfarrapados se acercou da casa — homens que, não muito tempo antes, estavam inebriados pela vitória, carregados de butins e escravos após o saque de Troia. Mas eles e seu rei, Odisseu, tinham sido

294 *Mitos gregos*

punidos pelos deuses, que lhes enviaram grandes sofrimentos enquanto tentavam voltar para casa, para sua ilha, a pedregosa Ítaca. Circe ouviu os mortais vindo trôpegos entre a vegetação, até a porta, mas não parou de cantar. Numa rápida ordem mental, fez com que seus leões e lobos saíssem dos covis e cercassem os homens num turbilhão de pelagem lisa e brilhante.

Enquanto os homens hesitavam, amedrontados com as criaturas selvagens, ela foi até a grande porta de carvalho e, tirando o ferrolho e a abrindo, postou-se na soleira.

— Vocês parecem cansados e famintos — disse. — Entrem e venham comer e beber alguma coisa. As leis de Zeus exigem pelo menos isso.

Todos entraram em tropel, exceto um deles, o esperto e cauteloso Euríloco, que ficou para trás, sem ser visto. Não tinha certeza se podia confiar na bela mulher — ou, decerto, deusa — com seu círculo de animais amansados. Dentro da casa, Circe se pôs a trabalhar, alisando macias peles de carneiro nas banquetas, preparando a refeição de cevada com mel, queijo e vinho.

Acrescentou algumas ervas a esse delicioso cozido — drogas que deixariam os homens sonolentos e entorpecidos. Quando as ervas fizeram efeito, com seu bastão ela os transformou em porcos. Então tocou-os para a pocilga e lhes atirou alguns punhados de bolotas de carvalho e bagas silvestres. Finda a interrupção, voltou para seu tear, onde tecia uma maravilhosa tapeçaria, daquelas que somente uma deusa é capaz de fazer.

A PEÇA TÊXTIL ERA DECORADA com cenas das aventuras de sua sobrinha, Medeia, filha de Eetes, irmão de Circe, que governava os cólquidas, no longínquo extremo oriental do mar

Circe 295

Negro. A jovem era uma feiticeira poderosa, como a tia Circe: sabia onde e como encontrar e misturar as ervas que trazem o sono, a loucura e a morte, como obrigar os rios a correrem ao contrário, extinguir fogos flamejantes, mover florestas.

Primeiramente, porém, Circe teceu os homens que foram até a Cólquida, mudando o curso da vida de Medeia: Jasão e os Argonautas.

Éson, pai de Jasão, era o legítimo rei de Iolcos, na Tessália, mas seu irmão Pélias havia usurpado o trono, e Jasão fora enviado para a segurança do monte Pélion, onde fora criado por Quíron, o Centauro. Chegando à idade adulta, voltou para casa, exigindo que o tio renunciasse ao trono. Pélias concordou, sob a condição de que Jasão lhe trouxesse o Tosão de Ouro — a cintilante lã de um carneiro miraculoso, a mais preciosa posse do rei Eetes da Cólquida.

Jasão aceitou o desafio do tio e convocou os mais rijos combatentes da Grécia para se unirem a ele na expedição. Héracles, o mais forte e mais feroz de todos eles, anuiu. Os Dióscuros — os gêmeos Cástor e Pólux — se prontificaram entusiasticamente. Da mesma forma Zetes e Calais, os filhos alados de Bóreas e Orítia. O músico e poeta Orfeu também se apresentou, trazendo sua lira encantadora. O artífice Argos construiu o navio, o primeiro a ser feito por mãos humanas, que recebeu o nome *Argo* em sua homenagem; Atena o ensinou a entrecruzar tábuas de madeira de pinho na estrutura de um navio, a tecer velas de linho e a talhar a madeira em remos. O toque final foi uma viga entalhada na quilha que proviera do bosque de carvalhos do oráculo de Zeus, em Dodona. A viga, em momentos de crise, falava e enunciava suas profecias. Hera deu seus votos de proteção à expedição. Estava ansiosa por punir Pélias, o qual deixara de lhe oferecer os sacrifícios que, a seu ver, lhe eram devidos. E Hera gostava de Jasão: uma vez, quando estava testando os limites da bondade humana, ela se disfarçara de mulher frágil e idosa, e o jovem mortal a erguera e a carregara gentilmente na travessia de um rio.

No PERCURSO ATÉ A CÓLQUIDA, os Argonautas, como eram chamados, tiveram muitas aventuras e viram muitas coisas extraordinárias.

Circe teceu uma cena na costa de Lemnos, onde os homens se encontraram diante de um exército de mulheres e moças, lideradas por sua rainha, Hipsípile. A população feminina daquela ilha, após anos de maus-tratos, planejara uma revolução, se armara e, numa noite sangrenta, matara todos os homens e rapazes da ilha. Então assumiram o controle. Era mais fácil, disseram elas, arar os campos, discursar nas assembleias e defender a cidade do que fiar e tecer.

Os Argonautas enviaram um arauto para negociar com as mulheres armadas. Fizeram um acordo: os Argonautas poderiam descansar na costa por uma noite. Mas, na manhã seguinte, Hipsípile convocou uma assembleia na praça central e, sentada no grande trono de mármore, iniciou um debate sobre o que fariam a seguir.

— Proponho darmos um bom exemplo de hospitalidade — falou. — Mostremos a esses Argonautas como uma cidade governada por mulheres pode ser generosa. Depois de tudo o que sofremos nas mãos dos homens, sei que algumas de nós prefeririam ter matado esses Argonautas enquanto dormiam. Contudo, proponho fornecermos água e alimento aos viajan-

Circe 297

tes, em conformidade com as leis de Zeus, e então lhes desejar boa viagem.

Mas uma mulher de idade, Polixo, que fora antigamente a ama da rainha, se levantou e disse:

— Amigas, precisamos pensar no futuro. O que vocês acham que vai acontecer quando nossas forças diminuírem? Os campos não vão se arar sozinhos, nossas batalhas não vão se travar sozinhas. Por mim, não há problema: não demora muito e logo estarei batendo à porta de Hades. Mas o que acontecerá a essa cidade com o passar dos anos? Os homens, temo eu, de fato têm uma função essencial, por mais que roguemos gerar crianças sem eles. E esses viajantes que apareceram em nossa costa: olhem para eles. São a nata da masculinidade grega. Muitos são filhos ou netos de imortais. Entre eles há combatentes, poetas e videntes. E se os acolhêssemos em nossa cidade e lhes oferecêssemos participação nela?

Da multidão se elevou um murmúrio aprovador. Mas Hipsípile retomou a palavra.

— Polixo, sua memória é tão curta assim? — perguntou. — Não lembra o que sofremos? O que combatemos? Quando os homens comandavam, não tínhamos voz em coisa alguma. Éramos silenciadas. Até para dar um passo fora de casa precisávamos pedir permissão. Não podíamos participar nos debates. Mesmo quando nossos maridos nos amavam, era o tipo de afeição que tinham por um cavalo treinado ou por um diadema precioso. Nosso corpo não era nosso. Para justificarem tal tratamento, diziam-nos que Pandora, a primeira mulher, era a causa de todos os males do mundo: uma mentira evidente! Um mito falso divulgado por um poeta que odiava mulheres! Você realmente acha que, se trocássemos um grupo de homens por outro, as coisas mudariam? Acredito que é possível imaginar uma cidade em que mulheres e homens sejam iguais, mas isso não ocorrerá durante a nossa vida.

— Sim, mas, para criar tal cidade no futuro, precisamos de homens, Hipsípile. De prole — argumentou Polixo.

Depois de uma pausa, Hipsípile falou de novo.

— É, é uma boa questão, Polixo. Na verdade, creio que esses viajantes não tomariam nossa cidade, mesmo que a oferecêssemos: eles têm sua meta própria, bem longe daqui. Mas proponho um meio-termo. Criamos uma conversa fiada para enganá-los sobre a ausência de nossos homens. Convidamos a entrarem em nossa cidade, oferecemos hospitalidade, realizamos jogos em honra a eles. Depois os mandamos embora no devido momento, após um período de comemoração e prazer. E então, em poucos meses, creio que poderemos ter a expectativa de acolher em Lemnos uma geração nova e melhor.

A multidão aclamou, as mulheres em assembleia votaram a favor da sugestão de Hipsípile e os Argonautas aceitaram a proposta, acreditando que os homens lemnianos estavam temporariamente exilados na Trácia. Realizaram-se jogos: os Argonautas correram e lutaram sob os olhos atentos e apreciativos das mulheres, com preciosos tecidos como prêmios. Jasão e Hipsípile sentiram uma atração imediata, e ao final de uma noite de banquetes, depois de ouvirem Orfeu entoar canções de amor, ela o tomou pela mão e o levou para seus aposentos. Sabe-se lá por quanto tempo os Argonautas ficariam desfrutando a hospitalidade das mulheres da ilha, dividindo seus leitos, se não fosse Héracles, o único da tripulação que se manteve afastado delas. Foi ele quem instigou os companheiros, relembrando-lhes a meta da expedição.

Circe

A RAZÃO PELA QUAL HÉRACLES evitou as mulheres de Lemnos foi seu grande amor por Hilas — amor esse que também foi responsável por sua decisão posterior de deixar a expedição antes que os aventureiros chegassem à Cólquida. Héracles, na verdade, matara o pai de Hilas e o acolhera ainda menino; mais tarde, tornaram-se amantes. Às vezes, esquece-se que Héracles amava tanto homens como mulheres; o fato é que Héracles teve tantos amantes masculinos que seria praticamente impossível listar todos. Seja como for, eis o que aconteceu. Não muito depois de deixarem Lemnos, os Argonautas ancoraram em Cio, no mar de Marmara. Hilas foi para a terra firme, com um balde de bronze na mão, em busca de água doce. Encontrou uma lagoa fresca e límpida, inteiramente cercada por juncos, caledônias e relva macia. Pôs o balde na água, mas nisso as ninfas do local — Êunica, Malis, Niqueia —, ultrajadas com a invasão, agarraram-no pelos pulsos e o puxaram, segurando-o com firmeza debaixo d'água, enquanto os companheiros o procuravam inutilmente.

— O que pisa em território nosso é nosso — sibilaram as ninfas, enquanto o pobre rapaz se debatia, gritando pelo amante.

Ninguém o ouviu. Hilas lutou em vão. Por fim, quando o vento se levantou e o *Argo* estava pronto para partir, os companheiros se prepararam relutantes para seguir sem ele — todos, exceto Héracles, que ficou para procurar seu Hilas. Mas nunca o encontrou.

DEPOIS DE MUITAS OUTRAS AVENTURAS, os Argonautas chegaram à costa da Cólquida, onde o rio Fásis desce das imponentes montanhas do Cáucaso e deságua no mar. Jasão decidira ir abertamente à cidade de Ea e ao palácio de Eetes, ponderando que havia uma boa chance de que o rei entendesse sua difícil situação e lhes oferecesse voluntariamente o Tosão de Ouro. Para ajudar os Argonautas, Hera fez três coisas. Primeiro, pediu a Afrodite que persuadisse o filho Eros a lançar uma de suas flechas em Medeia. Segundo, providenciou que Medeia ficasse dentro de casa, incutindo-lhe a decisão de não ir naquele dia ao templo de Hécate, do qual era sacerdotisa. Terceiro, envolveu os Argonautas numa densa névoa, para mantê-los ocultos a olhos curiosos enquanto se dirigiam à cidade de Ea e ao palácio real.

E que palácio! A névoa se dissipou bem em tempo para que os aventureiros admirassem o esplêndido pátio de entrada com suas altas colunas, as robustas construções de pedra, as portas imponentes. O mais notável na área em torno do palácio eram as quatro fontes miraculosas construídas pessoalmente pelo próprio Hefesto: uma jorrava leite, outra jorrava vinho, a terceira jorrava azeite e a última jorrava água gelada como de montanha, no verão, e fumegante, no inverno.

Quando os Argonautas entraram no palácio, Eros pousou silencioso e invisível aos pés deles, ficando perto de Jasão. No instante em que os jovens entraram no alto salão de Eetes, ele levantou o arco, tirou uma flecha da aljava e, com infalível mira, cravou a seta no coração de Medeia. Ela ficou ali imóvel, atingida, sem fala. A doce dor do amor começou a tremeluzir dentro dela, e então explodiu num fulgurante clarão — como quando uma idosa se levanta antes do amanhecer e amontoa alguns gravetos no fogo quase extinto, fazendo as chamas se avivarem e saltarem vorazes. Medeia se regalava com a figura do belo Jasão, e corou intensamente.

Eetes ordenou que os escravos preparassem alimento e bebida para os viajantes, e só então, depois que todos tinham

Circe 301

descansado e se saciado, ele lhes perguntou quem eram e o que os trouxera à Cólquida. Jasão respirou fundo e explicou a missão do grupo. Em troca do Tosão de Ouro, oferecia a ajuda dos Argonautas na guerra dos cólquidas contra os sarmácios, que viviam a leste do país, no Cáucaso.

Eetes sorriu, mas, por dentro, ficou furioso com a presunção dos jovens. Sentiu-se tentado a mandar matá-los imediatamente, ali mesmo — mas pensou numa maneira mais divertida de lhes recusar o que tinham vindo buscar.

— Que não se diga que sou tão pouco generoso quanto seu tio Pélias — falou o rei. — Certamente lhe darei o Tosão de Ouro, mas com uma condição. Na planície de Ares mantenho dois touros brônzeos que soltam fogo pelas ventas. Para me entreter, costumo jungir essas criaturas a um arado e então semeio um campo, não com trigo mas com dentes de uma serpente. Desses dentes brotam guerreiros e, quando atacam, derrubo-os. Faço isso num dia: prendo meus touros ao arado ao amanhecer, quando chega o anoitecer, já terminei minha colheita. Se um de vocês conseguir fazer o mesmo, de bom grado lhe darei o tosão.

A tarefa parecia impossível. Mesmo assim, Jasão concordou: o que mais poderia fazer? Naquele momento, porém, Medeia resolveu ajudá-lo, não só por causa do desejo com que Eros a contagiara, mas por seu ressentimento ao ser ignorada e deixada de lado pelo pai — ressentimento que só aumentou quando ela o viu sussurrando em tom urgente com o filho Apsirto, seu irmão, e outros conselheiros próximos, planejando (supôs ela, corretamente) atear fogo ao *Argo* e assassinar os Argonautas quando Jasão falhasse em jungir os touros brônzeos. Apsirto... O tolo, o fraco Apsirto, incapaz de magia, que era o favorito do pai pela simples razão de ser homem. Medeia o desprezava.

Ela foi para seus aposentos, sentou-se e escreveu uma carta para Jasão, a ser entregue por sua escrava mais discreta. A seguir, puxou de sob sua cama uma caixa de cedro trancada. Ali dentro guardava seu preparado mais precioso, o que lhe dera mais trabalho para elaborar: um unguento da invulnerabilidade. Os que o passavam na pele ficavam muito mais fortes e mais corajosos do que um mortal comum, imunes ao fogo e à espada. Ela se embrenhara profundamente entre as montanhas do Cáucaso para encontrar o ingrediente principal: a seiva de uma planta que nascera do icor vertido por Prometeu quando a águia de Zeus lhe rasgava diariamente as entranhas. As flores dessa planta mágica eram da cor do açafrão, e a raiz lembrava desagradavelmente a carne humana. Ela recolhera seu sumo escuro numa concha do mar Cáspio, em noite avançada, depois de se banhar em sete córregos e cantar sete encantamentos a Hécate.

A jovem ficou sentada ali em seu quarto, revolvendo mentalmente seus planos, até que, por fim, mandou que trouxessem sua carruagem e partiu para o templo de Hécate, onde — esperava ela, se sua carta tivesse chegado ao destino — tinha um encontro marcado.

O templo ficava afastado de outras construções, no limite da cidade. Medeia escondeu a carruagem e os cavalos sob um arvoredo e entrou no templo para esperar à sombra escura da estátua da deusa. Passado algum tempo, ela ouviu o rangido da grande porta do santuário interno se abrindo, deixando entrar um filete de luz crepuscular, e então divisou os contornos do corpo robusto de Jasão. Apesar de todo o seu poder, agora se sentia nervosa. O que fizera, ao convidar o estrangeiro — inimigo de seu pai —

Circe 303

para esse local secreto? Se Eetes soubesse, usaria sua magia para liquidá-la numa explosão que a levaria ao fim do mundo. E se o estrangeiro a ignorasse ou risse dela? Os deuses sabiam que fora tratada assim durante toda a vida, mas não conseguiria suportar se Jasão a humilhasse. Observou-o enquanto ele entrava no templo, tão luminoso e encantador, mas também tão destrutivo, quanto Sirius, a estrela que traz uma intolerável claridade nos dias ardentes de verão. Hera o fizera tão bonito que seus próprios companheiros ficavam enfeitiçados com sua beleza.

Encararam-se por um instante em silêncio, o rapaz e a moça, o aventureiro e a feiticeira, como duas altas e esguias árvores na encosta de uma montanha: foi assim que Circe os mostrou, a sós naquela primeira vez.

— Você veio — disse, enfim, Medeia.

— Vim — respondeu Jasão suavemente. — Como poderia não vir?

Ele sorriu e Medeia sentiu a chama de Eros ondear e se erguer dentro de si.

— Pedi para você vir aqui — disse ela, tentando firmar a voz —, porque tenho uma coisa que pode ajudá-lo na tarefa que meu pai lhe designou. Mas não tenho certeza se devo dá-la a você. Sei que meu pai tentaria me matar se descobrisse, se soubesse que meramente nos encontramos. Posso confiar em você, Jasão?

O jovem se sentou num dos bancos de pedra ao longo da parede do santuário e deu uma batidinha no lugar ao lado dele, dizendo:

— Bom, qualquer que seja sua decisão, Medeia, saiba que sou seu amigo. Mas, por ora, vamos conversar um pouco. Fale-me de você. Como é viver aqui? Como é seu pai?

Encorajada por Eros, Medeia contou que, quando era menina, seu irmão ficava impressionado com seus feitiços — mas, como ele não tinha dotes mágicos, depois seu prazer desaparecera, transformando-se em inveja, medo e desconfiança. Que o pai, que antes a apreciava e a encorajava, gradualmente se somou a Apsirto em seu frio desdém, dizendo-lhe que, quando crescesse, deveria esquecer seus poderes e se preparar para um casamento adequado. Que a mãe e a irmã, obedientes, viviam com medo de Eetes e de sua fúria vulcânica. Contou como seus monótonos dias no palácio eram diferentes da liberdade de suas noites, quando percorria as montanhas e florestas. Descreveu como era quando o poder de Hécate corria por ela como um relâmpago. E Jasão ficou fascinado.

Depois de uns instantes, ele perguntou:

— Fico curioso: quanto você sabe sobre o restante de sua família? Os que vivem longe daqui. Ariadne, por exemplo. Falaram dela para você?

— Minha prima Ariadne? Filha de minha tia Pasífae, casada com o rei Minos de Creta? Mas o que há a se dizer sobre ela? Até onde sei, Ariadne não tem nenhum poder mágico. Nem a mãe dela, aliás, embora seja filha de Hélio. Imagino que tenha sido por isso que a deram em casamento a Minos, em vez de mandá-la para uma ilha no fim do mundo, como fizeram com minha outra tia, Circe.

— Na realidade, há muito a dizer sobre Ariadne — respondeu Jasão. — É verdade que nasceu sem dotes mágicos, mas dizem que é muito inteligente. Passou muito tempo com Dédalo, que foi quem realmente a educou. Não ouviu falar dele? Foi o grande projetista e inventor que Minos empregou em seu palácio. Falei "empregou", mas ele ficou retido lá por muito mais tempo do que gostaria.

Circe   305

"De todo modo, ele fez todos os tipos de coisas extraordinárias para o rei: armas, principalmente, como flechas infalíveis
e armaduras intransponíveis. Mas então Pasífae foi consultá-lo
em segredo. Estava obcecada por um touro: foi Posêidon, dizem, que a deixou louca pelo animal, por castigo a Minos, que
não sacrificara o touro a ele. Ela queria encontrar uma maneira
de fazer sexo com o animal. Assim, Dédalo projetou para ela
um modelo realista, perfeito, de uma vaca. Era oco, e assim
sua tia podia subir e ficar ali dentro.

"Assim foi, e ela fez sexo com o touro. Nove meses depois,
deu à luz um bebê. Só que não era realmente um bebê. Tinha
cabeça de touro e corpo de menino: o Minotauro, como o
chamavam. Minos indagou ao oráculo o que faria com ele, e a
resposta foi que mandasse Dédalo construir um local qualquer
para ele viver. Assim Dédalo projetou e construiu o Labirinto:
um lugar enorme cheio de corredores sinuosos e desnortean-
tes. Afora ele, ninguém entendia realmente a planta do lugar. Depois que se entrava ali, nunca se conseguia encontrar
a saída.

"Acontece que o Minotauro gostava de comer carne humana. Como de hábito, Minos usou isso em vantagem própria. Depois que seu primo Androgeu, filho dele, foi morto
em Atenas, Minos exigiu tributo: os atenienses deviam mandar
anualmente sete moças e sete rapazes para serem trancados no
Labirinto. Nunca nenhum deles saiu de lá.

"Isso prosseguiu por muito tempo, até que Teseu, filho do
rei Egeu, de Atenas, se ofereceu como uma das oferendas sa-
crificiais. Teseu é excepcional. Passou a infância em Trezena,
longe de Atenas, para sua própria segurança, longe dos inimigos
de Egeu. Dizem as histórias que Egeu, ao deixá-lo ali quando

bebê, cravou uma espada numa pedra: seria um teste para Teseu, quando crescesse. Desde pequeno, todos os anos, Teseu tentava tirar a espada daquela pedra, até que, aos dezesseis anos, finalmente conseguiu. Então partiu para Atenas. A caminho de lá, utilizou a espada para livrar o território inteiro da Ática de bandoleiros e malfeitores: gente como Procrusto, que atraía os viajantes para sua casa e os obrigava a deitarem numa de suas camas. Se a altura deles era menor do que o comprimento da cama, Procrusto os puxava até ficarem do tamanho dela. Se era maior, ele os decepava para caberem. De todo modo, Teseu se livrou dele, chegou a Atenas e se reuniu ao pai.

"Não demorou muito e Teseu insistiu em ir a Creta com as oferendas anuais. Estava decidido a acabar com os sacrifícios ao Minotauro. E conseguiu: matou o monstro, resgatou os amigos e voltou para Atenas, sendo seu rei atual. Mas a questão é que ele não teria conseguido, não teria chegado a lugar nenhum sem Ariadne. Foi ela quem o ajudou. Foi ela quem concebeu a maneira de matar o Minotauro, de matar seu próprio meio-irmão. Conseguiu levar uma espada para Teseu. E lhe deu um carretel de linha vermelha. Ele amarrou uma das pontas na porta do Labirinto, e foi desenrolando o fio enquanto avançava dentro da construção. Dessa forma, depois de combater o Minotauro, pôde sair de lá, levando consigo os demais jovens atenienses.

"Após isso, Teseu e Ariadne conseguiram escapar juntos; alcançaram o navio dele e estabeleceram o curso para Atenas. Tenho certeza de que foi difícil para Ariadne. Inimaginavelmente difícil: seu meio-irmão merecia morrer, mas, apesar disso, era seu meio-irmão. E ela teve de deixar a mãe e o pai para sempre. Mas, veja, Ariadne e Teseu tinham se apaixonado."

Circe

Jasão sorriu para Medeia e tomou as mãos dela entre as suas. Deixou pairando no ar o que havia de implícito em sua história: como uma jovem ajudara um aventureiro, traindo sua família.

— Para mim, significaria muito saber se você estará pensando em mim amanhã — disse ele. — Agora tenho de ir. A prova começa ao amanhecer, e preciso me preparar.

Fez menção de se levantar, mas ela falou:

— Espere! Se eu o ajudar, você me levará junto ao partir?

— Claro — respondeu ele. — Depois de tudo o que você me contou, não poderia deixá-la aqui.

— Promete? Promete nunca me abandonar?

— Nunca, jamais vou abandoná-la.

— Então pegue isto aqui — disse ela, alcançando a bolsinha de couro que continha o unguento da invulnerabilidade — e me ouça. Hoje à noite, meu pai vai lhe dar os dentes de serpente que quer que você semeie. Depois de guardá-los a salvo, espere a meia-noite e banhe-se cuidadosamente no rio para se purificar. Em seguida vista-se, ponha uma túnica de cor escura e cave um poço. Sobre ele, sacrifique um carneiro, ore a Hécate e faça uma oferenda de mel. Deixe a carcaça do carneiro dentro do poço, erga uma pira por cima e ateie fogo. Então vá embora. Não olhe para trás, por mais estranhos que sejam os ruídos que ouvir. Na manhã seguinte, passe esse unguento na pele, como se estivesse untando o corpo depois de um exercício. Unte também a espada, a lança e o escudo.

E Medeia acrescentou:

— Só mais um conselho. Quando os guerreiros começarem a brotar ao seu redor, não verão você imediatamente. Atire uma pedra grande entre eles; vão combater uns contra os outros, e isso lhe dará algum tempo.

Jasão se sentiu tão aliviado e agradecido que realmente sentiu que estava se apaixonando. Aproximou-se dela e a beijou. Então lhe falou sobre Éson, seu pai amado, mas fraco; sobre a bela cidade de Iolcos, com seus templos sólidos e a praça do mercado fervilhante; sobre os olivais, os vinhedos, os pastos e os fascinantes penhascos nus que se precipitam no mar espumante.

— Você será adorada como uma deusa quando chegarmos em casa — disse ele. — Todos saberão que foi graças a você que seus filhos e suas filhas voltaram vivos para casa. E nós nos casaremos, dividiremos nosso leito todos os dias, até que a morte nos separe.

Mas Jasão não contou a Medeia tudo o que sabia sobre Teseu e Ariadne. Não lhe contou que, depois de escaparem de Creta, passaram a noite na ilha de Naxos. Não lhe contou que logo cedo, antes de amanhecer, quando Ariadne ainda dormia, Teseu mandou a tripulação se pôr ao mar sem ela, deixando-a lá, totalmente sozinha — traindo-a, quebrando todas as promessas que fizera a ela.

Todavia, nem mesmo Jasão conhecia a história inteira. Não sabia o que aconteceu quando Ariadne despertou, lá na costa rochosa, sentindo o calor do sol nas faces, descobrindo que fora abandonada. De início, sentiu medo, perplexidade, pânico. Correu até a praia, viu as velas de Teseu no horizonte, gritou até ficar rouca, tentando fazê-los voltar.

Então se zangou. Acusou Teseu de mentiroso, de perjuro. Depois de tudo o que fizera por ele — renunciando à família, conspirando para matar o meio-irmão. Então rogou a Zeus que

Circe

Teseu ficasse desmemoriado, esquecido — tal como a esquecera. Que em seu vazio mental, ao se aproximar de Atenas, não hasteasse novas velas brancas, conforme o sinal combinado com seu pai, Egeu, de que ele estava retornando vivo. A Terra se alteou e suspirou, enquanto ela rogava suas maldições aos ventos e às aves marinhas.

Depois de algum tempo, exaurida pela fúria e pelo desespero, Ariadne simplesmente se deitou ali, na praia de Naxos, rogando pela morte. Foi então que ouviu uma estranha cacofonia: címbalos, flautas, cânticos, risadas. Pôs-se sentada, olhou em torno e, para sua surpresa, viu uma carruagem puxada por dois leopardos, conduzida por um jovem deus andrógino, belo e sorridente. Estava cercado de acompanhantes, com grinaldas de hera, ondulando em êxtase, entregues à dança. Havia apenas uma exceção: uma figura ébria, imensamente gorda, que montava um burrico — o corpo derreado sobre o pescoço do animal, arriscando-se a cair.

O deus era Dioniso. As jovens mortais eram suas seguidoras, as mênades. No burrico estava Sileno, não um homem, mas uma criatura com cauda de cavalo: um sátiro, um espírito lúbrico e desregrado das matas. Ariadne se levantou, assombrada. Dioniso saltou da carruagem. Fitando-se hipnotizados, tomados de desejo, o deus e a jovem se aproximaram; em seu júbilo, Dioniso lançou uma nova constelação aos céus, uma coroa de estrelas.

E Zeus, como se viu depois, ouviu Ariadne. Teseu, ao se aproximar da costa de sua terra natal, a Ática, realmente se esqueceu de trocar as velas do navio. Não foi linho branco que seu pai Egeu viu, mas sim linho mortalmente negro — o sinal de que os jovens estavam mortos e a missão falhara. Em sua dor, o velho rei se atirou da Acrópole; assim, quando o príncipe voltou ao lar, encontrou uma casa tomada de prantos e lamentos.

BASTA DE ARIADNE, prima de Medeia, e seu amor por Teseu de Atenas. Naquela noite, depois de se separarem, relutantes, Jasão fez exatamente o que Medeia lhe dissera: banhou-se, pôs vestes escuras, cavou o poço, sacrificou o carneiro, fez uma oferenda de mel e ergueu suas súplicas. Então acendeu a pira e foi embora — de forma que ouviu, mas não viu, Hécate se erguer, o semblante fechado, com uma coroa de serpentes, uma tocha ardente em cada mão, enquanto os cães de Hades subiam velozes à Terra, ladrando num coro estridente.

Na manhã seguinte, logo cedo, Eetes colocou um peitoral que lhe fora dado pelo próprio Ares e empunhou a lança. Então, com o filho Apsirto sofreando os cavalos, subiu em sua carruagem e seguiu a trote para a planície de Ares, com seu povo a segui-lo para assistir ao espetáculo.

Ao mesmo tempo, cercado pelos companheiros, Jasão passou o unguento da invulnerabilidade na pele, sem esquecer de untar a espada, o escudo e a lança. De início, nada aconteceu. Mas então ele sentiu uma nova energia se infundir em seu corpo. Parecia um excitável cavalo de corrida: a única coisa que o animal quer é sentir a alegria da corrida, o poder invencível de seus membros. Recusou a armadura que os amigos lhe haviam trazido: sentia-se um deus, como se nada pudesse tocá-lo.

Lá fora, na planície, agora andavam os Argonautas, uma visão grandiosa: um grupo de homens jovens e intrépidos, tendo à frente seu chefe nu, uma sacola de dentes de serpente

Circe 311

pendurada ao ombro. Eetes, por alguns instantes, sentiu-se um tanto aturdido ao ver Jasão com tal ar de refulgente confiança, mas deixou de lado a preocupação e se virou para os cólquidas, gritando:

— Hoje ponho esse jovem à prova. Vamos ver se Jasão merece o Tosão de Ouro!

Apontou o arado de madeira que estava pronto a seus pés.

— Um conselho: tente não deixar os bois queimarem o próprio arado — disse, com um sorriso desagradável. — Que os deuses o acompanhem, Jasão, e que tenha início a prova!

A multidão rugiu. Medeia, velada e recatada, fechou as mãos em punhos e fez uma silenciosa e fervorosa súplica a Hécate.

Jasão seguiu a passos largos pela planície, enquanto Cástor e Pólux seguiam atrás, levando o arado. Perscrutou o horizonte e então viu os touros à distância; o sol nascente incidia no brilho metálico de seus flancos e das ventas saíam clarões de luz fulgurante. Jasão correu diretamente até eles, jogou a espada e a lança numa pedra e ficou a postos, os pés firmemente plantados no chão, os joelhos flexionados. Segurando o escudo diante de si, simplesmente manteve-se ali enquanto os touros atacavam, tão insensível à força e ao bafo causticante deles quanto uma grande rocha às pancadas das ondas do oceano.

Os touros abaixaram a cabeçorra e se prepararam para arremeter com chifradas. Mas, antes que o primeiro deles o alcançasse, Jasão estendeu o braço e agarrou um de seus chifres brônzeos. Então desferiu um chute violento no animal. Eram seus artelhos humanos nus contra um flanco de bronze ardente, mas o unguento de Medeia era tão poderoso que o touro caiu aos pés dele. O outro touro recebeu o mesmo tratamento. Cástor e Pólux, somando forças, arremessaram o arado para

Jasão e se retiraram rapidamente — o calor era insuportável, e os touros, em sua fúria e aflição, pareciam uns lança-chamas, envolvendo totalmente Jasão com as labaredas das ventas.

A essa altura, a multidão só conseguia ver uma enorme bola de fogo à distância — parecia que o jovem aventureiro tinha sido aniquilado. Mas, de repente, se ergueu um clamor agitado, ao verem o rapaz emergir das flamas, a pele luzidia milagrosamente intacta. Ainda mais extraordinário, parecia conduzir os touros à sua frente.

— Andem! Vamos! — gritou ele.

Os animais brônzeos, ainda cuspindo fogo, mas agora mais calmos, avançavam pesadamente no mesmo passo, o pescoço inclinado sob o jugo. A relha perfurava o solo. Ele conseguira. Domara os touros brônzeos.

Agora, segurando o arado com a mão esquerda, Jasão afundou a mão direita na sacola de couro com os dentes de serpente e começou a espalhá-los atrás de si. Trabalhou a manhã inteira, e ainda a labuta exaustiva de arar e semear prosseguiu; só terminou quando o sol começava a se pôr. Por fim, concluído o plantio funesto, ele soltou os touros e se banhou no rio; então, rodeado pelos amigos, imbuiu-se de furor guerreiro — fez-se feroz como um javali selvagem acuado por caçadores, mostrando as presas, espumejando pela boca.

Não precisou esperar muito. Onde ele começara a semeadura, o solo pareceu tremer e se mexer. Algo grande e redondo pareceu forçar sua saída da terra, como um fungo gigantesco que abre caminho para a luz. Mas aquilo rapidamente revelou ser o topo do elmo de um guerreiro. Então aflorou um rosto, a seguir brotou um corpo inteiro, armado de couraça, grevas, elmo e espada. A criatura sacudiu a terra do corpo e piscou,

Circe

momentaneamente ofuscada pela luz. Por toda a volta emergiam mais soldados dos sulcos que Jasão havia arado.

Jasão voltou correndo ao bloco de pedra onde havia largado suas armas. Agora já eram uns cinquenta guerreiros, parecendo menos ofuscados e mais agressivos, avançando para ele entre rosnados, as espadas faiscando ao sol já baixo. Ele levantou aquela pedra enorme e arremessou bem no meio deles, tal como Medeia recomendara. Os homens, rugindo, viraram-se uns contra os outros. Foi uma balbúrdia medonha e sangrenta, uma confusão desvairada. O trabalho de Jasão foi liquidar os restantes e cortar os homens crescidos apenas pela metade, matando-os antes mesmo que conseguissem sair do solo. Quando terminou, a planície parecia uma floresta achatada por um temporal. Eetes assistia com fúria cada vez maior. Antes mesmo que Jasão concluísse sua mortífera tarefa, mandou trazerem sua carruagem e voltou a galope para o palácio.

Naquela noite, os Argonautas fizeram uma grande fogueira junto ao rio, e beberam e se banquetearam celebrando o êxito de Jasão. No dia seguinte, disseram, iriam cedo ao palácio de Eetes e reivindicariam o tosão, e então partiriam para casa.

Medeia, porém, estava apavorada. Sim, Jasão concluíra a tarefa de Eetes: conseguira atravessar o dia. Mas ela sabia que o perigo maior ainda estava por vir, enquanto os jovens tinham baixado a guarda, supondo ingenuamente que o pai dela era homem de palavra. Ela sabia que precisava antecipar-se a ele, naquela noite mesmo. Eetes planejava matar os jovens antes do alvorecer.

Assim, ela dispensou as escravas, alegando não se sentir muito bem. Juntou numa trouxa suas ervas e poções mais preciosas. Despediu-se rapidamente dos aposentos onde passara a meninice e então saiu furtivamente do palácio, sem ser vista, sussurrando suas palavras mágicas para destrancar portas e portões. Logo estava fora da cidade, invisível a todos exceto Selene, a deusa da lua, que a observava, reconhecendo uma companheira de sofrimentos amorosos — pois Selene ainda ardia de desejo por seu amante Endimião, outrora mortal, que agora dormia um sono eterno, encerrado numa perpétua juventude.

Os Argonautas estavam bêbados e cantavam aos berros quando Medeia os encontrou. Ela percebeu que só Orfeu não participava; estava sentado à parte dos outros. Ao se aproximar, os homens foram se calando gradualmente. Um ou dois tentaram se levantar para saudá-la. Ela os ignorou e pôs o véu para trás.

— Ouçam-me, Argonautas — disse então. — Agora não é hora de celebrar. Meu pai não tem a menor intenção de honrar o combinado. Amanhã de manhã, no instante em que entrarem no palácio dele, vocês cairão numa armadilha e serão mortos. A única chance que têm, que nós temos, é pegar agora o Tosão de Ouro e partir imediatamente.

— Mas isso é loucura — falou um dos homens na escuridão em volta da fogueira. — Com todo o respeito, senhora, não podemos. Sabemos que o tosão fica num bosque sagrado, guardado dia e noite por uma serpente que nunca dorme. A única maneira de pegá-lo é seu pai o entregando para nós. Até agora ele nos tem tratado bem; não há por que pensar que nos trairá.

— Tratado bem? Ele impôs uma tarefa a Jasão que o teria matado se não fosse minha magia, meu unguento da invul-

Circe 315

nerabilidade. Acreditem em mim, a palavra de meu pai não vale nada — respondeu ela. — Mas podem confiar em mim, arrisquei a vida para ajudar vocês.

E prosseguiu, tirando um pote da trouxa:

— Vejam isso: é uma poção. Posso usá-la na serpente. Pela primeira vez na vida, ela vai dormir. Então vocês conseguem pegar o tosão. E podemos partir. Mas precisamos fazer isso *já*. E então volto com vocês para Iolcos, e Jasão e eu nos casamos logo que chegarmos lá.

Fez-se um silêncio incômodo enquanto os homens absorviam as implicações da proposta. Era a primeira vez que ouviam falar desse casamento, dessa fuga com a jovem estrangeira. Por fim, Jasão disse:

— Ela está certa. Venham. Vamos pegar o Tosão de Ouro.

Os homens apagaram depressa o fogo, embarcaram no *Argo* e remaram pelo Fásis — recuperando rapidamente a sobriedade — até alcançarem o local indicado por Medeia. Apenas ela e Jasão desceram em terra firme, seguindo cautelosamente entre as sombras escuras do bosque sagrado.

Depois de um tempo que lhe pareceu bem longo, Jasão viu uma espécie de aura rosada mais à frente; de início pensou, muito aflito, que era a deusa Éos trazendo a aurora — que haviam chegado tarde demais e seriam vistos. Então concluiu que não, não podia ser a aurora, mas talvez fosse alguma mansão ou algum celeiro distante, em chamas. Ficou incrédulo quando Medeia sussurrou:

— O tosão.

Ele começou a dizer alguma coisa, mas ela fez sinal para ficar em silêncio e segui-la. Logo se aproximaram o suficiente para vê-lo melhor, embora emitisse um brilho tão intenso que

Jasão teve de proteger os olhos. Era enorme, também, muito maior que qualquer pelagem de carneiro que eu e você conhecemos — era do tamanho de um couro de boi. Estava estendido nos galhos de um carvalho baixo, mas de ramagem bem espraiada. Em volta do tronco da árvore, havia uma serpente enrolada. O corpo tinha a largura do peito de Jasão. As escamas pareciam peitorais de metal, duras, pretas e reluzentes. Olhava fixamente os mortais. Sua língua faiscava. Do ventre saía um silvo trepidante. Ela começou a desenrolar o corpo imenso e a deslizar na direção deles, sinuosa como um anel de fumaça.

Foi aí que Jasão viu pela primeira vez o poder de Medeia. Circe teceu a cena. A jovem feiticeira avançou adiante dele. E, com a serpente se aproximando cada vez mais, ela levantou os braços, com as palmas das mãos erguidas, e começou a cantar.

Era uma melodia sobrenatural, aguda e estranha, quase um gemido; parecia deter o ar nas árvores e paralisar o tempo. Ela invocou Hipno, o deus do sono; louvou-o, lisonjeou-o, cantando sua grande linhagem titânica, gerado por Nix, a noite, e Érebo, o escuro; rendendo homenagem a seus irmãos Tânatos, a morte, e Momo, a reprovação, e a suas grandes irmãs, as Moiras. Descreveu nostálgica o lar de Hipno, a caverna penumbrosa nas margens do rio Letes, onde crescem a camomila e a papoula. Invocou-o pedindo que trouxesse agora o doce repouso à serpente que nunca dormira, que lhe trouxesse o sono calmante e lhe oferecesse descanso da constante e exaustiva vigilância.

O encanto funcionou. A serpente parecia ter dificuldade em erguer a cabeça colossal e então parou totalmente de se mover, embora os olhos, não tendo pálpebras, ainda parecessem observar os humanos. Medeia pegou às pressas seu pote de terra-

Circe 317

cota, mergulhou os dedos no unguento pegajoso ali contido e passou na cabeça da serpente. Então se virou para Jasão e disse:

— Agora vá, pegue o tosão. Não perca um instante sequer. O unguento ajudará a mantê-la adormecida, mas não por muito tempo.

Silencioso, Jasão subiu pelo corpo da serpente, escalou os galhos mais baixos do carvalho e puxou o grande tosão com força até conseguir baixá-lo. Então os dois, segurando o tosão, correram de volta para o *Argo*, ambos com o rosto dourado pelo reflexo cintilante.

— Remem! — rugiu Jasão.

Os homens se inclinaram sobre os remos.

Logo após o alvorecer, Eetes recebeu as primeiras notícias de que o tosão, sua filha e Jasão tinham desaparecido. Furioso, mandou que sua frota saísse em perseguição, dividindo-se em vários contingentes para cobrir todas as prováveis rotas dos gregos. Depois de vários dias, os navios comandados por Apsirto, o irmão de Medeia, alcançaram o *Argo*.

Os Argonautas entraram em desespero: estavam acuados pelos navios cólquidas numa ilhota na foz do rio Istro, local deserto, exceto por um pequeno templo dedicado a Ártemis. Uma delegação deles foi discretamente até Jasão; Calais falou em nome da delegação, afirmando que a única forma de sair do impasse era oferecer um acordo a Apsirto, propondo deixar Medeia na ilha em troca do Tosão de Ouro.

— Afinal — disse ele —, Eetes lhe prometeu o tosão se você conseguisse arar o campo e derrotar os guerreiros; há, sem dúvida, uma boa chance de que Apsirto concorde com esses termos.

Não demorou muito e Medeia soube da ideia; entreouviu dois tripulantes discutindo o assunto. Ela confrontou Jasão.

— Como você é capaz de uma coisa dessas? Todas as suas doces palavras, suas promessas: não passam de coisas ao vento! Você prometeu se casar comigo. *Estamos* casados, aos olhos dos deuses. Por você abandonei minha terra natal, minha família. Sacrifiquei tudo; não tenho nada, nada a não ser você. Você sabe disso, e ia... o quê? Me deixar aqui sozinha, saindo às escondidas quando eu estivesse dormindo? Se não fosse por mim, você estaria morto, queimado vivo pelos touros de meu pai. Estou tão furiosa que seria capaz de queimar seu navio, de queimar todos vocês agora mesmo. Tomara que você morra, tomara que seus filhos morram. Tomara que você seja expulso de sua terra.

Jasão podia sentir o cheiro acre, elétrico de sua raiva. Os dedos dela estralejavam de poder, os olhos faiscavam com cortantes lampejos de luz. Ele ficou com medo.

— Medeia, meu amor, por favor se acalme — implorou. — Isso me desagrada tanto quanto a você. Mas o que podemos fazer? Estamos cercados. Seu irmão tem alianças com todos os reis das proximidades. Nós precisamos pensar em alguma coisa ou todos vamos ser liquidados. Melhor, sem dúvida, sairmos vivos.

— *Nós* precisamos pensar em alguma coisa? Parece que sou a única por aqui que pensa. E você realmente acha que, se meu pai me pegar, vai me deixar viva? Você não faz a mínima ideia, não é mesmo? E me fala para ter calma...

E riu um riso amargo. Então começou a andar de um lado para outro, com um gesto impaciente para Jasão ficar quieto. Por fim, ela disse:

— Creio que pode ter uma maneira. Um plano que pode funcionar. Mas não é... honroso.

Circe 319

— Bom, seja lá qual for, me diga — falou Jasão.

— O que me deu a ideia foi o que você me contou sobre minha prima, Ariadne. Ela ajudou Teseu a matar seu meio-irmão, não foi? Usando uma vantagem injusta, pode-se dizer: deu a ele uma espada e um novelo de linha. E mesmo assim todos consideram que ela agiu corretamente. Pelo que você me disse, na Grécia prestam-lhe honras. O que ela fez foi justificado porque o Minotauro queria matar os atenienses. Bom, nossa situação é a mesma. É evidente que meu pai Eetes e meu irmão Apsirto querem matar você e os outros Argonautas, e provavelmente a mim também. O que significa que será correto se o matarmos. Meu irmão. Apsirto...

Deixou a frase em suspenso e se afastou. Então voltou a falar, em tom resoluto:

— O que você precisa fazer é pedir que ele venha aqui, trazendo apenas seus arautos, como se quisesse lhe propor um acordo. A coisa precisa ser plausível. Você vai ter de preparar todos os presentes que pode oferecer, como se realmente estivesse fazendo um pacto quanto ao tosão. E eu também vou enviar uma mensagem a ele. Vou dizer que estou disposta a trair você e os Argonautas. Vou dizer que, se ele vier aqui fingindo negociar com você, vou pegar de volta o Tosão de Ouro e retornar com ele para a Cólquida. Então, quando Apsirto chegar, fico com ele enquanto os arautos carregam o navio com os presentes. E aí você pode...

— Já entendi — interrompeu Jasão.

— E depois faremos o seguinte. Meu pai vai insistir para que meu irmão tenha sepultura adequada. Assim, esquartejamos o corpo dele. Pegamos os pedaços e jogamos na água, um por um. Os homens dele terão de recolher todos os pedacinhos. Isso nos dará tempo.

Os dois se olharam. Ele assentiu. Voltaram aos tripulantes; Jasão explicou o que ia acontecer. Os Argonautas ouviram, quietos, carrancudos. Não gostavam da ideia. Mas tinham prometido lealdade a Jasão. Ele e Medeia enviaram mensagens separadas a Apsirto, e Jasão começou a juntar os presentes mais valiosos que conseguiu encontrar — entre eles, um admirável manto púrpura, tecido pelas Graças, que lhe fora dado por Hipsípile, rainha de Lemnos. Era o mesmo manto que Dioniso estendera no chão quando fez amor com Ariadne, prima de Medeia, na costa de Naxos.

Logo Apsirto apareceu na ilha. Aceitou os termos de Jasão, mas, enquanto seus arautos carregavam os tesouros no barco, Medeia se aproximou como que secretamente. Disse-lhe que fora sequestrada pelos Argonautas e usaria seus poderes contra os aventureiros para ajudar no retorno do tosão à Cólquida.

Foi aí que Jasão apareceu e liquidou o rapaz com sua espada, antes mesmo que ele percebesse o que estava acontecendo. Medeia não conseguiu olhar e virou o rosto. Juntos, os amantes arrastaram e embarcaram o cadáver da vítima. Então Jasão gritou suas ordens, e o *Argo* partiu.

Medeia e Jasão esquartejaram juntos o corpo do rapazote. O sangue encharcou a popa e os braços e rostos de ambos. Atiraram pedaço por pedaço do corpo de Apsirto nas águas que a nau deixava para trás. Os navios cólquidas se demoraram a recolher todos eles, enquanto o ágil vento de Hera impelia rapidamente o *Argo*.

A TRIPULAÇÃO SE MANTEVE CALADA na viagem de retorno. Os dias eram longos, monótonos, exaustivos. Uma noite, a viga

Circe

sagrada de Dodona começou a falar; em sua voz estranha e rangente, disse-lhes para irem à ilha de Eeia, a ilha de Circe, para obterem junto a ela a purificação do crime de fratricídio. Os homens esgotados, ansiosos mesmo por chegar ao destino, estabeleceram o curso na direção dos mares ocidentais.

Circe teceu uma cena em que ela mesma aparece recebendo a sobrinha e seus companheiros na costa; fora avisada da iminente chegada deles por sonhos sangrentos e perturbadores. Acolheu-os relutante e, matando um porco e espargindo-os com o sangue do animal, realizou ritos propiciatórios para aplacar a ira das Fúrias, que punem os assassinos. Quando interrogou Jasão e Medeia, eles se mostraram retraídos e evasivos; apesar disso, com sua percepção de feiticeira, ela enxergou tudo o que acontecera e viu também como terminaria.

Depois de deixar a ilha de Circe, o grupo passou por muitas outras aventuras. Por ordens de Hera, a deusa marinha Têtis os ajudou a evitar Caribde, o grande redemoinho, e Cila, com seus braços ávidos, devoradores.

Cila normalmente se alimentava de peixes e golfinhos que capturava na água com seus longos braços. Mas também comia marinheiros, quando conseguia pegá-los. Muitos anos antes, ela tinha sido uma bela deusa marinha. Mas despertara o desejo de Glauco, um pescador mortal que a própria Circe havia cobiçado. Em sua fúria, Circe empregara a magia contra a rival — em lugar das pernas, Cila criou uma cauda de peixe, e de sua cintura brotaram cabeças de cães prontos para abocanhar.

Mais tarde, Glauco comeu por acaso uma erva que o transformou num deus marinho. Com o tempo, batido por temporais e vagalhões, com algas e conchas se prendendo nele, veio a se assemelhar a um velho navio naufragado, incrustado de cracas.

A seguir, Circe teceu como os tripulantes sobreviveram às Sereias, filhas da Musa Terpsícore. Sua música era maravilhosa, mas cadáveres putrefatos se amontoavam no litoral próximo a onde elas viviam — corpos de homens que se esqueceram de comer e beber de tão embevecidos pela arte irresistível delas. Quando os Argonautas passaram pela linha costeira, aquelas criaturas magníficas — metade mulher, metade ave — começaram a cantar, algumas num elegante voo baixo e ligeiro sobre a cabeça dos homens, outras pousadas nos penhascos, abrindo as asas. Foi somente porque Orfeu cantou mais alto, abafando com sua melodia penetrante as músicas maviosas das Sereias, que Jasão resistiu à tentação de ordenar que a tripulação remasse para a ilha, e para a morte.

Muito tempo depois, os Argonautas chegaram à esquiva ilha dos feácios, geralmente impossível de ser encontrada pelos mortais. Ali Arete, a forte e sábia rainha, governava com seu marido, Alcínoo. Viviam num palácio admirável, ricamente revestido de bronze, guardado por cães imortais de ouro e prata, forjados por Hefesto. Nos salões, os banquetes eram iluminados por tochas ardentes, sustentadas no alto por estátuas douradas de grande realismo. As mulheres feácias faziam tecidos excepcionais, os dedos destros e ligeiros como folhas de choupo ao vento; fora Atena quem lhes dera a habilidade e a inteligência de criar coisas belas.

Os aventureiros desfrutaram a pródiga hospitalidade dos ilhéus. Mas os apurados sentidos de feiticeira de Medeia lhe disseram que havia navios cólquidas ali por perto, batendo os mares à sua procura, à procura do tosão. Ela, com esperteza, recorreu

Circe   323

diretamente a Arete, pedindo ajuda. Naquela noite, depois de se deitarem, a rainha conversou com o marido, dizendo-lhe que temia muito pela jovem, caso fosse devolvida à família.

— Temos de protegê-la. Pais podem ser muito cruéis. Você se lembra como o pai de Dânae a lançou ao mar dentro de uma arca? Pense em nossa filhinha, Nausícaa, a sorte dela em tê-lo como pai. Você sempre se dispôs a ajudar uma mulher em perigo, não é verdade?

— Claro — respondeu Alcínoo. — Também é verdade que facilmente derrotaríamos Eetes numa batalha marítima. Mas seria melhor resolver o problema de uma maneira que seja considerada aceitável pela maioria dos homens e dos deuses. Vamos dizer a Eetes que ele pode pegar Medeia de volta se ela ainda for virgem; mas, se estiver casada, deve ficar com Jasão.

A astuciosa Arete aceitou sua palavra. Acordando mais cedo do que o marido, ela mandou chamar Jasão e Medeia e ordenou que os escravos preparassem os sacrifícios e um banquete. Todos os ritos costumeiros foram realizados e, para a alegria de Medeia, o casal se desposou. O Tosão de Ouro foi a colcha — rutilante, milagrosa — do leito na noite de núpcias.

Não muito tempo depois, a embaixada cólquida chegou, e Alcínoo foi inflexível: como mulher casada, Medeia não retornaria com eles. Os membros da delegação, receando o que lhes aconteceria quando voltassem para casa, pediram asilo e viveram felizes entre os feácios até o final de seus dias.

Por fim, os Argonautas deixaram as comodidades da terra dos feácios e retomaram a jornada. Ao se aproximar de Creta, encontraram o perigo mais mortal de todos: Talo, o aterrorizante guardião da ilha. Anos antes, Zeus dera a criatura a Europa, depois de violéntá-la e deixá-la na ilha, grávida com o bebê que viria a se tornar o rei Minos.

Talo era um brutal autômato de bronze, um gigante robótico. Sua tarefa era percorrer a linha costeira três vezes por dia, retirando blocos de pedra dos penhascos e arremessando-os contra navios indesejados. Quando o *Argo* se aproximou da costa, o gigante lançou pedregulhos ao mar, em volta do navio. Jasão ordenou aos gritos que o navio desse meia-volta e se afastasse, embora todos precisassem desesperadamente de água e descanso. Enquanto o navio balançava e adernava, Medeia gritou ao marido:

— Creio que consigo derrotar essa criatura. Parece ser de bronze, impossível de ferir, a não ser num lugar logo acima do tornozelo. Você consegue ver? Tem ali uma espécie de veia, e está desprotegida.

Os Argonautas remaram apenas o suficiente para ficar fora do alcance do gigante. Então Medeia se pôs como uma figura de proa, de frente para a costa, grandiosa, envolta num manto vermelho-escuro. Foi assim que Circe a mostrou, pequena diante do tamanho descomunal do gigante de bronze, mas com o corpo dardejando seus poderes em raios flamejantes, como relâmpagos nas planícies numa noite escura. Ela invocou o espírito de Tânatos e os vorazes cães de Hades, absorvendo e utilizando a sombria e penetrante potência deles. Imobilizou os olhos de Talo com seu olhar e lhe enviou à mente pensamentos de agonia. E o gigante, inclinando-se para pegar mais blocos de pedra a fim de lançá-los contra o *Argo*, tropeçou e arranhou o tornozelo numa pedra pontiaguda que saltava da encosta. Da veia desprotegida se esvaiu seu icor, e com ele sua força. Ele conseguiu se endirei-

Circe 325

tar e fez menção de atirar uma última pedra contra o navio. Mas então a luz desapareceu de seus olhos, e ele tombou com um estrondo tremendo e ensurdecedor — como um pinheiro que cai sobre o solo da floresta. Mais tarde, os Argonautas às vezes pensavam, ou pelo menos diziam, que Talo tropeçara por mero acaso e que seu fim não tivera nada a ver com a jovem que se postara sozinha na proa do *Argo* para enfrentá-lo.

NÃO FOI LONGO O PERCURSO de Creta até Iolcos, a cidade natal de Jasão. Os Argonautas foram recebidos como heróis, e imediatamente suas proezas se tornaram matéria de poesia, ganhando fama com os aedos errantes. Pélias foi o único que não gostou nem um pouco de vê-los, embora simulasse uma acolhida calorosa, oferecendo lautos banquetes em homenagem a eles. Teve o cuidado de passar a impressão de que se preparava para deixar o trono em favor do irmão Éson e de Jasão, seu triunfante sobrinho.

Jasão estava ocupado demais, usufruindo seu prestígio como o mais famoso aventureiro de Iolcos, para notar o que Medeia rapidamente adivinhou: que Pélias estava postergando e não tinha a menor intenção de entregar o poder. Ela viu que ele estava decidido a usar a fragilidade de Éson como desculpa para se manter no trono pelo máximo de tempo possível e que Jasão, por sua vez, não tinha verdadeiro gosto pela pertinácia e sutileza necessárias para governar. Assim, ela resolveu agir — usando seu poder para fortalecer Éson.

Isso exigia magias poderosas e cuidadosas decocções de ervas. Medeia vasculhou os campos, percorrendo durante dias os cimos montanhosos de Pélion, de Ossa, onde o ar é de uma limpidez purificante e as sombras caem como punhais afiados. Lá procurou espécies silvestres de funcho, cavalinha, trovisco; raiz de açafrão, heléboro, beladona, mandrágora e o sumo do freixo — o mesmo freixo que Quíron, o Centauro, usaria mais tarde para fazer a espada do grande guerreiro Aquiles.

Com essas e mais algumas outras plantas que somente uma pessoa com percepção mágica é capaz de encontrar, ela voltou a Iolcos. Na noite da lua cheia seguinte, ela sacrificou um carneiro a Hécate e iniciou suas invocações, reunindo seus poderes mais temíveis — chamar ou afastar as nuvens do céu, enfurecer ou acalmar os mares, fazer a Terra apresentar seus restos obscuros, os espectros dos mortos. Enquanto preparava suas ervas, pesando-as e combinando-as em proporções exatas, invocou os regentes do Ínfero, Hades e Perséfone, e lhes rogou que ainda não levassem Éson e adiassem sua descida ao desolado reino deles.

Considerando pronto o preparado, ela o experimentou mergulhando nele um toco de madeira velha de oliveira: o galho saiu com brotos de folhas novas e frutos jovens. Então, quando passou delicadamente a poção na fronte do sogro velho e doente, o sono dele pareceu ficar mais pacífico, desvanecendo-se a dor, a desorientação, o aturdimento. Ele acordou de manhã, ainda de barba branca, mas agora vigoroso, com inteligência e determinação no olhar.

TUDO FICARIA BEM, talvez, se não fossem as filhas de Pélias. Vendo a mudança em Éson, as jovens abordaram Medeia e perguntaram se não poderia fazer o mesmo pelo pai delas. Medeia fingiu concordar, lisonjeada, mas, no íntimo, em sua

Circe

raiva ardente contra o usurpador, em seu profundo desprezo pela tolice das filhas, ela planejou o destino final dele e delas. Montou uma encenação, fingindo invocar seus poderes mágicos; na verdade, estava fazendo uma paródia de seus feitiços. Ficou ao pé de um enorme caldeirão, mexendo-o e proferindo falsos encantamentos. Cortou a garganta de um carneiro e o jogou ali dentro. Então tirou dali um cordeiro vivo que havia escondido previamente no enorme recipiente de bronze. Virou-se para as filhas de Pélias, dizendo:

— Venham, agora é a vez de vocês. Primeiro vocês precisam cortar a garganta de seu pai e então, depois que o pusermos dentro do caldeirão, ele sairá jovem.

As jovens crédulas seguiram as instruções e cortaram a garganta do pai enquanto dormia. Assim, as filhas de Pélias se tornaram as assassinas dele, enganadas pela feiticeira Medeia.

AO CONTRÁRIO DO QUE MEDEIA ESPERAVA, o resultado dessa violência não foi consolidar o poder de Jasão em Iolcos. No escândalo que se seguiu, ambos tiveram de deixar a cidade; procuraram asilo em local bem distante ao sul, em Corinto, onde na época reinava Creonte. Viveram lá por vários anos e tiveram dois filhos. Mas a verdade é que, quando estavam em Corinto, o relacionamento entre eles começou a azedar. Talvez fosse, em parte, decorrência da tensão de viverem longe de casa. Isso se aplicava a ambos, claro, mas era muito pior para Medeia, tão visivelmente estrangeira. Ela procurou se adaptar, reprimir seus dotes mágicos, se comportar como grega. Mas, fizesse o que fizesse, era sempre tratada com desconfiança, nunca plenamente aceita. As coríntias a evitavam e, pelas costas, riam de suas roupas esquisitas e do forte sotaque cólquida. Às vezes os homens zombavam dela de forma mais ou menos explícita — e então ela se esforçava em reprimir o poder da raiva que sentia subir dentro de si, o crepitar do fogo em seus dedos. Depois do que tinha acontecido em Iolcos, ela prometera: chega de problemas, chega de magia.

Jasão, enquanto isso, aproveitava a fama, banqueteando com a nata de Corinto. Começou a ficar aborrecido com Medeia: por causa de seu poder, de sua desastrosa manipulação das filhas de Pélias, pelo fato de que, com uma esposa estrangeira, nunca seria realmente o homem que queria ser. Passava cada vez mais tempo fora de casa, no palácio de Creonte. Foi o próprio Creonte que chamou Jasão de lado e se sentou com ele no frescor de um dos pátios do palácio.

— Meu amigo — disse-lhe ele —, todos nós podemos ver que você não é feliz. Perdoe minha interferência, mas não creio que Medeia seja a mulher certa para você. Há diferenças demais entre os cólquidas e nós, gregos. Fico me perguntando se você não seria mais feliz com uma esposa que tivesse suas mesmas tradições, tivesse o mesmo modo de vida. Sei que você não vai gostar de ouvir isso, mas todos nós temos um leve receio do que Medeia é capaz de fazer. Ela fica sentada, aparentemente muito calma e tranquila, mas todos nós conhecemos sua fama de violenta. É inteligente, sabemos disso também, embora eu nunca tenha considerado a inteligência como qualidade especialmente desejável numa mulher. A questão é que ela pode estar pensando qualquer coisa, planejando qualquer coisa por detrás daquele véu.

Creonte prosseguiu:

— Bom, tenho certeza de que o ofendi falando com tanta franqueza. Mas, como homem e como grego, entenda, por

Circe   329

favor, que faço isso pelo afeto e pela preocupação que sinto em
relação a você. Tenho mais uma coisa a dizer, e não precisa me
responder agora. Minha filha Glauce está em idade de se casar,
e sei que ela o admira. Você sabe que eu também o tenho em
alto apreço. Que tal pensar num novo começo? Com uma boa
moça, uma moça grega. Seus filhos também: claro que seriam
parte de nossa família, seriam tratados como de nossa carne
e sangue. E providenciaríamos, lógico, que Medeia fosse bem
tratada. Pense nisso. Não há pressa.

Creonte se levantou e saiu. Jasão ficou assombrado. Estaria
o rei realmente sugerindo algo tão visivelmente desleal, tão
pérfido quanto deixar sua esposa? Quanto desposar Glauce,
uma coisinha bonita, mas que não passava de uma menina?

No entanto, conforme se passavam as semanas e os meses,
conforme ele e Medeia continuavam a se espicaçar, irritados
um com o outro, a sugestão de Creonte foi roendo Jasão. Ele
começou a pensar como seria ser genro do rei — seria consultado, seria incluído. E começou a dizer a si mesmo, principalmente, o que significaria para seus filhos ter um futuro sem
a menor sombra da mãe pairando sobre eles. E havia Glauce.
Era bonita, tímida e jovem. Muito diferente de Medeia, sempre
ranzinza e de cara fechada.

Assim, chegou o dia em que Jasão disse a Creonte que gostaria de desposar Glauce. Mudou-se oficialmente para a casa
de Creonte e lá se realizou o casamento.

Medeia ficou absolutamente chocada e colérica. Percorria
sem cessar os aposentos da casa que outrora dividira com Jasão,
fora de si, furiosa com o dia em que o vira pela primeira vez,
culpando Afrodite (com toda justiça) por todas as coisas loucas
e terríveis que ela havia feito... Agora orava não a Hécate, mas
à antiga e poderosa deusa Têmis, a guardiã dos juramentos.

Pois Jasão tinha jurado que nunca, jamais a abandonaria. E agora a abandonara.

Estava acabada, disse ela. Queria morrer. Não tinha absolutamente nenhum lugar para onde pudesse ir. Por quê, *por que* nascera mulher? Para os homens era fácil. Tinham liberdade. Criavam as regras. Escreviam as histórias e cantavam mutuamente seus louvores, controlavam como as coisas seriam relembradas. Mas eram covardes e mentirosos. Não faziam ideia do que era o verdadeiro heroísmo. As mulheres sabiam: ela quereria três vezes mais lutar na linha de frente de uma batalha a dar à luz. Um dia as coisas mudariam — seriam as mulheres a ter a glória, as mulheres a ter suas proezas cantadas aos céus. A ideia de que ficara para Jasão o crédito de ter roubado o Tosão de Ouro... Aquilo fora obra dela, era sua história! As Musas algum dia silenciariam as falsas canções que falavam da traição, da dissimulação das mulheres.

Se Creonte e Jasão pensaram que, com o tempo, Medeia aceitaria a nova situação, enganaram-se redondamente. A fúria de Medeia era infindável, uma sombra escura que se esgueirava da casa e contaminava a cidade. As mulheres de Corinto, algumas delas, começaram a murmurar entre si que ela tinha razão num ponto: quem, entre elas, ficaria feliz em ser largada e trocada por uma esposa mais jovem, mais bonita e mais rica? Depois de ter arriscado a vida por ele, desistido de tantas coisas por ele, feito tantas coisas terríveis, só por ele?

No fim, Creonte resolveu acabar com aquilo. Foi até Medeia e lhe disse que ela teria de deixar a cidade — e que levasse os filhos. No dia seguinte, Jasão foi vê-la.

Circe

— Você não consegue entender — disse ele — que fiz isso por nós e, mais importante, por nossos filhos? Não foi uma questão de abandonar você, de encontrar outra pessoa, de sexo ou de amor. Foi uma questão de tentar fazer com que nossas vidas dessem certo aqui, em Corinto.

— *Nossas* vidas dessem certo? Você está realmente querendo dizer que me deixou para meu próprio bem? Para o bem de nossos filhos? Pelos deuses, você deve achar que sou uma néscia. Você não ama nossos filhos, não de verdade. Fui eu que sofri para dá-los à luz. Sou eu que passo o dia todo com eles, que adoro a pele macia deles, a suave e doce respiração deles. Sou eu que cuido deles para que cresçam bem. Encare o que você está fazendo, Jasão: está abandonando a pessoa que renunciou a tudo por você. Todos os seus feitos ditos heroicos, eu é que os fiz, são meus. Sou eu a autora deles. E não me importei, porque amava você. Quis fazer aquelas coisas por você. Mas agora você pisoteia todas as promessas, todas as juras que fez.

— Ser abandonada é escolha sua — retrucou Jasão. — Não precisava ser assim. Se você aceitasse a situação, poderia ficar aqui em Corinto, com nossos filhos. É culpa sua, de mais ninguém. Mas veja, vou lhe dar dinheiro, apresentações, encontraremos um lugar onde você se assente e fique em segurança.

Medeia fitou-o com desprezo.

— Não quero nada de você: nem seus ditos amigos, muito menos seu dinheiro.

Jasão ficou rubro.

— Você é impossível, Medeia. Sabe o que eu queria? Queria que os homens tivessem alguma outra forma de procriar, sem envolver mulheres. Aí realmente conseguiríamos ser felizes.

332   *Mitos gregos*

— É isso o que sempre fui para você, um *veículo*? — perguntou Medeia.

Jasão estava com a mão na porta, saindo. Mas, ao cruzar a soleira, pôde ouvir a voz de Medeia atrás de si.

— Aproveite bem a nova esposa, Jasão. Mas uma coisa eu lhe prometo: logo meus sofrimentos não serão nada em comparação aos seus. Os deuses cuidarão disso.

Ele deu de ombros e foi embora, o tolo. Aqueles anos morando em Corinto tinham embotado sua memória quanto às habilidades de Medeia e a que ponto ela podia chegar. Parecia que fora em outro mundo, em outra existência que ele a vira de pé na proa do *Argo*, fendendo o céu com seu poder, enquanto clamava a Hécate e aos deuses da morte e fazia Talo tombar.

Naquela noite, Medeia ficou acordada, planejando a queda de Jasão. Na manhã seguinte, fingiu perante todos que finalmente recobrara a sensatez; partiria serenamente, aceitaria o inevitável com dignidade, não guardaria ressentimentos. Como sinal de boa vontade, enviou os filhos até a casa de Creonte, com presentes para Glauce — um diadema de ouro e um precioso vestido que lhe fora dado por seu avô Hélio. Mas Medeia aplicara um veneno no vestido, uma peçonha viscosa, pegajosa e mortífera, acompanhada de terríveis fórmulas mágicas; o diadema também estava enfeitiçado. Quando provou o vestido, virando-se de um lado e de outro para admirar o tecido viscoso que cintilava tão belo à luz, Glauce sentiu a pele ardendo, os membros estremecendo. Começou a espumar pela boca. Ela caiu. O diadema dourado parecia apertar cada vez mais e esmagar sua cabeça. Tentou arrancar o diadema e o vestido.

Quando o pai pegou neles, também foi infectado pelo veneno. Morreram juntos, em dor e humilhação.

À morte do rei e de sua filha, os coríntios armaram um tumulto; era uma turba assustadora clamando por vingança. Os filhos de Medeia seguiram todas as instruções que a mãe lhes dera. Para ficar a salvo, para escapar a danos, deviam correr para o templo de Hera, onde ninguém lhes faria mal. Mas os coríntios ignoraram a sacralidade do templo. Atacaram os meninos, apedrejaram-nos, chutaram-nos, espancaram-nos até a morte. Quando Medeia soube da horrenda notícia, a turba já estava a caminho. Pretendiam atacar a casa e estraçalhar a bruxa estrangeira.

Mas não foi o que aconteceu. Enquanto a plebe se aproximava, as portas da casa de Medeia se abriram e ela saiu. Ao vê-la, os agressores recuaram — cegados, causticados pelo tórrido calor refulgente que emanava dela. Medeia passara por uma transformação. Não era mais uma mulher, era alguma outra coisa: uma criatura do cosmo, um cometa, uma estrela, uma bola de fogo destruidora. Jasão tentou gritar para ela, atribuindo-lhe a culpa por tudo, pela morte dos filhos. Medeia o ignorou. Falou numa voz de trovão, em sua própria língua — palavras conjurando um poder que nunca usara antes. E do mais distante extremo do céu veio um ponto negro, que se aproximou cada vez mais, crescendo, e logo se tornou, aos coríntios de vista mais aguçada, uma carruagem. Uma carruagem vazia, saltando pelos céus a uma velocidade estonteante, puxada por dois dragões com escamas verde-gris que faiscavam e lampejavam: pertencia a seu avô, Hélio, que a enviava a Medeia agora, em sua hora de necessidade.

Os dragões voaram baixo sobre a cidade. O vento gerado pelo bater de suas asas fustigava as árvores num frenesi. Seus gritos sinistros abafavam os berros de pânico dos coríntios, que se dispersaram. As criaturas, estendendo as garras no ar, voaram até Medeia, parada ali, radiosa, do lado de fora da casa. Detiveram suavemente a carruagem à sua frente, e ela subiu, tomando as rédeas. Então se dirigiu aos dragões, regozijando-se com a força deles, louvando sua beleza. Eles soltaram chamas pela boca e subiram novamente ao ar. As criaturas pousaram sobre o telhado da casa e Medeia fitou todos lá embaixo: foi como Circe a teceu, magnífica, terrível, furiosa. Deu a impressão de que ia falar, mas pensou melhor. Gritou uma ordem aos dragões, e eles saltaram, subindo aos céus. Num instante haviam desaparecido, para sempre.

TAIS ERAM AS CENAS QUE Circe estava tecendo enquanto os homens — ou melhor, os porcos — de Odisseu grunhiam, cheiravam e abocanhavam as bolotas que ela lhes atirara. Euríloco, porém, escondido entre as árvores, viu tudo e voltou ao navio para contar. Não demorou muito e Circe ouviu outros passos de mortais no lado de fora da casa — dessa vez era Odisseu, sozinho. A feiticeira tentou lançar mais uma vez seu feitiço de transformação, mas, para sua surpresa, viu que o visitante era imune à sua magia — Hermes lhe dera um broto de móli, erva que apenas os deuses conheciam e que age como antídoto contra encantamentos.

Assim, ela convidou o mortal a entrar na casa; conversaram, trocaram histórias e, depois de algum tempo, Circe o levou para a cama. Mais tarde banquetearam juntos, cada qual apreciando a inteligência viva e sutil do outro. Após um período mais longo do que Odisseu admitiria posteriormente, ela de-

Circe

volveu a forma humana aos porcos. Os outros homens vindos de Ítaca, acampados na costa, foram convidados para a casa de Circe, com mais banquetes e mais vinho.

Na virada do ano, ela dispensou os homens e lhes deu suprimentos e conselhos, dizendo a Odisseu que fosse em primeiro lugar ao Ínfero, para consultar o profeta Tirésias, e então explicou como ele podia montar uma rota, tal como fizera o *Argo*, passando pelas Sereias, por Cila e por Caribde. Por fim, postou-se na costa da ilha de Eeia e ali ficou observando, até as velas sumirem no horizonte. Então, aliviada, voltou para sua solidão e seu tear.

PENÉLOPE

Telêmaco

Fêmio

Odisseu e Penélope
em Esparta

Euricleia

Argos

Uma disputa de arqueiros

A morte dos pretendentes
e das escravas

Odisseu e Penélope
se reencontram

Clitemnestra

Egisto

Atreu e Tiestes

Volta de Agamêmnon a Micenas

Cassandra, Electra, Crisótemis,
Orestes e Pílades

As Benevolentes

PENÉLOPE ESPEROU ODISSEU durante vinte anos — e ele, tão logo retornou à rochosa Ítaca, partiu outra vez. No longo circuito de sua volta de Troia, Odisseu encontrara no Ínfero o profeta Tirésias, que lhe falou que, depois de chegar à sua terra natal, ainda haveria outra jornada. Com um remo preso às costas, ele deveria viajar, dissera-lhe Tirésias, até encontrar um povo que nunca ouvira falar do mar. Quando um viandante confundisse seu remo com uma joeira, ele deveria cravá-lo na terra e oferecer um sacrifício a Posêidon. Só então poderia viver o resto da vida em paz, no lar.

Naquela primeira e longa ausência, Penélope criou sozinha o filho do casal, Telêmaco. Ela dirigia a casa e administrava as propriedades. Chegavam-lhes histórias das proezas de Odisseu em Troia, implacável, astuto, hábil em enganar. Depois que a notícia da vitória dos gregos alcançou Ítaca, ela o esperava diariamente, o coração batendo mais depressa ao som de cada novo passo que se aproximava.

Com o passar do tempo, porém, o poeta andarilho Fêmio começou a cantar outras canções: como Ájax, filho de Oileu, violentara Cassandra no templo de Atena, transformando em ódio o antigo amor da deusa pelos gregos. Nessas novas histórias, pesavam maldições sobre o retorno dos gregos. Atena convencera Posêidon a ajudá-la, e o deus dos oceanos levara muitos homens, inclusive o estuprador, ao túmulo das águas salgadas.

E Odisseu? As histórias contavam que ele partira de Troia com sua frota, para voltar ao lar — e mais nada. Não aparecia nas canções mais recentes de Fêmio. Era apenas um espaço vazio, um não homem, eliminado da história. Afogado, provavelmente. De vez em quando, aparecia em Ítaca algum homem se passando por ele; Penélope, quando a esperança abria uma fresta à dúvida em seu espírito, aprendeu a testar esses homens. Outros chegavam dizendo que supostamente o teriam visto. Tinham-no vislumbrado no Egito. Tinham-no divisado em Creta ou na Tesprócia. Fora capturado por piratas de Tafo, fora vendido como escravo. Fora visto com mercadores fenícios. Era desmesuradamente rico. Desposara uma deusa. Ou: estava vindo. Dentro de um mês, no próximo ciclo da lua, estaria em casa. Já estava aqui, na ilha. Penélope aprendeu a se blindar contra os maliciosos mascates de boatos, os vigaristas que vinham em busca de uma generosa recompensa pelas pretensas informações.

Um grupo de pretendentes começou a se reunir na casa: os poderosos de Ítaca e das ilhas adjacentes praticamente se instalaram lá, insistindo que ela escolhesse um deles como novo marido. Ela não queria se casar novamente. Mas, antes de partir para Troia, no instante em que estava prestes a embarcar, Odisseu lhe tomara a mão e dissera:

— Se o bebê chegar à juventude antes que eu volte, tome outro marido.

Penélope 341

Na época, ela tinha rido, embalando o bebê no quadril. Mas agora o garoto se aproximava da idade adulta, um minuto antes ainda um menino tímido e inseguro, um minuto depois já se opondo um tanto desajeitado aos pretendentes. E até dizendo à mãe, para seu espanto e irritação, que ficasse quieta e se ativesse ao fuso e ao tear.

PENÉLOPE TINHA HESITADO antes de se casar com o próprio Odisseu: relembrava muitas vezes o dia em que um homem que mal conhecia, lá em Esparta, estendera a mão queimada de sol e tomara a sua, servindo-lhe de apoio enquanto ela subia na carruagem.

Odisseu viera, ostensivamente, para tentar desposar a prima dela, Helena, a mulher cuja beleza cegava os homens. Mas acabara dando preferência a Penélope, aquela que ninguém olhava — não, pelo menos, quando Helena estava por perto. Ele fizera um trato com seu tio, Tindareu, pai de Helena, para conquistá-la. Assim era Odisseu: sempre tramando possibilidades, trocando favores. Ela foi a recompensa. Não se importou: podia entender um cérebro daqueles. O dela não era muito diferente.

O pai de Penélope, Icário, irmão de Tindareu, insistira que Odisseu estabelecesse residência em Esparta. Chegara mesmo a acompanhá-los quando foram para a costa, com planos de partir para Ítaca. Odisseu não ocultara a verdade sobre a ilha: era pouco atraente, não tinha vales amplos e ricos como Esparta. Mesmo assim... Tinha belos pomares. E era dele. Ela via como ele estava saudoso de sua terra.

Por fim, cansando-se da situação ridícula de ter atrás de si o sogro desolado, Odisseu sofreara os cavalos, virara-se para Penélope e lhe dissera:

342 *Mitos gregos*

— Se você não quiser vir, não vou tirá-la de seu pai. Se preferir ficar, fique. A escolha é sua.

Ela não respondera nada, ocultando seus pensamentos inquietos. Apenas levantara o véu e fitara adiante, na direção do futuro.

FAZIA MAIS DE VINTE ANOS que Penélope tinha feito aquela escolha impulsiva, e passara a maior parte do tempo sozinha. Em anos mais recentes, os pretendentes pelo menos lhe serviam como uma espécie de companhia. O que requeria habilidade era manter o equilíbrio entre todos, ora favorecendo um deles por algum tempo, ora parecendo atraída por outro, mas de maneira delicada, para não despertar o antagonismo dos demais. Via aquele jogo da mesma forma como avaliava os desenhos no tear: não se devia deixar que um elemento dominasse, pois prejudicaria o efeito geral. Algumas escravas suas estavam dormindo com os pretendentes; ela sabia disso. Não gostava, mas não havia muita escolha. Postergar: era essa a tática. Em algum momento, teria de escolher um marido, mas ainda não. Não, ainda não.

Ela concebeu uma artimanha: disse aos pretendentes que tomaria uma decisão, mas somente quando terminasse de tecer a mortalha do sogro Laertes. Desde que a esposa Anticleia morrera, o velho parecia aguardar a morte, infeliz e ansioso pelo filho ausente. Deixara a cidade e fora para sua quinta nas colinas, onde mal cuidava de si mesmo. Mas ainda tratava do pomar, cultivando suas maçãs, peras, figos e uvas. Enterrava-se nas lembranças do filho — relembrando como o curioso me-

Penélope

nininho Odisseu ia atrás dele, crivando-o de perguntas sobre as árvores, o nome delas, suas características.

Todos os dias Penélope tecia aquela mortalha, trabalhando num desenho tão intrincado quanto seus pensamentos complexos e reservados. E todas as noites ela se esgueirava de volta ao tear, à luz de uma tocha, e desmanchava o trabalho — a borda com cavalos alados e deuses voando ao vento se desfazendo, se dissolvendo, como o reflexo num lago se liquefazendo ao sopro de uma brisa. No começo, achou difícil, era uma pena desperdiçar todo aquele trabalho. Mas então começou a saborear a repetição dos movimentos de fazer, desfazer e refazer. Agradava-lhe que o trabalho nunca chegasse à sua conclusão, nunca se resolvesse, nunca tivesse nada definido a dizer. Ficava num estado constante de adiamento, exatamente como ela.

Ou não, como se viu depois. Penélope manteve os pretendentes em suspenso por três anos, dizendo-lhes que uma obra de tal complexidade levava tempo — o que, claro, era verdade. Então, no quarto ano, algumas de suas escravas, aquelas que andavam dormindo com os pretendentes, deixaram escapar o que ela andara fazendo. Teve de terminar a mortalha, que afinal não era mais de seu agrado; parecia uma coisa estática e sem vida. Depois de mostrá-la aos pretendentes — que não se interessaram por sua qualidade artística, mal a olharam, querendo apenas se certificar de que fora concluída —, ela dobrou a peça e a pôs de lado. E o desenho — bom, agora iria se manter como um segredo entre ela e o cadáver de Laertes.

Por outro lado, nesses dias parecia que a peça, por algum tempo, não seria necessária. Quando Odisseu finalmente voltou, Atena pareceu instilar em Laertes força e vitalidade novas.

O RETORNO: tudo acontecera rápido demais, de forma muito inesperada e muito violenta. Naquela altura, a principal preocupação de Penélope era com Telêmaco. Ele tinha sumido, sem uma palavra, fazia dias que ela não o via, até que a escrava Euricleia, a velha ama de Odisseu, enfim deixou escapar: o rapazinho tinha feito com que ela jurasse segredo, mas ela o ajudara a preparar uma embarcação para ir em busca de notícias do pai. Ele voltou aparentando mais maturidade e mais segurança: fora ver Nestor, em Pilo, e Menelau e Helena, em Esparta. Contaram-lhe episódios do pai em Troia, disseram-lhe que reconheciam o pai no filho. Helena dera ao rapazinho um vestido tecido pessoalmente por ela, que ele deveria guardar para a futura noiva. Típico gesto de flerte. Penélope examinara o vestido: não era mau.

E Telêmaco realmente trazia notícias, as quais lhe deu sem rodeios. Soubera por Menelau, que ouvira de Proteu, o deus marinho. A última informação conhecida era que Odisseu estava detido na ilha da ninfa Calipso, sem navio, sem tripulação, sem ter como chegar em casa. Ao saber disso, a esperança, a ansiedade, o ciúme e uma fúria cega e assassina se digladiaram no espírito de Penélope. Mas ela não deixou transparecer nada.

Então aconteceram duas coisas, que no momento não pareciam importantes. A primeira delas foi a morte do velho Argos — o cão que Odisseu treinara quando filhote. Tinha sido um bom caçador, e leal. Agora era um cachorro velho e sarnento que geralmente ficava lá fora, deitado na sujeira. Penélope não se surpreendeu com a morte dele — na verdade, era até admirável o quanto resistira. Mas ficou espantada ao ver como se comoveu diante do pequeno cadáver enrijecido, as moscas zunindo em volta dos olhos vítreos e vazios.

Penélope 345

A segunda coisa foi quando Eumeu, o guardador de porcos, deixou os chiqueiros e veio até a casa acompanhado por um velho mendigo. Os pretendentes se puseram a molestar o vagabundo — ela ouviu tudo por trás da porta do salão. Houve uma discussão: Antínoo, que era o pretendente mais mesquinho, arremessou um escabelo contra ele, repreendeu rudemente Telêmaco quando o rapaz se atreveu a sugerir que desse um pouco de comida ao velho — comida que, afinal, nem era dele. O mendigo contou uma história: antigamente era rico, até ser tomado como escravo quando tentara atacar uma cidade no Egito... Penélope ficou ansiosa em conhecê-lo, mas, quando mandou chamá-lo, ele enviou um recado por Eumeu dizendo que falariam a sós, mais tarde. Resposta presunçosa — mas intrigante.

Depois ela entrou no salão. Queria afastar Telêmaco dos pretendentes, percebendo a fragorosa hostilidade contra o rapazinho. Assim, banhou-se e trocou de roupa, fazendo-se o mais atraente que podia, e se apresentou a eles, desviando deliberadamente as atenções. Então persuadiu-os a irem buscar os presentes que lhe dariam. Enquanto tudo isso se passava, ela examinou atentamente aquele mendigo.

Naquela noite, depois que, felizmente, os pretendentes tinham saído, ela desceu outra vez a escadaria, enquanto as escravas arrumavam a desordem que haviam deixado. Arranjaram o costumeiro assento de Penélope junto ao fogo, cobrindo-o com uma pele de carneiro. Então ela e o desconhecido conversaram. Ele parecia tomado de tristeza. Elogiou-a. Tinha maneiras muito afáveis. Ela se viu contando-lhe mais do que pretendia dizer. Contou-lhe sobre a artimanha com a peça tecida. Contou-lhe que logo teria de escolher um novo marido. Então perguntou a ele sobre sua família. Ele respondeu que era de Creta, nada menos que neto do rei Minos; vira Odisseu vinte anos antes e tinham trocado presentes. E era isso. Nada mais.

Naquele instante, toda a emoção que ela guardara tão ciosamente dentro de si veio à tona. O rosto, às vezes tão gélido, se desfez em lágrimas. Mais tarde, Penélope lembraria como o homem a fitava enquanto ela chorava, sem mover um músculo, sem qualquer emoção, apenas um olhar atento. Então, depois de algum tempo que pareceu muito longo, ela enxugou as faces, recompôs seu estado de espírito e o testou.

— Se realmente o viu, talvez consiga lembrar o que ele vestia — disse ela.

O desconhecido respondeu:

— Lembro, sim. Um manto púrpura. Uma túnica, macia e cintilante como casca de cebola. O manto, se bem me lembro, era preso por um broche admirável: decorado com um cão segurando uma corça entre os dentes. Todos notaram: a corça parecia realmente se debater e o cão parecia estar vivo.

Ela voltou a soluçar, dizendo:

— Fiz essa túnica, fiz esse manto, prendi o broche em seu peito. Mas ele nunca mais vai voltar. Tudo isso foi muito tempo atrás.

O desconhecido a fitou.

— Ele vai voltar — disse o homem. — Está agora na Trespócia. É rico, traz tesouros. Está sozinho. Perdeu todos os seus homens. Posêidon os castigou porque comeram as vacas sagradas de Hélio. Já teria chegado de volta ao lar, mas foi a Dodona, para ouvir o farfalhar das folhas do carvalho sagrado, para escutar o que Zeus tem em mente. Mas juro por Zeus e por esta lareira que ele voltará. Este mês.

Penélope

Ela respondeu tristemente:

— Não, ele não vai voltar.

No entanto, algo faiscou em seu cérebro cauteloso. Levantou-se e mandou que preparassem uma cama para o homem. Ele pediu que viesse uma escrava para banhá-lo — uma das idosas, disse ele, não uma das jovens maldosas que, instigadas pelos pretendentes, haviam escarnecido dele. Penélope chamou Euricleia, a velha ama de Odisseu.

— Você lavaria os pés do amigo... do seu senhor...? — perguntou ela.

A velha obedeceu, e se demorou na lavagem. Foi um tal de derramar água e trocar sussurros, mas Penélope manteve o olhar distante.

Depois, porém, ela se virou de novo para ele e disse:

— O que acha que devo fazer? Meus dias não são muito ruins: continuo com meu trabalho, há muitas coisas para me ocupar. Às noites, porém, fico desperta, me preocupando. Acha que devo continuar a esperar meu marido? Ou devo me casar com um daqueles homens? É o que meu filho acha que devo fazer. Vou lhe contar uma coisa. Tive o seguinte sonho. Vinte gansos apareceram em meu pátio. Estavam comendo todos os meus cereais. Fiquei contente, de uma maneira indefinível, por estarem ali. Então veio uma águia e matou todos eles, e fiquei em lágrimas. Mas a águia disse: "Sou Odisseu, estou aqui, estou vindo para casa e vou matar aqueles pretendentes". Foi isso. Acordei. O que acha que significa esse sonho?

Ele a fitou demoradamente e falou:

— Só pode significar uma única coisa: ele está vindo, vai matar todos eles.

Ela respondeu:

348 *Mitos gregos*

— Talvez. Mas há dois portões dos sonhos, ao que dizem, um feito de marfim e o outro de chifre. O portão de marfim traz sonhos falsos, o de chifre, sonhos verdadeiros. Acho que esse era um sonho falso. O fato é que não posso mais adiar o que tenho de fazer. Vou ter de escolher. Resolvi colocar um desafio a esses pretendentes. Odisseu costumava pôr doze machados numa longa fila e então disparava uma flecha que atravessava todos eles. Se um dos homens em minha casa conseguir fazer isso, usando o arco de Odisseu, vou tomá-lo como marido.

Ele ergueu os ombros e disse:

— Faça isso. Duvido que qualquer homem aqui dispare aquele arco antes que Odisseu retorne.

ERA TARDE. Ela, porém, passou a noite acordada, repassando mentalmente, de trás para a frente, tudo o que vira e ouvira. Pela manhã, os pretendentes, com deprimente previsibilidade, reapareceram e passaram mais um dia se empanturrando. A atmosfera pairava perigosamente próxima da violência, à medida que os homens se embriagavam cada vez mais com o precioso vinho da casa. Penélope estava sentada no canto, fiando em silêncio, observando tudo. Um deles, um rico grosseirão chamado Ctesipo, falou que daria um presente ao mendigo. Então — era essa sua ideia de uma brincadeira — lhe arremessou um pé de boi na cabeça. O vagabundo se desviou com surpreendente agilidade, e o casco se esmagou contra a parede. Telêmaco então se manifestou com invulgar segurança.

— Controlem-se! Não me tratem como criança. Sei a diferença entre o certo e o errado. Se você tivesse atingido aquele homem, eu o mataria.

Penélope

Um dos outros, Agelau, respondeu:

— Está bem. Entendemos. Não vamos criar tumultos. Mas dou um conselho de amigo. Isso não pode continuar. Odisseu não vai voltar. Sua mãe precisa escolher. Então tudo isso vai terminar. Deixaremos vocês em paz.

Telêmaco retrucou:

— Se ela quiser se casar de novo, certamente lhe darei um dote. Mas não vou obrigá-la. Ela é que vai decidir.

Os homens começaram a rir, em histéricas gargalhadas de bêbados.

Então Penélope se levantou. Era hora. Teve absoluta certeza. Fora Atena que lhe trouxera a ideia? Escapou discretamente para seu quarto e com a mão calejada e musculosa alcançou o esconderijo onde guardava uma chave com empunhadura de marfim. Com ela, destrancou um quarto de depósito e, bem no fundo, encontrou o arco, ainda em sua caixa, e a aljava já cheia de flechas. Revirou a arma entre as mãos. Então se recompôs, enxugou as lágrimas e desceu ao salão. Cobrindo o rosto com o véu, ela disse:

— Vou pôr um fim a essa saga. Ouçam: haverá uma competição. Quem conseguir puxar o arco de Odisseu e disparar uma flecha pelas doze cabeças de machado que fixaremos no chão, a esse homem chamarei de marido.

Enquanto os escravos ajeitavam os machados, Telêmaco, por curiosidade, tentou distender a corda do arco de seu pai. Não conseguiu, nem de longe; deu de ombros e, contrito, estendeu a arma para o primeiro concorrente, Líodes, o único pretendente que nunca participara das provocações dos demais. Por um instante, o arco deu a impressão de que se curvaria à vontade dele — mas Líodes constatou que tampouco conseguia, e o pas-

350 *Mitos gregos*

sou para Antínoo, que pediu gordura para tentar deixar o arco mais flexível. Pelo canto dos olhos, Penélope viu o mendigo sair e logo depois voltar discretamente ao salão. Mais outro pretendente, Eurímaco, fez uma tentativa. Sujeito de fala mansa, e mentiroso; estava dormindo com Melanto, a escrava que ela criara como se fosse sua própria filha. Penélope sempre imaginara que, se tivesse de escolher entre os pretendentes, escolheria a ele. Mas Eurímaco lutou em vão com o arco. Então Antínoo disse:

— Paremos por hoje. Faremos um sacrifício a Apolo, o arqueiro. Então tentaremos novamente amanhã.

Naquele instante, uma voz soou no canto do salão.

— Imagino que não se oponham a que eu faça uma tentativa.

Era o mendigo. Por um instante, fez-se silêncio. Então Antínoo zombou:

— Você? Tentar o arco? E, aliás, o que está fazendo aqui? Claro que não pode.

Penélope interveio:

— Mostre um mínimo de respeito. Se ele quer, deixe-o.

Mas Telêmaco interrompeu:

— Cabe a mim decidir quem pode tentar o arco. Mãe, vá para o seu quarto. Arcos são coisa de homem. Fusos e teares são coisa de mulher.

Ela ficou tão espantada que de fato obedeceu. Euricleia seguiu logo atrás e fechou a porta atrás delas.

— Senhora — falou —, não desça, em hipótese nenhuma.

Isso foi quando Odisseu voltou para casa, trazendo a guerra consigo. Mais tarde, Penélope soube que ele disparara o arco

Penélope

com a mesma facilidade com que Fêmio podia trocar uma corda em sua lira. Ainda sentado à vontade na banqueta, pegara uma flecha, fizera a mira e atirara, atravessando as doze cabeças de machado — tudo num único e rápido movimento. Sem qualquer pausa, pegara outra flecha da aljava e mirara novamente, dessa vez em Antínoo. A flecha atravessara certeira a garganta do homem. O cálice que ele estava levando à boca caíra no chão, vinho e sangue encharcaram a comida em seu prato. Mas só o que Penélope via então era o pânico no rosto de Euricleia enquanto ela empurrava as escravas para dentro de seu aposento e, com mão trêmula, trancava as portas.

— Vamos tecer. E vamos cantar. O mais alto possível.

Foi o que fizeram. Por um longo tempo. Mas o canto não abafava os terríveis sons lá embaixo — gritos, mesas sendo derrubadas, choques de armaduras, berros de dor, uivos apavorados de homens suplicando que fossem poupados. Por fim, uma voz à porta — Telêmaco — chamou Euricleia, apenas Euricleia. A velha saiu mancando. Dali a poucos minutos voltou, com ar grave, e escolheu doze jovens que levou para baixo. Eram as jovens que andavam dormindo com os pretendentes. Penélope nunca mais as reveria. Não vivas, pelo menos. Iria ver uma pilha de cadáveres; seu menino, seu filho Telêmaco, as enforcou. Mas só depois de terem limpado o salão, removendo o sangue, os coágulos. Todos os pretendentes estavam mortos. Os tolos, os bondosos, os briguentos, os imprudentes, os jovens — todos eles. Fêmio, o poeta que os entretivera, foi poupado para cantar outro dia.

Por fim, Euricleia subiu a escada. A velha escrava estava quase histérica, falando sem cessar de cadáveres, de sangue correndo.

— Meu senhor voltou! O bebê que amamentei ao peito! Reconheci quando o banhei: aquela cicatriz de uma caçada quando era menino; mas ele me fez jurar segredo, falou que me mataria se eu dissesse alguma coisa. Seu marido, senhora! Odisseu! Ele voltou: era aquele mendigo.

— Preciso ver Telêmaco — foi o que Penélope conseguiu dizer. — E preciso ver esse homem que diz ser meu marido.

Ao entrar no salão, o fedor de enxofre e sangue lhe invadiu as narinas — alguém tentara fumegar o local, mas não conseguira eliminar o cheiro de morte. Como fora que o local onde ela fiava se tornara um campo de batalha? Como seu lar se tornara um abatedouro? Simulando uma serenidade que não sentia, ela tomou seu assento habitual junto ao fogo. O homem estava ali, sentado junto à coluna, tal como antes, quando haviam conversado pela primeira vez. Tinha o cabelo empapado de sangue. Telêmaco também estava ali, com ar esgazeado, exultante, agitado. Laertes também, surpreendentemente. O homem que diziam ser Odisseu não levantou a vista, fitando apenas as brasas do fogo que se extinguiam. Penélope não disse nada. Então o filho rompeu o silêncio:

— Mãe, esse é seu marido! Fale com ele! Como pode ser tão insensível?

— Se esse homem é realmente Odisseu, terei minha própria maneira de comprovar — respondeu ela. — Existem coisas, segredos, que só ele e eu sabemos.

E o homem disse:

— Deixe-a em paz, Telêmaco. Ela não vai me reconhecer assim, acabando de sair da luta. Mas primeiro precisamos de um plano. As famílias dos homens mortos virão em busca de sangue, e logo. O que você sugere, meu rapaz?

Penélope 353

Telêmaco então vacilou, mas o homem prosseguiu:

— Faremos o seguinte: vamos fingir que estamos realizando um casamento. Isso deve detê-los por algum tempo. Lave-se. Vista suas melhores roupas. Mande tocarem música. Ponha todo o mundo para dançar. Vou tomar um banho.

QUANDO VOLTOU PARA SEU ASSENTO no salão iluminado pelo fogo, parecia... diferente. Dourado, de certa forma. Teria Atena lançado sua magia sobre ele? Era o Odisseu que fora vinte anos antes — não o monstro saído da batalha que ela acabara de ver. Qual deles, perguntou-se Penélope, era seu verdadeiro marido? Ambos?

— Você é uma mulher estranha — disse ele, com a ponta de um sorriso. — Que outra esposa se comportaria assim com um marido que esteve fora durante vinte anos? Que sofreu tudo o que sofri?

Do pátio vinham os sons da cerimônia fingida — flautas e hinos nupciais. Ela respondeu:

— Estranho, você é igual a ele quando partiu para Troia. Mas deve estar cansado. Euricleia, prepare nosso leito. Lá fora, por favor.

O rosto de Odisseu se sombreou de fúria.

— O que está dizendo? Nosso leito não pode ser movido, não por mortal algum — disse ele. — Eu mesmo o fiz. Quando estava construindo esta casa, peguei uma oliveira viva, removi os galhos e usei o tronco como uma coluna da cama. Construí o restante do leito em volta dela. Está enraizado no solo de Ítaca. Ninguém consegue movê-lo. Este é o segredo que só

354   *Mitos gregos*

nós dois conhecemos. Diga-me, por favor, que nenhum outro homem serrou aquele tronco e moveu a cama.

A isso, Penélope foi até ele e se inclinou para beijar os lábios de seu guerreiro.

— Não se zangue comigo. Vieram tantos homens aqui, com suas mentiras, fingindo ser você... Os deuses têm sido muito duros conosco. Foi Afrodite que fez Helena ir a Troia, antes de mais nada; foi Afrodite quem causou nossa dor, minha dor.

Então os dois ficaram abraçados, e ela se deixou invadir pelo alívio — o alívio que seu espírito cauteloso e desconfiado evitara por tanto tempo. Sentia-se como um náufrago finalmente chegando à costa, como se tivesse passado todos aqueles anos num mar tempestuoso, arremessada de um lado para outro nas ondas. Como um viajante que muito sofrera, mas, mesmo assim, sobrevivera.

Depois disso, foram para a cama juntos e trocaram histórias. Penélope lhe falou sobre todos os anos que passara, criando sozinha o filho e tentando confundir os pretendentes ao seu redor. Odisseu lhe falou sobre a jornada de dez anos para retornar à casa: falou dos comedores de lótus, cujo fruto fazia os homens esquecerem o lar; contou como enganara o Ciclope Polifemo, perfurando seu único olho com um tronco afiado de oliveira, enquanto ele jazia embriagado. Falou do inconstante Éolo, senhor dos ventos, que o ajudara dando-lhe os ventos amarrados dentro de um saco de couro, enquanto apenas o suave Zéfiro soprava conduzindo-os para Ítaca — mas seus homens tinham aberto o saco enquanto ele dormia, soltando todos os outros ventos, e uma tempestade os desviara do curso.

Penélope

Contou-lhe sobre os Lestrigões, gigantescos antropófagos, que tinham destruído toda a frota vinda de Ítaca, exceto o navio dele. Contou-lhe como resistira aos encantamentos de Circe e descera ao Ínfero, encontrando os fantasmas da mãe e de seus companheiros em Troia. Falou da bela canção das Sereias, e de como havia escapado à voracidade de Cila e à voragem de Caribde. Como seus companheiros tinham sido mortos num temporal depois de comerem a carne das vacas de Hélio, mas ele conseguira chegar a Ogígia, ilha de Calipso. Como a ninfa o retivera lá por sete anos, propondo transformá-lo num deus, enquanto a única coisa que ele queria era voltar para casa, para ela, para Ítaca. Por fim, Calipso o deixara partir, embora outra tempestade quase o tivesse liquidado antes de chegar à costa da terra dos feácios, onde fora encontrado por uma jovem que estava lavando roupa. Ela, Nausícaa, o levara até a rainha Arete e o rei Alcínoo, seus ricos e generosos pais. Finalmente tinham-no embarcado de volta para casa num navio carregado de tesouros, deixando-o na costa de Ítaca enquanto ele dormia. Contou-lhe como chorara ao despertar, ali sozinho, sem reconhecer a praia enevoada. Mas então um pastor se aproximara dele — pastor que, conforme se revelou depois, era Atena disfarçada.

Penélope não sabia até que ponto deveria acreditar naquilo tudo.

AGORA ELE PARTIRA DE NOVO, em sua misteriosa jornada decretada por Tirésias, com um remo atado às costas. E ela ficou sozinha, mais uma vez trabalhando no tear. Teceu na tapeçaria um desenho da chegada de Agamêmnon a Micenas.

Depois que Agamêmnon sacrificara a própria filha, Ifigênia, em troca de um vento favorável até Troia, sua esposa Clitemnestra quase sucumbira de dor. Passou anos como uma sombra de mulher, afastada do mundo, mal conseguindo cumprir seu papel materno com os outros filhos — as meninas Electra e Crisótemis e o caçula Orestes.

Mas, com o passar dos anos, as coisas mudaram. Recuperou-se de sua devastação, que se transformou em algo férreo e empedernido. A descrença e o aturdimento foram substituídos por desprezo e ódio. Tomou um amante: Egisto, primo e inimigo de Agamêmnon. Anos antes, os pais deles — os irmãos Atreu e Tiestes — haviam brigado pelo trono de Micenas. Atreu, pai de Agamêmnon, expulsara da cidade o irmão, que voltou mais tarde e pediu misericórdia. A ideia de misericórdia de Atreu consistiu em capturar e matar os filhos de Tiestes e servir a carne deles grelhada ao pai, ignorante do fato. Tiestes, engasgando-se com a hedionda refeição, fugira do palácio com o bebê Egisto, agora o único filho que lhe restava, despejando uma torrente de maldições sobre Atreu e sua família.

Todavia, era Clitemnestra, e não seu amante, quem governava a cidade com firmeza e decisão, envolta numa autoridade régia, como se fosse um manto. Em sua fúria, em sua ânsia de vingança, na mente de Clitemnestra desenvolveu-se uma rede de intrincados complôs. Em sua imaginação lampejavam várias cenas, uma coisa levando à outra, como faróis se acendendo em rápida sucessão no cimo dos montes.

Foi por um farol que ela teve seu primeiro aviso de que Agamêmnon estava voltando. Clitemnestra planejara aquilo

Penélope

anos antes: uma série de sinais flamejantes, desde Troia, que a avisariam quando o marido estivesse a caminho. O primeiro no monte Ida, perto da própria cidade, o segundo na ilha de Lemnos, o terceiro no monte Atos e assim sucessivamente, formando uma longa corrente até Micenas. Ela colocara um vigia nas muralhas do palácio, para que, nas longas noites estreladas, ficasse atento ao último farol de transmissão. Penélope o mostrou em sua tapeçaria, sob a procissão dos corpos celestes cujo aparecimento e desaparecimento ele tão bem conhecia, no instante em que viu o sinal flamejante saltar ao céu. O rei estava chegando.

Clitemnestra se aprontou para o retorno do marido: o palco estava montado. Ela se postou, senhorial, às portas do palácio, enquanto as multidões se reuniam na praça abaixo, para saudar seu rei. Agamêmnon vinha à frente de um séquito de soldados arqueados sob o peso dos cintilantes tesouros de Troia. Atrás seguiam as mulheres que eles tinham escravizado, pálidas, mal-nutridas, apoiando-se umas nas outras, olhando em volta inseguras. Ao chegar aos degraus do palácio, ele se virou para o povo.

— Os deuses nos trouxeram a vitória! — rugiu, enquanto os cidadãos aclamavam. — Os deuses votaram pela destruição de Troia, e ainda agora a cidade está fumegando, o ar tresandando sua fortuna. Pensaram que podiam pegar uma de nossas mulheres, mas se enganaram. Por causa de Helena, o poderio de Micenas se desencadeou contra eles! O animal feroz no ventre do cavalo de madeira éramos nós. Éramos como leões, e, quando saltamos, fartamo-nos com o sangue da casa real, caminhamos orgulhosos sobre suas torres.

E prosseguiu:

— Aprendi muito sobre a natureza humana ao longo dos anos. Alguns foram leais. Outros, menos. Renderei tributo a meu camarada Odisseu, fiel até o fim, embora tenhamos tido de forçá-lo a ir conosco... Infelizmente, seu paradeiro atual é desconhecido. Porém, estou de volta! E agora é hora de examinar a situação interna aqui em Micenas, avaliar, ver o que está indo bem e o que requer minha atenção. Mas primeiramente, chegando à minha casa e lar, mais uma vez renderei tributo aos deuses.

Enquanto o povo aclamava, Agamêmnon fez menção de entrar a largos passos na casa, mas Clitemnestra, para a visível surpresa dele, deteve-o com um sorriso e um gesto impositivo. Virou-se para a multidão e falou:

— Ouçam todos: não me envergonha mostrar como me sinto em relação a meu marido. Vou lhes dizer como tem sido: é aterrador estar sozinha e o marido longe, em guerra, e tudo o que se sabe é o que os rumores dizem. Se Agamêmnon tivesse sido morto todas as vezes que me disseram, pareceria uma rede de pesca, com mais ferimentos do que de carne.

"Admito que algumas vezes tive vontade de tirar minha própria vida. Não me restam lágrimas: derramei todas as que tinha. Mal conseguia dormir. *Quando* dormia, era apenas para sonhar com você, Agamêmnon, ferido e morto. Mas aqui está você, finalmente! Venha! Mas com cuidado: pés como os seus não devem pisar o chão. Podemos oferecer algo melhor para o devastador de Troia. Escravas, depressa, como instruí, façam-lhe um caminho com tapeçarias, espalhem tecidos púrpura sob seus pés. E, acima de tudo, que a justiça o conduza ao lar! Quero assegurar a todos os aqui presentes que tudo o que vier a seguir será resultado de cuidadoso planejamento e reflexão. Será correto e acontecerá com a ajuda dos deuses."

As escravas avançaram rapidamente e desenrolaram as tapeçarias: longas peças de elaborada tessitura, tingidas de púrpura,

Penélope

que se estenderam como um oceano de sangue pelos degraus da escadaria do palácio.

Um tanto aturdido com a transformação de Clitemnestra de esposa submissa a política experiente, Agamêmnon tropeçou na resposta:

— Bom, agradeço. Sua fala foi... ah, como dizer?... foi como minha ausência. Longa. Mas não me trate como uma espécie de estrangeiro amante dos luxos. Não quero pisar em tecido precioso. Esse tipo de coisa é reservado aos deuses. Não quero que pensem que sou arrogante. Seria um erro despertar a inveja das pessoas.

— O que Príamo teria feito, se estivesse em seu lugar? — perguntou Clitemnestra.

— Andaria sobre as tapeçarias, sem dúvida — respondeu ele.

— Então faça o mesmo — disse ela.

Agamêmnon riu, agora com nervosismo, e falou:

— Tenho minhas dúvidas se esse desejo por conflito é propriamente feminino.

— Bom, então ceda com cortesia!

— Você realmente quer vencer essa, não?

— Se ceder de livre vontade, você é que vencerá.

O rei deu de ombros e chamou os escravos para lhe tirarem as botas. Então firmou o pé descalço nos tecidos ondulantes, frutos de infindável labuta feminina.

Foi o que Penélope teceu: sua prima de pé, em triunfo, na frente dos portões do palácio, enquanto Agamêmnon subia a escada em sua direção, os pés calcando tapeçarias preciosas como prata, que brilhavam com a púrpura extraída de moluscos marinhos.

Ao subir pelo caminho carmesim, ele se virou rapidamente, como se de repente tivesse se lembrado de alguma coisa, e fez um gesto na direção de uma figura dentro de sua carruagem, ordenando:

— Tragam aquela jovem, e sejam gentis com ela: é uma escrava, mas todos sabemos que ninguém é escravo por escolha própria. É a presa mais seleta de Troia. Os homens insistiram que eu ficasse com ela. Foi o presente deles para mim.

Chegando às portas do palácio, ele parou e sorriu para a esposa:

— Clitemnestra, aqui estou — disse ele. — Submisso à sua vontade, tal como você pediu.

— Ah, agora, sim, você está realmente em casa — respondeu ela. — Zeus, atenda a minhas preces. Façamos o que precisa ser feito.

Ela recuou para dar entrada a Agamêmnon, e então se virou para a figura de aparência exausta que estava na carruagem. Era Cassandra, a filha profética de Príamo e Hécuba.

— Você fala grego?

Não houve resposta.

— Entre. Você é uma escrava, e precisa aceitar isso. Mesmo Héracles certa vez foi escravo. Agora entre...

A jovem não reagiu, o rosto totalmente inexpressivo.

— Bom, desisto. Tenho coisas a fazer, sacrifícios a realizar.

Clitemnestra se dirigiu à multidão de cidadãos:

— Será que alguém fala a língua dela? Digam para entrar, por favor.

Então desapareceu no palácio. Um dos homens mais velhos avançou e tentou mostrar a Cassandra, por meio de gestos, o

Penélope 361

que devia fazer. Mas de súbito ela prorrompeu em palavras, palavras em grego, cortantes, assustadoras.

— Apolo, Apolo! — gritava ela. — Para onde você me trouxe? Para essa casa da morte, a casa de Atreu, a casa que os deuses odeiam, banhada de sangue... Onde um pai certa vez comeu a carne dos filhos, oh, oh, *horrendo*... E agora, o que está acontecendo? Mais alguma coisa... Mantenham o touro longe da novilha; ela vai tingir a água de vermelho, a rede vai se apertar, ela vai prendê-lo em sua armadilha. Ele vai morrer lá na água, atraído para sua mortalha. Oh, deuses, quem dera eu fosse Filomela! Quem dera eu me tornasse um rouxinol, fosse transformada, fosse poupada à morte que virá para mim. Nunca mais reverei as águas do Escamandro. Para mim, agora, só os rios do Ínfero, o Cócito e o Aqueronte...

Ela parou, ofegante, retomando o fôlego, e então se pôs ainda mais ereta, parecendo ganhar mais altura, mais autoridade.

— Chega de ambiguidades! Minhas palavras deixarão de ser veladas, como mocinhas ruborizadas! Serão fortes como o vento e fulgentes como o sol! A mulher abate o homem! Ela é forte como Cila! É como uma leoa! Ela matará a mim também, embora seu marido tenha me escravizado, tenha me estuprado... Mas virá alguém que irá matá-la por sua vez, ah, sim, vejo isso também, não vai demorar muito...

E concluiu:

— Minha súplica agora é para Érebo: que seja limpo o golpe que me matará. Só isso. Vou entrar. Acabou. Quem se importa... sou apenas uma escrava. Uma vida minúscula. Um mero risco de giz numa lousa, prestes a ser apagado.

Ela entrou. O povo reunido na praça estava chocado, indagando sem cessar: o que estava acontecendo, o que a moça bárbara tinha dito, o que significava tudo aquilo?

Dentro do palácio, Clitemnestra levou o marido à sala de banho e, com tranquila segurança, ajudou-o a despir as roupas. Ficou observando enquanto ele afundava na água, fechando os olhos enquanto a água se fechava sobre o corpo esgotado pelas batalhas. Então de um esconderijo ela tirou uma rede e a lançou, prendendo-o em sua trama inextrincável, como a espiral de uma serpente. Do mesmo lugar retirou uma espada e, enquanto ele se debatia na rede, golpeou-o uma, duas, três vezes, fremindo de prazer enquanto o sangue jorrava sobre ela, tão agradável e bem-vindo quanto o orvalho matinal que umedece as campinas. Foi o que Penélope teceu: a prima virando-se tingida de escarlate, flexionando o braço com a espada, na direção da jovem e pálida troiana que entrara calmamente no aposento.

ELECTRA E CRISÓTEMIS, filhas de Clitemnestra, cresceram odiando a mãe e seu crime, detestando Egisto. Orestes estava longe, crescendo junto com Pílades, filho de Estrófio, na Fócis — os meninos eram companheiros inseparáveis. Electra e a mãe haviam brigado inúmeras vezes, Clitemnestra justificando o que havia feito, falando da horrenda morte infligida a Ifigênia, Electra insistindo exaltada que fora culpa de Ártemis, não do pai — ele não tivera escolha. Crisótemis, porém, era diferente. Preferia se curvar à necessidade a tentar resistir. Dizia à irmã:

— Sinto o mesmo que você, mas somos totalmente impotentes. A única coisa que podemos fazer é tentar sobreviver. Isso significa ficar em silêncio e manter a paciência.

Penélope   363

Electra desprezava tal atitude.

A tumba de Agamêmnon ficava num terreno empoeirado e malcuidado, fora dos portões da cidade. Ninguém devia ir até lá, muito menos Electra. E, no entanto, ela ia — saía sorrateira do palácio para verter libações e fazer oferendas de cereal e mel. Então se sentava sozinha, refletindo, deixando que a pavorosa visão da mãe abatendo o pai, como um lenhador abatendo um carvalho, se desenrolasse em sua imaginação. Aguardava o dia em que Orestes voltaria e, juntos, planejariam corrigir os erros da casa.

Um dia, quando estava em sua vigília junto à tumba paterna, Electra ouviu os passos indesejados de Crisótemis.

— O que você quer? — perguntou, sem erguer o olhar.

— Vim lhe dizer que tome cuidado — respondeu Crisótemis. — Há um rumor no palácio de que você será trancafiada. Electra, por favor, você precisa mudar de comportamento. Pelo menos finja ser mais submissa. Tenho medo do que farão com você.

— Como se eu me importasse! Por mim, quanto mais cedo, melhor. Mas espere aí, o que é isso que você trouxe?

— Oferendas, de nossa mãe para a tumba de nosso pai. Ela está preocupada. Ontem à noite, sonhou que tinha parido uma serpente, que estava sugando seu seio, e a mordeu. Ela soltou leite com sangue.

— Oh, deuses… Será que isso significa que ele está voltando? Orestes? Será ele a serpente? Se ao menos… Crisótemis, não verta essa libação. Não admito que nada em que ela tenha posto as mãos conspurque o túmulo dele. Me deixe em paz, por amor aos deuses.

Crisótemis deu um suspiro e se afastou, mas Electra sentia a esperança crescendo dentro de si — e então percebeu algo sobre a tumba. O que era? Um cacho de cabelo? Examinou: o curioso é que podia ser dela mesma, tão parecido que era na cor e na textura. Quem o tinha posto ali? Ela olhou o chão em torno. Aquelas pegadas... Não, dela não eram, nem de Crisótemis: grandes demais. Agachou-se, comparando-as com as suas, e então, quando uma sombra recaiu sobre ela, deu um salto, pôs-se de pé e viu que um rapaz, de sua mesma altura, estava a fitá-la.

— Electra — disse ele. — Sou eu. Seu irmão. Orestes.

Ela ficou imóvel. Aquele rapaz à beira da idade adulta: era mesmo seu irmãozinho? O garotinho que ela conseguira mandar para longe, para um local seguro, quando era bem pequenino?

— Isso é algum tipo de brincadeira? — perguntou ela. — Quem é você? Fale a verdade.

— Mas você sabe, não sabe? — respondeu ele. — Vi quando comparou meu cabelo ao seu. E aqui, veja essa peça de tecido. Você que fez. Olhe os animais tecidos nela: criação sua.

Electra olhou o tecido assombrada, e então, sem dizer uma palavra, tomou entre os braços o querido irmão, o garotinho que se tornara homem.

— Me abrace sempre assim, nunca me solte — disse ele, e os dois choraram.

Foi como Penélope teceu os dois, irmão e irmã reunidos, abraçando-se com força, junto à tumba do pai.

ELECTRA E ORESTES ENTÃO FIZERAM planos a sério. Fora Apolo que lhe dissera para vir, falou Orestes. Era a hora certa. Ele seria castigado se não agisse. Orestes viera com seu amado amigo Pílades. Decidiram que os dois jovens iriam ao palácio,

Penélope 365

disfarçados como estrangeiros da Fócis, e diriam a Clitemnestra que Orestes havia morrido.

Os rapazes foram saudados na entrada e acolhidos como convidados. Deram a falsa notícia a Clitemnestra; ela acreditou, sem perceber que um dos estrangeiros era seu próprio filho, após tão longa ausência. Ao ouvi-los falar, sentiu no peito a turbulência de emoções irreconciliáveis. Dor, uma dor extrema pela morte do filho, de mais um filho. E, apesar disso, alívio; sim, alívio. Ela passara anos com medo de que Orestes voltasse e a matasse. Noite após noite, insone, sentira a tensão da espera, sempre alerta. E depois houvera aquele sonho, do qual não conseguia se livrar, que voltava constantemente, sobre a víbora sugando o leite sangrento de seu seio.

Foi quando Egisto chamou os jovens a seus aposentos, querendo falar com os dois viajantes da Fócis, que a violência teve início. Pegando-o de surpresa, Orestes e Pílades o abateram e saíram ensanguentados do aposento, no exato momento em que Clitemnestra, com o coração tomado de medo, entrava correndo na sala, atraída pelos gritos do amante, ordenando aos berros que os escravos, que qualquer um, lhe trouxessem um machado.

Mas os escravos haviam se dispersado. Ali estavam apenas Electra e Crisótemis. Era uma espécie de reunificação familiar; foi o que Penélope teceu: Clitemnestra no momento em que se deu conta de que o rapaz com a espada gotejante era seu filho.

— Você matou o homem que eu amo? — perguntou ela.

— Agora é sua vez, Mãe — falou Orestes. — Quer ficar ao lado dele? Seu desejo está prestes a se tornar realidade.

Clitemnestra não afastou nem por um instante o olhar dos olhos do filho, mas, levando as mãos aos ombros, retirou os alfinetes que prendiam o vestido e o deixou cair.

366 *Mitos gregos*

— Sim, meus seios, que você sugou quando era bebê, Orestes, suas gengivas em meus mamilos. Sou sua *mãe*, Orestes. Pare com isso. Eu o trouxe ao mundo. Cuidei de você. Não posso envelhecer com você?

— Você matou meu pai e acha que podemos viver juntos? Mesmo? Como... uma família?

— O que aconteceu tinha de acontecer! Foram as Moiras: você não entende? Não mate sua mãe, peço-lhe. Você será amaldiçoado. Oh, deuses, não seja aquela víbora com que sonhei. Orestes, espere, se você me matar, as Fúrias virão buscá-lo...

Orestes ergueu a espada e hesitou. Mas Electra gritou:

— Prossiga! Mais uma vez! Mais uma vez!

Pílades e Crisótemis se afastaram. Logo depois, terminou.

Ao recuar, cambaleante, do cadáver da mãe, Orestes já podia ver, pelo canto dos olhos, que elas começavam a revoar. Se tentasse olhá-las diretamente, sumiam de vista, mas sem dúvida estavam ali, espreitando em sua visão periférica — mulheres de rosto fechado e asas pretas, serpentes se enrolando em seus cabelos e braços. As Fúrias. Conforme transcorriam os dias e as noites, pareciam se juntar cada vez mais perto dele, fazendo-lhe esgares; de início, ele não as conseguia ouvir, mas depois, logo depois, suas vozes passaram a atormentá-lo, seus escárnios como constantes e enlouquecedores ladridos de cães. Ele tinha certeza de conseguir ouvir a voz de sua mãe; às vezes tinha certeza de vislumbrar seu rosto entre os das Fúrias. Vinha-lhe em sonhos, o corpo lanhado e aberto em largos talhos onde ele o golpeara.

Penélope

Electra e Pílades tentavam acalmá-lo, mas ele ia sumindo no escuro interior de sua mente, gemendo, transpirando, tomado de tremores. Às vezes, a claridade voltava; ele dizia que as Fúrias estavam adormecidas. Nesses momentos, ele e Electra se abraçavam, e era a vez de Orestes consolar a irmã, e prometiam que um cuidaria do outro. Passado algum tempo, mesmo outras pessoas começaram a sentir a presença das Fúrias — de início, como uma gélida corrente de ar ou uma sombra escura. Logo todos podiam vê-las e ouvi-las inclinadas sobre ele, agressivas, ameaçadoras.

Fora Apolo quem dissera a Orestes para matar a mãe, e o deus precisava ser honrado — e consultado — novamente. Assim, o rapaz foi ao santuário de Apolo em Delfos, com as Fúrias em seu encalço, como cães de caça perseguindo uma lebre.

— Deleitem-se com o sangue dele, façam com que pague — murmuravam elas. — Arrastem-no para as profundezas do Ínfero, esse matricida. Nada de piedade, nada de misericórdia: o sangue materno derramado nunca pode ser recolhido.

Chegando ao santuário, ele se agarrou por segurança à estátua de Atena, assim se protegendo — e encolerizando as Fúrias, que amaldiçoaram os Olimpianos, aqueles deuses mais jovens que ameaçavam o poder primordial delas, poder que provinha da Mãe Gaia e dos laços de sangue que uniam as famílias. Enquanto Orestes ali permanecia, o próprio Apolo tomou sua defesa contra as deusas de asas pretas.

— Punimos quem assassina a própria mãe! É nosso direito e nosso dever! — gritaram elas.

— E quem assassina o marido? É um crime pior — contrapôs Apolo.

— Não: o crime é pior quando se mata alguém do mesmo sangue. Marido e mulher não têm o mesmo sangue.

368   *Mitos gregos*

Somente Atena rompeu o impasse, vindo pessoalmente em resposta aos rogos de Orestes. Ela ouviu as acusações e as contra-acusações.

— Isso não pode continuar indefinidamente — disse ela.

— Seria um ciclo interminável: os filhos da casa de Atreu matando-se uns após os outros, vingança alimentando vingança.

Então propôs que Orestes fosse julgado num tribunal em Atenas. O júri seria formado por mortais da cidade, escolhidos por sorteio. Ouviriam as provas, votariam, aceitariam o veredito. Atena, como era direito seu, presidiria a um julgamento realizado em sua própria cidade. Todos concordaram.

O JULGAMENTO SE DEU NO AREÓPAGO, uma elevação rochosa a noroeste da Acrópole. As Fúrias atuaram como promotoras da acusação e começaram interrogando Orestes.

— Você admite ter matado sua mãe? — perguntou uma das mulheres aladas.

— Sim — respondeu ele.

— Ahá, ele admite! E como a matou?

— Com minha espada. Cortei-lhe a garganta.

— Por que fez isso?

— O deus Apolo me falou para fazer. Ele confirmará. Minha mãe mereceu, duplamente.

— O que você quer dizer?

— Ela matou seu marido... e meu pai.

— Irrelevante! Você está vivo, não está? Ela não matou você. Ela matou alguém que não era de seu sangue. Ele é culpado, senhores jurados!

Orestes então se virou para Apolo, dizendo:

Penélope

— Não nego que a matei. A questão é: foi lícito? Apolo, o que você diz?

— Foi lícito — respondeu o deus. — O oráculo que transmiti a Orestes veio diretamente de Zeus. E a palavra de Zeus é lei. Foi correto punir Clitemnestra pelo assassinato de Agamêmnon.

Uma das Fúrias interveio:

— Você está dizendo que Zeus afirmou que era correto que ele assassinasse a mãe, porque ela matara seu pai? Mas e os crimes do pai? O assassinato da própria filha? Você fala das alegações do pai; mas que direito tem Zeus de se pronunciar a esse respeito? Zeus acorrentou *seu próprio* pai, Cronos, e o aprisionou no Tártaro. Você realmente considera correto que Orestes se torne o dirigente de Micenas, que ocupe o palácio que maculou com o matricídio?

— É verdade que assassinar um genitor é uma coisa terrível — respondeu Apolo. — Mas entenda o seguinte: o crime em julgamento *não* é o assassinato de um genitor. A mãe não é genitora de um filho. O único verdadeiro genitor é o pai. Encare da seguinte maneira: é o sêmen do pai que entra no ventre. O ventre é apenas o solo onde a planta cresce. A mulher é apenas... o veículo para o filho. Sabemos disso porque o ventre nem sequer é necessário! Eis aqui a prova, bem à sua frente: Atena. Foi o próprio Zeus que a deu à luz; não houve necessidade de mãe alguma. Ela nasceu da cabeça dele.

Foi isso. As provas tinham sido apresentadas, as testemunhas haviam sido acareadas. Os jurados deram seus votos, cada qual colocando seu sinete numa das duas urnas. Por fim, chegou a vez de Atena. Penélope teceu assim: as Fúrias de um lado, as asas escuras rebrilhando, a expressão sequiosa por sangue; do outro lado, os jurados atenienses; no centro, Orestes com o deus Apolo a seu lado, e Atena, de elmo, estendendo a refulgente mão imortal e depondo seu sinete, que tilintou ao entrar na urna pela inocência de Orestes.

— Sou filha de meu pai — disse ela. — Não tomarei o lado de nenhuma mulher que tenha matado o marido.

A votação ficou empatada. Segundo as regras do tribunal, Orestes foi absolvido. As Fúrias uivaram de cólera e esbravejaram iradas contra os deuses mais jovens, que as haviam desonrado, que haviam rasgado as antigas leis de culpa de sangue. A brados estridentes, lançaram suas maldições: Atenas seria tomada pela peste, os filhos da cidade adoeceriam, o povo seria massacrado. Atena, por fim, levantou a mão.

— Fúrias, por favor! Respeito-as. São mais velhas e, claro, muito mais sábias do que eu. Mas tenho minha devida parcela de inteligência e tenho algo a dizer. Vocês alegam que foram desonradas. Que nós, divindades novas, retiramos seus antigos direitos. Talvez. As coisas mudaram. Mas vocês também poderiam mudar. Poderiam se tornar... benevolentes. Podemos lhes conceder um lar nesta cidade. Exatamente aqui: sob essa grande rocha do Areópago. Podem ser cultuadas. Podem ajudar a engrandecer Atenas, ajudar a vencer suas guerras, ajudar seu povo a enriquecer. Fiquem: deixem-se persuadir por mim. Esqueçam essa ideia de desonra. Tornem-se mais brandas, mais calmas. Abandonem o amargor. Sejam amadas. Deixem de ser Fúrias. Sejam Benevolentes.

As Fúrias foram convencidas pela sutil oratória de Atena, seduzidas por sua proposta. A dança de cólera se tornou dança de júbilo. Aceitaram o novo papel. Deixaram que seus poderes primordiais, seus antigos direitos se perdessem na distância. Suas vozes ríspidas, como de cães, se tornaram suaves, quase

Penélope 371

inaudíveis. Toda a sua antiga força, toda a sua velha potência, sua velha lealdade aos direitos da mãe, agora foram aproveitadas pela cidade, operando para aumentar a avidez por mais territórios, mais riquezas e mais poder.

PENÉLOPE TERMINOU SUA TAPEÇARIA. Recuou alguns passos e lhe deu um olhar aprovador. Pensou na prima Clitemnestra, a menina com quem crescera em Esparta. Seria ela realmente um exemplo tão pérfido de feminilidade? O que ela, Penélope, teria feito se Odisseu tivesse matado o filho de ambos? Poderia muito bem ter se conduzido exatamente da mesma maneira que a prima, se as circunstâncias tivessem sido outras — ambas tinham capacidade de cálculo, de agir pensando a longo prazo, de assumir o manto do poder, de trapacear. Se suas vidas tinham seguido rumos tão diversos, isso talvez se devesse apenas a um lance de dados, um mero acaso matrimonial. E, mesmo assim, ali estava ela, a rainha de Ítaca cuja lealdade e paciência eram enaltecidas pelos poetas. Clitemnestra, por outro lado, era sinônimo de assassinato e monstruosidade.

Os poetas, porém, de nada sabiam: não faziam ideia dos impulsos assassinos de que fora acometida ao ter conhecimento dos casos amorosos de Odisseu. De quão perto estivera de abandoná-lo de uma vez por todas, escolhendo um dos pretendentes, casando-se outra vez. De quão amedrontada ficara quando ele voltou, quão chocada com sua violência — sim, o pavor e a repulsa, aprendera ela, podiam conviver ao lado do amor. E a que se prestava toda a sua lendária virtude de esposa? Ao fim e ao cabo, tratava-se de manter o lar de Odisseu intocado e suas propriedades em segurança. Tratava-se de defender as leis do reinado, o poder dos homens, os costumes de transmissão hereditária. Ela pensou em Argos, o cão — vivera até poder, por um derradeiro minuto, abanar o rabo na sujeira, ao ver seu dono de volta ao lar. Esperava-se dela que fosse uma versão humana do leal cão de Odisseu?

E Atena: quanto ela amara seus homens mortais! Quantos agrados fizera a Odisseu, a Telêmaco, a Orestes também. Não era de admirar que tivesse repudiado os direitos da mãe, da mulher, de Clitemnestra. E quantas e quantas formas a deusa adotara, quantos e quantos disfarces usara para ajudar seu marido e seu filho... Tornara-se Mêntor, um dos amigos mais antigos de Odisseu — fora assim, aparentemente, que ajudara Telêmaco a conseguir um navio, a partir para Pilo e Esparta. Tornara-se um abutre. Uma mocinha bonita. Uma bela mulher. Um pastor. Uma andorinha. Quanto esforço! Se não se soubesse que Atena não tinha qualquer interesse em sexo, seria possível achar que estava apaixonada por Odisseu. Lisonjeava-o tanto que quase parecia estar flertando. Isso, claro, a se acreditar no que Odisseu dizia.

Penélope soltou a espadilha e se sentou na banqueta. O marido e o filho diziam ter visto a deusa repetidas vezes. Mas ela, Penélope, nunca a vira. Quanto a isso, quanto a tudo aquilo, dispunha apenas da palavra do marido, e a única certeza em relação a Odisseu era de que se tratava de um mentiroso compulsivo. Atena nem sequer existiria? A deusa instilara ideias na cabeça de Penélope. Pelo menos, era o que sempre tinha imaginado quando sentia um ímpeto de inspiração vindo do nada. Tinha sido realmente Atena que lhe trouxera suas melhores ideias? Ou seriam, na verdade, fruto de sua própria inteligência? A deusa havia supostamente nascido da cabeça do pai,

Penélope

mas isso parecia a Penélope bastante implausível — como uma fantasia masculina sobre como um filho deveria ser gerado, sem qualquer necessidade de um corpo feminino.

Será que o universo podia ser realmente governado pelos deuses e deusas do Olimpo — com sua ilimitada fome de sacrifícios, sua prontidão a se sentirem ofendidos, seus castigos arbitrários? Ela ouvira dizer que os trácios acreditavam que os deuses eram altos e loiros, como eles, e que os etíopes pensavam que os deuses eram negros. Se leões, cavalos e vacas tivessem deuses, refletiu ela, quem sabe não seriam semelhantes a leões, cavalos e vacas...?

Zeus era realmente responsável pelos relâmpagos? Talvez houvesse outra explicação. Talvez, ponderou, viessem do choque entre o vento e as nuvens. Talvez o arco-íris não fosse obra da deusa Íris, como sempre lhe haviam ensinado, mas um efeito da luz nas nuvens. E a chuva, não poderia a chuva resultar do vapor que se erguia da terra? A Terra era realmente plana, os limites cercados pelo Oceano? Se era, como é que os corpos celestes pareciam girar em torno do mundo? O céu não poderia estar sob nós de alguma forma, assim como acima de nós?

Ela fitou novamente o tear, as cenas elaboradas que tecera. Então pegou a lançadeira e puxou com força o fio da trama, desfazendo a obra. Tudo começou a se desmanchar. Suas histórias começaram a se dissolver. Quando não restava mais nada, apenas o fio, ela deixou o tear, saiu e fechou a porta atrás de si.

Muito mais tarde — anos depois —, quando a casa estava abandonada, quando o pátio estava deserto, quando o telhado ruíra, apenas aranhas ainda teciam ali. Apanhavam moscas em seus fios cintilantes, e suas teias resistentes não se rompiam.

Agradecimentos

Obrigada, meu inigualável agente Peter Straus e seus colegas em Rogers, Coleridge and White.

Obrigada, Bea Hemming, a melhor das editoras, que, numa mesa externa do bar King Charles i, em King's Cross, em Londres, no começo de agosto de 2017, comentou: "Por que você não faz um livro de mitos gregos?". Obrigada à equipe toda da Jonathan Cape, incluindo Suzanne Dean, Neil Bradford, David Eldridge, Katherine Fry, Anna Redman Aylward, Ilona Jasiewicz. Obrigada, Dan Franklin.

Obrigada, Chris Offili, pelos desenhos de tão rara beleza. É uma honra estar nestas páginas junto com você. Obrigada, Tamsin Wright e Kathy Stephenson.

Obrigada, colegas do *Guardian*, por possibilitarem e tolerarem minhas ausências: Katharine Viner, Jan Thompson, Pippa Prior, Randeep Ramesh, Jonathan Shainin, Clare Longrigg, David Wolf, Alex Needham, Charlotte Northedge, Liese Spencer e Carey Evans.

Obrigada, Mary Harlow, por atender a minhas perguntas sobre os têxteis antigos e me ajudar a lidar com um fuso e um tear de urdidura. Obrigada, Ellen Harlizius-Klück: generosamente, ela passou uma manhã me mostrando seu trabalho com o Penelope Project sobre os têxteis antigos, integrante do Instituto de Pesquisas sobre a História da Tecnologia e Ciência no Deutsch Museum, em Munique. Obrigada, Frank J. Nisetich (e Píndaro), pela epígrafe.

Obrigada a duas admiráveis instituições: a American Academy em Roma, onde fui tão bem recebida como membro visitante em 2018, e a Gladstone's Library em Flintshire, onde passei o mês de fevereiro de 2020 como escritora residente, tão bem e tão cordialmente atendida por todas as pessoas de lá. Tive a sorte extraordinária de conseguir concluir a residência antes que a pandemia da covid-19 levasse ao fechamento temporário da biblioteca. Obrigada, Peter Francis, Louisa Yates e toda a equipe.

Obrigada, Fiona Bradley e Sara Holloway, duas queridas amigas, por serem minhas primeiras leitoras.

Obrigada, James Davidson, Tim Whitmarsh e Paul Cartledge, pela generosa leitura do manuscrito com olhos experientes. Vocês me salvaram de muitos erros, e os que restaram são apenas meus.

Recebi grande ajuda, quer soubessem ou não, de amigos, classicistas e escritores (alguns sendo os três em simultâneo), incluindo Richard Baker, Nick Barley, Andy Beckett, Francis Bickmore, Kate Bland, Emma Bridges, Xan Brooks, Aditya Chakrabortty, Agnes Crawford, Sarah Crown, Susanna Eastburn, David Fearn, Barbara Graziosi, Mark Haddon, Sophie Hay, Jon Hesk, Keith Miller, Camilla Norman, Charlotte Schepke, Ali Smith e Gary Younge.

Obrigada, Cynthia Smart, por ter sido minha primeira professora de grego e latim. Obrigada aos finados classicistas Jasper Griffin, Oliver Lyne e Michael Comber, que me ensinaram literatura clássica quando eu era estudante. Tive a sorte de aprender ao lado de três mulheres divinas — Emma Christian, Antonia Potter e Emily Wilson —, bem como de Joshua St. Johnston, que tem sido uma inspiração nesses últimos trinta anos.

Obrigada, meu querido pai, Peter Higgins, que me incutiu (aos oito anos de idade, a propósito de uma carta de agradecimento mal escrita, referente a Evelyn Waugh) que o trabalho do escritor é reescrever.

Obrigada à minha querida mãe, Pamela, falecida em novembro de 2018. Devo a ela mais do que consigo dizer.

Obrigada, Rob Higgins, pelo primeiro livro de mitos, e obrigada, Pam Magee. Obrigada, Rupert Higgins e Dawn Lawrence, por me manterem atenta ao mundo natural. Obrigada, Miriam, Isaac e Simeon Bird, sempre estimulantes, e Zora Bird, que chegou em agosto de 2019, trazendo uma deliciosa distração.

Obrigada, meu maravilhoso sobrinho e minhas maravilhosas sobrinhas — James e Emma Higgins, Tilda e Eleanor Lawrence — a quem dedico este livro, com afeto e orgulho.

E muito obrigada, Matthew Fox, por ouvir com amor.

Notas

Atena

A deusa Atena preside às técnicas e aos ofícios; é a inventora do tear. *Fastos*, de Ovídio, um calendário poético das festas romanas, por exemplo, descreve Minerva (a versão romana de Atena) como *"mille dea... operum"*, deusa de mil ofícios (3.833). Também descreve seu papel ensinando aos humanos as artes de tecer e trabalhar com lã.

As fontes para minha versão da criação são a *Teogonia*, de Hesíodo, e as aberturas das *Metamorfoses*, de Ovídio, e da *Biblioteca*, de Pseudo-Apolodoro.

A história da criação em Hesíodo, que os estudiosos situam na era da épica homérica, talvez o final do século VIII ou o século VII a.C., se refere basicamente a genealogias divinas. Ovídio, escrevendo na era do imperador Augusto, no final do século I a.C./ início do século I d.C., apresenta uma bela visão materialista do começo do universo em seu poema épico sobre transformações mitológicas. Deve muito ao texto poético/ científico/ filosófico anterior de Lucrécio, *Sobre a natureza das coisas*. *Biblioteca*, de Pseudo-Apolodoro, manual de histórias mitológicas em prosa grega, foi escrito provavelmente no século I ou II. Para a conveniência dos leitores, nestas notas sigo a divisão da obra em livros e seções proposta por Robin Hard, em sua tradução para a coleção Oxford World's Classics, que se diferencia das divisões feitas, por exemplo, por James Frazer, em sua edição Loeb bilíngue.

Combinei elementos das três fontes, reduzindo a enorme profusão de detalhes (e longas listas de nomes) em Hesíodo, e utilizei detalhes de outras referências: por exemplo, a história de **Hefesto** atirado do Olimpo por Zeus está na *Ilíada* (1.590-5); a imagem de **Afrodite** saindo do mar deve alguns elementos ao glorioso trono Ludovisi, que pode ser visto

378 *Mitos gregos*

no Palazzo Altemps, em Roma; o Etna como prisão de Tífon está maravilhosamente descrito na primeira *Ode Pítia*, de Píndaro. Esse poeta do século v a.C. celebrou vencedores de vários Jogos antigos, inclusive os Jogos Olímpicos, fontes importantes para histórias míticas.

O festival panatenaico anual, na Atenas antiga real, incluía o oferecimento de um peplo, ou túnica, sagrado à pequena estátua em madeira de oliveira dedicada a Atena Polias (a deusa como protetora da cidade, ou *polis*). Esse momento está representado nas cenas culminantes do friso do Partenon. Afirmava-se que a criação do peplo levava nove meses e ficava a cargo de moças e mulheres. Alguns historiadores da religião grega pensam que havia também uma peça de tecido feita a cada quatro anos, que envolveria ou penderia nas costas da estátua colossal (cerca de dez metros) de Atena no Partenon. Essas peças eram decoradas com cenas da "Gigantomaquia", a batalha dos deuses com os Gigantes, e é por isso que o episódio forma a cena central do painel que minha Atena tece. O poeta de *Ciris*, obra no *Appendix Virgiliana* (uma coletânea de poemas latinos outrora atribuídos a Virgílio), descreve o peplo da seguinte maneira: "Assim são tecidas em ordem as batalhas de Palas [Atena], os grandes mantos são adornados com os troféus dos Gigantes, e árduos combates são figurados em escarlate vermelho-sangue. Acrescentou-se Tífon — aquele que foi derrubado pela lança dourada...". E o poeta então anuncia a intenção de criar uma obra de arte análoga — um conto poético "tecido" sobre a natureza.

Simplifiquei a história das origens do fogo apresentada por Hesíodo em sua *Teogonia* — nela, Prometeu rouba uma segunda vez o fogo para dá-lo aos humanos, depois que Zeus o pegara de volta, zangado por causa da distribuição da carne durante os sacrifícios.

Hesíodo foi quem deu origem à história de **Pandora**. Ele a conta duas vezes — uma na *Teogonia* e outra em seu manual agrícola poético, *Os trabalhos e os dias*. Nos dois casos, sua Pandora é amaldiçoada, abrindo seu pote de barro (metáfora não muito disfarçada de sua vagina) para trazer o infortúnio aos homens. Hesíodo é, de modo geral, francamente misógino, de um modo que, digamos, Homero não é (e Pandora tampouco aparece em Homero). Tomei a liberdade de inverter a história, usando o nome Pandora — que significa "aquela que dá tudo" — para

Notas 379

sugerir que, de fato, ela permite que os homens descubram sua verdadeira humanidade em toda a sua complexidade moral. Para Hesíodo, antes que as mulheres aparecessem para enfraquecer os homens, a espécie humana, exclusivamente masculina, vivia numa idade de ouro, na qual ninguém envelhecia e a Terra dava seus frutos espontaneamente.

Meu **Prometeu** deve muito à peça *Prometeu acorrentado*, tradicionalmente atribuída a Ésquilo, em que o protagonista epônimo descreve seu rebelde desejo de ensinar habilidades aos humanos. Bem no início da peça ele é acorrentado ao rochedo pelo relutante **Hefesto**. Há um coro de **Oceânides**.

A história de **Deméter e Perséfone** baseia-se de perto no *Hino homérico a Deméter*. Os 33 *Hinos homéricos*, outrora atribuídos ao próprio Homero, são cantos compostos em sua maioria nos séculos VII e VI a.C., em honra a deuses individuais. O *Hino a Deméter* é um dos poucos textos gregos antigos que dão a uma personagem feminina uma narrativa "jornada de busca" que parece ecoar tanto a *Ilíada* (a fúria e a retirada de Deméter aos moldes de Aquiles) quanto a *Odisseia* (as travessias da deusa, e seu costume de se disfarçar). O *Hino a Deméter* opera em parte como um poema etiológico, explicando a fundação dos Mistérios de Elêusis, um importante culto nessa cidade, perto de Atenas.

As histórias de **Faetonte** e de **Pirra e Deucalião** se baseiam em larga medida nos cantos 2 e 1, respectivamente, das *Metamorfoses*, de Ovídio.

A ideia da humanidade como grandiosa e ao mesmo tempo destrutiva encontra sua expressão mais eloquente na famosa ode coral de *Antígona* (322 ss.), de Sófocles, dramaturgo do século V a.C.

Alcitoé

Alcitoé, sem dúvida, é um nome pouco familiar. Ela e suas irmãs, as filhas de **Mínias** de Orcomeno, aparecem no começo do quarto canto das *Metamorfoses*, de Ovídio, negando a divindade de Dioniso. São tecelãs, e continuam a tecer enquanto outras mulheres abandonam precipitadamente o lar para irem cultuar o deus.

380   *Mitos gregos*

O fato de as seguidoras de Dioniso subverterem a ordem doméstica
normal e os papéis de gênero usuais — largando teares e lançadeiras, instigadas pelo deus a irem para as montanhas — é um aspecto
importante da grande peça de Eurípides *As bacantes* (118-9, por exemplo). A peça conta como **Penteu**, de Tebas, o primo mortal do deus,
nega a divindade de Dioniso e é devidamente castigado. *As bacantes*
foi provavelmente escrito por volta de 406 a.C., na Macedônia, onde o
autor passou mais ou menos um ano, já bem no final de sua vida. Foi
encenada postumamente em Atenas, nas Grandes Festas Dionisíacas, o
festival anual mais importante dedicado a esse deus. Durante três dias,
três dramaturgos concorriam com quatro peças cada — uma trilogia
de tragédias seguidas por uma "sátira" turbulenta, apresentando um
coro das lascivas e itifálicas criaturas.

Nas *Metamorfoses*, as filhas de Mínias cantam enquanto tecem, e assim
fornecem um meio para embutir o relato de várias histórias, inclusive
a de **Píramo e Tisbe**. O tema de minha Alcítoé é uma "história" de
Tebas até a chegada de Dioniso (embora eu tenha incluído uma narrativa bastante antecipada das histórias de Édipo e seus filhos). As fontes
para esse material incluem, além de *As bacantes*, o épico *Dionisíacas*
— o mais longo poema remanescente da Antiguidade greco-romana,
com 20 426 versos, organizados em 48 cantos. O poema, que narra a
história de Dioniso começando com a fundação de Tebas por obra de
Cadmo, seu avô materno, foi escrito em grego no final do século IV ou
começo do século V por Nono, habitante de Panópolis, a atual cidade de
Akhmim, no Egito. (Está para sair uma nova tradução em inglês, feita
por Robert Shorrock, Camille Geisz, Mary Whitby, Tim Whitmarsh
e Berenice Verhelst, e agradeço o acesso concedido para eu consultar
uma versão inicial.)

O estupro de **Europa** é o tema de uma das maiores obras de Ticiano,
pintada nos anos 1550, para o rei Filipe II da Espanha. Seu xale rosa esvoaçante é uma característica da cena desde a Antiguidade. A história
é narrada no final do canto 2 das *Metamorfoses*.

O episódio de **Cadmo e Tífon** está no canto 2 das *Dionisíacas*, de Nono.
As visitas de Cadmo à Samotrácia e a **Electra e Harmonia** estão nos
cantos 3 e 4.

Notas 381

A história de Io, que Cadmo conta para Electra nas *Dionisíacas*, também é narrada no canto I das *Metamorfoses*, de Ovídio, no livro 2 da *Biblioteca*, de Pseudo-Apolodoro, e na peça *Prometeu acorrentado*, de Ésquilo, de onde provêm os detalhes das viagens de Io, inclusive à terra das **Greias**, "que parecem cisnes", como diz Ésquilo.

Cadmo é tido em muitas fontes gregas (inclusive Heródoto, *Histórias*, 5.58) como o introdutor do alfabeto, que trouxera da Fenícia. De fato, é verdade que o sistema de escrita alfabética dos gregos foi uma adaptação do sistema desenvolvido na Fenícia.

Dirce — às vezes considerada não uma fonte de água e sim uma pessoa (ou uma pessoa que se transforma numa fonte) — era a tia de Antíope, a quem tratava mal. Os filhos de Antíope com Zeus (ele a estuprou, disfarçado como sátiro) foram **Anfíon e Zeto**, os construtores dos muros e das sete portas de Tebas. Mais tarde, mataram Dirce devido à sua crueldade, amarrando-a aos chifres de um touro. Esse é o tema do famoso *Touro Farnésio*, uma escultura helenística representando um grupo de figuras, acervo do Museu Arqueológico de Nápoles.

A ideia de que **Tirésias** descende de um dos **homens semeados** está na *Biblioteca* (3.6.7), de Pseudo-Apolodoro, bem como a história de sua transformação em mulher. Por que Hera fica tão furiosa com sua resposta à pergunta sobre o prazer sexual? Existem diversas teorias. Tomei de empréstimo a de Nicole Loraux, em *The Experience of Tiresias: The Feminine and the Greek* (1995, trad. para o inglês de Paula Wissig).

Segundo Diodoro Sículo (*Biblioteca histórica*, 4.66.6), Manto, às vezes conhecida como Dafne, "escreveu respostas oraculares de toda espécie, primando em sua composição; e, de fato, foi de sua poesia, ao que dizem, que o poeta Homero tomou muitos versos dos quais se apropriou como se fossem seus e com eles adornou sua poesia". *Mantikós* significa profeta em grego, e desse termo deriva o adjetivo "mântico", bem como o termo inglês para o louva-a-deus, *praying mantis*, assim chamado por causa de sua postura, com os antebraços dobrados, como em oração. A *Biblioteca*, de Diodoro, era um compêndio do saber universal desde os tempos mitológicos até o ano 60 a.C. Dos quarenta livros que compunham o original, restam apenas quinze.

382   *Mitos gregos*

A fonte para **Édipo e Jocasta** é a obra-prima de Sófocles, *Édipo rei*. Não se sabe a data exata da peça, mas provavelmente estreou em 430 ou 429 a.C. Sófocles teve longa carreira no teatro, estendendo-se pelo menos de 468 a 406 a.C. Aristóteles considerava *Édipo rei* a peça grega mais exemplar. Mas não fez parte de nenhuma trilogia vencedora nas Festas Dionisíacas.

A morte de Édipo perto de Atenas é o tema de *Édipo em Colono*, também de Sófocles. A história de **Polinices e Etéocles** é narrada por Ésquilo em *Sete contra Tebas*. A tentativa de **Antígona** de sepultar o irmão **Polinices** é o tema de *Antígona*, de Sófocles. O detalhe do colar de Harmonia utilizado para subornar Erifila está em Pseudo-Apolodoro.

A história de **Actéon** aqui se baseia nas *Metamorfoses*, de Ovídio, canto 3. É narrada também no *Hino*, de Calímaco, conhecido como *O banho de Palas*, e nas *Dionisíacas*, de Nono.

Parte da história de **Sêmele** provém do canto 7 das *Dionisíacas*. Nos relatos antigos, geralmente é a ciumenta Hera que persuade Sêmele a pedir que Zeus lhe mostre seus raios; inventei a ideia de que Sêmele o fez deliberadamente, talvez já antevendo o provável resultado.

O papel de **Ino** cuidando do pequeno Dioniso e sua transformação em divindade marinha são narrados em Pseudo-Apolodoro (3.4.3).

Os **anos iniciais de Dioniso** foram amplamente extraídos dos *Hinos homéricos* a Dioniso, 1 e 26. A história de **Âmpelo** está nos cantos 10, 11 e 12 das *Dionisíacas*, de Nono. *Ampelos* designa vinho em grego. As viagens asiáticas de Dioniso estão arroladas no discurso de abertura do deus em *As bacantes*, de Eurípides.

A história do **rapto de Dioniso** vem do maravilhoso sétimo *Hino homérico*, dedicado a esse deus. Inventei a ideia de que é nesse navio específico que ele chega à Grécia. Há um magnífico *kylix*, ou cálice, feito pelo oleiro ateniense Exéquias, nos anos 540 a.C., que mostra uma cena semelhante à que fiz Alcitoé tecer. Encontra-se nas Antikensammlungen, de Munique.

Notas

A história de **Dioniso em Tebas** e seu encontro com **Penteu** provém de *As bacantes*, de Eurípides. A imagem de **Agave** a descer correndo o Citéron, com a cabeça do filho empalada em seu bastão, é uma das mais inesquecíveis do teatro grego. Imagine-se a "cabeça" representada pela máscara do ator.

A transformação da tapeçaria das **filhas de Mínias** está no canto 4 das *Metamorfoses*, de Ovídio. As mulheres negam explicitamente a divindade de Dioniso, tal como fizera Penteu; para meus objetivos, sugeri que, concentradas na confecção de sua obra artística, elas estão ocupadas demais para atenderem ao chamado dele. A ideia do deus disfarçado de mênade vem das *Metamorfoses* de Antonino Liberal, obra que data do século II-III.

Filomela

A narração mais completa da história de **Filomela e Procne** que chegou a nós está em Ovídio, *Metamorfoses*, canto 6. Também foi tema de uma peça de Sófocles, *Tereu*, que em larga medida se perdeu. Considera-se que a peça de Sófocles colocou as irmãs como as lentes para a história. As relações entre irmãs também são importantes nas peças *Electra* e *Antígona*, de Sófocles. Nelas, as duplas de irmãs formam um certo contraste — Antígona e Electra são caracterizadas como as "fortes" e decisivas, enquanto Ismênia e Crisótemis, como "mais fracas", servem para lhes dar destaque. Na versão ovidiana da história de Filomela e Procne, pelo menos, as irmãs mostram uma invulgar solidariedade.

Tomei de empréstimo a um dos belos coros em *Hipólito*, de Eurípides (732 ss.), o desejo das irmãs de se converter em pássaros: "Anseio pelos locais secretos percorridos pelo sol,/ e um deus que me eleve às alturas/ entre pássaros voando alto,/ para subir e pairar/ sobre as costas dos mares/ e rios/ onde tristes moças/ compadecidas de Faetonte/ tombam na onda azul profunda/ suas lágrimas ambarinas, suas lágrimas brilhantes" [a partir da tradução de Anne Carson para o inglês].

A história de **Ífis**, narrada no canto 9 das *Metamorfoses*, é um dos vários mitos em que os personagens são transformados em homem e mulher,

384 *Mitos gregos*

e vice-versa. (Outros personagens que passam por essa transformação são Cênis e Tirésias.) Diante disso, é possível ler Ífis como precursora mítica de uma experiência transgênero moderna. No entanto, num criterioso ensaio publicado no periódico *Eidolon*, uma classicista transgênero, Sasha Barish, sugere que a história — situada nas *Metamorfoses* entre uma série de histórias sobre amores impossíveis ou inaturais — pode ser mais problemática do que parece à primeira vista. É de se notar também que, na narração de Ovídio, é necessário que se dê a mudança de mulher para homem porque, para ele, a ideia de duas mulheres se amando é tão inédita a ponto de ser impensável: "*femina femineo correpta cupidine nulla est*" — nenhuma mulher é tomada de desejo por uma mulher, afirma o poeta.

Foi por isso que deixei o final da história em aberto. Alguma ventura Ísis concedeu, mas cabe ao leitor decidir qual é a natureza dessa ventura. Tomei a deixa de outros versos na história de Ovídio (*Metamorfoses*, 9.711-3): "*Facies, qam siue puellae/ siue dares puero, fieret formosus uterque*", "A aparência de Ífis, fosse como menina ou menino, seria bela de qualquer maneira".

As histórias de **Eco** e **Narciso** são contadas no canto 3 das *Metamorfoses*, de Ovídio.

A história de **Pigmalião** está no canto 10 das *Metamorfoses*. Na versão de Ovídio, Pigmalião e a estátua têm um final feliz e uma criança, Pafos. A estátua de Ovídio era feita de marfim; a minha se baseia na famosa estátua helenista de Ariadne que podemos ver nos Museus Vaticanos (também aparece em meu livro *Red Thread* [Fio vermelho]). Segundo um diálogo chamado *Amores*, atribuído a Luciano, um homem que foi ver a estátua real de mármore de Afrodite nua em Cnido, feita pelo famoso escultor ateniense Praxíteles, ficou tão excitado que ejaculou sobre ela, deixando uma mancha em suas coxas. Foi o que aqui inspirou um detalhe violento.

Héracles vestido com roupas de mulher e fiando para **Ônfale** é mencionado nas *Elegias* (4.9), de Propércio, e a troca da indumentária em Luciano, *Como se deve escrever a história* (10). No Museu Britânico, há

Notas 385

um poço romano em que Héracles aparece com um vestido erguido, mostrando o pênis ereto, "em perseguição erótica" (como diz o museu) de uma mulher.

A peça *Alceste*, de Eurípides, conta que ela se ofereceu para morrer em lugar do marido Admeto, voltando ao mundo dos vivos trazida por Héracles, que luta com a Morte e a leva para seu lar, velada, onde é reconhecida pelo marido.

A história de **Dejanira** matando acidentalmente o marido **Héracles** é narrada em várias fontes, entre elas o *Catálogo de mulheres*, de Hesíodo (que também traz a história de Periclímeno, irmão de Nestor, que podia se disfarçar como formiga, abelha, águia ou serpente — e que, ao perder o favor de Atena, foi morto por Héracles num combate fora dos muros da cidade de seu pai Neleu).

Aqui, porém, a fonte principal é *As traquínias*, de Sófocles. Nessa peça, os Trabalhos (o aspecto mais famoso em relação a Héracles) são condensados numa única fala retrospectiva, enquanto a história se concentra em narrar como esse grande herói é inadvertidamente morto pela esposa. Há uma maravilhosa pintura renascentista de Jan Gossaert (ou Mabuse), no Barber Institute, em Birmingham, que faz algo parecido: mostra Héracles e Dejanira sentados juntos, ela prestes a lhe ofertar a túnica envenenada que o matará. Acena-se aos famosos Trabalhos de Héracles num friso entalhado e parcialmente escondido na base do banco de pedra em que os dois estão sentados, e que aqui inspirou minha abordagem. Em algumas versões da história de Héracles, os Trabalhos são realizados para expiar o crime de ter matado sua primeira esposa, Mégara. Mas Homero, no canto 19 da *Ilíada*, diz que foi por causa de Hera: ela obteve de Zeus a promessa de que qualquer descendente mortal dele que nascesse naquele dia teria domínio sobre seus vizinhos. Ela adiou o nascimento de Héracles e foi naquele dia que nasceu Euristeu, neto de Zeus. Assim, Héracles teve de ser subserviente a seu parente.

É a *Biblioteca*, de Pseudo-Apolodoro, que informa que Dejanira conduzia uma carruagem e conhecia as artes da guerra. A imortalidade de Héracles, em eterna paz com a esposa Hebe, é descrita na primeira *Ode Nemeia*, de Píndaro, e no *Catálogo de mulheres*, de Hesíodo.

386   *Mitos gregos*

A história de **Atalanta** é narrada nos cantos 8 e 10 das *Metamorfoses*, de Ovídio. Outras fontes são a *Biblioteca*, de Pseudo-Apolodoro, e o *Hino a Ártemis*, de Calímaco, que menciona como ela liquidou os que tentaram estuprá-la. Melânio é às vezes conhecido como Hipômenes. O detalhe de Atalanta recolhendo a maçã "como uma Harpia" foi extraído do *Catálogo de mulheres*, de Hesíodo.

A história de **Píramo e Tisbe** aparece pela primeira vez na literatura remanescente no canto 4 das *Metamorfoses*, de Ovídio.

A história muito mais leve de **Eros e Psiquê** provém de *O asno de ouro*, obra latina em prosa de Apuleio, do século II, escritor de Madauros, na Argélia. A cena que faço Filomela tecer — o concílio dos deuses e o banquete nupcial — se encontra entre as cenas na abóbada da *loggia* no Palazzo Farnesina, em Trastevere, Roma, obra magnífica realizada por um grupo de artistas, entre eles Giulio Romano.

A história de **Procne e Filomela** é inegavelmente sangrenta. A versão de Ovídio é mais sangrenta do que a minha: a cena em que apresenta o decepamento da língua é realmente horrenda. Shakespeare adotou alguns detalhes dessa história para *Tito Andrônico* — tanto a ideia de servir os filhos de alguém ao jantar quanto a de um estupro seguido por uma mutilação. A língua de sua Lavínia é cortada — e as mãos também são decepadas, para que não possa escrever (ou tecer) sua história. No entanto, ela consegue indicar a história de Filomela num exemplar das *Metamorfoses*, de Ovídio, para transmitir o que haviam feito com ela.

Aqui, matar o filho pequeno é talvez, como na *Medeia*, de Eurípides, o último recurso de uma mulher contra o patriarcado — uma forma de romper a transferência de prestígio, poder e riqueza de pai para filho, da qual depende a sociedade, nessas histórias (embora também se possa ver esse episódio como uma projeção masculina de terror perante o inegável controle das mulheres sobre uma única função humana: dar à luz e cuidar dos filhos pequenos).

Os ornitólogos hão de observar que as fêmeas do rouxinol não cantam — mas não deixemos que esse tipo de detalhe estrague uma boa história.

Notas 387

Aracne

A história da disputa de **Aracne** com **Atena** na tecelagem é narrada no começo do canto 6 das *Metamorfoses*, de Ovídio, e segui de perto esse relato até a descrição das tapeçarias das duas concorrentes, inclusive a analogia do arco-íris. Tomei emprestado de Ovídio os temas das tecelãs, mas alterei o conteúdo de seus respectivos trabalhos — embora ele apresente **a disputa entre Atena e Posêidon** como a peça central da tapeçaria da deusa.

Colofon e **Fócia**, ambas na Jônia, são cidades gregas na costa mediterrânea ocidental da atual Turquia. A **púrpura** é um símbolo de luxo no mundo clássico, muitas vezes associada à Fenícia (atual Líbano). Tive a feliz oportunidade de conhecer o processo de produção da "púrpura tíria" em visitas ao Museu Nacional de Beirute e ao Museu Arqueológico da Universidade Americana em Beirute, cerca de oitenta quilômetros ao norte de Tiro.

A história de **Ixíon** é narrada em várias fontes, entre elas a segunda *Ode Pítia*, de Píndaro. Foi tema de diversas tragédias perdidas — Ésquilo e Eurípides dramatizaram a história. Um fragmento de *Mulheres da Perrébia*, peça perdida de Ésquilo, traz o detalhe dos "copos lavrados em ouro e prata". Diodoro da Sicília também narra o conto (4.69.3-5).

Segundo as *Fábulas* de Higino, nenhum deus comeu a carne de Pélope no banquete de **Tântalo**, exceto Ceres (nome romano de Deméter). Higino (*c.* 64 a.C.-17 d.C.) era um escravo liberto do imperador Augusto. Suas *Fábulas* são tidas como anotações estudantis um tanto simplistas sobre seus tratados mitográficos originais, mais eruditos. (Píndaro oferece outra versão em sua primeira *Ode Olímpica*: os deuses não podem ter sido canibais, escreve ele; Pélope deve ter sido sequestrado por Posêidon, que queria tomá-lo como amante. Mais tarde, narra Píndaro, Posêidon ajudou Pélope a conquistar Hipodâmia como esposa, o que incluiu vencer seu pai Enomau numa corrida de carruagens. Pélope e Hipodâmia se tornaram os fundadores da casa real de Micenas.)

O **castigo de Tântalo** está descrito no canto 11 da *Odisseia* (582-92).

388   *Mitos gregos*

A história de **Níobe** aparece pela primeira vez no finalzinho da *Ilíada*, já no canto 24 (602-9), onde é apresentada como exemplo de extrema dor na admirável cena em que Príamo, rei de Troia, introduz-se no acampamento grego e persuade Aquiles a lhe permitir ficar com o corpo do filho. Encontram-se outras versões nas *Metamorfoses*, de Ovídio, e na *Biblioteca*, de Pseudo-Apolodoro. O número de seus filhos varia enormemente; mantive o dado por Homero. O detalhe da rocha que encerra o corpo de Níobe como "hera envolvente" provém da *Antígona*, de Sófocles. Há um admirável afresco romano da matança — Apolo disparando contra os humanos enquanto tentam fugir a cavalo — no Museu Arqueológico de Nápoles, originalmente proveniente de uma casa em Pompeia.

Para a história de **Mársias**, baseei-me amplamente na versão de Diodoro da Sicília (3.59). Ovídio traz uma descrição famosa, e famosamente brutal, do esfolamento de Mársias no canto 6 das *Metamorfoses*. Também recorri à pintura da cena feita por José de Ribera, no Museu Capodimonte, em Nápoles.

A história de **Dafne** é narrada no canto 1 das *Metamorfoses*, de Ovídio. A transformação é tema de diversas obras de arte, inclusive a extraordinária escultura de Gianlorenzo Bernini na Villa Borghese, em Roma.

Existem várias versões quanto ao local do rapto de **Orítia**, e escolhi a do mitógrafo Acusilau, do século VI a.C. A cena do estupro em si, nas margens do rio Erígono, é narrada por Apolônio de Rodes na *Argonáutica* (1.215 ss.), do final do século III a.C. Há uma bela ânfora nas Antikensammlungen, em Munique, mostrando o rapto.

Creusa descreve seu estupro, denunciando Apolo, na peça *Íon*, de Eurípides (881 ss.). A história aqui narrada se baseia de perto nessa peça, inclusive os detalhes do estupro e a descrição da manta com seu desenho da Górgona e das serpentes, tecida um tanto toscamente pela jovem inexperiente: a tecelagem aqui vem a dar o desfecho da trama. (Numa peça que trata bastante de têxteis, também encontramos descrições de elaboradas cortinas que decoram o local do banquete onde Íon escapa por um triz ao envenenamento. Elas mostram os céus, com Hélio, Nix, as Plêiades, Órion, a Ursa Maior, as Híades e Éos; uma batalha marítima

Notas   389

entre gregos e estrangeiros; várias criaturas semianimais, semi-humanas; caçadas a gamos e leões; e Cécrope e suas filhas. Ademais, no começo da peça o coro das mulheres atenienses admira as esculturas no santuário de Delfos, dizendo que reconhecem as cenas ali representadas a partir de histórias que ouviram ao tear — podemos imaginá-las cantando enquanto trabalham ou mesmo tecendo as histórias.)

A história da árcade **Calisto** é contada no canto 2 das *Metamorfoses* e nos *Fastos* (2.155 ss.), de Ovídio, e na *Biblioteca* (3.8), de Pseudo-Apolodoro, que reúne os fios de várias tradições díspares relacionadas a ela. Minha versão se alinha basicamente pela versão dada por Pseudo-Eratóstenes, que por sua vez cita uma obra perdida de Hesíodo, na compilação de mitos estelares chamada *Catasterismos* — uma súmula, do século I a.C., de um original perdido, provavelmente não da autoria do verdadeiro Eratóstenes do século III a.C. O poema "[transformation: Callisto]", de Fiona Benson, é uma crua e admirável reelaboração da história de Calisto.

Um dos estupros tecidos por Aracne nas *Metamorfoses*, de Ovídio, é o de **Leda**. Ao longo dos séculos, a erotização da cena tem se demonstrado irresistível para os pintores, escultores e poetas homens; para um ponto de vista diferente, vejam-se os poemas de Lucille Clifton sobre Leda. Supostamente Leda também se deitou com o marido no dia em que foi violentada pelo cisne, e assim, enquanto Zeus é pai de Helena, Tindareu é pai de Clitemnestra e, muitas vezes, também de Cástor e Pólux.

A história de **Ganimedes** é contada no *Hino homérico a Afrodite* (201 ss.).

Pseudo-Apolodoro (*Biblioteca*, 2.4) conta a história de **Dânae** e a concepção de **Perseu** numa chuva de ouro. É outro tema frequente entre os pintores, inclusive Ticiano: veja-se sua versão na Apsley House, em Londres. O poeta romano Horácio, do século I d.C., apresenta em sua *Ode* (3.16) a interpretação cética de **Acrísio** quanto ao ouro. Os detalhes do baú derivam da pintura numa hídria ática de meados do século V a.C. (feita pelo "pintor de Dânae"), no Museu de Belas Artes de Boston. O acalanto que Dânae entoa para Perseu enquanto a arca está no mar é extraído quase literalmente de um fragmento de um belo poema de Simônides de Ceos, poeta do século VI a.C.

390   *Mitos gregos*

A cena na praia com **Díctis** e o pescador se baseia nos fragmentos remanescentes da peça satírica *Os pescadores de rede*, de Ésquilo.

Pseudo-Apolodoro narra a história a partir desse momento (*Biblioteca*, 2.4.2). As **Greias** — às vezes um duo, às vezes um trio — costumam ser representadas como velhas grotescas. Mas a veste cor de açafrão e as "belas faces" são cortesia de Hesíodo na *Teogonia* (270), que também nos conta que elas eram grisalhas desde o nascimento. Hesíodo nomeia duas irmãs, Enió e Pefredó; Dinó é acrescentada por Pseudo-Apolodoro (que também traz Pêfredo, em vez de Pefredó). O fato de se encontrarem três trios diferentes de mulheres sobrenaturais, bem como um amplo leque, até excessivo, de objetos mágicos, sugere aos comentadores modernos que os mitógrafos podem ter reunido variantes do conto para montar uma história só, mesmo que um tanto congestionada. Reproduzi essa característica ligeiramente passada do ponto em minha versão dos encontros de Perseu com as Greias e as **ninfas**, que usualmente não são tão espertas ou sarcásticas.

A ideia de que as ninfas vivem no "Norte" é invenção minha — as locações desses eventos são vagas, mas remotas. Em *Prometeu acorrentado*, as Greias aparentemente vivem perto da Cítia, mas também podem ser encontradas perto do lago Tritonis, no norte da África.

Na arte grega arcaica e clássica e em textos como o de Pseudo-Apolodoro, a **Medusa** e suas irmãs, as **Górgonas** — que, como as Greias, são filhas das divindades marinhas Ceto e Fórcis — têm presas, mãos de bronze, asas e cabeças com escamas. Às vezes, porém, a Medusa é representada como uma bela mulher alada, por exemplo num *pelike*, uma espécie de jarro de vinho, da lavra do pintor Polignoto, do século v a.C., hoje no Metropolitan Museum of Art. Na décima *Ode Pítia*, de Píndaro, ela é descrita com "belas faces". Em Pseudo-Apolodoro, Atena guia a mão de Perseu para matar a Medusa. As *Metamorfoses*, de Ovídio (4.791-803) nos contam que a bela Medusa adquiriu seus cabelos de serpentes depois que Netuno (o equivalente romano de Posêidon) a estuprou no santuário de Minerva (Atena). Os cabelos foram o castigo de Atena. Seguindo o exemplo de Polignoto, não lhe atribuí os cabelos de serpentes, mas tomei de empréstimo o estupro e a inimizade de Atena.

A *Teogonia* (270ss.), de Hesíodo, também nos conta que Medusa foi violentada por Posêidon e que, ao ser morta por Perseu, nasceram

Notas 391

duas criaturas: o cavalo alado **Pégaso** e o guerreiro Crisaor. O frontão ocidental do templo de Ártemis em Corfu, do século VI a.C. — hoje no Museu Arqueológico dessa ilha —, mostra-a com essas suas duas crias.

Segundo Ovídio, Perseu encontra em seguida o Titã Atlas, que ele transforma em pedra (a cadeia de montanhas Atlas). Então vai para a **Etiópia**. Para os gregos, era uma terra distante ao sul, de vaga localização, que gradualmente veio a ser associada ao território nilótico ao sul do Egito — mais similar ao Sudão moderno do que à Etiópia moderna (sem acesso ao mar).

Ceto, a grande criatura marinha, dá nome à cetologia, o estudo das baleias. "O valoroso Perseu, um filho de Júpiter, foi o primeiro baleeiro", escreveu Melville, em *Moby Dick*. Cassiopeia e Cefeu por fim se tornaram constelações — a Cassiopeia, com seu formato em W, é facilmente visível no céu setentrional.

Algumas declarações de **Aracne** demonstrando ceticismo religioso foram tomadas de empréstimo ao discurso de Íon na peça homônima de Eurípides (429-51). O castigo da transformação em aranha está nas *Metamorfoses* (6.139-45).

Andrômaca

Os detalhes da história de **Andrômaca** aqui apresentada vêm dos cantos 6 e 22 da *Ilíada*. No canto 22 ela está ao tear, trabalhando numa peça têxtil tecida com um complexo padrão floral, quando recebe a notícia de que Heitor foi morto. Ao se dar conta do ocorrido, ela arranca o toucado e solta a lançadeira: um dos grandes momentos devastadores na literatura. A palavra em grego para as flores que ela está tecendo é pouco usada: *throna*. Aparece no segundo *Idílio*, de Teócrito, passando a ideia de que possuem poderes mágicos, sendo usadas num sortilégio de amor. Em minha versão, ela tece uma espécie de realização de seus desejos, se não propriamente um sortilégio amoroso — são contos sobre a natureza que a transportam para além do confinamento entre os muros de Troia, e histórias de amor.

392   *Mitos gregos*

A lembrança específica do dia de seu casamento foi colhida numa obra (frag. 44) da poeta Safo de Lesbos (*c.* 630-570 a.C.). A ideia das mulheres ao tear, tentando adivinhar quais gregos irão levá-las arrastadas pelos cabelos, provém de *Ifigênia em Áulis* (786-91), de Eurípides.

A história de **Alcíone e Céix** aparece pela primeira vez, em forma fragmentária, no *Catálogo de mulheres*, de Hesíodo, no qual as duas personagens se tratam impiamente como "Hera" e "Zeus" e, como castigo, são transformadas em pássaros. Minha versão deve mais a Ovídio, no canto II das *Metamorfoses*, em que o conto se torna uma terna história de amor.

Kéyx é o termo grego para gaivota ou andorinha-do-mar, e assim ele deve ter sido originalmente transformado numa dessas aves. O discurso contra as viagens marítimas que atribuo a Alcíone foi extraído a partir de alguns detalhes nas *Odes* (1.14), de Horácio, em que o narrador espera que seu amigo, o poeta Virgílio, chegue ileso a seu destino. Céix, em resposta a esse discurso, utiliza alguns argumentos do *Soneto* n. 39, de Shakespeare. A terra dos cimérios está descrita no canto II da *Odisseia*. O gemido das pombas e o murmúrio das abelhas, tomei de empréstimo a Tennyson.

As histórias de **Báucis e Filêmon** e de **Ícaro** são narradas no canto 8 das *Metamorfoses*, de Ovídio.

A história de **Jacinto** é narrada no canto 10 das *Metamorfoses* (162-219), mas há também detalhes provenientes de dois livros escritos em grego, ambos chamados *Pinturas*, o que confunde um tanto, escritos por dois diferentes autores de nome Filóstrato, ambos descrevendo obras de arte com temas mitológicos. Eram talvez integrantes de uma mesma família ateniense, possivelmente avô e neto. O Filóstrato mais velho estava em atividade no século III. Um fragmento de um poema de Bíon de Esmirna (em atividade por volta de 100 a.C.) mostra o deus tentando usar ambrosia e néctar para ressuscitar o amante.

O destino de **Adônis** é narrado por Ovídio no canto 10 das *Metamorfoses*. A história também é tema de um poema de Teócrito, poeta helenista, que escrevia no século III a.C. Em seu décimo quinto *Idílio*, ele descreve

Notas   393

duas mulheres presentes ao festival de Adônis. Elas admiram tapeçarias
tão maravilhosas que as figuras representadas parecem se mover. Bíon
de Flossa, outro poeta helenista, escreveu um *Lamento por Adônis*, cheio
de detalhes barrocos sobre o extravagante pesar de **Afrodite**. Ticiano
pintou Afrodite enlaçando o amante com os braços, tentando impedir
que fosse sozinho à caça — uma de suas telas inspiradas em Ovídio, na
série encomendada por Filipe ii da Espanha.

O maravilhoso *Hino homérico a Afrodite* é a fonte para a história de
Afrodite e Anquises. Atribuí a Afrodite alguns dos versos de Anquises.
A história do filho de ambos, **Eneias**, é narrada no grande épico ro-
mano, a *Eneida*, de Virgílio.

A história de **Orfeu e Eurídice** tem duas fontes principais: o livro 4 das
Geórgicas, de Virgílio (453-527), e o canto 10 das *Metamorfoses*, de Ovídio.
A versão nas *Geórgicas* se concentra em Aristeu, o apicultor árcade, que
provoca a morte de Eurídice. Na nona *Ode Pítia*, de Píndaro, narra-se a
história de **Cirene**. Nos mosaicos romanos que representam a cena, é
frequente a presença de uma raposa aos pés de Orfeu.

A história de **Pico** está no canto 5 das *Metamorfoses*; a de **Leto e os sapos**,
no canto 6; as **pegas** estão no canto 5.

A geografia e as características do Ínfero foram essencialmente extraídas
do canto 6 da *Eneida* e do canto ii da *Odisseia*. Tomei a liberdade de atribuir
a Eurídice o tradicional papel masculino de descer ao Ínfero, percorrendo
os locais com o auxílio de um guia, papel que concedi a **Hermes**, que
de fato tradicionalmente acompanha as almas dos mortos. (No épico de
Virgílio, é a Sibila de Cuma que desempenha o papel de guia para Eneias,
e Virgílio, por sua vez, o desempenha para Dante na *Divina Comédia*.)

A história de **Belerofonte, Pégaso e Quimera** é relatada em mais detalhes no canto 6 da *Ilíada* (119-211). O detalhe de Belerofonte domando
Pégaso com o bridão provido de uma cabeçada em ouro vem da décima
terceira *Ode Olímpica*, de Píndaro.

A história das **Harpias** está na *Argonáutica*, de Apolônio de Rodes, escrita em Alexandria, no século iii a.C. Suas Harpias também saqueiam

394 *Mitos gregos*

a comida de Fineu e deixam um cheiro repugnante por onde passam. Nos vasos gregos, às vezes as Harpias são representadas como mulheres com asas grandiosas ou como pássaros com cabeça de mulher. As **Fúrias** são muitas vezes apresentadas como mulheres aladas, usando túnicas e sandálias, com serpentes enroladas nos cabelos e nos braços.

Odisseu encontra **Sísifo** no canto 11 da *Odisseia* (593 ss.), e sua história também é contada na *Biblioteca*, de Pseudo-Apolodoro (1.9.3).

É Ovídio, no canto 10 das *Metamorfoses*, quem pede a **Hades e Perséfone** (em suas versões romanas, Plutão e Prosérpina) que reteçam o destino de Eurídice — *"retexite fata"*.

Helena

Na *Ilíada* (3.125-9), vemos **Helena** ao tear, tecendo as lutas entre os gregos e os troianos numa grande peça púrpura dupla. Íris lhe aparece disfarçada, insistindo que vá aos bastiões para se juntar a **Príamo**, onde aponta para ele vários guerreiros aqueus (gregos) — o que é um tanto implausível, visto que supostamente se está no décimo ano da guerra. Esse episódio é conhecido como teicoscopia ("observar do alto da muralha"). Segue-se o duelo entre **Menelau e Páris**, terminando com Páris resgatado por Afrodite. É no final do canto 8 que vem a mágica descrição das fogueiras dos troianos ardendo à noite como estrelas. Inventei a ideia de que Helena sai de casa à noite para contemplar a cena.

A sensação de Helena de que seu "verdadeiro ser" está em outro lugar é uma referência à peça *Helena*, de Eurípides, em que um espectro criado pelos deuses foge com Páris, provocando a guerra, enquanto a verdadeira Helena, fiel e impoluta, some no Egito. A fonte de Eurípides, por sua vez, provavelmente foram os poemas do anterior poeta lírico Estesícoro sobre Helena.

Nessa primeira tapeçaria, feita em Troia, imaginei Helena tecendo alguns dos principais acontecimentos da *Ilíada*. O escudo de Aquiles está descrito (de modo muito, muito mais extenso do que fiz aqui) no canto 18 da *Ilíada* (478 ss.). Essa obra não nos diz se a relação extremamente

Notas   395

íntima, amorosa, apaixonada entre Aquiles e **Pátroclo** também é sexual, embora os fragmentos restantes da peça *Os mirmidões*, de Ésquilo, sejam explícitos, mostrando Aquiles destroçado de dor relembrando as relações sexuais com seu finado companheiro (3.13.8). A *Ilíada* termina com **Cassandra, Andrômaca, Hécuba** e, por fim, Helena pranteando **Heitor**.

O episódio de **Idoteia e Proteu**, assim como o fuso dourado e a caixa de prata sobre rodas, está descrito no livro 4 da *Odisseia* (361 ss. e 120 ss., respectivamente).

O conflito de **Hermione** com Andrômaca, que dá um filho a Neoptólemo enquanto ela continua estéril, é o tema da peça *Andrômaca*, de Eurípides.

A decisão de que **Têtis** se case com Peleu é narrada na oitava *Ode Ístmica*, de Píndaro. O encontro entre Peleu e Têtis e a cena nupcial foram extraídos do poema 64 de Catulo, poeta romano do século i a.C. Conservei o erro de continuidade de Catulo (se o *Argo* foi o primeiro navio, como é que a colcha de Peleu e Têtis mostra Teseu e Ariadne a bordo de uma embarcação?). A *Crestomatia*, de um escritor chamado Proclo (data desconhecida), inclui uma súmula das várias partes perdidas do ciclo épico. Um desses poemas perdidos, *Cípria*, sobre a parte inicial da Guerra de Troia, continha a cena de Éris no casamento de Peleu e Têtis, bem como a do **julgamento de Páris**. Esses acontecimentos também são narrados em Pseudo-Apolodoro. Os detalhes de Atena com a pele luzindo com azeite e Afrodite com perfume de mirra provêm do quinto *Hino* de Calímaco, dedicado a Atena. As particularidades do sonho de Hécuba foram extraídas da fragmentária oitava *Peã*, de Píndaro.

A história dos **pretendentes de Helena** está narrada em Proclo. Há uma versão levemente diferente em *Ifigênia em Áulis*, de Eurípides, em que o próprio **Tindareu** concebe o plano para evitar derramamento de sangue e a própria Helena escolhe Menelau.

Na *Ilíada* (6.321 ss.), Páris está procurando suas armas dentro de casa com Helena quando Heitor irrompe e o repreende por sua indolência pouco militar. Aqui adotei parte desse espírito. Os sentimentos de Helena por deixar Esparta devem alguns aspectos ao maravilho poema

396   *Mitos gregos*

de Safo que conhecemos como fragmento 16, o qual se inicia, na tradução para o inglês de Stanley Lombardo, da seguinte maneira: *"Some
say an army on horseback,/ some say on foot, and some say ships/ are the
most beautiful things/ on this black earth,/ but I say/ it is whatever you love"*
[Tropas a cavalo, dizem alguns,/ infantarias, dizem alguns, e navios,
dizem alguns,/ são as mais belas coisas/ nessa terra negra,/ mas eu
digo: é aquilo que se ama].

A história do **arado** está em Higino, *Fábulas* (95). Diz-se por vezes que foi
Palamedes (inclusive, talvez, numa peça perdida de Sófocles sobre ele)
quem inventou os jogos de tabuleiro — e, de fato, no começo de *Ifigênia
em Áulis*, de Eurípides, ele aparece jogando damas com Protesilau.

A história de **Ifigênia** é narrada em *Ifigênia em Áulis*, vigorosa peça sobre
o calculismo político e as concessões morais, levada ao palco logo após
a morte de Eurípides, em 406 a.C., numa trilogia com as *Bacantes* e a
perdida *Alcméon em Corinto*. Para o sacrifício em si, recorri ao tom desolado do *Agamêmnon*, de Ésquilo (227-57). Noto que, nos mitos gregos,
as jovens que, como Perséfone, clamam pelos pais em momento de
necessidade geralmente o fazem em vão.

A história de **Protesilau** está no canto 2 da *Ilíada* (695-710). Sua esposa é aí citada como Polidora, e como Laodâmia em outras fontes.
Em Pseudo-Apolodoro (*Biblioteca*, Epit.3.28), ela, em sua dor, aparece
criando uma imagem do marido, recebendo uma visita de seu fantasma
e então se suicidando. "O mais competente Protesilau" — essa minha
formulação é uma referência ao maravilhoso poema *Memorial*, de Alice
Oswald, uma versão sua da *Ilíada*.

Há um manuscrito da *Ilíada* em que um escoliasta comenta o primeiro
verso de uma continuação da história do poema — na tradução para o
inglês de M. L. West: *"So they busied themselves with Hector's funeral. And
an Amazon came,/ a daughter of Ares the great hearted, the slayer of men"*
[Então se ocuparam do funeral de Heitor. E veio uma Amazona,/ uma
filha de Ares, o de ânimo valente, o matador de homens]. O escoliasta
estava se referindo ao poema seguinte no ciclo épico, após a *Ilíada*, a
Etiópida, que discorria sobre as proezas da Amazona **Pentesileia** e do
etíope **Mêmnon**, ambos mortos por Heitor. Proclo, na *Crestomatia*, for-

Notas 397

nece um resumo do enredo, e Quinto de Esmirna conta suas histórias nos cantos 1 e 2 das *Pós-Homéricas*, seu laborioso poema épico escrito talvez no final do século IV d.C. Ele inclui um debate entre as troianas, quanto a seguirem ou não o exemplo das Amazonas e pegarem em armas. No Museu Britânico há uma bela ânfora do século VI a.C., feita por Exéquias, representando a morte de Pentesileia. Algumas versões da história mostram Aquiles se apaixonando por Pentesileia, enquanto ela agoniza. Os leitores talvez tenham notado que, numa passagem anterior do presente livro (em "Filomela"), Hipólita foi morta por Héracles, não por Pentesileia. Coerência não é o forte dos mitos gregos.

A história de **Títono** é narrada no *Hino Homérico a Afrodite* (218 ss.). William Congreve traduz para o inglês o final da história da seguinte maneira: *"Lock'd in a Room her useless Spouse she left,/ Of Youth, of Vigour, and of Voice bereft"* [Fechado num quarto o inútil marido ela deixou,/ De Juventude, Vigor e Voz desprovido"]. O sacrifício de **Antíloco** é descrito na *Ode Pítia* (6.28-42), de Píndaro (e de fato em Quinto de Esmirna). Na passagem do canto 17 para o canto 18 da *Ilíada*, narra-se como ele levou a notícia da morte de Pátroclo a Aquiles.

Ésquilo, Sófocles e Eurípides escreveram peças sobre Mêmnon, infelizmente perdidas. Na *Psicostasia*, de Ésquilo, ao que parece, Zeus **pesa na balança os destinos** de Mêmnon e de Aquiles (como faz com os dos gregos e troianos no canto 8 da *Ilíada*) para decidir qual viverá, enquanto **Éos** e **Têtis**, as respectivas mães divinas, defendiam cada qual seu filho. Baseei o apelo de Têtis a Zeus em suas palavras nos cantos 1 e 18 da *Ilíada*. Em 1.424, menciona-se (e é Têtis quem o faz) que Zeus está num festim com os etíopes. Instilei na fala de Aquiles a Mêmnon um pouco do espírito com que ele se dirige ao jovem troiano Licaonte no canto 21 da *Ilíada* (107 ss.). Encontra-se no Louvre uma taça do começo do século V a.C., de Douris e Calíades, que mostra Éos alada erguendo nos braços o corpo do filho, como uma *pietà*. O relato do funeral de Aquiles está no começo do canto 24 da *Odisseia*.

A peça *Ájax*, de Sófocles, aborda a loucura, a fúria e o suicídio do combatente, depois que as armas de Aquiles são concedidas a **Odisseu**. Essa história iniciava o épico perdido de Lesques de Mitilene, a *Pequena Ilíada*, segundo a *Crestomatia*, de Proclo. Ovídio, no canto 13 das *Metamorfoses*,

398   *Mitos gregos*

imagina as discussões entre eles (inclusive a ideia de que apenas Odisseu
tem capacidade crítica suficiente para entender a perícia artística do escudo). Há nos Museus Vaticanos uma bela ânfora feita e pintada por
Exéquias, que mostra Ájax e Aquiles numa partida num jogo de tabuleiro.
Os combates singulares de Ájax e Heitor estão descritos nos cantos 7 e 14
da *Ilíada*, e a batalha nos navios no canto 15. Um escoliasta de *Os cavalei-
ros*, de Aristófanes, menciona que foi Ájax quem transportou o corpo de
Aquiles, retirando-o do campo de batalha, na *Pequena Ilíada*. O canto 10
da *Ilíada* traz a história de Diomedes e Odisseu matando Dólon.

A peça *Filoctetes* de Sófocles (409 a.C.) trata da viagem de Odisseu com
Neoptólemo, filho de Aquiles, até Lemnos, para convencer o arqueiro
entrevado a levar o arco de Héracles a Troia, episódio que também fazia
parte da *Pequena Ilíada*.

Helena relembra o encontro com Odisseu, disfarçado de mendigo,
em Troia, no canto 4 da *Odisseia*; o **Paládio** vem descrito em Pseudo-
-Apolodoro (3.12.3). No canto 3 da *Ilíada*, o troiano Antenor descreve
a maneira de falar de Odisseu como flocos de neve numa nevasca de
inverno. Fiz de Helena cúmplice ativa no roubo do Paládio.

A narrativa completa do **cavalo de madeira** é cantada pelo poeta Demó-
doco na corte de Alcínoo e Arete, no canto 8 da *Odisseia*; a queda de
Troia é a história extremamente vívida do canto 2 da *Eneida*, de Virgílio.
O episódio de Helena imitando as vozes das esposas dos gregos é narrado por Menelau no canto 4 da *Odisseia*. *"Timeo Danaos et dona ferentes"*
é um verso famoso de Virgílio — "Temo os gregos mesmo quando
trazem presentes". Em Virgílio, a frase é dita por um personagem chamado Cápis. Aqui eu atribuí a mensagem a Cassandra, visto que, no
relato de Pseudo-Apolodoro, são ela e **Laocoonte** que se opõem a trazê-lo para dentro da cidade. É nessa obra que vem descrita a história de
seu estupro por Ájax Menor, filho de Oileu (não confundir como Ájax,
filho de Télamon).

O momento na *Eneida* em que Eneias troca olhares com Helena é
tido por alguns estudiosos como uma interpolação. Com efeito, ele
deixará Troia, perdendo a esposa **Creusa** na confusão da fuga, mas
levando o pai Anquises e o filho Ascânio. Depois de muitas aventuras,

Notas   399

chegará à Itália, travará uma guerra e iniciará a dinastia que mais tarde fundará Roma.

Os destinos de **Andrômaca, Cassandra, Hécuba e Helena** — notadamente, as que pranteiam Heitor no final da *Ilíada* — compõem o tema de *As troianas*, de Eurípides. Aqui vemos Helena e Hécuba discutindo o destino da primeira com Menelau. Também me baseei no *Elogio de Helena*, do filósofo Górgias, nascido na Sicília no século v a.C., um discurso retórico que sustenta a inocência de Helena. *Hécuba*, a sombria peça de Eurípides, mostra o sacrifício de **Polixena**; a própria Hécuba, na premonição, se transformará numa cadela. Como diz Anne Carson na introdução à sua tradução: "O único lugar que lhe resta é fora da espécie humana".

De volta a Esparta, coloco Helena aparecendo no salão onde Menelau entretém **Telêmaco** e **Pisístrato** no exato momento em que ela assim procede no canto 4 da *Odisseia*, que agora sigo fielmente até o final da seção. Quando descrevo os efeitos das drogas de Helena, sigo a tradução para o inglês de Emily Wilson, que usa o pronome feminino *her*, embora os tradutores geralmente usem o masculino *his*. O original não especifica se estamos falando de uma experiência masculina; na verdade, o contexto sugere mais uma experiência feminina.

Circe

No décimo canto da *Odisseia*, quando os homens de Odisseu se aproximam da casa no bosque na ilha de Eeia, ouvem uma canção: "Era Circe,/ a deusa. Ao cantar, tecia/ uma peça encantadora e intrincada,/ tal como faz uma deusa" (a partir da tradução de Emily Wilson para o inglês). É invenção minha que **Circe** estivesse tecendo as histórias de suas várias parentes mulheres, em especial a de sua sobrinha Medeia.

A história de **Medeia e Jasão** se baseia em duas fontes principais: a *Argonáutica*, de Apolônio de Rodes (final do século iii a.C.), e a *Medeia*, de Eurípides (431 a.C.). Também gosto muito do relato de Píndaro, em sua quarta *Ode Pítia*, anterior a Apolônio e Eurípides.

400   *Mitos gregos*

A *Argonáutica* forma uma espécie de prelúdio da peça de Eurípides, e apresenta uma personagem muito diferente: não a mulher furiosa, vingativa, enganada, da tragédia mais antiga, e sim uma criatura inocente e virginal que, ao mesmo tempo, dispõe de poderes mágicos sombrios e fantásticos. De modo geral, tornei-a mais calculista e menos ingênua do que a Medeia de Apolônio, e lhe forneci algumas bases para seu ressentimento em relação ao pai e ao irmão.

A história de **Hipsípile** e das **mulheres de Lemnos** foi extraída da *Argonáutica*. A representação apoloniana do poder feminino não é muito lisonjeira, e em minha história as mulheres são muito mais competentes do que na dele, mas é ele a dizer que elas consideram o trabalho de arar e combater mais fácil do que as tarefas de Atena (isto é, fiar e tecer). Atualizei o debate entre Hipsípile e **Polixo**, cuja conclusão, em Apolônio, é a de que deveriam oferecer a cidade aos Argonautas.

A história de **Hilas e Héracles** é narrada na *Argonáutica*, mas também é o tema do décimo terceiro *Idílio*, de Teócrito.

Foi Plutarco, escrevendo na virada do século I para o século II, quem disse que Héracles teve tantos amantes masculinos que seria impossível listá-los. Isso se encontra em seu diálogo filosófico sobre o desejo, *Amatório*, onde ele também sustenta que as nações mais beligerantes são as mais amorosas e escreve sobre o amor erótico entre os companheiros de armas.

Sigo Apolônio na passagem em que Jasão conta a Medeia o ocorrido com sua prima **Ariadne** — na verdade, destaquei a parcimônia de Jasão em relação à verdade, tornando-a muito mais evidente do que no original. Mas essa é apenas uma versão da história. Às vezes, quando **Teseu** já crescido volta ao pai ateniense, Medeia já está instalada como esposa de **Egeu** e tenta matá-lo (em Eurípides, Medeia foge para Atenas e para Egeu no final da peça, o que não é possível em minha versão, pois Egeu já está morto). A cronologia das várias versões não coincide — para Eurípides, a história de Ariadne e Teseu precisaria ter acontecido não antes, e sim depois da história de Medeia e Jasão.

Para o medonho episódio da morte de **Apsirto**, sigo Apolônio ao apresentar Medeia planejando uma armadilha e fazendo Jasão matar

Notas 401

o meio-irmão dela. (Inventei a ideia de que ela invoca o exemplo de Ariadne para justificar suas ações, mas são claras as ressonâncias entre as duas histórias.) O arremesso das várias partes do corpo ao mar vem descrito em Pseudo-Apolodoro e em Ovídio, *Tristia*, canto 3, entre outros. O detalhe sobre a colcha em que outrora se deitaram Ariadne e Dioniso provém de Apolônio. Roberto Calasso, em *As núpcias de Cadmo e Harmonia*, escreve a propósito das primas Medeia e Ariadne: "Elas nunca se encontraram. Mas se tocaram por meio de um tecido".

A história de **Cila e Glauco** vem narrada no canto 13 das *Metamorfoses*, de Ovídio. A descrição de Glauco é um empréstimo tomado à *República*, de Platão (10.611d). Sócrates utiliza a história como ilustração filosófica: ele compara as partes que se acrescentam à alma de uma pessoa às conchas e algas que se prendem a Glauco.

A descrição do palácio de **Arete e Alcínoo** provém do canto 8 da *Odisseia* — inclusive a apresentação das escravas feácias como tecelãs de excepcional habilidade. A lista de Arete com as jovens maltratadas pelos pais está em Apolônio, embora ela não mencione a própria filha, Nausícaa.

O procedimento rejuvenescedor de Medeia é descrito nas *Metamorfoses*, de Ovídio, bem como a eliminação de **Pélias**. Extraí a lista de ervas de Medeia do artigo "Medicinal Plants of Mt Pelion, Greece", de David Eric Brussel (*Economic Botany*, vol. 58, suplemento, pp. S174-S202, inverno 2004).

Normalmente, o que se costuma saber sobre Medeia é que ela mata seus filhos. É o que acontece na *Medeia*, de Eurípides, e foi essa grande peça que veio a ser considerada como o texto "definitivo" sobre ela. Mas, nos fragmentos restantes das várias outras peças perdidas sobre essa personagem, como assinala Matthew Wright em seu *The Lost Plays of Greek Tragedy* [As peças perdidas da tragédia grega] (vol. 2, Bloombury, 2016), vemos "uma multiplicidade extraordinária de Medeias. É impossível dizer se alguma, e qual, dessas versões era vista na Antiguidade como a mais fidedigna, mas parece-me que, no mundo antigo, nunca ninguém criou nem pretendeu criar uma versão realmente definitiva da personagem ou de sua história".

402 *Mitos gregos*

Medeia nem sempre matava os filhos. É plausível afirmar que Eurípides, em sua versão da história, estava criando um enredo novo e ousado. (Outro dramaturgo, Neófron, também apresenta Medeia matando os filhos — temos fragmentos de sua peça, mas não se sabe com certeza qual das duas foi a primeira.) Em algumas versões, são os coríntios que matam os filhos. Parmênisco, estudioso do século II a.C., por exemplo, sugeriu que eles assim procederam porque não queriam ter Medeia como rainha; disse inclusive que os coríntios da época subornaram Eurípides para que ele apresentasse Medeia na peça matando os filhos (o que seria melhor para a reputação da cidade). Numa peça perdida de um escritor chamado Carcino, descrita por Aristóteles, Medeia, ao que parece, foi falsamente acusada de matar os filhos quando, na verdade, ela os enviara para outro local, por questões de segurança.

A **carruagem puxada por dragões** é o clímax que encerra a *Medeia* de Eurípides e uma cena cara aos pintores de peças gregas em argila: veja-se, por exemplo, o admirável cálice (*c.* 400 a.C.) de Lucânia (sul da Itália), atribuído ao pintor Polícoro, atualmente no Museu de Arte de Cleveland, Ohio.

De volta à ilha de Eeia. No canto 10 da *Odisseia*, é o próprio **Odisseu**, notoriamente desonesto, que descreve seu encontro com **Circe**. Em sua história (narrada aos feácios), **Hermes** lhe deu uma erva especial, o móli, que o torna invulnerável aos feitiços de Circe. Quando ele chega à sua casa, avança para atacá-la com a espada, mas Circe propõe irem para a cama. Odisseu se recusa a dormir com ela enquanto não libertar seus homens, o que ela prontamente promete. Depois, ele se recusa a comer enquanto os homens não forem libertados. Minha versão de Circe é bem menos desesperada, e meu Odisseu se mostra um pouco menos ansioso em ver seus porcos retomarem a forma humana.

Penélope

O texto fundamental para **Penélope** é a *Odisseia*, no qual ela constitui uma figura intrigante, sagaz, muitas vezes opaca, com a cabeça cheia de pensamentos que nem sempre nos são apresentados. Em particular, não fica claro no texto em que momento preciso ela reconhece sob

Notas 403

os disfarces o marido há tanto tempo ausente. É pelo menos possível inferir que ela o reconhece — em algum nível — antes da cena do reconhecimento oficial (por assim dizer) no canto 23. A primeira parte do capítulo, com a chegada de Odisseu a seu palácio, utiliza como base o canto 17 em diante, mas apresenta o desenrolar dos acontecimentos vistos pela perspectiva de Penélope.

Quando **Odisseu** visita o Ínfero, no canto 11 do épico, Tirésias lhe faz a profecia (122 ss.) sobre a **pá de joeirar**. Em contraste, outra retomada do ciclo épico, a perdida *Telegonia*, de Eugamon de Cirene, conta a história de Telégono, filho de Circe com Odisseu, que mata o pai sem saber, com uma lança tendo um ferrão de arraia na ponta. Telégono acaba ficando com Penélope, e Telêmaco com Circe.

Na *Odisseia* (1.325), **Fêmio** de fato conta uma história do retorno dos gregos, voltando de Troia, e do castigo que Atena lhes inflige. É um caso de autorreferencialidade homérica, visto que a própria *Odisseia* é a história do retorno de um grego, voltando de Troia para o lar. Penélope não sente nenhum prazer ao ouvir o canto; pede que Fêmio pare, mas Telêmaco intervém, dizendo: "Entre e faça seu trabalho./ Atenha-se ao tear e ao fuso. Diga a suas escravas/ para também fazerem suas tarefas. Falar cabe aos homens,/ especialmente a mim. Sou o senhor" (a partir da tradução de Emily Wilson para o inglês).

Posêidon combate ao lado dos gregos no começo do canto 15 da *Ilíada*, até se afastar por intervenção de Íris, enviada por Zeus.

No canto 18 da *Odisseia* (270), Penélope relembra que Odisseu lhe dissera para escolher outro marido quando Telêmaco se tornasse homem.

A história sobre **Icário** seguindo Penélope e Odisseu é narrada por Pausânias em sua *Description of Greece* [Descrição da Grécia] (3.20.10-11). Os méritos e deméritos de **Ítaca** são apresentados em tom provocador por Atena no canto 13 da *Odisseia* (236-49).

Ellen Harlizius-Klück me contou que, quando ela tece nos espaços públicos do Museu de Moldes de Gesso de Esculturas Clássicas, em Munique, em geral os visitantes — estranhamente — não vêm ver o

404   *Mitos gregos*

que ela está fazendo. *I do, I undo, I redo* [Faço, desfaço, refaço] é o nome
de uma série de esculturas em formato de torre que a artista Louise
Bourgeois (filha de restauradores de tapeçarias) fez para a Tate Modern,
de Londres, em 2000.

O espectro de **Anticleia** aparece no canto 11 da *Odisseia* (188 ss.), de onde
também provêm **Laertes** e o pequenino Odisseu no pomar, canto 24
(339-446). **Cavalos alados e deuses do vento com asas**: esses vêm do
desenho no *skyphos*, ou cálice, no Museo Civico de Chiusi, na Toscana,
de autoria do Pintor de Penélope (ver também Introdução, p. 19). No
outro lado da peça, Euricleia lava os pés de Odisseu.

Na *Odisseia*, canto 17, o cão **Argos** reconhece seu antigo dono e morre
(290 ss.). É um dos episódios mais tocantes do poema e uma das "cenas
de reconhecimento" cruciais, em que escravas leais, membros da família e esse velho animal de estimação reconhecem Odisseu, há tanto
tempo ausente. **Euricleia** reconhece Odisseu no canto 19 (468).

A ideia de que Penélope tece essa **segunda tapeçaria** depois que Odisseu
parte outra vez é invenção minha. As histórias de Clitemnestra e do
retorno do marido e da vingança de Orestes contra a mãe, por outro
lado, são tema da trilogia *Oréstia*, de Ésquilo, encenada pela primeira
vez em 458 a.C. (Ele transfere a ação de Micenas para Argos.) Os dra-
mas se baseavam num poema perdido do ciclo épico chamado *Nostoi*
(*Retornos*), de Ágias de Trezena, que tratava dos retornos dos gregos
após a Guerra de Troia, em especial o de Agamêmnon. A *Odisseia*,
claro, também é um retorno ao lar, ou *nostos* (o termo grego na raiz de
"nostalgia", "dor pelo retorno", uma grande saudade do lar). O poema
é repleto de referências ao retorno catastrófico de Agamêmnon, em
vigoroso contraste com o retorno mais bem-sucedido de Odisseu a
Ítaca.

O discurso de um **vigia** abre *Agamêmnon*, de Ésquilo, a primeira peça
da *Oréstia*. A trilogia é repleta de imagens de nós, ligadas a redes e
tecidos. O desenrolar das tapeçarias púrpura, a batalha verbal entre
Agamêmnon e Clitemnestra, o pé dele pisando o tecido precioso: esses
episódios formam uma das cenas mais eletrizantes do drama grego.
A peça seguinte da *Oréstia* é *Coéforas* (ou *Portadoras de libações*), a história

Notas   405

do retorno de Orestes a Argos, da reunificação com Electra e do assassinato de Clitemnestra para vingar o pai. Esses episódios também são abrangidos pela peça *Electra*, de Sófocles e, de fato, na peça homônima de Eurípides.

No Museu do Prado, em Madri, há uma gloriosa escultura romana do século I, conhecida como Grupo de San Ildefonso, com Pílades e Orestes abraçados.

As Fúrias se reúnem no final das *Coéforas* e formarão o coro na terceira peça da *Oréstia*, de Ésquilo, *Eumênides* (ou *As benevolentes*), que se inicia em Delfos e então se transfere para Atenas, para o julgamento de Orestes pelo assassinato de Clitemnestra.

Para o Areópago e o julgamento de Orestes, segui bastante fielmente as *Eumênides*. Há uma fascinante interpretação da cena de tribunal feita por Johann Jakob Bachofen em seu *Das Mutterrecht* [O direito materno] (1861). O julgamento é interpretado, de modo muito convincente, como uma derrota simbólica de uma antiga ordem matriarcal (encarnada pelas divindades femininas ctônicas, as Fúrias) em favor de uma ordem patriarcal mais nova, representada pelos deuses "jovens", Apolo e Atena.

Mêntor, personagem do qual deriva a palavra "mentor", é o disfarce adotado por Atena, tomando Telêmaco sob suas asas, no canto 2 da *Odisseia* (398). Ela se transforma num abutre no canto 3 (372), numa mocinha no canto 7 (19), numa bela mulher nos cantos 13 (288) e 15 (157), numa andorinha no canto 22 (239).

O ceticismo de Penélope é invenção minha (embora seja verdade que, ao contrário do marido e do filho, ela nunca vê realmente Atena na *Odisseia*). Suas teorias e especulações, porém, não são inventadas: provêm das ideias de filósofos pré-socráticos, um grupo heterogêneo de pensadores, muitos dos quais viveram na Jônia (o litoral ocidental da Turquia moderna) nos séculos VI e V a.C. Com quase toda a certeza, receberam a influência do conhecimento matemático vindo da Babilônia e do Oriente Próximo, e em seus escritos — que sobrevivem apenas de forma fragmentária — vemos um certo ceticismo quanto ao papel dos deuses, bem como tentativas de explicar os fenômenos por meios exclusivamente naturais, e não sobrenaturais. A observação sobre os deuses trácios e etíopes vem de Xenófanes de Colofon (*c.* 570-*c.*480 a.C.), bem como a reflexão sobre os deuses dos animais e a explicação do arco-íris. As teorias sobre os raios e a chuva vêm de Anaximandro, que viveu em Mileto, na Jônia, no século VI a.C., e também a ideia de que o céu está não só por cima, mas em volta de nós.

A imagem final das aranhas morando na casa vazia provém de *Imagens* (2.28), de Filóstrato, o Velho.

Leituras adicionais

Para os textos gregos e romanos em tradução para o inglês, o ponto de partida são as coleções Penguin Classics e Oxford World's Classics. Recomendo a tradução ágil e inteligente de Emily Wilson da *Odissey* (W. W. Norton, 2018); a tradução de Stanley Lombardo e Diane Rayor dos *Hymns, Epigrams, Select Fragments*, de Calímaco (John Hopkins University Press, 1998); a tradução de Helene P. Foley de *The Homeric Hymn to Demeter*, que também traz comentários e ensaios (Princeton University Press, 1994); a tradução de Anne Carson de Eurípides, com o título *Grief Lessons: Four Plays* (NYBR Classics, 2008); e a tradução em volume único de dezesseis peças gregas, feita por estudiosos, entre eles Emily Wilson, *The Greek Plays*, com organização de Mary Lefkowitz e James Romm (Modern Library, 2016).

A Loeb Classical Library em edições bilíngues, com o texto em grego ou latim em paralelo com a tradução em inglês, é especialmente útil no caso dos fragmentos, por exemplo, os remanescentes dos poemas perdidos do ciclo épico: *Greek Epic Fragments*, com organização de M. L. West (Harvard University Press, 2003).

Online, a Perseus Digital Library (<perseus.tufts.edu>) oferece textos gregos e latinos junto com comentários e traduções em domínio público, e hiperlinks para dicionários.

The Dictionary of Classical Mythology (Penguin, 1991), versão editada (por Stephen Kershaw) de uma obra clássica de Pierre Grimal, dos anos 1950, é um útil livro de referência geral.

Para se ter uma ideia da enorme multiplicidade de histórias basicamente perdidas ou existentes apenas em fragmentos, recomendo a acessível obra de Matthew Wright, *The Lost Plays of Greek Tragedy* (2 vols., Bloomsbury, 2016-9). Para um aprofundamento, sugiro Robert Fowler com *Early Greek Mythographers* (2 vols., Oxford University Press, 2001-13) e Timothy Gantz com *Early Greek Myth* (2 vols., Johns Hopkins University Press, 1996).

Sobre a história da fiação e tecelagem, a melhor introdução geral é *Women's Work: The First 20,000 Years: Women, Cloth, and Society in Early Times*, de Elizabeth Wayland Barber (W. W. Norton, 1996).

408   *Mitos gregos*

Sobre a importância dos mitos gregos em geral, um bom começo é *Classical Mythology: A Very Short Introduction*, de Helen Morales (Oxford University Press, 2007); *The Gods of Olympus: A History*, de Barbara Graziosi (Metropolitan, 2014); *Battling the Gods: Atheism in the Ancient World*, de Tim Whitmarsh (Faber, 2016); *Antigone Rising: The Subversive Power of the Ancient Myths*, de Helen Morales (Wildfire, 2020); e *Pandora's Jar: Women in the Greek Myths*, de Natalie Haynes (Picador, 2020).

"Reading Ovid's Rapes" é um ensaio fundamental da estudiosa feminista Amy Richlin, presente em *Pornography and Representation in Greece and Rome* (Oxford University Press, 1992), organizada por ela. O ensaio "What Was Penelope Unweaving?" (1985), de Carolyn Heilbrun, presente em seu volume *Hamlet's Mother and Other Women* (The Women's Press, 1991), ajudou-me a encontrar uma maneira de contar essas histórias.

Edições brasileiras[*]

Começamos por Homero, de quem há muitas edições disponíveis no mercado: recomendo as precisas traduções da *Odisseia* e da *Ilíada* feitas por Christian Werner, um dos maiores especialistas brasileiros em poesia épica grega (Ubu, 2018). As traduções do helenista português Frederico Lourenço também oferecem uma leitura clara e fluente dos poemas (Companhia das Letras, 2011 e 2013, respectivamente).

Hinos homéricos, sob organização de Wilson Alves Ribeiro Jr. (Unesp, 2010), traz a tradução de todos os hinos, que narram a história dos deuses do Olimpo e os saúdam. A Editora Odysseus também vem se dedicando nos últimos anos a publicar traduções desses poemas, acompanhadas de alentados estudos: *Hino homérico IV a Hermes* (2006), *Hino homérico II a Deméter* (2009), por Ordep Serra, e *Hinos homéricos I e do VI ao XXXIII* (2010), por Luís Alberto Machado Cabral. *Cantando Afrodite: Quatro poemas helenos* (Odysseus, 2018) reúne o "Hino homérico a Afrodite" e outros poemas dedicados à deusa, em tradução de Ordep Serra. O relato do nascimento do mundo e dos deuses é feito por Hesíodo em sua obra *Teogonia,* que pode ser lida nas traduções de Jaa Torrano (Iluminuras, 2006) e de Christian Werner (Hedra, 2013).

---

[*] Lista elaborada por Rafael Brunhara, professor de língua e literatura grega na Universidade Federal do Rio Grande do Sul.

Leituras adicionais

Outras peças da poesia grega podem ser lidas em *Lira grega: Antologia de poesia arcaica* (Hedra, 2013) e *Safo: Hino a Afrodite e outros poemas* (Hedra, 2021), ambos de Giuliana Ragusa, e em *Elegia grega arcaica: Uma antologia* (Ateliê Editorial/Mnēma, 2021), de Giuliana Ragusa e Rafael Brunhara.

Uma boa iniciação à tragédia e à comédia gregas é *O melhor do teatro grego* (Zahar, 2013), que reúne quatro das traduções consagradas de Mário da Gama Kury. Muitas peças gregas foram traduzidas por Kury, num método de tradução que privilegiava a clareza e visava à possibilidade de encenação dessas obras. As coleções Tragédia Grega e Comédia Grega (Zahar, vários anos) reúnem suas principais traduções. Ainda no campo da tragédia, pode-se ler integralmente Ésquilo em português nas traduções de Jaa Torrano: *Tragédias* (Iluminuras, 2009), *Oresteia I: Agamêmnon, Oresteia II: Coéforas* e *Oresteia III: Eumênides* (Iluminuras, 2004). Todas as peças de Sófocles e Eurípides, também em traduções de Torrano, estão em publicação pelo Ateliê Editorial e pela Editora 34, respectivamente.

Para os que desejam se iniciar nos estudos do mundo antigo uma boa opção é *Antiguidade Clássica: uma brevíssima introdução*, de Mary Beard e John Henderson (Zahar, 1998). Para uma visada geral dos mitos, indica-se *O universo, os deuses e os homens* (Companhia das Letras, 2000), obra na qual os mitos gregos são recontados pelo helenista Jean-Pierre Vernant, e *Os deuses do Olimpo* (Cultrix, 2016), de Barbara Graziosi, que apresenta essas figuras divinas e mostra como se deu a sua recepção ao longo dos séculos. Da mesma autora, indica-se *Homero* (Mnēma, 2021), a mais atualizada introdução ao grande poeta grego de que dispomos em língua portuguesa. Três destacadas obras de consulta e referência são o *Dicionário de mitologia grega e romana*, de Pierre Grimal (Bertrand Brasil, 2005), o *Dicionário de mitologia grega e romana*, de Mário da Gama Kury (Zahar, 1990), e *Mitologia grega*, em 3 volumes, de Junito de Souza Brandão (Vozes, 2015).

Glossário de nomes e lugares

Ao final de cada entrada, há a referência à página do texto em que o personagem ou o local aparece pela primeira vez.

Acrísio: rei de Argos, pai de Dânae (p. 170)

Actéon: neto de Cadmo e Harmonia, filho de Autônoe e Aristeu (p. 16)

Admeto: rei de Feras, na Tessália, marido de Alceste (p. 137)

Adraste: uma das escravas de Helena em Esparta (p. 225)

Afrodite: deusa do desejo (p. 14)

Agamêmnon: rei de Argos (ou Micenas), chefe das forças gregas na Guerra de Troia, irmão de Menelau (p. 17)

Agave: filha de Cadmo e Harmonia, mãe de Penteu (p. 16)

Agelau: pretendente de Penélope (p. 349)

Agenor: rei de Tiro, pai de Europa e Cadmo (p. 87)

Ájax: (1) Filho de Télamon, de Salamina, defensor grego em Troia (p. 246); (2) Ájax Menor, filho de Oileu, também combatente grego em Troia (p. 279)

Alceste: esposa de Admeto, filha de Pélias (p. 137)

Alcínoo: rei dos feácios (p. 292)

Alcíone: esposa de Céix e primeira alcíone (p. 410)

Alcitoé: uma das filhas de Mínias, rei de Orcomeno na Beócia (p. 31)

Alcmena: mãe de Héracles (p. 55)

Amalteia: cabra que aleitou Zeus infante (p. 44)

Amiclas: vilarejo perto de Esparta (p. 219)

Anceu: um dos caçadores do javali calidônio (p. 143)

Androgeu: filho de Minos e Pasífae (p. 305)

Andrômaca: princesa da Tebas ciliciana, esposa de Heitor (p. 209)

Andrômeda: filha de Cassiopeia e Cefeu, rainha e rei da Etiópia (p. 204)

Andrômeda: filha de Cefeu e Cassiopeia, esposa de Perseu (p. 170)

Anticleia: mãe de Odisseu, esposa de Laertes (p. 342)

Antígona: filha de Édipo e Jocasta (p. 16)

Glossário de nomes e lugares 411

Antínoo: pretendente de Penélope (p. 345)

Antíope: mãe de Anfíon e Zeto (p. 108)

Ántron: território na Tessália governado por Protesilau (p. 267)

Apolo: Olimpiano, deus da música, da profecia e da cura (p. 14)

Apsirto: filho de Eetes da Cólquida, irmão de Medeia (p. 292)

Aqueronte: um dos rios do Ínfero (p. 230)

Aquiles: o melhor guerreiro grego na Guerra de Troia. Filho do mortal Peleu e da deusa Tétis (p. 27)

Aracne: tecelã da Lídia (p. 31)

Arcádia: região do Peloponeso central (p. 12)

Ares: Olimpiano, deus da guerra (p. 14)

Arete: rainha dos feácios (p. 33)

Argos: (1) cidade na Argólida, no Peloponeso (p. 12); (2) guardião de Io, de múltiplos olhos, morto por Hermes (p. 91); (3) o cão de caça de Odisseu (p. 344)

Ariadne: princesa de Creta, filha de Minos e Pasífae (p. 27)

Arimaspos: habitantes da Cítia, de um olho só (p. 92)

Aristeu: apicultor, filho de Apolo e Cirene (p. 16)

Ártemis: Olimpiana, deusa da caça e do parto (p. 14)

Ascânio: filho de Eneias, às vezes chamado Iulo (p. 285)

Asclépio: deus da cura e da medicina (p. 278)

Asopo: rio na Beócia e deus fluvial, pai de Egina (p. 112)

Atalanta: caçadora da Arcádia, devota de Ártemis (p. 128)

Atena: Olimpiana, deusa da tecnologia, do pensamento estratégico e da vitória (p. 11)

Ática: o território em torno de Atenas (p. 12)

Atreu: rei de Micenas, pai de Agamêmnon e Menelau (p. 356)

Átropos: uma das Moiras (p. 36)

Áugias: rei da Élis, cujos estábulos imundos foram limpos por Héracles (p. 140)

Áulis: ponto de encontro na costa da Beócia para as forças gregas rumo a Troia (p. 263)

Autônoe: filha primogênita de Cadmo e Harmonia, mãe de Actéon (p. 16)

Báctria: região da Ásia central (parte do Afeganistão e Paquistão atuais) (p. 115)

412 *Mitos gregos*

Báucis: anciã hospitaleira, casada com Filêmon (p. 210)

Belerofonte: cavaleiro de Pégaso, matador de Quimera (p. 210)

Benevolentes: Eumênides; outro nome das Fúrias ou Erínias (p. 338)

Beócia: região da Grécia central, local de Tebas e Orcomeno (p. 12)

Bóreas: o vento Norte (p. 78)

Bósforo: estreito conectando o mar Negro e o mar de Marmara (p. 12)

Cadmo: fundador fenício de Tebas, irmão de Europa (p. 16)

Calais: filho de Bóreas, o vento Norte; Argonauta (p. 233)

Calcas: vidente com as tropas gregas na Guerra de Troia (p. 250)

Calídice: filha de Metanira de Elêusis (p. 60)

Cálidon: cidade na Etólia devastada pelo javali calidônio (p. 128)

Calíope: Musa da poesia épica (p. 36)

Caribde: criatura marinha perigosa, em forma de redemoinho (p. 292)

Caronte: barqueiro de almas no Estige (p. 161)

Cassandra: filha profeta de Príamo e Hécuba (p. 254)

Cassiopeia: rainha da Etiópia, mãe de Andrômeda (p. 204)

Cástor: irmão de Pólux, meio-irmão de Helena (p. 142)

Cécrops: primeiro rei de Atenas; metade homem, metade serpente (p. 170)

Cefeu: rei da Etiópia, pai de Andrômeda (p. 204)

Céfiso: deus fluvial da Beócia, pai de Narciso (p. 132)

Céix: marido de Alcíone, filho de Fósforo (p. 210)

Celeu: marido de Metanira, governante de Elêusis (p. 61)

Cênis: ninfa, depois transformada num homem, Ceno (p. 210)

Centauros: seres metade homem, metade cavalo (p. 142)

Cérbero: cão guardião do Ínfero (p. 140)

Cerineia: cidade no norte do Peloponeso (p. 139)

Ceto: monstro marinho (p. 170)

Ciclopes: gigantes Titãs de um olho só (p. 35)

Cila: divindade marinha com cabeças de cães nascendo-lhe da cintura (p. 292)

Cimérios: povo habitante no limite extremo do Oceano, em perpétua penumbra (p. 217)

Cio: cidade no mar de Marmara, atual Turquia (p. 299)

Ciparisso: rapaz, posteriormente um cipreste (p. 210)

Glossário de nomes e lugares 413

Circe: feiticeira, filha de Hélio e Perse (p. 27)

Cirene: lápita, mãe de Aristeu; rainha de Cirene, cidade na África (atual Líbia) (p. 13)

Ciros: ilha a leste de Eubeia (p. 262)

Clímene: Oceânide, mãe de Faetonte (p. 70)

Clio: Musa da história (p. 36)

Clitemnestra: filha de Leda e Tindareu, meia-irmã de Helena (p. 17)

Cloto: uma das Moiras (p. 36)

Cócito: rio do Ínfero (p. 160)

Colofon: cidade litorânea na Jônia (p. 12)

Cólquida: território no mar Negro (atual Geórgia), governado pelo rei Eetes (p. 13)

Crato: serviçal de Zeus (p. 54)

Creonte: (1) rei de Corinto, pai de Glauce (p. 292); (2) tebano, irmão de Jocasta (p. 101)

Creusa: (1) princesa ateniense, filha de Erecteu ou Erictônio (p. 181); (2) esposa de Eneias (p. 285)

Crisótemis: filha de Agamêmnon e Clitemnestra (p. 17)

Cronos: Titã, filho de Gaia e Urano, pai de Zeus e outros Olimpianos (p. 14)

Ctesipo: pretendente de Penélope (p. 348)

Curetes: espíritos, guardiães de Zeus infante (p. 44)

Dafne: filha do deus fluvial Peneu, posteriormente um loureiro (p. 170)

Dânae: filha de Acrísio, mãe de Perseu (p. 170)

Dardânios: povo da Trôade, muito próximos (e às vezes iguais) aos troianos (p. 222)

Dédalo: inventor e artífice ateniense, pai de Ícaro (p. 214)

Deífobo: irmão de Heitor, filho de Príamo e Hécuba (p. 242)

Dejanira: segunda esposa de Héracles, filha do rei Eneu de Cálidon (p. 128)

Deméter: Olimpiana, deusa das colheitas (p. 14)

Demofonte: filho de Metanira, filho adotivo de Deméter (p. 62)

Deucalião: filho de Clímene e Prometeu (p. 40)

Dia: esposa de Ixíon, mãe de Pirítoo (p. 175)

Díctis: irmão de Polidectes, marido de Dânae (p. 170)

414   *Mitos gregos*

Diomedes: filho de Tideu, um dos guerreiros gregos em Troia (p. 140)

Dioniso: deus do vinho e do teatro (p. 16)

Dióscuros: Cástor e Pólux, filhos de Leda e Tindareu, Argonautas (p. 188)

Dirce: fonte em Tebas (p. 95)

Dodona: oráculo de Zeus em Épiro, noroeste da Grécia (p. 12)

Dólon: batedor troiano capturado e morto por Diomedes e Odisseu (p. 276)

Dríades: ninfas associadas a árvores (p. 78)

Ea: capital da Cólquida, governada pelo rei Eetes (p. 300)

Ecália: cidade na Eubeia (p. 137)

Eco: ninfa condenada a repetir as palavras alheias (p. 128)

Édipo: rei de Tebas, filho e marido de Jocasta (p. 16)

Eeia: ilha mítica no extremo ocidente, habitada por Circe (p. 293)

Eetes: filho de Hélio, rei dos cólquidas (p. 96)

Egeu: rei de Atenas, pai de Teseu (p. 305)

Egina: filha de Asopo, raptada por Zeus; deu seu nome à ilha no Golfo Sarônico (p. 237)

Egisto: primo de Agamêmnon, amante de Clitemnestra (p. 17)

Electra: (1) uma das Plêiades, filha de Atlas (p. 90); (2) filha de Agamêmnon e Clitemnestra (p. 17)

Emation: rei da Samotrácia, filho de Electra (1) (p. 90)

Encélado: um Gigante (p. 56)

Endimião: amante mortal de Selene (p. 74)

Eneias: aliado troiano, filho de Anquises e Afrodite. Iniciador da dinastia que fundará Roma (p. 210)

Enésimo: jovem caçador morto pelo javali calidônio (p. 142)

Eneu: rei de Cálidon, pai de Meleagro (p. 142)

Enomau: rei de Pisa, na Élis, pai de Hipodâmia (p. 195)

Éolo: senhor dos ventos (p. 354)

Éos: deusa da aurora (p. 42)

Epimeteu: Titã, irmão de Prometeu, marido de Pandora (p. 15)

Érato: Musa dos cantos de amor (p. 36)

Érebo: reino dos mortos, também conhecido como Hades (que também é o nome de seu governante imortal) (p. 60)

Glossário de nomes e lugares   415

Erecteu: rei de Atenas, filho de Pandíon (p. 181)

Erídano: rio mítico no extremo ocidente, às vezes associado ao Pó (p. 77)

Erígono: rio trácio, atual Crna, na Macedônia do Norte (p. 181)

Erimanto: cordilheira no norte do Peloponeso (p. 139)

Éris: deusa da discórdia (p. 257)

Eros: deus do desejo, filho de Afrodite (p. 14)

Éson: pai de Jasão (p. 292)

Esteno: uma das Górgonas (p. 203)

Estige: o maior rio do Ínfero (p. 64)

Estínfalo: lago a oeste de Corinto (p. 139)

Etéocles: filho de Édipo e Jocasta (p. 16)

Éter: o leve ar superior (p. 42)

Etiópia: para Homero, uma terra exótica e distante de localização incerta; mais tarde, passou a ser associada ao território em torno do Nilo, ao sul do Egito (corresponde mais ao Sudão atual do que à atual Etiópia) (p. 13)

Etólia: região na Grécia central, no extremo noroeste do Golfo de Corinto (p. 12)

Etope: companheiro de Mêmnon na Guerra de Troia (p. 272)

Eubeia: ilha próxima da costa leste da Grécia, ao lado da Beócia (p. 182)

Êunica: ninfa de Cio, que raptou Hilas (p. 299)

Euríale: uma das Górgonas (p. 203)

Euricleia: escrava em Ítaca, antiga ama de Odisseu (p. 338)

Euríloco: um dos companheiros de Odisseu no retorno de Troia (p. 294)

Eurísaces: filho de Ájax e Tecmessa (p. 277)

Euristeu: rei de Argos e parente de Héracles, a quem impôs os Trabalhos (p. 139)

Eurítion: rei da Ftia, um dos caçadores do javali calidônio (p. 142)

Euro: o vento Leste (p. 78)

Europa: princesa fenícia, filha de Agenor, irmã de Cadmo (p. 84)

Euterpe: Musa do verso lírico (p. 36)

Faetonte: filho de Hélio e Clímene (p. 420)

Fásis: rio na Cólquida (p. 13)

Fêmio: poeta/cantor em Ítaca (p. 338)

Festo: cidade no centro-sul de Creta (p. 130)

416   *Mitos gregos*

Filácia: local na Tessália governado por Protesilau (p. 267)
Filêmon: ancião hospitaleiro, casado com Báucis (p. 210)
Filo: uma das escravas de Helena em Esparta (p. 255)
Filoctetes: arqueiro grego na Guerra de Troia (p. 259)
Filomela: filha da Pandíon, rei de Atenas, irmã de Procne (p. 31)
Fineu: rei da Trácia (p. 233)
Flegetonte: rio de fogo no Ínfero (p. 230)
Fócia: cidade na Jônia (p. 171)
Fócis: região do centro da Grécia, abrange Delfos (p. 12)
Frígia: região na Ásia Menor (na atual Anatólia, Turquia) (p. 177)
Fúrias: espíritos femininos alados que perseguem assassinos, também
  conhecidas como Erínias, Eumênides ou Benevolentes (p. 210)

Gaia: deusa da terra, mãe dos Titãs (p. 14)
Ganimedes: príncipe dardânio (p. 163)
Gigantes: filhos de Gaia, inimigos dos Olimpianos (p. 33)
Glauce: filha do rei Creonte de Corinto (p. 292)
Górgonas: três irmãs, Esteno, Euríale e Medusa, capazes de transfor-
  mar com o olhar seres vivos em pedra (p. 170)
Greias: três irmãs, Dinó, Enió e Pefredó, com um só olho para as três (p. 92)
Grifos: criaturas aladas da Cítia, com cabeça de águia e corpo de leão (p. 92)

Hades: Olimpiano, deus do Ínfero (e o próprio Ínfero) (p. 14)
Hamadríades: como as dríades, ninfas das florestas (p. 78)
Harmonia: filha de Afrodite, esposa de Cadmo de Tebas (p. 16)
Harpias: "ladras", mulheres aladas (p. 210)
Hebe: Olimpiana, deusa da juventude (p. 14)
Hécate: deusa da fertilidade e da feitiçaria (p. 57)
Hecatônquiros: gigantes Titãs (p. 42)
Hécuba: esposa de Príamo de Troia, mãe de Heitor, Páris, Cassandra
  e outros (p. 26)
Hefesto: Olimpiano, deus da artesania e da forja (p. 14)
Heitor: filho primogênito de Príamo e Hécuba, marido de Andrômaca
  (p. 210)
Helena: filha de Zeus e Leda, irmã de Clitemnestra (p. 17)
Helesponto: estreito dos Dardanelos (p. 12)

Glossário de nomes e lugares 417

Hélio: Titã, deus do sol, pai de Faetonte, Circe, Eetes, Pasífae (p. 42)
Hêmon: filho de Creonte de Tebas (p. 107)
Hera: rainha dos Olimpianos, protetora da família (p. 14)
Héracles: o mais forte combatente humano, filho de Zeus (p. 26)
Hermes: Olimpiano, deus trapaceiro e mensageiro (p. 15)
Hespérides: guardiãs de um jardim de pomos de ouro no extremo ocidente mítico (p. 46)
Héstia: Olimpiana, deusa da lareira (p. 14)
Híades: grupo de estrelas em Touro, que trazem chuva (p. 253)
Hidra: serpente venenosa de múltiplas cabeças, originária de Lerna (p. 139)
Hilas: Argonauta, amante de Héracles (p. 292)
Hileu: um Centauro (p. 142)
Himeneu: deus da cerimônia de casamento (p. 130)
Hiperbóreos: habitantes de uma terra mítica além do vento Norte (p. 46)
Hipno: personificação/deus do sono (p. 217)
Hipodâmia: (1) filha de Enomau da Élis, esposa de Pélope (p. 17); (2) filha do aliado troiano Anquises, esposa de Alcatos (p. 269)
Hipólita: Amazona, esposa de Teseu (p. 140)

Iambe: escrava de Metanira (p. 62)
Iante: mulher cretense, casada com Ífis (p. 128)
Iásio: árcade, pai de Atalanta (p. 140)
Icário: espartano, pai de Penélope, irmão de Tindareu (p. 260)
Ícaro: filho de Dédalo (p. 210)
Ida: (1) principal montanha da Trôade (p. 12); (2) montanha mais alta de Creta (p. 13)
Ídmon: pai de Aracne (p. 171)
Ifigênia: filha de Agamêmnon e Clitemnestra (p. 17)
Ífis: cretense, filha de Teletusa, que se casou com Iante (p. 128)
Ílus: fundador de Troia (p. 278)
Ínaco: pai de Io (p. 91)
Ino: filha de Cadmo e Harmonia, posteriormente deusa marinha chamada Leucótea (p. 16)
Io: filha de Ínaco, sacerdotisa de Hera (p. 84)
Ióbates: rei da Lícia (p. 232)
Iolau: amante e ajudante de Héracles (p. 139)

418   *Mitos gregos*

Iolcos: cidade na Tessália, local de nascimento de Jasão (p. 12)

Íon: filho de Apolo e Creusa de Atenas (p. 34)

Ioneu: pai de Dia, vítima de Ixíon (p. 175)

Íris: deusa do arco-íris e mensageira (p. 66)

Ismênia: filha de Édipo e Jocasta (p. 16)

Istro: a parte baixa do rio Danúbio (p. 13)

Ítis: filho de Procne e Tereu (p. 128)

Itônia: território na Tessália governado por Protesilau (p. 267)

Íxion: pretenso estuprador de Hera (p. 170)

Jacinto: jovem espartano amado por Apolo (p. 210)

Jápeto: Titã, pai de Prometeu e Epimeteu (p. 15)

Jasão: chefe dos Argonautas (p. 23)

Jocasta: esposa de Laio, esposa/mãe de Édipo (p. 16)

Jônia: região costeira mediterrânea centro-ocidental da atual Turquia (p. 12)

Jônico: mar entre a ponta da bota da Itália, a costa leste da Sicília e a costa oeste da Grécia (p. 12)

Lábdaco: rei de Tebas (p. 16)

Lácio: região do centro-sul da Itália, precursora do atual Lazio (p. 13)

Laertes: pai de Odisseu (p. 342)

Laio: rei de Tebas (p. 16)

Laocoonte: sacerdote troiano (p. 246)

Lápitas: um povo da Tessália (p. 175)

Láquesis: uma das Moiras (p. 36)

Leda: esposa de Tindareu, mãe dos Dióscuros, Clitemnestra e Helena (p. 170)

Letes: rio do Ínfero (p. 217)

Leto: Titânide, mãe de Apolo e Ártemis (p. 14)

Leucótea: deusa marinha, anteriormente Ino (p. 113)

Lícia: região na Ásia Menor, situada no sul da atual Turquia (p. 12)

Licomedes: rei de Ciro, pai de Didâmea (p. 262)

Lídia: região da Ásia Menor, situada no centro-oeste da atual Turquia (p. 12)

Líodes: pretendente de Penélope (p. 349)

Liríope: ninfa, mãe de Narciso (p. 132)

Glossário de nomes e lugares 419

Macaonte: curandeiro, filho de Asclépio (p. 278)

Macedônia: região no norte da Tessália (p. 12)

Maia: filha de Atlas, mãe de Hermes (p. 15)

Malis: ninfa de Cio (p. 299)

Manto: filha profeta de Tirésias (p. 98)

Mársias: sátiro e tocador de aulo (p. 170)

Medeia: filha de Eetes, rei da Cólquida (p. 24)

Medusa: uma das Górgonas (p. 280)

Melânio: marido de Atalanta (p. 386)

Meleagro: filho de Alteia e Eneu de Cálidon (p. 128)

Melicertes: filho de Ino e Átamas, posteriormente deus marinho chamado Palêmon (p. 16)

Melpômene: Musa da tragédia (p. 36)

Mênades: seguidoras em êxtase de Dioniso (p. 85)

Menelau: rei de Esparta, casado com Helena, irmão de Agamêmnon (p. 17)

Meônia: Lídia (p. 251)

Mérope: (1) uma das Plêiades, filha de Atlas; (2) mãe adotiva de Édipo (p. 99)

Metanira: esposa de Celeu de Elêusis, mãe de Demofonte (p. 61)

Métis: Titânide, deusa da astúcia (p. 14)

Micenas: cidade no nordeste do Peloponeso, lar de Agamêmnon e família (p. 12)

Mirmidões: força de combate de Aquiles em Troia (p. 252)

Momo: deus/personificação da reprovação (p. 316)

Morfeu: filho de Hipno, é capaz de aparecer em sonhos (p. 217)

Narciso: filho da ninfa Liríope (p. 128)

Nausícaa: filha de Arete e Alcínoo da Feácia (p. 323)

Naxos: ilha no sul do Egeu, a maior das Cíclades (p. 12)

Nesso: Centauro (p. 138)

Nino: rei da Babilônia, marido de Semíramis (p. 146)

Níobe: filha de Tântalo (p. 17)

Niqueia: ninfa de Cio (p. 299)

Nisa: montanhas míticas onde Dioniso foi criado por ninfas; os locais propostos incluíam a Líbia, a Etiópia, a Arábia e a Índia (p. 113)

Nix: Titânide, deusa da noite (p. 316)

Noto: o vento Sul (p. 78)

420   *Mitos gregos*

Oceânides: filhas de Tétis e Oceano (p. 55)

Oceano: Titã, divindade do canal de água doce que circunda o mundo (p. 14)

Odisseu: rei de Ítaca, filho de Laertes, marido de Penélope (p. 30)

Olimpianos: geração reinante de divindades, incluindo Zeus e Hera (p. 14)

Olimpo: monte de residência dos deuses, no sudoeste da atual Tessalônica (p. 12)

Ônfale: rainha da Lídia (p. 137)

Orestes: filho de Clitemnestra e Agamêmnon (p. 17)

Orfeu: filho músico de Apolo e Calíope (p. 210)

Orítia: filha de Erecteu de Atenas (p. 170)

Pã: deus dos rebanhos e dos pastores, com pernas e chifres de bode (p. 154)

Palamedes: combatente grego em Troia, recrutador de Odisseu (p. 261)

Palêmon: deus marinho, anteriormente um mortal chamado Melicertes (p. 113)

Pandíon: rei de Atenas, pai de Procne e Filomela (p. 128)

Pandora: a primeira humana mulher (p. 15)

Páris: príncipe troiano, marido de Helena, filho de Príamo e Hécuba (p. 211)

Pasífae: filha de Hélio, esposa de Minos, mãe do Minotauro e de Ariadne (p. 256)

Pátara: cidade da Lícia consagrada a Apolo (p. 179)

Pátroclo: amado de Aquiles (p. 242)

Pégaso: cavalo alado, filho de Posêidon e da Medusa (p. 203)

Peito: personificação/deusa da persuasão (p. 90)

Pela: cidade da antiga Macedônia (p. 227)

Peleu: um dos Argonautas, rei da Ftia, marido de Têtis, pai de Aquiles (p. 141)

Pélias: tio de Jasão (p. 295)

Pélope: filho de Tântalo, irmão de Níobe (p. 176)

Penélope: filha de Icário, esposa de Odisseu, mãe de Telêmaco (p. 30)

Peneu: deus fluvial da Tessália; pai de Dafne (p. 179)

Pentesileia: Amazona, filha de Ares (p. 246)

Periclímeno: irmão de Nestor (p. 137)

Perséfone: filha de Deméter e Zeus, esposa de Hades (p. 14)

Perseide: uma das Oceânides, mãe de Circe, Eetes, Pasífae (p. 293)

Glossário de nomes e lugares 421

Perseu: filho de Dânae e Zeus (p. 26)

Pico: rei do Lácio (p. 210)

Píero: rei de Pela, na Macedônia (p. 227)

Pigmalião: escultor cipriota (p. 128)

Pílades: filho de Estrófio da Fócis, companheiro de Orestes (p. 338)

Píramo: jovem da Babilônia (p. 128)

Píraso: território na Tessália governado por Protesilau (p. 267)

Pirítoo: lápita, amigo de Teseu (p. 142)

Pirra: filha de Epimeteu e Pandora (p. 40)

Pisa: cidade na Élis (não confundir com a atual cidade italiana) (p. 195)

Pítia: título da sacerdotisa de Apolo em Delfos (p. 48)

Plêiades: grupo de estrelas, como suas irmãs, as Híades (p. 90)

Pólibo: rei de Corinto, pai adotivo de Édipo (p. 99)

Polidectes: rei de Sérifo, irmão de Díctis (p. 170)

Polidora: na *Ilíada*, esposa de Protesilau (em outras fontes é chamada de Laodâmia) (p. 246)

Polímnia: Musa dos cantos sagrados (p. 36)

Polinices: filho de Édipo e Jocasta (p. 16)

Pólux: Argonauta, irmão de Cástor, um dos Dióscuros, filho de Tindareu e Leda (p. 142)

Posêidon: Olimpiano, deus do mar e dos terremotos (p. 14)

Príamo: rei de Troia, marido de Hécuba, pai de Heitor, Páris, Cassandra, Polixena, Polites e outros (p. 211)

Procne: filha de Pandíon de Atenas, irmã de Filomela (p. 128)

Procrusto: malfeitor ático morto por Teseu (p. 292)

Prometeu: Titã, irmão de Epimeteu, pai de Deucalião (p. 15)

Protesilau: o primeiro grego a morrer em Troia (p. 246)

Proteu: divindade marinha de forma mutável (p. 71)

Psiquê: princesa, posteriormente deusa, esposa de Eros (p. 128)

Pteleu: território na Tessália governado por Protesilau (p. 267)

Quimera: leão com hálito de fogo com uma segunda cabeça, de bode (às vezes tem corpo de serpente, não de leão) (p. 210)

Quíron: o mais culto Centauro (p. 257)

Reia: Titânide, deusa, mãe de Olimpianos, entre eles Zeus e Deméter (p. 14)

Roico: Centauro (p. 142)

422 *Mitos gregos*

Samotrácia: ilha no norte do Egeu, entre Troia e a Trácia (p. 90)

Sátiros: criaturas silvestres itifálicas, de aparência humana, mas com cauda de cavalo e pernas de bode (p. 163)

Selene: Titânide, deusa da lua (p. 42)

Semele: filha de Cadmo e Harmonia, mãe mortal do deus Dioniso (p. 16)

Semíramis: esposa e sucessora do rei Nino da Babilônia, conquistadora da Etiópia (p. 146)

Sereias: criaturas metade mulher, metade pássaro, com belas vozes (p. 292)

Sileno: um dos Sátiros (p. 309)

Sínon: soldado grego em Troia (p. 246)

Sípilo: montanha na Lídia; rochedo em que Níobe foi transformada (p. 12)

Sirius: ou Cão Maior, a estrela mais brilhante no céu noturno, anunciando dias quentes de verão (p. 303)

Sísifo: mortal condenado a rolar eternamente uma pedra até o alto de uma montanha no Ínfero (p. 210)

Talia: Musa da comédia (p. 36)

Talos: gigante de bronze, guardião da ilha de Creta (p. 292)

Taltíbio: arauto do lado grego na Guerra de Troia (p. 263)

Tânatos: deus/personificação da morte (p. 137)

Tântalo: lídio, ladrão da ambrosia e néctar dos deuses (p. 17)

Tártaro: região subterrânea do Hades/Érebo, onde estavam aprisionados os Titãs (p. 43)

Tauro: cadeia montanhosa no sul da Turquia (p. 13)

Teano: sacerdotisa troiana de Atena (p. 269)

Tebas: (1) cidade na Beócia fundada por Cadmo (p. 12); (2) cidade na Trôade, lar original de Andrômaca e Criseida (p. 12); (3) cidade no Egito famosa por suas riquezas (p. 13)

Tecmessa: frígia, cativa de Ájax (p. 277)

Telêmaco: filho de Odisseu e Penélope (p. 33)

Ténaro: promontório na ponta da península central do sul do Peloponeso (atual Mani) (p. 161)

Tereu: rei da Trácia, marido de Procne, pai de Ítis (p. 31)

Terpsícore: Musa da dança (p. 36)

Teseu: filho de Egeu (p. 26)

Tesprócia: região do Épiro na costa ocidental da Grécia (p. 340)

Glossário de nomes e lugares

Têtis: deusa marinha, mãe de Aquiles, esposa de Peleu (p. 15)

Tétis: Titânide, deusa do oceano (p. 15)

Tífon: filho de Gaia e Tártaro, com múltiplas cabeças de serpente (p. 40)

Tindareu: espartano, marido de Leto, pai de Cástor, Pólux e Clitemnestra, padrasto de Helena (p. 259)

Tirreno: mar ao oeste da Itália; "tirrenos" era como os gregos chamavam os etruscos, povo que vivia na Itália, na parte norte do Tibre, ao sul do Arno e a oeste dos Apeninos (p. 13)

Tisbe: jovem babilônia (p. 128)

Titãs: geração de divindades mais antiga do que os Olimpianos (p. 14)

Títono: amante de Éos (p. 271)

Trácia: área limitada pelo mar Egeu a oeste, o mar Negro a leste, o mar de Marmara ao sul, e pelos Bálcãs e montes Ródope; dividida entre as atuais Grécia, Turquia e Bulgária (p. 12)

Tráquis: região e cidade no centro-norte da Grécia (p. 12)

Trezena: cidade no nordeste do Peloponeso, na península da Argólida (p. 12)

Tritão: divindade marinha, peixe da cintura para baixo, filho de Anfitrite e Posêidon (p. 71)

Urânia: Musa da astronomia (p. 36)

Urano: deus do céu; com Gaia, pai dos Titãs (p. 14)

Zéfiro: o vento Oeste (p. 70)

Zetes: filho de Bóreas e Orítia, um dos Argonautas (p. 295)

Zeus: governante Olimpiano dos deuses; protetor dos reis, da justiça e da hospitalidade (p. 11)

ESTA OBRA FOI COMPOSTA POR MARI TABOADA EM DANTE PRO E
IMPRESSA EM OFSETE PELA GEOGRÁFICA SOBRE PAPEL PÓLEN SOFT
DA SUZANO S.A. PARA A EDITORA SCHWARCZ EM MARÇO DE 2022.

A marca FSC® é a garantia de que a madeira utilizada na fabricação do papel deste livro provém de florestas que foram gerenciadas de maneira ambientalmente correta, socialmente justa e economicamente viável, além de outras fontes de origem controlada.